PATRICIA SCHRÖDER
Meeresrauschen

COPPENRATH *bei* cb j

DIE AUTORIN

Patricia Schröder, 1960 geboren, wuchs in Düsseldorf auf. Als ihre Kinder zur Welt kamen, zog sie sich in den Norden auf eine kleine Warft zurück. Anfangs vermisste sie den Trubel der Stadt, und so fing sie an, sich Geschichten auszudenken. Mittlerweile gehört sie zu den bekanntesten Kinder- und Jugendbuchautorinnen in Deutschland und hat schon zahlreiche Romane veröffentlicht.

Von Patricia Schröder ist bei cbj erschienen:

»Meeresrauschen« (40221)
»Lilly – Total verrückt und auch ganz anders« (15810)
»Philippas verkehrte Welt« (15739)
»Zweiland – Sternengold und Schattenschwarz« (22309)
»Milla & Emilia – Landei mit Liebeskummer« (22282)
»Milla & Emilia – Drei Jungs sind einer zu viel« (22324)
»Milla & Emilia – Freundinnen und andere Ungeheuer« (22356)
»Milla & Emilia – 100 Küsse und ein Schokomuffin« (22387)
»Eine Ginie zum Verlieben« (22423)
»Plötzlich Zwilling« (22119)

sowie zahlreiche Bücher für jüngere Leser.

Patricia Schröder

Meeres rauschen

COPPENRATH *bei* c b j

cbj
ist der Kinder- und Jugendbuchverlag
in der Verlagsgruppe Random House

Verlagsgruppe Random House FSC® N001967
Das FSC®-zertifizierte Papier *München Super Extra*
liefert Arctic Paper Mochenwangen GmbH.

1. Auflage
Erstmals als *Coppenrath Taschenbuch bei cbj* Juni 2014
Gesetzt nach den Regeln der Rechtschreibreform
© 2012 Coppenrath GmbH & Co. KG, Münster
Alle Rechte dieser Ausgabe vorbehalten durch cbj Verlag,
München, in der Verlagsgruppe Random House GmbH
Umschlaggestaltung: Basic-Book-Design, Karl Müller-Bussdorf,
unter Verwendung des Originalumschlags von Geviert – Grafik
und Typografie, München, Conny Hepting
Umschlagfoto: Anni Suvi
MI · Herstellung: ReD
Satz: Buch-Werkstatt GmbH, Bad Aibling
Druck und Bindung: GGP Media GmbH, Pößneck
ISBN: 978-3-570-40229-0
Printed in Germany

www.cbj-verlag.de

Niemand kann seiner Bestimmung entfliehen.
Das ist ein ehernes Gesetz des Meeres.

Prolog

Kyan starrte Gordy mit einer Mischung aus Abscheu und freudiger Erregung an. Noch nie hatte er es so genossen, dass der Plonx in seinen Gedanken lesen konnte wie in den Logbüchern, die die Kapitäne in ihren versunkenen Schiffen zurückgelassen hatten.

Ich werde meinen ganzen Hass in ihren zerbrechlichen Körper spülen und sie mit meinem Kuss ertränken und du, elender Verräter, wirst nichts dagegen tun können.

Es war wie ein Geschenk des Schicksals, dass sie direkt vor seiner Nase im Wasser aufgetaucht war, ein menschlicher Tribut, den das Meer sich nun nahm – und ihm, Kyan, fiel die Aufgabe zu, diesem Willen zu entsprechen. Sein Blick glitt über Elodies zauberhafte Rückseite, die schmalen Schultern, die zarten Rückenwirbel und ihr wunderhübsch geformtes Hinterteil. Allein die Vorstellung, wie seine Lippen sich an ihrem Mund festsaugten, erfüllte ihn mit Wonne.

»Lass sie in Ruhe«, zischte Gordy. »Sie hat mit all dem nichts zu tun!« Verzweifelt versuchte er, sich zu befreien, doch Niclas, Pine und Liam hielten ihn fest umklammert und vereitelten jeden noch so kleinen Flossenschlag.

Egal, wie viel Vorsprung ich ihr lasse, du wirst es nicht schaffen, dachte Kyan voller Genugtuung. Elodie ist schon jetzt so gut wie tot.

Warten auf Gordy

Ich hörte die Schreie, und ich spürte die hektischen Bewegungen unzähliger Delfinleiber, aber ich konnte kaum etwas erkennen, denn das Meer war dunkelrot von Blut. Panisch wirbelte ich um die eigene Achse, in der Hoffnung, Gordian irgendwo zu entdecken. Er brauchte mich, nur ich konnte ihm jetzt noch helfen. Es waren zu viele, und sie kamen von allen Seiten – allein würde er sich nie und nimmer gegen sie wehren können.

Plötzlich glaubte ich, zwischen all dem Blut eine goldene Strähne aufblitzen zu sehen – Gordy! Es konnte nur er sein. Seine Schwester Idis war weit draußen im Atlantik, so hoffte ich jedenfalls. Nicht auszudenken, wenn sie zurückgekommen war ... ausgerechnet jetzt ... Nein, das durfte einfach nicht sein!

Der Druck des Wassers drohte meine Lungen zu zerbersten. Ich sehnte mich danach, endlich einen Atemzug zu tun, aber ich wusste, das wäre das Ende. Nur wenn ich am Leben blieb, hatte Gordy überhaupt noch eine Chance.

Mit letzter Kraft stieß ich in seine Richtung. Vielleicht gelang es mir wenigstens, Kyan abzulenken. Ihn und seine Freunde. Gegen die dröhnenden Boote, deren lange Schatten über mich hinwegglitten, vermochte ich ohnehin nichts auszurichten. Die menschlichen Jäger waren übermächtig. Ihre Harpunen hatten bereits Elliots Körper durchbohrt. Ich konnte nur beten, dass sie mich nicht auch noch trafen, bevor ich Gordy erreichte. – Bloß nicht darüber nachdenken, Elodie!, beschwor ich mich.

Mit aller Macht konzentrierte ich mich auf meine Arme und Beine. Sie mussten sich bewegen. Solange sie das taten, war alles gut. Aber dann ging der Druck in meiner Lunge in einen Schmerz über, der von Zug zu Zug quälender wurde und bald kaum noch zu ertragen war.

Tränen brannten in meinen Augen. Sie verbanden sich mit dem Meerwasser, strömten über meine Haut – und auf einmal bekam ich wieder Luft. Die blutige Wolke, die mich umgab, löste sich auf, und ein glockenheller, betörender Laut brachte das Wasser zum Vibrieren. Der Gesang der Delfine!, durchfuhr es mich. Doch es waren nicht die Tiere, die diese Laute von sich gaben, es war Gordy, der inmitten von ihnen schwamm. Sein karamellfarbener Oberkörper und die goldblonden Haare schimmerten im Licht der Sonnenstrahlen, die nun zaghaft ins Meer hinabtauchten.

Sieh mich an, flehte ich, bitte dreh dich um und sieh mich an!

Er schien so sehr in seinen Gesang vertieft zu sein, dass er mich nicht hörte, aber seine Flossenschläge waren nun ruhig und bedächtig, es würde mich keine große Mühe mehr kosten, ihn einzuholen.

Verdammt, war er sich der Gefahr, in der er schwebte, denn gar nicht bewusst? Und machte er sich nicht einmal die geringste Sorge um mich?

Diese Gedanken schienen deutlich genug gewesen zu sein, denn nun wirbelte er ruckartig zu mir herum.

Die Strähnen seines pechschwarzen Haares – gerade noch golden glänzend – umspielten sein kantiges Gesicht wie die Tentakeln eines Oktopus und seine giftgrünen Augen stierten mich hasserfüllt an.

Ein paar Sekunden lang war ich wie gelähmt, dann paddelte ich entsetzt zurück.

Doch was konnte ich schon ausrichten gegen einen Nix, dessen natürliches Element das Wasser war? Wie ein tödliches Geschoss stob Kyan auf mich zu, ich glaubte bereits, seine großen, kräftigen Hände an meinen Fußgelenken zu spüren, da wurde ich plötzlich von etwas anderem umschlossen. Es kam von hinten und zugleich von oben und von unten, und viel zu spät begriff ich, dass es ein Netz war.

Blitzschnell zogen sich seine Maschen zusammen.

Ich zappelte, schlug um mich und suchte verzweifelt nach einem Loch, doch mit jeder Bewegung schloss sich das Netz nur umso fester um meinen Körper. Dann spürte ich einen stechenden Schmerz und wieder wurde es dunkel um mich herum. Es war mein eigenes Blut, in dem ich trieb ... das ich atmete ... in dem ich qualvoll ersticken würde ...

»Gordy!«, keuchte ich. »Gordy, bitte hilf mir!« Meine Finger krallten sich in weiches Gewebe und mit einem Mal fühlte ich tatsächlich etwas Warmes, Lebendiges. »Gordy, du hast mich gefunden.« Unendliche Erleichterung erfüllte mich und ich löste langsam meinen Griff.

»Alles ist gut, Elodie«, sagte Ruby. »Du hast nur geträumt.«

»Was?«, stieß ich im Hochschnellen hervor.

Mein Blick fiel auf das große Balkonfenster und holte mich endgültig in die Wirklichkeit zurück.

Heute war Dienstag, der 17. April, ein trüber Spätnachmittag mit wolkenverhangenem Himmel und einem stürmischen Wind, der sich in surrenden Wirbeln im Fensterspalt verfing und den frischen, salzigen Geruch der Nordsee bis in mein Zimmer hineintrieb.

Ich saß schweißüberströmt auf dem Rattansofa, der Fernseher lief und Ruby hockte neben mir auf dem Boden. Seit Gordys Aufbruch zu seiner Familie in den Atlantik waren gerade einmal vier Tage vergangen – sehr unwahrscheinlich also, dass er schon wieder zurückgekehrt sein konnte.

»Es tut mir leid«, sagte Ruby leise und strich mir über den Rücken.

»Dir?«, fragte ich erstaunt. »Was denn?«

»Alles«, antwortete sie und hob frustriert die Schultern. »Dass du ständig diese furchtbaren Träume hast. Deine Angst, Gordian könnte etwas zustoßen ... und vor allem, dass er so lange auf sich warten lässt.«

»Tut er doch gar nicht«, entgegnete ich kopfschüttelnd. »Er hat mir gesagt, dass er mindestens eine Woche fort sein wird.« Seufzend wischte ich mir mit der Wolldecke eine feuchte Locke aus der Stirn.

»Dann ist es ja eigentlich auch nicht nötig, das Fenster die ganze Zeit offen stehen zu lassen«, sagte Ruby. »Schon gar nicht bei diesem Sturm.«

»Es ist doch nur ein Spalt«, erwiderte ich matt.

»Trotzdem.« Sie erhob sich und schaltete den Fernseher aus, danach ging sie zum Fenster hinüber, schloss es und legte den Griff um. »Du solltest dich besser ein bisschen frisch machen«, meinte sie, nachdem sie sich wieder zu mir umgedreht hatte. »Ashton wird jeden Augenblick hier sein.«

»Aha ...«, sagte ich abwartend und betrachtete aufmerksam

Rubys hübsches, sommersprossiges Gesicht. Seit Elliots bestialischer Hinrichtung kümmerten sie und Ashton sich wirklich rührend um mich; bisher war es allerdings eher selten vorgekommen, dass die beiden – so unzertrennlich sie auch waren – zur gleichen Zeit hier auftauchten. »Gibt es dafür einen besonderen Grund?«

Ruby antwortete nicht, sondern stand einfach nur da, mit gekreuzten Armen und eingekniffenen Mundwinkeln, und das machte mich nervös.

»Jetzt sag schon«, drängte ich sie.

Sie schien zu überlegen. Schließlich ließ sie die Hände sinken und kam auf mich zu. »Ja, es hat einen besonderen Grund«, gestand sie. »Sobald Ashton kommt, werden wir dir alles erklären.«

Obwohl es vollkommen unmöglich war, dass ausgerechnet er und Ruby etwas über Gordys Schicksal erfahren hatten, verwandelte sich die nagende Sorge, die seit Tagen dumpf auf meinem Herzen lag, mit einem Schlag in beißende Angst. Die Erinnerung an unsere letzte Nacht auf den Klippen unterhalb von Tante Graces Cottage, an Gordys sanfte Umarmungen und seine zärtlichen Küsse brachte mich schier um.

Bitte, bitte nicht, war alles, was ich denken konnte, dann fing ich an zu zittern, und Rubys Gesicht verschwamm vor meinen Augen.

Schluchzend sank ich aufs Sofa zurück und nur eine Sekunde später umfingen mich ihre warmen, tröstenden Arme.

»Alles ist gut, Elodie«, wiederholte Ruby flüsternd ihre Worte von eben. »Bitte verzeih mir, ich wollte dich nicht beunruhigen.« Sanft drückte sie mich an sich. »Es gibt ein paar Neuigkeiten, aber die haben nichts mit Gordian zu tun ... Okay?«

»Okay.« Ich wischte mir die Tränen aus dem Gesicht, aber es kamen sofort neue nach. Dieser schreckliche Traum und Rubys komische Reaktion eben hatten mich ziemlich durcheinandergebracht.

»Himmel noch mal, Elodie!«, stöhnte sie jetzt. »Deine Flennerei in allen Ehren, aber sie ändert doch nichts. Sollte deinem Nix tatsächlich etwas zustoßen, kannst du immer noch durchdrehen.«

»Danke, das war hart«, brummte ich und bedachte sie mit einem finsteren Blick.

»Stimmt«, gab Ruby mir recht. »Hart, aber wirkungsvoll.«

Irritiert schüttelte ich den Kopf. »Inwiefern?«

»Du heulst nicht mehr!«

»Ähm ...« Ich stutzte. »Tatsächlich!«, stellte ich fest und wir mussten beide lachen.

»So, und jetzt ab mit dir ins Bad.« Ruby ergriff meine Hände und zog mich auf die Füße. »Frische Klamotten sind im Kleiderschrank«, fügte sie augenzwinkernd hinzu. »Aber damit erzähle ich dir sicher nichts Neues.«

Ich drehte den Hahn auf und schaufelte mir so lange eiskaltes Wasser ins Gesicht, bis meine Augen nicht mehr brannten und meine Haut sich wieder einigermaßen kühl und straff anfühlte. Auf keinen Fall durfte meine Großtante mich so sehen. Sie würde mich sofort zur Rede stellen und nicht eher Ruhe geben, bis ich ihr alles bis ins letzte Detail erzählt hatte. Ohnehin hielt sie mich unter Beobachtung, als wäre ich eine Kuh, die jeden Moment ein Kalb zur Welt bringen könnte. Es würde ganz sicher nicht einfach sein, Gordians Existenz dauerhaft vor ihr zu verbergen.

Seufzend zerrte ich mir die verschwitzten Klamotten vom Leib, warf sie in den Wäschekorb und begutachtete die seltsame Wunde über meinem rechten Knöchel, die ich mir vor einiger Zeit bei einem Unfall an einem Felsen zugezogen hatte. Sie war gut verheilt, auch das lose Hautstück wuchs allmählich wieder an, allerdings sah das Ganze nun ziemlich wulstig aus. Es wunderte mich ein bisschen, dass Tante Grace mich gar nicht mehr darauf angesprochen hatte. Immerhin hatte sie mich deswegen vor einer Woche noch zum Arzt schleppen wollen. – Na ja, mir sollte es nur recht sein. Ob und wann ich medizinische Hilfe brauchte, konnte ich eigentlich ganz gut allein entscheiden. Im Moment schien es mir jedenfalls nicht nötig zu sein.

Ich gönnte mir eine kurze heiße Dusche, strich noch einmal etwas von Mams Salbe auf die Hautwulst und fünf Minuten später war ich bereits wieder fix und fertig angezogen. Hastig band ich meine Haare im Nacken zusammen und ging ins Zimmer zurück.

Ruby stand am Fenster und sah aufs Meer hinaus. Der Sturm hatte zugenommen und fegte die grauen Wolken inseleinwärts über uns hinweg. Dicke Regentropfen prasselten gegen die Scheiben.

»Ist Ashton immer noch nicht da?«, fragte ich.

»Nein.«

»Machst du dir Sorgen? Ich meine, wegen des Wetters ...«

»Ich mache mir nie Sorgen um Ashton. Jedenfalls nicht so.« Ruby wandte sich mir zu und nickte. »Schon viel besser.«

Ich lächelte matt. »Wo steckt er denn so lange?«

Sie machte eine fahrige Geste.

»Na ja, er hat eine Verabredung«, sagte sie schließlich.

»Wie bitte?«

»Nicht wie du jetzt vielleicht denkst«, erwiderte sie hastig. »Kein Mädchen.« Sie druckste. Offenbar schien sie genauso wenig über Ashton und seine *Verabredung* sprechen zu wollen, wie ich noch weiter über Gordy reden mochte. »Er trifft sich mit jemandem, um etwas herauszufinden«, fügte sie endlich hinzu.

»Aha ...?« Ich horchte auf. »Ist sein Vater aus Leicester gekommen?«

Ruby schüttelte den Kopf. »Leider nicht.«

»Hat es mit seinem Tourette-Syndrom zu tun?«, bohrte ich weiter.

»Nein.«

Ruby richtete ihren Blick zu Boden. Es war ein eindeutiges Signal, aber ich konnte jetzt nicht aufhören. Eine leise Ahnung stieg in mir auf. Ich musste es einfach wissen.

»Dann also mit mir? ... Den Nixen ...?« Ich musterte sie abwartend. »Oder mit Lauren und Bethany?«

Ruby drehte sich zum Fenster zurück. Sie konnte mir also nicht in die Augen sehen.

»Nicht direkt«, sagte sie leise.

Das Herz schlug mir bis zum Hals. »Sag bitte nicht, mit Cyril«, wisperte ich.

Ruby schwieg.

»Nach allem, was er mir angetan hat!«, stieß ich hervor.

Ich trat hinter sie, fasste sie an den Schultern und zog sie wieder zu mir herum.

Ruby sah mich an. »Deshalb hat Ashton es ja auch übernommen.«

»Cyril wird sowieso nichts erzählen«, knurrte ich.

»Ashton vielleicht schon.«

Warum ausgerechnet ihm?, lag es mir auf der Zunge zu sagen, aber ich kannte die Antwort, also schluckte ich die Frage hinunter und ließ mich auf das Sofa zurückfallen. Die Verbindung zwischen Ashton und Cyril bestand darin, dass sie beide Außenseiter waren – wenn auch aus völlig unterschiedlichen Gründen.

»Es ist mir egal, wer er ist und was er weiß«, sagte ich hart.

»Das könnte ein Fehler sein.« Ruby hatte leise gesprochen. So leise, dass ich unwillkürlich aufhorchte.

»Was?«

»Als ob du es nicht ganz genau verstanden hättest!«, erwiderte sie und ihre hellen Augen funkelten.

Ich zwang mich, ihrem Blick standzuhalten, und kämpfte ebenso entschlossen gegen den Druck an, der sich nun in meiner Brust ausbreitete und mir die Luft abzuschnüren drohte. Zu meinem Ärger war ich dem hilflos ausgeliefert, aber ich schaffte es nicht, mich dagegen zu wehren.

Sobald man mich drängte, an Cyril zu denken, tauchten sofort die Bilder unserer letzten Begegnung vor meinem inneren Auge auf und riefen die immer gleichen Widerstände in mir hervor.

Ich wusste einfach nicht, wie ich Ruby das klarmachen sollte. Sie hielt inzwischen nämlich aus vollkommen unerfindlichen Gründen ziemlich große Stücke auf ihn.

Ein zaghaftes Klopfen ließ uns zusammenzucken.

»Da ist er schon!«, rief Ruby.

Sie stürzte zur Tür, riss sie auf und fiel Ashton in die Arme. Ich musste unwillkürlich lächeln, was den Druck in meiner

Brust löste und einer quälenden Sehnsucht Platz machte. - Ach, Gordy, wenn du nur ahntest, wie sehr du mir fehlst!

Ruby und Ashton küssten sich zärtlich, dann zog sie ihn ins Zimmer und schloss die Tür hinter ihm.

»Hi«, sagte Ashton, schlenkerte mit seinem Arm und strahlte mich aus seinen nussbraunen Augen warmherzig an.

»Hi«, sagte ich und wurde ganz weich unter seinem Teddybärblick.

Es war mir ein Rätsel, wie man es fertigbringen konnte, ihn nicht zu mögen, aber leider wurde er von den Leuten aus der Clique, insbesondere den Jungs, nicht ganz für voll genommen. Noch viel schlimmer jedoch war natürlich die Geschichte mit seinem Vater, der sich für ihn schämte und sich schon vor Jahren, als Ashton noch ein Kind war, von ihm abgewandt hatte.

»Und?«, fragte Ruby. »Hast du mit Cyril gesprochen?«

Ashton warf mir einen unsicheren Blick zu. »Ja«, sagte er zögernd.

»Wie geht es ihm?«, bohrte sie weiter.

»Die Bisswunde ist gut verheilt«, erwiderte er.

»Das ist ja schön für ihn«, presste ich hervor.

»Elodie, du solltest froh darüber sein«, ermahnte Ruby mich.

Ich schüttelte unwillig den Kopf. »Die Wunde, die *er mir* zugefügt hat, *könnte* man nicht mal nähen.«

»Stimmt«, bestätigte Ruby. »Aber du könntest versuchen zuzulassen, dass sie von selber heilt.«

»Cyril würde es auch wollen«, sagte Ashton leise. »Ich glaube, er wünscht sich nichts mehr als das.«

»Ach, Cyril hat also plötzlich Gefühle!«, blaffte ich.

»Für dich hatte er sie von Anfang an«, sagte Ruby. »Das war ganz offensichtlich. Und das weißt du auch.«

Ich kniff die Augen zusammen. »Ja, egoistische und besitzergreifende Gefühle. Leider habe ich das viel zu spät erkannt.«

Ruby und Ashton sahen sich an und mir wurde auf der Stelle wieder unbehaglich zumute. Einerseits hätte ich die beiden jetzt am liebsten vor die Tür gesetzt. Andererseits wusste ich natürlich nur zu gut, dass das keine Lösung war. Guernsey war äußerst übersichtlich. Es käme einem Kunststück gleich, wollte ich Cyril dauerhaft aus dem Weg gehen. Wenn er es darauf anlegte, würde er mich überall finden.

»Du hast Gordy nicht verloren«, sagte Ruby. »Er hat *dir* geglaubt und nicht Cyril.«

»Muss ich ihm deshalb gleich verzeihen?«, knurrte ich.

Ruby fasste mich am Arm und zwang mich, ihr in die Augen zu sehen. »Nicht deshalb«, sagte sie sanft. »Sondern schlicht, weil es klug wäre. Tu es für Gordy«, fügte sie eindringlich hinzu. »Und für die anderen Delfinnixe. Wenn du recht hast mit deiner Vermutung und Cyril ebenfalls ein Nix ist, wird er ihnen allen vielleicht helfen können.«

Ich biss mir auf die Unterlippe. Es stimmte, was Ruby sagte, aber noch war ich nicht bereit nachzugeben. Mein tiefstes Inneres sträubte sich mit ganzer Kraft dagegen.

»Er will dir alles erklären«, sagte Ashton, der nahezu reglos hinter Ruby stand und seinen Blick ebenfalls auf mich gerichtet hatte. »Morgen Vormittag am Strand in der Cobo Bay. Ab elf Uhr wird er dort sein und auf dich warten.«

Machtspiele

Obwohl ich mich mit aller Kraft dagegen sträubte, konnte ich an nichts anderes mehr denken als daran, dass Cyril mich sehen wollte. Morgen schon, in weniger als zwanzig Stunden.

Nachdem Ruby und Ashton sich verabschiedet hatten, ging ich in die Küche hinunter und aß mit meiner Großtante zu Abend.

Ich plapperte über alles Mögliche: das Wetter, den grandiosen Auflauf, den sie zubereitet hatte, und darüber, dass ich endlich schwimmen lernen wollte – und dachte dabei ununterbrochen an Cyril. Er besetzte mein Gehirn und ließ keinen anderen Gedanken zu.

»Man könnte beinahe meinen, dass dich jemand aufgezogen hätte«, neckte Tante Grace mich. – Typisch! Ihr entging absolut nichts. Und wie fast immer bekam sie es auch dieses Mal hin, es mit ihrem unschlagbaren Humor zu nehmen.

»Nicht, dass ich wüsste«, sagte ich und schob den Rest des überbackenen Gemüsereises auf meine Gabel. »Rubys und Ashtons Besuch hat mir einfach gutgetan.«

»Nun ja, ich finde, du wirkst ziemlich aufgekratzt.« Tante Grace stellte die Teller zusammen und musterte mich, unauffällig zwar, aber ich bemerkte es trotzdem.

Ich zuckte mit den Schultern. »Das kommt doch aufs Gleiche raus.«

»Nicht zwangsläufig«, erwiderte sie. »Und in diesem Fall ganz bestimmt nicht.«

»Woher willst du das wissen?«, entgegnete ich und musste mir Mühe geben, es nicht allzu patzig klingen zu lassen.

Tante Grace rückte das bunte Tuch zurecht, mit dem sie heute ihre widerspenstige graue Mähne gebändigt hatte, stand von ihrem Stuhl auf und brachte die Teller zur Spüle. »Meine liebe Elodie«, sagte sie und in meinen Ohren hörte sich das fast wie eine Drohung an. »Du bist nun seit fast fünf Wochen hier bei mir, und ich bilde mir ein, dich inzwischen ein bisschen zu kennen.«

Ich erhob mich ebenfalls und griff nach der Schale mit dem restlichen Auflauf.

»Vielleicht wäre es gut, wenn du dir einen Job suchst«, schlug sie vor. »Das würde dich bestimmt ablenken.«

Ich atmete tief ein und überlegte, was ich darauf antworten sollte. Im Grunde war dies kein schlechter Vorschlag, der Zeitpunkt passte nur nicht. Solange ich auf Gordy wartete, würde ich mich garantiert auf keine noch so simple Tätigkeit konzentrieren können.

»Du fragst ja gar nicht, wovon es dich meiner Meinung nach ablenken soll«, setzte Tante Grace augenzwinkernd hinzu. »Traust dich wohl nicht.«

»Von Pas Unfall natürlich«, gab ich zurück, obwohl ich *natürlich* genau wusste, dass sie Cyril meinte, und war selbst ganz erstaunt darüber, wie leicht mir das über die Lippen kam.

»Natürlich *nicht*«, widersprach meine Großtante energisch. »Trauer darf man nicht zur Seite drängen, sondern muss sie durchleben. Mit allem, was dazugehört. Nur darum hast du die Schule unterbrochen und bist hierhergekommen ... Wenn ich dich erinnern darf ...«

Sie hatte ja recht! Der Tod meines Vaters hatte mich geradezu paralysiert. Zu Hause in Lübeck war ich wie in mir selbst gefangen gewesen, unfähig, das Ganze zu begreifen. Doch seitdem ich Gordy kannte, seitdem ich in ihm endlich jemanden gefunden hatte, der mir zuhörte, mit dem ich über alles reden konnte und der mir keine goldenen Tipps, sondern einfach nur das Gefühl gab, dass er mich verstand, kam ich viel besser damit zurecht.

Okay, ganz sicher war ich nicht der Typ, der solche Dinge im Turbogang verarbeitete, aber immerhin, ich machte Fortschritte.

Pas grüner Kapuzenpulli lag nicht mehr im Schrank, sondern unter meinem Kopfkissen. Jede Nacht holte ich ihn hervor und kuschelte mich hinein. Auf diese Weise war mein Vater immer bei mir – manchmal bildete ich mir sogar ein, dass er daheim in Lübeck saß und auf mich wartete.

»Was ist bloß los mit dir?«, hörte ich Tante Grace sagen.

Verwirrt sah ich sie an. Ich stand noch immer vor der Anrichte und hatte die Hände um die Auflaufform gelegt. »Ähm, wieso?«

»Na, du bist völlig in dich versunken und merkst nicht einmal, dass ich mit dir rede«, erwiderte sie und deutete auf die Rolle Alufolie, die sie neben mich auf die Arbeitsfläche gelegt hatte. »Du bist tatsächlich noch nicht darüber hinweg, stimmt's?«

»Nein«, sagte ich.

Meine Großtante nickte – und schwieg, wofür ich ihr sehr

dankbar war. Sie kannte die wahren Zusammenhänge nicht, sondern ging schlicht davon aus, dass ich in Cyril verliebt war, er diese Gefühle aber nicht erwiderte.

»Ich werde ihn trotzdem treffen«, setzte ich hinzu. Und damit war die Sache entschieden.

⁂

In dieser Nacht träumte ich wieder von Gordy, und seltsamerweise spürte ich diesmal sofort, dass es nur ein Traum war und keine Realität.

Ich konnte sein Gesicht nicht erkennen, ich sah nur, wie er durchs Wasser glitt. Gordy war schnell. Rasend schnell. Und er wurde verfolgt: von Hunderten silbrigen Leibern, die hinter Riffen hervorschossen oder sich aus der tiefblauen Dunkelheit des Meeres herausschälten und nicht weniger schnell waren als er.

Ich wusste, sie würden ihn kriegen, aber ich lag schlafend in meinem Bett und konnte ihm nicht helfen. Stöhnend warf ich mich hin und her und kämpfte darum, endlich aufzuwachen, doch die Traumbilder ließen mich nicht los.

Und dann merkte ich mit einem Mal, dass etwas über mir war. Ein Schatten! Er packte mich an den Hüften, zerrte mich vom Bett herunter und schleifte mich ins Meer. Ich spürte seine Hände auf meinem Körper und seine Lippen auf meinem Mund. Unbarmherzig strömte eisiges Wasser meinen Rachen hinunter und füllte meine Lungen.

Ich wehrte mich nach Leibeskräften, versuchte, mich aus dem Klammergriff zu befreien – und plötzlich war ich wach.

Ich saß aufrecht im Bett, mein Herz raste, ich keuchte und

hustete und mein Shirt und das Bettzeug unter mir fühlten sich klatschnass an.

Im selben Moment – wie die Inszenierung in einem Kitschfilm – brachen die Wolken auf und gaben ein Stück des anthrazitfarbenen Himmels frei. Mitten darin stand der Mond und hüllte das aufbrausende Meer, die bizarren Klippen, das Bett und mich in sein weißes Licht. Ich hatte den Geschmack von Salz auf der Zunge. Aus meinem rechten Mundwinkel floss ein feines Rinnsal und kitzelte mich am Kinn.

Meine Beine brannten wie Hölle, von den Knöcheln bis zu den Hüften hinauf. So heftig war es selten gewesen, und eigentlich hatte ich, so dachte ich jedenfalls, mit diesem Phänomen längst abgeschlossen, aber der Traum hatte meinen Körper offenbar daran erinnert, dass meine Seele noch längst nicht geheilt war.

Die Fensterscheibe vibrierte unter einem Windstoß, der einen kalten Hauch ins Zimmer schickte und durch die Blätter der Kübelpflanzen hinter mir raschelte. Ein Frösteln raste über meine Haut. Zitternd kroch ich aus dem Bett und stellte fest, dass die Schiebetür fast eine Handbreit offen stand. Der Spalt, den ich für den Fall, dass Gordy zurückkam, aufgelassen hatte, war aber nur so schmal gewesen, dass gerade einmal seine Finger hineingepasst hätten.

Es musste also jemand hier im Zimmer gewesen sein!

»Gordy?«, wisperte ich, während ich langsam auf das Fenster zuging. Meine Knie waren wachsweich und mein Herz trommelte in schnellem, hartem Rhythmus gegen mein Brustbein.

Nein, nein, er konnte es gar nicht gewesen sein. Seine Reise in den Atlantik würde mindestens eine Woche dauern, das jedenfalls hatte er gesagt – und deshalb war die schwarze Gestalt, die ich zu meinem Entsetzen in diesem Moment dort unten über die Klippen huschen sah, auch nicht er.

Hastig schloss ich das Fenster, legte den Riegel um und presste meine Stirn gegen die Scheibe, in der Hoffnung, etwas erkennen zu können. Doch in diesem Augenblick schoben sich neue Wolken vor den Mond und eine Sekunde später war die Gestalt verschwunden. – Ins Meer abgetaucht, nachdem sie vor weniger als einer Minute noch hier oben in meinem Zimmer gewesen war und versucht hatte, mich zu ertränken.

Hinter der fest verschlossenen Schiebetür fühlte ich mich zwar einigermaßen sicher, trotzdem war mir sehr schnell klar, dass ich in dieser Nacht keine Sekunde mehr schlafen würde.

Inzwischen hatte ich das nasse Shirt gegen ein trockenes getauscht und auch das Bett neu bezogen, ich brachte es jedoch nicht über mich, mich wieder hineinzulegen, geschweige denn die Augen zu schließen.

Alle zwei Minuten huschte ich zum Fenster und sah auf die Klippen und das Meer hinunter.

Den Gedanken, Ruby anzurufen, hatte ich schnell verworfen. Obwohl ich noch immer am ganzen Körper zitterte und nicht wusste, wie ich gegen meine Angst ankämpfen sollte, fand ich es irgendwie übertrieben, sie mitten in der Nacht zu wecken und ebenfalls in Panik zu versetzen. Außerdem war es schon eine ganze Weile her, seit ich das letzte Mal mit dem Handy telefoniert hatte. Wahrscheinlich war der Akku längst leer. Genau genommen wusste ich nicht einmal mehr, wo ich das verdammte Ding gelassen hatte.

»Wolltest du mich wirklich umbringen?«, murmelte ich, während ich meinen Blick auf die sich brechenden Wellen heftete.

»Unsinn«, hörte ich Sina sagen. »Wenn er es gewollt hätte, hätte er es auch getan.«

Ich spürte so etwas wie Erleichterung, als ich die vertraute Stimme meiner besten Freundin aus Lübeck in meinem Kopf vernahm. Sina war zwar längst nicht in alles eingeweiht, ihren vernunftbetonten Senf gab sie dennoch immer gerne dazu.

»Aber was wollte er dann?«, fragte ich sie. »Mich warnen?«

»Vielleicht.« Sina schien zu überlegen. »Bist du dir überhaupt sicher, dass es ein ER war?«

Nein, es konnte natürlich genauso gut auch eine SIE gewesen sein.

»Ich werde Cyril treffen«, sagte ich. »Ich werde es ihm erzählen. Angeblich will er reinen Tisch machen. Möglicherweise hat er auch hierfür eine Erklärung.«

»Du hast ihm also verziehen?« Unglaube schwang in ihrer Stimme.

»Nein! Natürlich nicht!«

»Warum willst du ihn dann treffen?«

»Hab ich doch gerade gesagt«, erwiderte ich ungeduldig. »Weil er mir alles erklären will.«

»Das könnte auch eine Finte sein«, gab Sina zurück.

»Ach, Quatsch!«

»Also, ich würde ihm nicht vertrauen.«

Ich schnappte mir eine Wolldecke, ließ mich auf das Rattansofa fallen und schloss stöhnend die Augen. »Ich vertraue ihm ja auch nicht. Ich hasse ihn. Außerdem treffe ich ihn am helllichten Tag, wenn jede Menge Leute am Strand sind. Du brauchst dir also gar keine Sorgen zu machen!«

»El, du hast noch nie jemanden gehasst! Das allein ist schon Grund genug, sich Sorgen zu machen«, seufzte sie.

»Ich habe ja auch noch nie jemanden wie Cyril gekannt«, entgegnete ich.

Oder Gordy ...

Ich verbannte Sina aus meinem Kopf und begann darüber nachzugrübeln, wie viel mein Traum mit der Realität zu tun hatte. Hatte ich gespürt, dass jemand im Zimmer war, und das mit meinen Traumbildern verwoben? Wieso hatte ich von Anfang an gewusst, dass ich träume, und warum, zum Teufel, bin ich nicht wach geworden, als er sich über mich beugte und mich küsste? – Allein die Vorstellung ließ einen eisigen Schauer über meinen Rücken rieseln.

Es musste ein Nix gewesen sein, so viel war klar. Wer sonst hätte die mehr als zwei Meter große Distanz zum Balkon vor meinem Zimmer überwinden können? Kyan, Zak und Liam, die einzigen Delfinnixe, von denen ich wusste und die noch am Leben waren, schieden allerdings aus. Denn aus dem, was Gordy mir über ihren Verwandlungsrhythmus erzählt hatte, schloss ich, dass es ihnen erst in der Neumondnacht am nächsten Samstag wieder möglich sein würde, an Land zu kommen.

Wenn es aber kein Delfinnix war, musste es ein Hainix gewesen sein – ein Landgänger wie Cyril.

Nein, nein, nein! Ich traute ihm ja wirklich einiges zu, aber so etwas ganz sicher nicht.

Da ich ohnehin nicht schlafen oder meinem Gedankenkarussell entfliehen konnte, schnappte ich mir mein Notebook, warf einen Blick in mein Postfach und wechselte anschließend zu Facebook. Vielleicht gelang es mir ja, meine Anspannung auf diese Weise loszuwerden.

Auf meiner Pinnwand fand ich einen Eintrag von Sina.

spiele mit dem gedanken, dich zu besuchen. was hältst du davon?

»Gar nichts«, murmelte ich.

Bevor ich nach Guernsey aufgebrochen war, hatte mir die Vorstellung nicht besonders behagt, ausgerechnet auf die Menschen, die mir neben Pa am meisten bedeuteten, so lange verzichten zu müssen. Inzwischen hatte sich das vollkommen geändert. Natürlich waren mir Mam und Sina noch immer wichtig, aber mit meinem Leben hier auf der Kanalinsel hatten sie im Grunde nichts zu tun.

»Gar nichts, Sina«, wiederholte ich und hinterließ ihr ebenfalls eine Notiz.

lass uns irgendwann chatten!

Ansonsten war nicht viel los im Netz. Klar, keiner meiner Freunde war um diese Zeit online. Also fuhr ich den Laptop wieder runter, legte mir die Wolldecke über die Schultern und richtete meinen Blick zum Fenster. Es war nach wie vor dunkel draußen und der Himmel noch immer wolkenverhangen, der Wind schien jedoch etwas nachgelassen zu haben.

Obwohl ich wusste, dass es wenig Sinn hatte, mir noch weiter den Kopf darüber zu zerbrechen, wer in meinem Zimmer gewesen sein könnte, kreisten meine Gedanken unaufhörlich nur darum. Der Umstand, dass ich keinen Körper gespürt, keinen Duft wahrgenommen, ja nicht einmal etwas gehört hatte, machte mich rasend. Noch nie hatte ich ein solch lähmendes Gefühl der Ohnmacht empfunden!

Vielleicht wäre es klug gewesen, die Jalousie herunterzulassen. Es hätte mir Schutz gegeben und das Apartment wäre von außen nicht mehr einsehbar gewesen. Aber ich wollte das Meer und die Klippen dort unten im Auge behalten, falls die Gestalt noch einmal auftauchte.

Zögernd ließ ich meinen Blick zum Bett hinüberwandern. Es war meine Insel gewesen, mein sicherer Hafen. Hier hatte ich getrauert, geträumt und stundenlang mit Gordy gelegen und geredet. All das hatte mein nächtlicher Besucher in einem einzigen Handstreich zerstört.

Irgendwann musste ich dann doch weggenickt sein, denn plötzlich war es taghell im Zimmer. Mein Nacken schmerzte, weil ich total verdreht auf dem Sofa lag, außerdem war mein rechtes Bein eingeschlafen. Ich rieb es so lange, bis es zu kribbeln anfing, dann stand ich auf und humpelte ins Bad. Die Tür ließ ich offen, während ich mir eine Anderthalb-Minuten-Dusche genehmigte, mir rasch die Zähne putzte und mich anzog.

Mit Jeans und Sweater bekleidet, tappte ich zum Fenster und blickte eine Weile hinaus. Der Himmel war gleichmäßig grau und es hatte wieder zu schauern angefangen. Der Regen fiel in dünnen senkrechten Schnüren herunter, überzog die Klippen mit einem feuchten Glanz und malte unzählige kleine Pocken auf die Meeresoberfläche.

Ausgerechnet bei diesem Mistwetter wollte Cyril mich treffen! Super! Wahrscheinlich würden wir nun doch mutterseelenallein am Strand sein.

Einen Moment rang ich mit mir, ob ich das Fenster nicht

doch ein winziges Stück offen stehen lassen sollte, entschied mich dann aber dagegen. Ich würde nicht lange weg sein und Gordy würde schon nicht ausgerechnet während meiner Abwesenheit zurückkehren. Zumindest hoffte ich das.

Ich schnappte mir mein Regenzeug und lief die Treppe hinunter. In der Küche fand ich eine Schale mit Karamellpudding, der mit frischem Obst garniert war, und eine Nachricht von meiner Großtante.

Guten Morgen, mein Engel,
ich bin beim Zahnarzt und danach muss ich noch bei einer Bekannten in St Martin eine Couchgarnitur ausmessen, die neue Bezüge bekommen soll.
Ich schätze, dass ich mich dort eine Weile aufhalten werde.
Lass dir vom Regen nicht die Laune vermiesen!
Bis später!
Tante Grace

Na toll! Cyrils Sterne standen anscheinend wirklich gut. Denn heute hätte ich mich den Ermahnungen meiner Großtante, mir doch lieber einen sonnigeren Tag für einen Fahrradausflug an den Strand auszusuchen, nur zu gerne gefügt.

Wie ich befürchtet hatte, war die Cobo Bay menschenleer. Die mittlerweile dunkelgrauen Wolken über mir hingen so tief, als wollten sie mit dem ebenso düsteren Meer verschmelzen. Wellen türmten sich auf, klatschten gegen die Klippen und eroberten rauschend und sprudelnd den Strand. Möwen kreischten und flogen hektisch auf und nieder, und ich verfluchte mich für meine Dummheit, Cyrils Ruf gefolgt und tatsächlich hergekommen zu sein.

Ich stellte das Rad an der Bootseinfahrt ab und ließ meinen Blick über den Strand, die Dünenböschung und die Befestigungsmauer gleiten.

»Ich werde ganz sicher nicht ewig auf dich warten«, murmelte ich, während ich langsam über den Strand ging, und war bereits im Begriff, wieder umzukehren, als ich ihn bemerkte.

Cyril musste in einer der ausgewaschenen Steinkuhlen auf dem Felsgrat gehockt haben, der links von mir ins Meer hineinragte, denn plötzlich kam er von dort aus mit hastigen Schritten auf mich zugelaufen.

Bei seinem Anblick zog sich mir der Magen zusammen. Mein Instinkt signalisierte mir ganz klar, dass ich auf der Stelle umkehren und davonrennen sollte, aber ehe meine Muskeln diesen Befehl in Bewegung umsetzen konnten, war Cyril bereits bei mir.

»Entschuldige bitte«, sagte er und berührte mich wie selbstverständlich an der Hand.

Er war klatschnass, denn er trug keine Regensachen, und das Wasser rann in Strömen aus seinem dichten schwarzen Haar und über sein Gesicht in seinen dunkelblauen Sweater.

Ich ließ meinen Arm zurückschnellen und schüttelte verärgert den Kopf. »Was willst du von mir?«

Er quittierte meinen harschen Tonfall mit einem Lächeln.

»Mein Leben an deiner Seite verbringen.«

»Was?«, keuchte ich.

Bei Cyril musste man immer auf alles gefasst sein, aber mit einer solchen Antwort hatte ich nun wahrlich nicht gerechnet.

»Mein Leben an deiner Seite verbringen«, wiederholte er. »Es gibt niemanden, der mir wichtiger ist als du, Elodie«, fügte er leise hinzu. Das Lächeln verschwand, seine Miene war jetzt ernst und sein Blick dunkel und wehmütig. Die Regentropfen, die in seinen Wimpern hingen, taten ihr Übriges – hätte ich mich in diesem Moment geweigert, ihm zuzuhören und mit ihm zu reden, hätte ich mich wie ein Unmensch gefühlt.

»Hallo, Elodie«, hörte ich Sina rufen. »Du hasst ihn! Schon vergessen?«

Ich machte eine unwillige Geste, die sowohl meiner klugen Freundin galt als auch Cyril.

»Hör zu, du weißt ganz genau ...«, begann ich, brach dann aber sofort wieder ab. »Hast du mich deshalb herbestellt? Um mir das zu sagen?«

Er zog eine Grimasse. »Du weißt es doch längst«, sagte er und das klang ziemlich frustriert.

»Gar nichts weiß ich, Cyril. Gar nichts«, blaffte ich. »Du bist ein einziges riesengroßes Geheimnis für mich.«

Er wandte den Blick ab und nickte. Um seine Mundwinkel zuckte es. »Gordian ist es wohl nicht, was?«

»Nein.« Ich sog geräuschvoll Luft in meine Lungen. »Bei ihm weiß ich, woran ich bin.«

Cyril verdrehte die Augen, dann schüttelte er den Kopf. »Elodie, das denkst du doch nur. In Wahrheit weißt du gar nichts über ihn. Du hast nicht die geringste Ahnung, wie gefährlich er ist und was es für die Menschen, die hier leben, bedeutet, dass er an Land gekommen ist.«

Ich spürte einen feinen Stich in meinem Herzen. »Und für dich?«, fragte ich. »Was bedeutet es für dich?«

Cyril schwieg.

»Es bedeutet, dass du dein Leben *nicht* an meiner Seite verbringen kannst«, antwortete ich an seiner Stelle. »Weil dieser Platz nämlich bereits besetzt ist.«

»Das ist nicht ganz richtig«, widersprach er. »Der Platz, den *ich* ausfüllen könnte, ist noch nicht besetzt.«

»Verdammt noch mal, Cyril, was soll das?«, fuhr ich ihn an. »Glaubst du, ich finde es witzig, wenn du ständig in Rätseln sprichst? Wie soll ich dir jemals wieder vertrauen, wenn ...«

»Es geht nicht um das Wie«, unterbrach er mich, »sondern um das Ob. Und ich sage dir, du kannst mir vertrauen, Elodie. Ich mag dich nämlich viel zu sehr, als dass ich dir jemals *wirklich* wehtun könnte.«

Seine Worte machten mich sprachlos, dann kochte Wut in mir hoch. »Arschloch!«

»Das hat Ashton auch gesagt.« Cyril wagte ein Zwinkern, aber mir war weiß Gott nicht nach Scherzen zumute.

Ashton gebrauchte dieses Wort ständig. Es war ein Symptom seines Tourette-Syndroms und rutschte ihm einfach heraus, egal, ob die Gelegenheit passte oder nicht.

»Ich bin sicher, in diesem Fall hat er es auch genau so gemeint«, knurrte ich.

Cyril seufzte. »Mir ist schon klar, wie ihr über mich denkt.«

»Kein Kunststück.« Ich bedachte ihn mit einem abfälligen Blick. »Du pflegst dein Image. Wie es aussieht, sogar mit ganz besonderer Hingabe.«

Er warf mir einen langen abschätzenden Blick zu. Schließlich begann er, auf und ab zu laufen. Sah mich an. Sah wieder weg.

»Elodie ...«

»Ja, verdammt! Was soll ich dir sagen? Du *hast* mir wehgetan«, fing ich an, mich in Rage zu reden. »Zwar konntest du mir Gordy nicht wegnehmen, aber du hast mich wahnsinnig enttäuscht. Ich war nämlich felsenfest davon überzeugt, dass ich mich auf dich verlassen kann ... Trotz allem.«

»Das kannst du auch. Immer noch.«

Ich warf meinen Kopf in den Nacken, schloss die Augen und atmete tief ein und wieder aus. »Dann sag mir bitte endlich, wer du bist!«

»Cyril.«

Ich sah ihn an. »Und weiter?«

Ein Schatten glitt über seine Augen. Sein ganzes Gesicht glich einer offenen Wunde. Ich musste mich zwingen, ihn weiter anzuschauen und trotzdem Distanz zu wahren.

»Nichts weiter«, sagte er kaum hörbar.

»Okay.« Mein Herzschlag beschleunigte sich, und ich spürte, dass meine Handflächen feucht wurden. »Und ... und was bist du? Ein Mensch?«

Cyril schluckte. Dann schüttelte er den Kopf.

»Hab ich es doch gewusst!«, stieß ich hervor.

Er erwiderte nichts, sondern stand einfach nur da und hielt meinen Blick gefangen.

»Aber *du* bist nicht gefährlich, oder was?«, blaffte ich.

»Ich habe noch nie jemandem etwas zuleide getan«, sagte er ruhig. »Im Gegenteil. Eigentlich war ich immer sehr hilfsbereit.« Er zuckte mit den Schultern. »Zumindest für meine Verhältnisse.«

»Du bist ein Hai. Hab ich recht?«

»Nix. Jep.« Er nickte.

»Und Haie sind ...«, wollte ich fortfahren, aber nun unterbrach er mich ziemlich ungehalten.

»Was? ... Tiere? Fische?«

Fische, ja. Keine Säuger, dachte ich. Jäger. Mörder.

Cyril sah mich fest an. »Nein, Elodie, nein.«

»Kannst du meine Gedanken lesen?«, keuchte ich.

Wieder nickte er. »Ja. Wenn ich will.«

»Gibt es denn überhaupt Momente, in denen du nicht willst?«

Seine Züge wurden weich. »Jede Menge.«

Ich drehte mich um und starrte aufs Meer hinaus, das noch immer tosend ans Ufer rauschte. Ich brauchte ein paar Sekunden für mich, einen Augenblick, um all das zu verdauen. Obwohl ich es geahnt hatte, irgendwie. Und zwar ALLES.

»Du liest nicht nur Gedanken, du beeinflusst sie auch«, sagte ich schließlich.

»Nicht die Gedanken«, entgegnete Cyril. »Die Gefühle.«

Mein Puls überschlug sich nun fast. »Du könntest mich also in dich verliebt machen?«

Ein paar Sekunden lang herrschte Stille, dann hörte ich plötzlich seinen Atem. Er musste ganz dicht hinter mich getreten sein. »Das weiß ich nicht, Elodie«, wisperte er an meinem Ohr und ein Gänsehautschauer richtete die Härchen in meinem Nacken auf.

»Aber du würdest es versuchen?«

Seine Antwort kam unerwartet prompt. »Nein.«

Ich konnte es kaum glauben. »Du nimmst es also hin, dass ich Gordy liebe?«, stieß ich fassungslos hervor.

»Ja, aber ich werde nicht dulden, dass du mit ihm zusammen bist.«

Cyril legte mir seine Hände auf die Schultern. »Und zwar einzig und allein, um dich zu schützen.«

Alles in mir sträubte sich gegen diese Berührung. Cyrils Worte mochten ehrlich sein, vor allem aber waren sie anmaßend. Was gab ihm das Recht, sich in mein Leben einzumischen? Und warum fühlte ausgerechnet er sich dazu berufen, mich zu beschützen? Ich hatte ihn nicht darum gebeten, und ich wollte, dass er aufhörte, meine Angelegenheiten zu regeln!

Unwillig spannte ich meine Schultern an, da spürte ich die Wärme, die von seinen Händen ausging. Sie wanderte meine Wirbelsäule entlang und verteilte sich in meinem ganzen Körper. Den Regen, den mir der Wind ins Gesicht blies, nahm ich kaum noch wahr. Am liebsten hätte ich mich zurückgelehnt und gegen Cyrils Brust sinken lassen. Es kostete mich eine ungeheure Willensanstrengung, es nicht zu tun.

»Gordy kann das auch«, sagte ich leise wie zu mir selbst, während ich dastand wie ein Stock, unfähig, mich zu rühren.

»Was?«

»Gefühle beeinflussen.«

»Das habe ich befürchtet.« Cyril seufzte. »Diese Fähigkeit scheint unter allen Nixarten verbreitet zu sein.«

»Er würde mir aber niemals etwas antun«, erklärte ich mit fester Stimme.

»Schon möglich, Elodie«, erwiderte Cyril. »Aber er ist ein Delfin. Der perfekte Schauspieler also. Hainixe können sich nicht verstellen. Sie sind, wie sie sind. Delfinnixe dagegen haben zwei Gesichter.«

»Alle?«

»Alle.«

»Aber du kennst sie doch gar nicht richtig«, hielt ich dagegen. »Wenn du nicht einmal wusstest, dass sie Gefühle beeinflussen können.«

»Keine Sorge, Elodie, ich kenne sie gut genug, um ihren Charakter beurteilen zu können«, sagte Cyril und sein Griff um meine Schultern wurde fester. »Schließlich leben wir in denselben Ozeanen. Allerdings gehen wir einander möglichst aus dem Weg.«

»Ihr seid also verfeindet?«

»So würde ich das nicht nennen.« Ich hörte, wie Cyril scharf Luft einsog. »Wir leben nebeneinander, der eine nimmt dem anderen nichts weg. Mag sein, dass die Delfinnixe uns darum beneiden, dass wir im Wasser *und* an Land leben können ...«

»Tja, und nun sind sie *auch* an Land gekommen«, murmelte ich.

»Eben«, sagte Cyril. »Und ich habe ...« Er brach kurz ab und fuhr dann fort: »*Keiner* von uns hat auch nur den Funken einer Ahnung, wie das möglich war und aus welchem Grund es geschehen ist, ausgerechnet jetzt, zu diesem Zeitpunkt ...«

Unheil bringst du. Großes Unheil über die Inseln. Tod und Schrecken ...

Die Worte, die Cecily Windom ausgespien hatte, als ich ihr das erste Mal begegnet war, hatten sich regelrecht in mein Gehirn eingemeißelt.

»... zu dem *ich* hier auf Guernsey aufgetaucht bin«, vervollständigte ich flüsternd Cyrils Worte.

»Darauf darfst du nichts geben«, sagte er. Offensichtlich hatte er wieder einmal in meinen Gedanken gestöbert. »Das ist nichts weiter als ein dummer Zufall. Silly spürt lediglich, dass ein Unheil geschieht, sie sieht aber keine Zusammenhänge.«

Genau das hatte er vor Wochen, als es passierte, auch schon gesagt. Ebenso Tante Grace. Am nächsten Tag war Laurens Leiche gefunden worden und ich hatte mich sofort schuldig gefühlt. Natürlich gab es keinen logischen Zusammenhang zwischen meiner Ankunft auf Guernsey und Laurens Tod auf Sark, an einen bloßen Zufall mochte ich trotzdem nicht glauben. Mit Cyril wollte ich darüber aber nicht reden, also schob ich diese Gedanken beiseite und fragte: »Wie viele von euch leben überhaupt hier auf den Kanalinseln?«

Er zuckte die Achseln. »Einige wenige.«

»Und? Kenne ich sie?«

Ich rechnete mit einem klaren Nein, insofern haute es mich schier um, als er sagte: »Ja, sicher. Nicht alle, aber ...«

Ich wirbelte herum und fand mich prompt in seinen Armen wieder, denn dummerweise hatte ich für eine Sekunde vergessen, dass er direkt hinter mir stand.

Cyril lächelte. Behutsam ließ er seine Hände an meinem Rücken hinuntergleiten.

»Lass mich los!«, zischte ich.

»Oh, und ich dachte ...« Er stockte und eine Spur Enttäuschung huschte über sein Gesicht, dann nahm er seine Hände zur Seite und trat einen Schritt zurück. »Entschuldige bitte.«

Ich hielt es für besser, nicht weiter darauf einzugehen, und rief mir stattdessen alle Personen ins Gedächtnis, die ich bisher hier auf Guernsey kennengelernt hatte.

»Wer? Meine Tante?«

Cyril schüttelte den Kopf. »Nein.«

Ich atmete auf.

»Wer dann?«

»Wir verraten einander nicht«, erwiderte er. »Aber ich bin sicher, du wirst es herausfinden.«

»Javen Spinx«, sagte ich und achtete auf jede noch so kleine Regung in seiner Mimik, doch Cyril ließ sich nichts anmerken, sondern zuckte nur mit den Schultern. »Wie gesagt, wir verraten einander nicht.«

»Das ist auch eine Antwort.«

Meines Erachtens kam außer Javen Spinx ohnehin kaum jemand anders infrage. Jedenfalls konnte ich mir nicht vorstellen, dass einer aus der Clique ein Hainix war. Keiner von ihnen ähnelte Cyril auch nur im Geringsten. Die Jungs nicht und die Mädchen waren ja ohnehin ausnahmslos den Delfinen verfallen ... Alle außer Ruby natürlich.

Für einen Moment setzte mein Herzschlag aus, doch in der nächsten Sekunde hatte ich den Gedanken schon wieder verworfen. Nein, das konnte unmöglich sein. Ruby war ein ganz normales Mädchen.

Allerdings ließ der Umstand, dass Cyril nicht der einzige Hainix auf dieser Insel war, die Ereignisse der vergangenen Nacht in einem völlig neuen Licht erscheinen.

»Jemand ist in meinem Zimmer gewesen«, hörte ich mich sagen.

»Was?«, hauchte Cyril. »Wann?«

»Heute Nacht, als ich schlief«, sagte ich. »Wahrscheinlich war es einer deiner Hai-Kumpel, die du nicht verraten willst«, setzte ich provozierend hinzu.

»Unsinn«, wiegelte er sofort ab. »Das ist völlig ausgeschlossen.«

»Wieso?«

Cyril stöhnte leise. »Weil es nun mal so ist«, erwiderte er. »Es muss ein Delfin ...«

Ich ließ ihn nicht ausreden. »Okay, Tatsache ist: Ich habe ihn nicht erkannt. Er kam in meinen Traum. Er hat mich geküsst ...«

Cyril runzelte die Stirn. »Im Traum?«

»Nein, das hat er tatsächlich getan.« Bei der Erinnerung daran sträubten sich mir die Nackenhaare. »Ich glaube, er wollte mich ertränken.« Ich geriet ins Stocken. »Jedenfalls war das ganze Bettzeug nass, als ich aufwachte.«

Um Cyrils Mundwinkel zuckte es. Er hob den Blick über mich hinweg und fixierte einen Punkt irgendwo in der Ferne. »Es könnte auch eine Warnung gewesen sein«, murmelte er.

Ich wollte etwas entgegnen, ihn fragen, wie er das meinte, aber da war er bereits von seiner gedanklichen Reise zurückgekehrt und sah mir nun fest in die Augen. »Du darfst Gordian nicht wiedertreffen«, presste er eindringlich hervor. »Ich flehe dich an, versuch, ihn zu vergessen, Elodie. Bitte!«

Ich starrte ihn an und wunderte mich darüber, dass er schon wieder so dicht bei mir stand.

»Das kann ich nicht, Cyril«, fing ich an zu stammeln. »Ich ...«

Weiter kam ich nicht. Cyrils Hände hatten sich um meinen Nacken gelegt. Sein Daumen strich mir sanft über die Wange, das Kinn und die Unterlippe, und sein dunkler Blick drang so tief in mich ein, dass ich ihn in meinem Herzen zu spüren glaubte.

»Verzeih mir«, flüsterte er. »Bitte verzeih mir.« Und dann küsste er mich.

Seine Lippen waren fest und fordernd, seine Zunge tastete voller Verzweiflung nach meiner. Und ich? – Ich ließ es nicht nur geschehen, ich erwiderte diesen Kuss sogar. Ich tat es, obwohl ich wusste, dass es ein Fehler war. Genauso wie daheim auf meiner Abschiedsparty in Lübeck gingen auch jetzt meine Sinne mit mir durch, und ich schaffte es einfach nicht, sie unter Kontrolle zu bringen.

Cyril ließ seine Wärme unaufhaltsam in mich einströmen und Bilder von unserem ersten Zusammentreffen am Strand, unserem gemeinsamen Abend in St Peter Port und der Überfahrt nach Sark zogen an mir vorbei – und viel zu spät wurde mir klar, dass an diesem Kuss wirklich alles falsch war.

Sehnsüchte und Wahrheiten

Mit aller Kraft stieß ich Cyril von mir weg. Ich hörte ihn stöhnen, dann ertönte ein Schlag, Cyril stürzte zu Boden, und ehe ich kapierte, was hier vorging, packte mich jemand und warf mich über seine Schulter.

Ich sah samtbraune Haut, ein silbrig schimmerndes Tuch, das sich um ein wohlgeformtes Hinterteil spannte, und zwei hübsche Füße, die über den feuchten Sandstrand rasten. Sein betörend frischer Duft drang in meine Nase und füllte meine Lunge.

Selig schlang ich die Arme um seine Taille, schmiegte meine Wange an seine Haut und spürte das geschmeidige Spiel seiner Rückenmuskeln, während unter mir Sand, Felsen, Erde und Gras vorbeiflogen.

Ich war so trunken vor Glück darüber, dass er am Leben und zu mir zurückgekommen war, dass ich mir nicht einen Gedanken mehr um Cyril machte. Unser Kuss, noch nicht einmal eine Minute her, war wie ausgelöscht.

Erst als Gordy das Grundstück meiner Großtante erreichte, den Balkon vor meinem Zimmer erklomm und mich dort unsanft zu Boden ließ, kam ich allmählich wieder zu mir.

Gordians türkisgrüne Augen glänzten feucht und sein Gesichtsausdruck sprach Bände. Er sah aus, als hätte man ihm das Herz aus der Brust gerissen.

»Was hast du dir nur dabei gedacht!«, fuhr er mich an.

Er sprach nicht besonders laut, viel zu laut jedoch für das menschliche Gehör. Seine kräftige dunkle Stimme erfasste jede Faser meines Körpers, hob mich von den Füßen und katapultierte mich gegen das Fensterglas. All das geschah im Bruchteil einer Sekunde.

Die Scheiben vibrierten und einen quälend langen Moment war ich unfähig zu atmen. Den Schmerz in meinem Rücken spürte ich kaum, ich sah nur Gordys Augen, die nun funkelnd vor Zorn und Enttäuschung in fliegendem Rhythmus den Farbton wechselten. Um seinen Mund zuckte es und er zitterte am ganzen Körper. Zum ersten Mal wurde mir bewusst, wie überlegen, wie unkontrolliert, wie gefährlich er war. Und trotzdem: Ich war mir absolut sicher, ganz gleich wie wütend er auch sein mochte, er würde mir nie, niemals wirklich etwas antun.

Außerdem hatte *ich* den Fehler gemacht. Ich ganz allein.

Tränen schossen mir in die Augen. Ich wollte Gordian um Verzeihung bitten, aber ich brachte kein Wort über die Lippen, sondern stand nur da und heulte.

Gordy fuhr sich durch die Haare und schüttelte wieder und wieder den Kopf. Schließlich wandte er sich um und sprang über das Geländer in den Garten hinunter.

Nein, schrie alles in mir. Nein, nein, nein! Wenn er jetzt ging, wenn er mich so in Erinnerung behielt, wenn das hier, dieses kurze Wiedersehen, unsere letzte Begegnung gewesen sein sollte, würde ich keine Sekunde mehr glücklich sein können.

Ohne auf meine schmerzenden Knochen zu achten, kletterte ich ebenfalls über das Balkongeländer und ließ mich einfach in die Tiefe fallen. Vor gar nicht allzu langer Zeit hatte ich das schon einmal getan, ich war also gewissermaßen in Übung, aber auch diesmal kam ich nicht ohne Blessuren davon, schlug mir das Knie auf und verknackste mir das Ellenbogengelenk. Doch all das war mir vollkommen egal. Ich musste Gordy erreichen, bevor er ins Meer abtauchte. Und so stolperte ich blindlings die Gartenterrassen hinunter und auf die Klippen zu.

Natürlich war er schneller als ich. Sehr viel schneller. Eben glaubte ich noch, ihn gesehen zu haben, die wild zerzausten Locken und seine schöne schlanke Gestalt, die ähnlich einer Katze über die Felsen sprang, und dann war er auch schon verschwunden.

»Gordy!«, krächzte ich. »Gordy!« Meine Lungen dehnten sich aus und allmählich kam meine Stimme zurück. »Gordy!«, rief ich, lauter und immer lauter.

Ich erreichte den großen abgeflachten Felsen, meine Stelle, *unsere* Stelle, aber von Gordian fehlte jede Spur. Die Nordsee tobte, Gischt sprudelnde Wellen rauschten zu mir herauf und umspülten meine brennenden Knöchel.

Der Regen klatschte mir ins Gesicht und der eiskalte Wind zerrte an meinen Haaren, doch nicht nur deshalb war mein Vorhaben mehr als verrückt. Aber ich zögerte nicht eine Sekunde, sondern riss mir die Regensachen vom Leib, zog Sweater, Chucks und Jeans aus und stürzte mich kopfüber ins Wasser.

Der Tidenhöchststand würde erst in einer Stunde erreicht sein, ich konnte mir also ausrechnen, dass das Meer mich unerbittlich auf die Klippen zurückwarf.

So weit ließ Gordy es allerdings nicht kommen. Er war bei mir, noch ehe ich einen Schwimmzug gemacht hatte, schlang seine Arme um mich und drückte mich an sich. Ich hielt mich an ihm fest, legte mein Gesicht in seine Halsbeuge und schlang zögernd meine Beine um seine Hüften. Meine Haut auf seiner und um uns herum das tiefblaue Meer – für einen winzigen, geradezu magischen Augenblick fühlte sich alles hundertprozentig richtig an, und im nächsten lagen wir bereits keuchend auf den Klippen.

Gordy hielt mich noch immer. Ich hatte gemerkt, wie sein Delfinschwanz sich in Beine verwandelte, wie sein Körper vollständig wurde und nun der eines Mannes war, und so unpassend es auch sein mochte, ausgerechnet jetzt an so etwas zu denken, aber für eine Sekunde wurde mir schwindelig bei der Vorstellung, dass es hier und jetzt auf unserer Klippe passieren könnte ...

»Elodie«, flüsterte Gordy. »Hab ich dich nicht gebeten, das nie, nie wieder zu tun?« Seine Stimme war nun unendlich sanft, jede einzelne Silbe streichelte mich so zart wie eine Feder.

»Ich wusste nicht, wie ich dich sonst aufhalten sollte«, erwiderte ich.

»Du hättest dich nicht so entblößen müssen«, sagte er bestimmt und streckte seinen Arm nach meiner Regenjacke aus, die sich in einer Felsspalte verfangen hatte und geräuschvoll im Wind flatterte. »Du weißt doch, wie ...«

»Ja, ich weiß«, raunte ich in sein Ohr, während ich seinen Nacken fest umschlungen hielt. »Allein deine Stimme könnte mich umbringen.«

Gordy schluckte. Ich spürte an meinem Hals, wie sein Kehlkopf sich auf und ab bewegte. »Es tut mir leid, Elodie. Ich kann dir gar nicht sagen, wie sehr«, presste er hervor. Er machte eine ruckartige Bewegung nach vorn und bekam die Regenjacke zu fassen. »Zieh das bitte an. Ich suche derweil deine übrigen Sachen zusammen.«

Ich zitterte am ganzen Leib vor Kälte, aber ich wollte ihn nicht loslassen.

»Elodie, bitte! Sei nicht töricht.«

Gordy sah mich an und ich tauchte in seinen türkisgrünen Blick ein. Sein Gesicht war nur wenige Zentimeter von meinem entfernt. Er war noch tausendmal schöner, als ich ihn in Erinnerung hatte, so wunderschön, dass es wehtat.

»Verzeihst du mir?«, wisperte ich.

Gordy antwortete nicht, sondern sah mich weiter an.

»Ich *liebe* dich, Elodie«, sagte er schließlich und strich sanft mit seinen Lippen über meine.

Es war nur ein flüchtiger Kuss, aber es war fast mehr, als mein sich überschlagendes Herz in diesem Moment ertragen konnte. Der dunkle Himmel über uns und das Meer, das um uns herum in den Klippen toste, schienen uns im Arm zu halten, einen Nix und ein Menschenmädchen, die nicht zusammenpassten und trotzdem zusammengehörten.

»Komm jetzt«, sagte Gordy. Er stützte sich auf und bedeckte meinen Körper mit der Regenjacke, und ehe ich richtig hinschauen konnte, hatte er bereits seine Delfinhaut ergriffen und um seine Hüften geschlungen. Dann sprang er auf die Füße, lief hierhin und dorthin und sammelte meine Klamotten ein, die der Wind zum Teil bis in Tante Gracies Garten hinaufgeweht hatte.

»Hier, die hing in einem Baum«, sagte Gordy grinsend, als er mir zu guter Letzt die Regenhose reichte.

Ich schlüpfte hinein und sah ihn an. »Bist du nun zufrieden?«

»Ja, du siehst wirklich sehr hübsch aus«, entgegnete er und zupfte an der Kapuze, die knatternd auf meinem Rücken herumtanzte. »Und du machst ulkige Geräusche.«

»Das ist nur der Wind«, sagte ich.

»Mhmmm, und der hat dich eben wohl auch ins Meer gepustet«, meinte Gordy und lächelte dieses unwiderstehliche Lächeln, bei dem sich das kleine Grübchen über seiner Oberlippe bildete. »Und jetzt musst du ganz schnell wieder trocken und warm werden.«

Er war bereits im Begriff, mich auf seinen Arm zu heben, doch ich wehrte ab. »Wir können nicht ins Haus. Jedenfalls nicht über den Balkon. Ich habe das Fenster geschlossen, damit niemand hereinkommt.«

Gordian sah mich verständnislos an.

»Es ist jemand eingedrungen.« Meine Stimme überschlug sich fast.

»Was?« Gordy fasste sich an den Kopf. Er blickte zum Meer und dann wieder zu mir. Seine ganze Haltung spiegelte Fassungslosigkeit und Entsetzen wider. »Wann?«

»Letzte Nacht. Er hat mich ... Er wollte ...« Ich brach ab. Ich schaffte es einfach nicht, ihm zu sagen, dass mich außer Cyril auch ein Fremder geküsst hatte. »Es kann eigentlich nur einer von euch gewesen sein«, setzte ich hastig hinzu.

»Nein«, sagte Gordy. Sein Blick verschloss sich und der Ausdruck in seinem Gesicht wurde steinern. »Niemand von uns. Ganz sicher nicht!«

Aber wer dann?, wollte ich fragen, doch da hatte er schon seinen Arm um meine Schultern geschlungen. Energisch zog er mich den schmalen Weg über die Gartenterrassen zum Cottage hinauf.

»Du musst trockene Sachen anziehen.«

»Genau das habe ich vor«, versprach ich. »Und gleich danach öffne ich das Fenster, damit du ...«

»Nein«, fiel Gordy mir ins Wort. »Ich komme mit. Von nun an lasse ich dich keine Sekunde mehr aus den Augen.«

Zugegeben: Diese Aussicht war fantastisch. Es gab nur einen einzigen winzig kleinen Haken. »Und was ist mit Tante Grace?«

»Oh, ich hoffe, sie wird mich mögen«, erwiderte Gordian mit einem verschmitzten Grinsen, wodurch das niedliche Grübchen wieder deutlich zum Vorschein kam.

»Das kannst du vergessen. Meine Großtante mag überhaupt keine Männer. Sie konnte auch Cyril nicht leiden ...«

Gordys Miene verfinsterte sich. »Dann haben sie und ich ja schon etwas gemeinsam«, knurrte er. »Aber darüber reden wir später.«

Ich tat einen schweren Atemzug. Das Thema war also noch nicht vom Tisch. – Natürlich nicht. »Das spezielle Problem bei dir ist allerdings, dass du nicht besonders viel anhast«, äußerte ich vorsichtig. »Zudem wirkt deine Delfinhaut eher exotisch ...«

»Schon gut.« Ehe ich ausreden konnte, hatte Gordian mir bereits meine Regenjacke von den Schultern gestreift und über seine silberne Haut um die Hüften geknotet. »Ist es so besser?«

»Nein«, sagte ich. »Tante Grace wird ausflippen, wenn sie uns so sieht. Ich klatschnass und du ...«

»Glaub mir, ich habe in den letzten Tagen ganz andere Situationen durchstehen müssen«, entgegnete Gordy. Er tastete nach meiner Hand, doch ich entzog sie ihm gleich wieder. Stirnrunzelnd blickte er mich an.

»Besser nicht«, sagte ich leise.

Er schüttelte unwillig den Kopf. »Elodie, du und ich, wir gehören zusammen. Das soll deine Großtante gleich wissen.«

Das Herz sprang mir bis in den Hals hinauf. *Wir gehören zusammen.* Was *ich* bisher nur zu denken gewagt hatte, sprach er aus, als gäbe es nichts Selbstverständlicheres auf dieser Welt.

Abermals ergriff Gordy meine Hand und ich lief mit rasendem Herzen neben ihm her auf den Hauseingang zu.

Tante Grace hatte uns anscheinend bereits kommen sehen. Sie riss die Tür auf und stürzte uns entgegen. »Elodie, um Gottes willen!«

»Nichts passiert, alles halb so wild«, sagte ich, während sie meinen freien Arm packte und mich in den Hausflur zog.

Gordy, der noch immer meine Hand hielt, folgte mir und drückte die Tür hinter uns zu.

»Und Sie, junger Mann ...«, begann meine Großtante, aber ich ließ sie gar nicht erst in Fahrt kommen.

»Er hat mich gerettet«, sagte ich.

Tante Graces Augenbrauen bogen sich nach oben. »Wie darf ich das verstehen?«

»Ja, also ... ich bin von einer Klippe gerutscht«, begann ich mit meiner Erklärung, »und er ...«

»... kam zufällig gerade vorbeigeschwommen?«

»Nicht zufällig.« Mir war natürlich klar, wie unglaubwürdig sich das anhörte. Ganz sicher war es gut, wenn wir mit unserer Geschichte so nah wie möglich an der Wahrheit blieben. »Jedenfalls hat er mich herausgefischt. Gordian ist nämlich ein ganz ausgezeichneter Schwimmer«, fügte ich hastig hinzu. »Das Meer ist wie seine zweite Heimat. Er verbringt täglich mehrere Stunden darin, sogar im Winter.«

»Aha.« Tante Grace kräuselte die Lippen und musterte unverhohlen seinen nackten muskulösen Oberkörper.

»Mrs Shindles«, sagte er und verbeugte sich leicht. »Es freut mich sehr, Sie endlich kennenzulernen. Elodie hat mir schon so viel von Ihnen erzählt.«

Die Augenbrauen meiner Großtante verschwanden nun vollständig unter ihrem kurzen, leicht antoupierten Pony. »Sooo?«, sagte sie gedehnt. »Bedauerlicherweise kann ich das von Ihnen nicht behaupten. Wenn ich mich recht erinnere, hat Elodie Sie bisher nicht einmal erwähnt«, setzte sie mit einem bedeutungsvollen Seitenblick auf mich hinzu.

»Das werde ich alles nachholen«, versprach ich, während ich Gordy an ihr vorbeibugsierte und in Richtung Treppe schob. »Auf jeden Fall sind wir ... na ja ... zusammen. Und jetzt würden wir gerne trockene Sachen anziehen und ...«

»Du gibst dich also der Illusion hin, dass dem jungen Mann deine Hosen und Pullover passen?«, unterbrach Tante Grace mein Gestammel.

Ich blieb stehen und starrte sie, dann Gordy und danach wieder sie an.

»Er hat eine Jeans und einen Sweater oben bei mir im Zimmer«, sagte ich schließlich.

Meine Eröffnung schien ihr die Sprache zu verschlagen und ich senkte betreten den Kopf. Nur zu gerne hätte ich ihr und natürlich auch mir all diese Peinlichkeiten erspart, aber letztendlich war meine Großtante ja selber schuld. Warum wollte sie auch immer alles ganz genau wissen!

»Ich werde es dir erklären«, sagte ich. »Später.«

Gordy schenkte Tante Grace ein Lächeln. Ihre Augenbrauen kamen wieder zum Vorschein und ihr Gesicht entspannte sich. Ich fragte mich, ob seine besondere Magie wohl auch bei ihr wirkte ...

»In fünf Minuten seid ihr wieder hier unten«, gab sie im Befehlston zurück. »Dann ist nämlich die Quiche fertig.«

»Ich habe deine Sachen in den Schrank gelegt«, sagte ich, nachdem wir mein Apartment betreten hatten, und streifte eilig Chucks, Regenhose, Jeans und Sweater ab. »Auf der rechten Seite ins oberste Fach. Ich dachte mir, dass Tante Grace dort bestimmt nicht nachschauen würde. Eigentlich glaube ich zwar nicht, dass sie in meinen Klamotten herumschnüffelt, aber ...«

»Elodie ...« Gordys Blick haftete auf mir, und diesmal sah er mir nicht in die Augen, sondern betrachtete meinen Körper. »Könntest du bitte damit aufhören, dich ständig vor mir auszuziehen!«

»Entschuldigung«, entgegnete ich, »aber mir ist eiskalt.« Außerdem hatte ich meinen Slip und den BH ja noch an. »Das ist wie ein Bikini«, verteidigte ich mich weiter. »So laufen hier alle Mädchen im Sommer rum.«

Gordian presste die Lippen aufeinander. »Na, dann hoffe ich ...«

»Was?«

»Ach, nichts.« Er machte eine resignierte Handbewegung. »Wo, sagtest du, sind meine Sachen?«

»Warte, ich geb sie dir.« Ich öffnete den Schrank und angelte Gordys Jeans, das schwarze T-Shirt, seinen Kapuzensweater und ein paar frische Klamotten für mich heraus. »Ich versuche ja, mich zusammenzureißen und möglichst nichts zu tun, das dich ... na ja ... anmacht.« Ich wusste wirklich nicht, wie ich das unverfänglicher ausdrücken sollte. »Was mir zugegebenermaßen nicht ganz leicht fällt«, setzte ich hinzu. »Vielleicht solltest du dich auch einfach allmählich daran gewöhnen, dass ich ein Mädchen bin und du ein Junge.«

»Ein *Menschenmädchen*«, sagte Gordy leise. Sein warmer Atem strich mir über den Nacken, dann spürte ich seine Lippen auf meiner Haut. Er streichelte mir so zärtlich den Rücken entlang, dass mir die Luft wegblieb. Schließlich legten sich seine Hände warm in meine Taille und seine Fingerkuppen fuhren beinahe beiläufig über den Rand meines Slips.

Ich stand da wie paralysiert, unterdrückte einen Seufzer und den Impuls, mich umzudrehen und an ihn zu pressen. Meine Haut kribbelte vom Scheitel bis zu den Zehen hinunter, und ich hatte das Gefühl, jeden Moment ohnmächtig zu werden.

»Das ist unfair«, keuchte ich.

»Da siehst du mal«, erwiderte Gordy.

»Was?«

Er nahm seine Hände von meiner Taille, umfasste meine Schultern und zog mich sanft zu sich herum. »Es ist ja nicht so, dass ich es nicht möchte«, sagte er leise, während er seine Hände nun um mein Gesicht legte und mit den Daumen die Kontur meines Kinns nachzeichnete. »Ich bin mir nur sicher, dass wir es nicht tun sollten.«

»*Gar* nicht oder *noch* nicht?«

Er küsste mich zärtlich auf den Mund. Das war alles, was ich ihm entlocken konnte.

Ich starrte ihn noch eine Weile an und rang um Fassung, dann räusperte ich mich und sagte: »Okay, die Zeit, die Tante Grace uns gewährt hat, ist ohnehin gleich um.«

Ich drückte ihm seine Sachen in die Hand, huschte ins Bad und bekam es irgendwie hin, mich in den noch verbleibenden dreißig Sekunden anzuziehen, meine nassen Haare zu einem Knoten zu zwirbeln und meinen Herzschlag unter Kontrolle zu bringen.

※

»Pünktlich auf die Minute«, stellte Tante Grace strahlend fest, als Gordian und ich in die Küche traten. »Braves Mädchen«, raunte sie und kniff mir mehr oder weniger unauffällig in die Wange. »Trotzdem müssen wir darüber reden«, fügte sie etwas lauter an Gordy gerichtet hinzu.

Wie eben schon zur Begrüßung deutete er einen Diener an. »Mrs Shindles.«

»Gute Manieren haben Sie ja«, sagte meine Großtante und wies mich an, den Tisch zu decken. »Wenn Sie jetzt auch noch guten Hunger mitgebracht haben ...«

Gordy hob die Schultern und versuchte zu lächeln.

»Er isst am liebsten Fisch«, antwortete ich an seiner Stelle.

»Das konnte ich natürlich nicht ahnen«, sagte Tante Grace und richtete ihren Blick nun tief in meine Augen. »So wie ich ebenfalls nicht ahnen konnte, dass du dich so schnell wieder ...«

»Cyril hat dich angelogen«, fuhr ich dazwischen, bevor sie etwas sagen konnte, das Gordy verletzte. »Nicht *ich* bin unglücklich in *ihn* verliebt gewesen, sondern *er* in *mich*. Er war schrecklich eifersüchtig auf Gordian und hat ihm Fotos von mir und ein paar Jungs gezeigt, die während meiner Abschiedsparty in Lübeck aufgenommen wurden.«

»Und da hast du ihm vor Wut ein Loch in die Schulter gebissen.« Tante Grace grunzte leise. Ich bildete mir ein, an ihrer Miene ablesen zu können, dass sie das für eine durchaus angemessene Reaktion hielt.

Gordy sah mich überrascht an. »*Was* hast du?«, formte er lautlos mit den Lippen.

Ich zuckte die Achseln und er lächelte sein süßes Grübchenlächeln. Eine warme Welle durchflutete mich, und verrückterweise wurde mir erst in diesem Moment so richtig bewusst, dass er tatsächlich zurückgekehrt und wieder hier bei mir war und nun zusammen mit meiner guten Tante Grace in ihrer gemütlichen kleinen Küche am Tisch saß und just im Begriff war, zum ersten Mal in seinem Leben ein Stück Quiche Lorraine zu essen und dazu einen Salat, der aller Wahrscheinlichkeit nach nicht nach Seetang schmeckte. Ich konnte mir nicht helfen, aber die Vorstellung war einfach zu surreal.

Und so stand ich da, mit den Tellern und dem Besteck in der Hand, und konnte nicht aufhören, ihn anzusehen. Nicht nur, dass er so unvorstellbar schön und so besonders war, nein, da war noch etwas anderes, viel Wesentlicheres, das ich nicht wirklich fassen konnte, von dem ich jedoch spürte, dass es mir die ganze Zeit über gefehlt hatte.

»Allerdings scheint dir sein Fleisch nicht besonders gut bekommen zu sein«, riss Tante Grace mich aus meinen Gedanken.

»Ähm ... was?«

Hastig verteilte ich die Teller und reichte Gordy Messer und Gabel, die er stirnrunzelnd betrachtete.

»Das Stück Fleisch, das du Cyril aus der Schulter gebissen hast«, half meine Großtante mir auf die Sprünge. »Es scheint verdorben gewesen zu sein. Sonst wärst du anschließend wohl kaum so furchtbar krank geworden.«

»Ich bin wegen Gordian krank geworden«, erwiderte ich.

»Ach, du liebe Güte!« Tante Grace hob in einer theatralischen Geste ihre Hände. »Jetzt komm mir bloß nicht damit, das mit euch soll so eine Ich-kann-ohne-den-anderen-nicht-sein-Geschichte werden!«

Ich spürte Gordys Blick auf mir und das brachte mein Herz zum Rasen.

»Wäre das so schlimm?«, krächzte ich.

»Allerdings«, entgegnete meine Großtante, platzierte die Tarteform auf dem Holzbrett, das ich in die Tischmitte gelegt hatte, und teilte die Quiche mit den für sie so typischen energischen Handgriffen in sechs Dreiecke. »Es ist nie gut, wenn man sich von einem anderen Menschen abhängig macht. Zuerst muss man seinen eigenen Platz im Leben finden.«

»Wovon ich deiner Ansicht nach offenbar noch meilenweit entfernt bin«, ergänzte ich.

»Du weißt ganz genau, wie ich das meine, Elodie«, gab Tante Grace zurück. Sie wartete, bis ich den Salat verteilt hatte, dann ließ sie sich auf ihren Stuhl sinken. »So, und jetzt wünsche ich uns einen gesegneten Appetit.«

Leise seufzend nahm ich mein Besteck auf.

Tante Grace war eine verdammt harte Nuss, die sicher nicht so leicht zu knacken war und die mir wohl noch so manches Hindernis in den Weg legen würde. Nicht aus böser Absicht natürlich. Oh nein. Auf ihre Art meinte sie es ganz bestimmt genauso gut mit mir wie Ruby oder Sina und in gewisser Weise war ich sogar dankbar dafür.

Ich hatte immer Menschen an meiner Seite gebraucht, die

mir schwierige Entscheidungen abnahmen und mir eine Richtung vorgaben. Pa war einer von ihnen gewesen. Der Wichtigste. Sein Tod hatte mich auf mich selbst und damit auf unbekanntes Terrain zurückgeworfen. Inzwischen begann in mir aber die Gewissheit heranzureifen, dass er mich niemals verlassen hätte, wenn er nicht davon überzeugt gewesen wäre, dass ich in der Lage war, mein Leben auch ohne ihn und seine Ratschläge zu meistern. Und das gab mir eine Stärke, die ich zwar nicht wirklich greifen, aber tief in meinem Herzen spüren konnte.

Tante Grace hatte absolut recht: Man – oder in diesem Falle ich – durfte mich nicht zu sehr von anderen Menschen abhängig machen. Weder von ihr oder Gordy noch von Sina oder meiner Mutter. Und bei jedem, der mir begegnete, musste ich immer wieder aufs Neue abwägen, welche Rolle er in meinem Leben spielen könnte und welchen Raum er dabei einnehmen würde. Was Cyril anging, hatte ich mich böse geirrt, aber Gordy würde mich nicht enttäuschen. Dessen war ich mir sicher ... dessen wollte ich mir einfach sicher sein.

»Seit wann kennt ihr euch eigentlich schon?«, fragte Tante Grace, während sie sorgfältig ein Salatblatt mit Messer und Gabel faltete und anschließend aufspießte.

Gordy sah ihr fasziniert dabei zu. Er hielt sein Besteck eher ungelenk in den Händen und hatte seine Quiche noch nicht angerührt. Wenn er es sich mit meiner Großtante nicht bis an sein Lebensende verderben wollte, würde er aber wohl oder übel etwas davon probieren müssen. Und so trennte ich möglichst elegant die Spitze von dem Stück auf meinem Teller ab, in der Hoffnung, dass er sich unsere Art zu essen von mir abgucken würde.

»Ähm ... seit ungefähr drei Wochen«, sagte ich und schob mir das Quichestück in den Mund.

»Hmmm«, machte Tante Grace. »Und seit wann gehen Sie hier bereits ein und aus?« *Ohne dass ich etwas davon mitbekommen habe,* schwang unüberhörbar in ihrer Frage mit.

»Ich bin heute zum ersten Mal in Ihrem Haus, Mrs Shindles«, erwiderte Gordy mit einer geradezu atemberaubenden Selbstverständlichkeit.

Meine Großtante sah ihn nicht weniger verwundert an als ich. »Verzeihen Sie bitte meine Indiskretion«, sagte sie. »Aber wie sind Ihre Sachen dann in Elodies Zimmer gelangt?«

Gordy schenkte zuerst ihr ein Lächeln und danach mir. »Sie hat sie freundlicherweise für mich aufbewahrt.«

»Entschuldigung, aber das ist mir zu hoch«, brummte Tante Grace.

Ich spürte, dass es nun an mir war, diese Notlügengeschichte fortzuspinnen, und steckte mir ein weiteres Stück Quiche in den Mund. Ich kaute langsam und genüsslich, zum einen, um meiner Großtante zu signalisieren, dass ihr auch diese Mahlzeit wieder einmal hervorragend gelungen war, zum anderen, um etwas Zeit zu gewinnen, damit ich nicht im Eifer des Gefechts etwas Unüberlegtes äußerte.

»Gordian ist so etwas wie ein Marathonschwimmer«, fing ich schließlich mit meiner Erklärung an. »Im nächsten Jahr möchte er den Ärmelkanal durchqueren ...«

Erneut bogen sich Tante Graces Brauen nach oben, darüber hinaus registrierte ich das Blitzen in Gordys Augen. Unauffällig zwinkerte er mir zu. Eine meiner leichtesten Übungen, schien er damit sagen zu wollen, und ich hatte Mühe, ein Kichern zu unterdrücken.

»Na ja«, fuhr ich nach einem weiteren Stück Quiche fort. »Und um seine Kondition zu trainieren, schwimmt er jeden Tag zwischen der Cobo, Vazon und Perelle Bay hin und her.«

»Verstehe«, sagte meine Großtante. »Er schwimmt und du transportierst seine Kleidung. Auf dem Fahrrad, nehme ich an?«

Ich antwortete mit einem Nicken. Vielleicht hätte ich noch erwähnen sollen, dass ich hin und wieder auch etwas für ihn auswusch und im Badezimmer trocknete, aber ich ließ es sein. Je weniger ich diese Schwindeleien in Worte fasste, umso weniger unbehaglich fühlte ich mich. Ohnehin wunderte es mich, dass Tante Grace nicht noch einmal nachhakte, wieso ich Klamotten von Gordian bei mir im Zimmer aufbewahrte. Doch eine andere Frage beschäftigte sie offenbar mehr.

»Und warum hast du mir diesen reizenden, sportlichen jungen Mann bisher nicht vorgestellt?«

»Es hat sich einfach nicht ergeben«, erwiderte ich.

»Weil er sich die meiste Zeit im Wasser aufgehalten hat?«

Die Spitze in ihren Worten war nicht zu überhören – sogar Gordy zuckte darunter leicht zusammen –, und ich fragte mich ernsthaft, ob es sich dabei wieder einmal bloß um Tante Gracies unübertroffene Ironie handelte oder ob sie nicht vielleicht doch etwas über die Existenz der Nixe wusste oder zumindest davon ahnte. Jedenfalls versuchte ich, mir nichts von meiner Unsicherheit anmerken zu lassen, und parierte ihren Angriff mit einem treffsicheren Konter: »Ja, oder weil du gerade mit deinen Nähkursen beschäftigt warst.«

»Ach so«, sagte sie nur und kaute eine Weile schweigend vor sich hin, bevor sie wieder in die Offensive ging. »Und wo wohnen Sie zurzeit, Gordian … wie war noch gleich Ihr Nachname?«

»Smith«, beeilte ich mich zu sagen, ehe Gordy womöglich noch in Verlegenheit geriet.

»Im Freien, Mrs Shindles«, fügte er seelenruhig hinzu. »Wenn es nicht gerade regnet.«

»Er liebt es, im Zelt zu übernachten«, sagte ich. »Hin und wieder, wenn es sehr kalt und nass war, ist er bei jemandem aus Rubys Clique untergekommen. Daher kenne ich ihn ja auch.«

Tante Grace nickte, legte ihr Besteck beiseite und tupfte sich sorgsam die Mundwinkel. »Ich könnte Ihnen eine Wohnung drüben im Gästehaus anbieten. Das Ehepaar, das ursprünglich in der nächsten Woche anreisen wollte, hat nämlich abgesagt«, erklärte sie schulterzuckend. »Dann wären Sie in Elodies Nähe und hätten es auch mit Ihrer Kleidung etwas weniger umständlich.«

»Oh«, sagte Gordy. »Das ist wirklich ... sehr nett.«

Das war es in der Tat, und weit mehr, als ich erwartet hätte. Andererseits passte es aber auch wieder zu meiner Großtante. Wenn Gordy im Gästehaus wohnte, hatte sie die Situation unter Kontrolle. Das zumindest glaubte sie wohl.

»Und nun, mein lieber Gordian, entspannen Sie sich und fangen Sie an zu essen, bevor es kalt wird«, sagte sie dann und tätschelte sachte seine Hand. »Wenn Elodie wirklich so viel an Ihnen liegt, sind Sie mir herzlich willkommen.«

Kyan war als Erster beim Sirenenriff, wie die Delfinnixe die große, ähnlich einer Haiflosse geformte und mit Seetang überwucherte Felsformation nahe der bretonischen Küste nannten. Beim Kampf mit

dem Plonx hatte er sich zwei Rippen gebrochen, was seinen Hass auf die Menschen umso mehr anfachte.

Elliot war tot.

Das Bild, wie die Menschen eine Harpune durch seinen Leib bohrten, ihn aus dem Wasser zogen und so lange mit ihren Knüppeln auf ihn einschlugen, bis er schließlich reglos liegenblieb, hatte sich wie ein Geschwür in Kyans Gehirn gefressen, und er wusste, er würde es erst wieder loswerden, wenn er diesen hinterhältigen, bestialischen Mord an seinem Freund gerächt hatte.

Zak und Liam ging es ähnlich. Die Trauer über Elliots Verlust verblasste hinter ihrem Zorn und ließ sie die eigene Schuld an seinem Tod vergessen.

Nahezu täglich drängten sie eines der Nixmädchen in die Mulde, die die Unterströmung wie ein Bett in die Mitte des Sirenenriffs geschliffen hatte, und tanzten ihren ungeduldigen, besitzergreifenden Tanz mit ihr. Nur Malou ließen sie in Ruhe, weil Kyan es so wollte. Und Kirby und Idis hatten sich seit den erschütternden Ereignissen in der Perelle Bay einer Delfinschule angeschlossen und sich nicht mehr in ihrer Nähe blicken lassen.

»Wen wundert's?«, sagte Zak.

Überrascht wirbelte Kyan herum. Die Hülle seines Delfinleibs schützte seinen menschlichen Oberkörper – solange er nicht an Land ging, musste er sich um seine Verletzungen keine Gedanken machen. Weitaus mehr Sorge bereitete ihm der Umstand, dass er seine Freunde nicht hatte kommen hören. Das Meer war geradezu durchdrungen von den dumpfen Geräuschen der Schiffsmotoren und dem Dröhnen, das die Ölförderung mit sich brachte, und deren Intensität wurde nur noch durch den Lärm übertroffen, den die Explosionen der Gassuchkanonen verursachten, die in den letzten Jahren unaufhörlich zugenommen hatten. Die Verständigung unter den Nixen wurde zunehmend schwieriger, Kyan empfand es mittlerweile als unendlich mühsam, seine kleine Truppe zusammenzuhalten.

Zak und Liam, die sich ihm vom Atlantik her näherten, hatten eine hübsche schlanke ›Nixe in ihre Mitte genommen. Mit schnellen, geschickten Bewegungen hinderten sie sie daran zu entkommen und trieben sie Kyan entgegen.

»Sie halten zu ihm«, setzte Zak hinzu. »Trotz allem.«

»Idis, ja, weil sie seine geliebte kleine Schwester ist«, knurrte Kyan, während er das rotblonde Geschöpf unter der zarten silbrigen Hülle neugierig in Augenschein nahm. »Aber Kirby? Sie hat keinen Grund.«

»Sie könnte Gordy bestimmt sein«, sagte Liam. »Trotz allem«, betonte er.

Kyan stieß ein unwilliges Grollen aus. Er wollte diesen Namen nicht hören, nicht an den Plonx denken, der vor wenigen Wochen noch zu ihnen gehört und Kyan ebenso als Anführer akzeptiert hatte wie Liam und Zak.

Es bedurfte nur einer einzigen blitzschnellen Bewegung seiner Schwanzflosse und sein Körper glitt unter den der Nixe. Kyan senkte seinen Blick in ihre hellblauen Augen, spürte die kleinen festen Brüste unter ihrer Hülle und presste seinen Unterleib gierig gegen ihren.

Er hätte sie gerne geküsst, so wie Lauren, aber seine Hülle hinderte ihn daran. Sie zwang ihn dazu, sich wie ein Delfin zu verhalten, sich schnell und emotionslos zu paaren. Gefühle brachten sie nur ihren Familien entgegen, ihren Eltern und Geschwistern, und denen, die sie zu ihren Freunden erwählten.

Kyan führte den Akt zu Ende, danach gaben sie die Nixe frei, die eilig unter leisem Fluchen davonstob.

»Es ist nicht das Gleiche, stimmt's?«, murmelte Liam versonnen.

»Nein, das ist es nicht«, sagte Kyan. »Und es bringt auch keinen Spaß mehr.«

»Warum tun wir es dann noch?« Zak grinste breit.

»Hast du es seit unserem Landgang denn überhaupt noch einmal getan?«, erwiderte Kyan gehässig. »Ich kann mich jedenfalls nicht erinnern.«

Zaks Grinsen erstarb und die olivfarbene Haut unter seiner schimmernden Delfinhülle erbleichte. Der Umgang mit Kyan war noch nie leicht gewesen. Es gab ganz andere Anführer, in deren Allianzen ein wesentlich brüderlicherer Geist herrschte und die dennoch weitaus schlagkräftiger agierten. Kyan dagegen ging es vor allem um sein persönliches Ansehen und den Erhalt seiner Position. Er kannte die Schwachstellen und wunden Punkte seiner Kameraden ganz genau und ließ kaum eine Gelegenheit aus, darauf herumzuhacken.

»Was meinst du?«, fragte Zak lauernd. »Mit der Kleinen von eben oder den Mädchen von Sark?«

»Du hast weder Joelle angerührt noch die Kleine von eben«, knurrte Kyan. »Genau genommen beteiligst du dich schon lange nicht mehr.«

»Ja.« Zak richtete seinen Blick auf die Korallenpracht unter ihnen. »Weil es mir nicht mehr geheuer ist. Das eine wie das andere.«

»Du empfindest also etwas für sie ... Joelle?«

Zak musste nicht hinsehen, er spürte auch so, dass Kyan diese Möglichkeit überhaupt nicht gefiel, und er überlegte, was er nun antworten sollte.

Ja, er empfand etwas für dieses Menschenmädchen. Und er war sicher, dass es das gleiche Gefühl war, das Kyan und Elliot letztendlich zu ihren mörderischen Taten getrieben hatte. Zak wollte nicht so sein, und er wusste aus einem heimlichen Gespräch mit Liam, dass es ihn ebenso sehr davor grauste. Ein bisschen mehr Unterstützung seitens seines Kameraden wäre also durchaus wünschenswert gewesen, Zak verstand jedoch sehr gut, dass Liam noch zögerte und sich zurückhielt. Kyan war unberechenbar. Jetzt, nach Elliots Tod, umso mehr.

Er würde es nicht dulden, wenn sie ihm Widerstand leisteten oder sich sogar von ihm abwandten.

»Wir werden wieder an Land gehen«, sagte er jetzt und sein Blick wurde dunkel. »Ich spüre es. Wir werden die Mädchen treffen, und wir werden lernen, diesen Drang zu kontrollieren. Und bis dahin, Jungs, machen wir diesem gottverdammten Hai die Hölle heiß.«

Bruchstücke

Es war eine ganz neue, außerordentlich merkwürdige Situation zu wissen, dass Gordy jetzt ein eigenes Zimmer hatte, nur durch zwei dicke Mauern und ein bisschen Gartengrün von meinem getrennt, und zudem ein sehr schnuckeliges kleines Reich mit allem, was der Mensch so brauchte: französisches Bett, Schreibtisch, kleine Sitzecke, Einbauschrank, Pantryküche, Bad mit Dusche, Fernseher, CD-Player und einem Fenster mit Blick aufs Meer. Für mich hätte es genau die richtigen Ausmaße gehabt, Gordy jedoch fühlte sich darin sichtlich beengt. Aber egal, es war ohnehin nur ein Alibi-Zimmer, die meiste Zeit würde er wohl bei mir verbringen, in meinem Apartment im Haupthaus, das mir nach wie vor viel zu groß vorkam und in dem ich mich nach dem Vorfall in der letzten Nacht noch weniger heimisch fühlte als bisher.

Mit Gordy an meiner Seite würde sich das aber hoffentlich alles ändern, auch wenn ich mich wirklich schwer damit tat, meine Großtante zu hintergehen. Es war ihr Haus, in dem ich zu Gast war, und normalerweise wäre es eine Selbstverständlichkeit für mich gewesen, dass ich mich an die vorgegebenen Regeln hielt. – Auch dann, wenn sie nicht ausgesprochen waren. Allein der Gedanke, dass Tante Grace womöglich eines

Nachts in mein Zimmer platzte und sah, dass Gordy in meinem Bett lag, war alles andere als sexy, und ich betete inständig, dass ich mich niemals in dieser Situation wiederfinden würde.

Im Moment war das jedoch Nebensache. Viel zu sehr war ich nämlich damit beschäftigt, auf dem Balkon hin und her zu laufen und sehnsüchtig darauf zu warten, dass Gordy endlich zu mir herübergeschlichen kam.

Die Cottages meiner Großtante lagen ein wenig versetzt, von meinem Standort aus konnte ich das Gästehaus nicht sehen, ich wusste also nicht, ob er noch in seinem Zimmer hockte und die verabredete Anstandsstunde verstreichen ließ oder sich bereits unten im Garten befand.

Mittlerweile war es Viertel nach zwei, gegen vier würde Ruby hier auftauchen, wir hatten also gerade einmal anderthalb Stunden, um die vielen Dinge zu besprechen, die uns auf der Seele brannten.

Der Regen hatte inzwischen nachgelassen, der Himmel lichtete sich und die Luft roch frisch und klar. Ich sah aufs Meer hinunter, das sich ebenfalls beruhigt und den blaugrünen Farbton angenommen hatte, den ich so mochte, da bemerkte ich Gordys blonden Schopf unterhalb des Balkons. Zwei Sekunden später schwang er sich auch schon über das Geländer und huschte an mir vorbei ins Zimmer. Ich folgte ihm, schob das Fenster zu und verriegelte es.

Gordy stand vor meinem Bett und starrte angespannt auf die Decke und das Kissen. »Bist du ganz sicher, dass jemand hier drin gewesen ist?«, fragte er rau.

»Ja ... Klar! Wieso zweifelst du daran?«

»Du könntest das auch *alles* nur geträumt haben«, sagte er zögernd.

»Aber dann wäre das Bettzeug doch nicht nass gewesen ... und mein Shirt auch nicht!«

Gordy schürzte nachdenklich die Lippen. »Wo ist dein Shirt?«, fragte er schließlich.

»Wieso?«

»Wo *ist* es?«

»Ich habe es in die Wäsche getan«, erwiderte ich. »Genau wie den Bettüberzug ...«

»Und wo ist die ... ähm ... Wäsche?«, wollte er wissen.

Ich musste lächeln. Das war wieder so eine Sache, mit der er nichts anfangen konnte. Nixe trugen keine Kleidung, sie lebten im Wasser, ich wusste nicht einmal, ob sie schwitzten beziehungsweise überhaupt unangenehme Körpergerüche bilden konnten.

»Im Bad«, sagte ich. »Was willst du denn damit?«

Gordian antwortete nicht, sondern lief sofort nach nebenan und kam kurz darauf mit dem kompletten Bettzeug und dem T-Shirt, in dem ich gestern schlafen gegangen war, zurück. Er warf alles auf die Matratze, ließ sich mitten hineinfallen und versenkte sein Gesicht zuerst in meinem Shirt und dann in den Bezügen.

»Nichts«, sagte er, ehe ich ihn fragen konnte, was das Ganze sollte. »Nur *dein* Duft.«

»U-und was bedeutet das?«, stammelte ich.

»Dass kein Fremder hier gewesen sein kann«, entgegnete Gordy. »Zumindest nicht in deinem Bett.«

Ich fasste mir an die Stirn. »Aber ich bin doch nicht bescheuert.«

»Natürlich nicht«, sagte er lächelnd. Er setzte sich auf und griff nach meiner Hand. »Komm her.«

»Nein.« Ich schüttelte den Kopf. »Zuerst muss ich verstehen, was hier passiert ist.«

Gordy seufzte leise.

»Komm her zu mir«, wiederholte er dann in einem Timbre, das mir einen warmen Gänsehautschauer über die Haut jagte und es mir unmöglich machte, ihm zu widerstehen. Langsam ließ ich mich neben ihm nieder.

Gordian legte seinen Arm um meine Schultern und drückte seine Stirn gegen meine. »Wo sollen wir heute Nacht denn zusammen liegen? Etwa dort drüben?« Er deutete auf das Rattansofa.

»Nein, aber ...«

»Kein Aber«, unterbrach er mich. »In diesem Bett war bisher niemand außer dir ... und mir.«

Und Cyril, dachte ich beklommen, sagte es aber nicht. Ich wunderte mich ohnehin, dass Gordy seinen Duft nicht wahrgenommen hatte.

»Und woher kam dann deiner Meinung nach das Wasser?«, fragte ich stattdessen.

»Vielleicht hast du ja so intensiv geträumt, dass du ...«

»Was?«, stieß ich hervor. »Willst du etwa behaupten, ich hätte mir das alles bloß eingebildet?«

Gordian zuckte die Achseln. »Diese Wäsche hier ist jedenfalls trocken.«

»Ja, mittlerweile.« Ich verdrehte die Augen, denn es nervte mich, dass er mir nicht glauben wollte. »Sooo nass war sie ja nun auch wieder nicht. Außerdem habe ich da draußen jemanden gesehen. Eine Gestalt.«

Das verschlug ihm für einen Moment die Sprache.

»Und das sagst du mir erst jetzt?«, brach es schließlich aus ihm hervor, und es klang nicht nur erschrocken, sondern auch wütend. »Wo?«

Ich nickte zum Fenster hinüber. »Dort unten auf den Klippen.«

Er musterte mich mit zusammengekniffenen Augen. »Bist du dir da wirklich sicher?«

»Nein, wahrscheinlich habe ich das auch bloß geträumt«, brummte ich und rückte demonstrativ ein Stück von ihm ab. »Obwohl ich hellwach war und einen Adrenalin-Schock hatte.«

Gordys türkisgrüne Iris wurde eine Nuance dunkler.

»Komm wieder her«, wisperte er.

»Nein.«

»Bitte!«

»Nein, Gordy, zuerst ...«

»Elodie ...« Er streckte den Arm aus und ließ seine Finger über meinen Unterarm wandern. »Du hast ja keine Ahnung, wie sehr du mir gefehlt hast.« Er senkte den Kopf und schluckte schwer, bevor er fortfuhr. »Nur wenn du bei mir bist, schlägt mein Herz im richtigen Rhythmus ...«

»Gordy«, krächzte ich.

Im nächsten Augenblick saß er wieder so dicht neben mir, dass es kaum eine Stelle gab, an der wir uns nicht berührten. Seine Finger glitten langsam weiter meinen Arm hinauf, ertasteten den Puls über meinem Schlüsselbein, streichelten mein Kinn, meine Wange und meinen Mund. Und dann küsste er mich.

Sanft teilte er meine Lippen, und ich spürte seine warme Zunge, die sehnsüchtig nach meiner tastete. Sein Kuss war so viel selbstverständlicher und inniger als jene, die wir während unseres stundenlangen Abschieds vor fünf Tagen getauscht hatten. Die Angst davor, mich ertränken zu können, schien sich in Luft aufgelöst zu haben.

»Vielleicht bist das ja du gewesen«, murmelte ich ein wenig benommen, als wir uns wieder voneinander lösten.

»Wer?«

»Na, die Gestalt auf den Klippen ... Vielleicht hattest du ja Sehnsucht nach mir ...« Ich zog die Schultern bis zu den Ohren hoch. »Könnte doch immerhin sein.«

»Ja, Elodie, ich hatte wahnsinnige Sehnsucht«, erwiderte Gordy aufgebracht, »aber ich schwöre dir, ich bin in der letzten Nacht noch nicht hier gewesen, sonst hätte ich mich nämlich ganz sicher nicht dort unten bei den Klippen aufgehalten, sondern wäre direkt zu dir gekommen, um ...« Er brach ab und diesmal war *er* es, der seine Hände von meinen Schultern gleiten ließ und ein Stück von mir abrückte. »Stattdessen sehe ich dich im Arm von diesem ... Hai!«

»Dann weißt du es jetzt also auch«, sagte ich, obwohl ich eigentlich tausend andere Dinge hätte sagen müssen.

Gordy sah mich verständnislos an. »Was?«

»Dass Cyril ein Hainix ist.«

»Allerdings«, presste er bitter hervor. »Ich habe Kyans Gespräche mit Zak und Liam belauscht. Ich schätze, sie werden deinem Cyril ganz schön auf den Leib rücken.«

»Verdammt noch mal, er ist nicht *mein* Cyril!«

Seine Augen wurden schmal. »Nein?«

»Nein!«

»Aber du musst ihn schon sehr mögen, wenn du zulässt, dass er dir so nahekommt.« Der Zorn in Gordys Stimme war nicht zu überhören, noch weitaus mehr traf mich jedoch der Schmerz, der sich in seinen Augen widerspiegelte.

Ich schlug mir die Hände vors Gesicht und nickte. »Ja, du hast recht. Ich mag ... ich *mochte* Cyril sehr. Ich dachte, er wäre mein Freund, und ich war überzeugt davon, dass ich mich auf ihn verlassen kann. Es hat so wahnsinnig wehgetan zu erkennen, wie sehr ich mich in ihm getäuscht hatte.«

»Ich verstehe das alles nicht.« Gordy klang schrecklich frustriert. »Du musst doch gemerkt haben, dass er mehr von dir wollte als nur Freundschaft.«

»Nein, das habe ich nicht«, verteidigte ich mich. »Okay, ich gebe zu, dass er mich mit vielem, was er sagte und tat, verunsichert hat. Aber er war immer eher wie ein sehr guter Kumpel zu mir ... Verstehst du, so wie jemand, den man schon irre lange kennt und mit dem man Pferde ... ähm ... oder Schwertfische stehlen kann. Er hat mich nie berührt oder versucht, mich zu küssen ...« Ich stockte, als ich Gordians fassungslosen Blick auffing. »Bis auf die beiden Male, als du in unserer Nähe warst.« Während ich diese Worte aussprach, lief mir eine Gänsehaut über den Rücken. »Er hat es gespürt«, hauchte ich. »Vielleicht hat er sogar gewusst, dass du auftauchen würdest.«

Eine Mischung aus Wut und Enttäuschung krallte sich wie eine Faust um mein Herz. Cyril hatte also nicht nur einmal versucht, Zweifel in Gordian zu säen. Beim ersten Mal hatte es nicht funktioniert, aber jetzt war es ihm womöglich doch gelungen.

»Warum nur?«, flüsterte Gordy und schüttelte wieder und wieder den Kopf. »Warum hast du dich überhaupt noch mal mit ihm getroffen?«

»Er wollte mir etwas erklären ...«, sagte ich kraftlos, denn mittlerweile verstand ich es ja selbst nicht mehr. Jede Rechtfertigung kam mir einfältig vor.

»Und trotz allem, trotz deiner Verletzung und Enttäuschung, und obwohl du damit rechnen musstest, dass er dich abermals in eine Falle lockt …«

»Ja, Gordy, ja!«, rief ich verzweifelt. »Ich hatte solche Angst um dich … dass die Delfine dir etwas antun könnten … dass du nie wieder zu mir zurückkommst. Und ich habe doch die ganze Zeit über schon geahnt, dass Cyril ein Nix ist. Ich habe einfach gehofft, etwas mehr über euch zu erfahren.«

Gordy legte den Kopf in den Nacken und schloss die Augen. Er presste die Zähne so fest aufeinander, dass seine Wangenknochen hervortraten.

»Wenn du etwas über *uns* wissen willst, dann solltest du auch *uns* fragen«, sagte er sehr leise, dafür aber umso eindringlicher. »Und nicht ausgerechnet einen Hai.«

Ewig lange Sekunden hielt ich die Luft an, und als ich begriff, atmete ich keuchend aus. »Cyril hat zwar versucht, es herunterzuspielen, aber ihr seid verfeindet, stimmt's? Ihr und die Hainixe?«

»Nicht wir *und* sie, sondern sie *mit* uns«, korrigierte Gordy mich. »Verstehst du denn nicht, Elodie? Haie sind die natürlichen Feinde der Delfine.«

Ich starrte ihn an, denn ich war nicht sicher, ob ich ihn auch tatsächlich *richtig* verstanden hatte. »Du meinst die Tiere?«, vergewisserte ich mich zögernd.

»Ja, die auch.«

Plötzlich wirkte er müde, und mich beschlich die Sorge, dass er es allmählich leid war, mir jedes Detail erklären zu müssen. Aber ich konnte jetzt nicht aufhören. Ich musste alles wissen, denn nur so würde ich auch alles verstehen und mich wirklich in ihn hineinfühlen können.

»Gordy, bitte«, sagte ich und hatte Mühe, meine Stimme nicht allzu zittrig klingen zu lassen. »Glaub mir doch: Ich liebe dich. Mehr als alles andere auf dieser Welt.«

»Ja«, sagte er und seine Züge wurden weich. »Ich weiß. Ich spüre es und ich sehe es in deinen Augen. Außerdem hättest du dich wohl nicht ins Meer gestürzt, wenn du ...« Er stockte. »Du hast mit deinem Leben gespielt. Ist dir das eigentlich klar?«

»Mein Leben wäre ohnehin nichts wert gewesen, wenn du dich nicht entschlossen hättest, es zu retten«, erwiderte ich. Einen winzigen Augenblick musste ich an Tante Grace denken und daran, was sie wohl mit mir gemacht hätte, wenn sie diesen Satz aus meinem Mund vernommen hätte, aber dann fand ich mich in Gordys Armen wieder, und alles andere verlor sich in Bedeutungslosigkeit. Zärtlich drückte er mich an sich, streichelte meinen Nacken und küsste meine Haare. Ich schlang meine Arme fest um ihn, schmiegte mein Gesicht in seine Halsbeuge und sog seinen wundervollen Duft tief in mich ein.

Es verging eine halbe Ewigkeit, bis Gordy sich räusperte und sagte: »Du hast Idis gesehen.«

»Ja, das habe ich.«

»Ich meine, du hast sie *richtig* gesehen. Du hast gesehen, dass sie sich von einem *normalen* Delfin unterscheidet.«

»Ja, Gordy, das habe ich«, bekräftigte ich. »Deine Schwester ist wunderschön. Ihr alle seid wunderschön. Auch Kyan auf seine Art und Zak ... und Elliot war es ebenfalls.«

»Du bist auch wunderschön«, sagte Gordy. »Für mich bist du ein einziges *Wunder*«, fügte er kaum hörbar hinzu – und wieder einmal stockte mir der Atem.

»Nein«, widersprach ich, nachdem ich mich wieder gefangen

hatte. »Nicht ich bin das Wunder, sondern du bist es. Dass es mich gibt, ist völlig normal, aber du ...«

Gordy lächelte so hinreißend, dass ich unvermittelt abbrach.

»Ich bin auch völlig normal«, entgegnete er. »Oder besser gesagt, ich war es mal. Jetzt bin ich nur noch ein Nichts.«

Ich lächelte gequält zurück. »Für mich bist du alles, schon vergessen?«

Er hauchte mir einen Kuss auf die Schläfe. »Nein.«

Abermals entstand eine kleine Pause, in der ich nur unsere Herzen klopfen hörte.

»Hast du nun eigentlich herausgefunden, warum du dich in einen Plonx verwandelt hast?«, fragte ich schließlich vorsichtig.

»Nein.« Gordy kniff die Mundwinkel ein. »Niemand in meiner Familie hat eine Erklärung dafür. Nicht einmal mein Urgroßvater und der hat wahrlich schon eine Menge erlebt.«

»Aber du hast gesagt ...«, begann ich, doch er ließ mich nicht weitersprechen.

»Dass ich ein Sonderling bin, stimmt«, unterbrach er mich. »Allerdings hat noch nie jemand einen Plonx gesehen. Mag sein, dass es auch schon in früheren Zeiten einmal welche gegeben hat, aber nach allem, was meine Eltern wissen, existieren sie im Grunde nur in unseren Legenden.« Er legte den Kopf in den Nacken und schloss für eine Sekunde die Augen. »Meine Mutter sagt, sie entsprängen der Sehnsucht, in der Sonne zu leben.«

Ein leises Seufzen brach über meine Lippen. »Das ist ...«, begann ich, fand vor lauter Rührung aber nicht die passenden Worte. »Deine Mutter, deine Eltern ...«

»Meine Familie bleibt meine Familie«, antwortete Gordy und unterstrich diese Aussage durch ein entschiedenes Nicken. »Und ich bin auch nicht etwa deswegen ein Plonx, weil meine Mutter sich mit einem Hai gepaart hätte. Begreifst du, Elodie: Das ist nämlich gar nicht möglich.«

Ich nickte. »Klar, weil ihr miteinander verfeindet seid.«

»Nein, es funktioniert auch rein biologisch nicht.«

»Okay«, sagte ich. »Okay. Aber *du* existierst. Du bist hier bei mir. Ich kann dich fühlen. Du bist genauso real wie ich. Anders als die anderen Nixe wirfst du keinen Schatten und du verwandelst dich auch nicht in einen Delfinnix zurück. Aber das ist auch schon der einzige Unterschied.«

»Der *entscheidende* Unterschied«, betonte Gordian. »Tatsache ist: Ich habe meine Schutzhülle verloren, die Haut, die uns Delfinnixe umgibt und uns den Menschen als gewöhnliche Delfine erscheinen lässt. Wenn ich ins Meer tauche, kann jeder sehen, was ich bin.«

»Eine Legende?«

»Nein, eine Missgeburt«, entgegnete Gordy voller Abscheu. »Und sobald ich an Land bin, muss ich aufpassen, dass die Sonnenstrahlen mich nicht treffen, weil alle Menschen daran, dass ich keinen Schatten habe, erkennen würden ...«

»Dass du etwas Besonderes bist.«

»Falsch«, zischte er. »Dass ich eine Bedrohung für sie bin. Die Sehnsucht der Delfinnixe, an der Sonne leben zu können, beruht in Wahrheit nämlich auf einem Trugschluss. Sobald ein Delfin an Land geht, wird er zum Plonx und damit zum Verräter an seiner eigenen Art. Alle anderen, die ihm folgen, unterliegen wie Kyan, Liam und Zak dem Rhythmus des Mondes.«

»Man wünscht sich offenbar immer gerade das, was man nicht hat oder einem unerreichbar vorkommt«, hörte ich mich murmeln.

Gordy erbleichte und schien förmlich in sich zusammen-
zufallen. »Ja, du hast recht«, sagte er, während er vom Bett aufstand, sich ans Fenster stellte und aufs Meer hinuntersah. »Du
ahnst ja gar nicht, *wie* recht du hast.«

Ein Wunder

Gordy und ich hatten bereits eine ganze Weile bewegungslos nebeneinander verharrt, und die Stille im Raum begann allmählich, unerträglich zu werden, da ließ uns ein energisches Klopfen an der Zimmertür zusammenfahren, und ehe ich einen Gedanken fassen, geschweige denn agieren konnte, war Gordian schon ins Bad gehuscht.

»Dürfen wir reinkommen?«, hörte ich Rubys Stimme.

Ich sah auf meine Armbanduhr und atmete erleichtert auf. Natürlich! Es war zehn nach vier. Wie absurd zu denken, dass es Tante Grace wäre!

»Ähm ... Ja klar!«, rief ich und gleich darauf flog die Tür auf. »Elodie!«, rief Ruby und stürzte auf mich zu. »Was zum Teufel hast du mit Cyril gemacht?«

»Wieso?«, fragte ich, während ich ihre flüchtige Umarmung erwiderte und meinen Blick zu Ashton hinüberwandern ließ, der die Tür hinter sich zudrückte, ein paar Schritte in den Raum hinein machte und dann, mit dem rechten Arm hin und her zuckend, stehen blieb.

»Er war bei mir zu Hause«, schrie Ruby mich geradezu an. »Er hat mit meinem Vater gesprochen. Er hat ...« Sie brach ab und schüttelte den Kopf.

Eine böse Ahnung zog mir die Magenwände zusammen. »Was?«

»Er hat gesagt, dass er mich warnen müsse. Alle Mädchen auf Guernsey seien in Lebensgefahr. Die Fischer hätten das falsche Monster erwischt.«

Ich hatte das Gefühl, dass mir der Boden unter den Füßen wegbrach. Augenblicklich schaute ich zur Badezimmertür. »Und?«, hauchte ich. »Hat er deinem Vater gesagt, wie das echte Monster aussieht?« Aus dem, was sie da erzählte, konnte ich eigentlich nur schließen, dass Cyril nun versuchen würde, die Menschen auf Gordy zu hetzen.

»Nein.« Ruby löste sich von mir und machte ein paar Schritte auf und ab. »Dad hat es gar nicht so weit kommen lassen. Er muss Cyril ganz schön zusammengefaltet haben, nach dem Motto, wer er überhaupt sei und wie er dazu käme, solche Dinge zu verbreiten. Und dann hat er ihm die Tür vor der Nase zugeknallt. Na ja, so ist er eben.« Ruby verdrehte die Augen. »Immer ein wenig impulsiv. Aber jetzt erzähl mal«, forderte sie mich auf. »Wie war dein Treffen mit Cyril?«

Ich zog eine Grimasse.

»Na ja, er hat mir gestanden, dass er ein Hainix ist«, sagte ich schließlich.

Ruby drehte sich zu Ashton um. »Haben wir es nicht gewusst!«, rief sie triumphierend.

»Kein Grund, die Sektkorken knallen zu lassen«, grummelte ich. »Haie sind die natürlichen Feinde der Delfine.«

»Die Nixe auch?«, fragte Ashton. Mit leicht ruckelndem Kopf kam er auf mich zu, berührte mich flüchtig am Arm und ließ sich in einen Sessel fallen.

»Ja«, sagte ich. »Cyril hat versucht, mir einzureden, dass

Gordy gefährlich ist, nachdem ich ihm erzählt hatte, dass in der Nacht jemand in meinem Zimmer war ...«

Rubys Augen weiteten sich vor Entsetzen. »Es ist jemand hier drin gewesen?«

Ich nickte. Eigentlich war es nicht okay, Ruby gegenüber eine derart ernste Sache nur so nebenbei zu erwähnen. Ich wusste doch, wie schnell sie sich sorgte. »Ja, es sieht zumindest danach aus.«

»Was soll das heißen?«, fuhr sie mich an. »Würdest du mir das vielleicht mal etwas näher erklären!«

»M-mir bitte auch«, meldete sich Ashton zu Wort und zwinkerte mir ein wenig linkisch zu. »... Sackgesicht!«

»Also ...« Unsicher sah ich zwischen den beiden hin und her. »Ich habe geträumt«, begann ich. »Es war irgendwas mit Gordy, der von Kyan gejagt wurde. Ich bin ebenfalls im Wasser gewesen und hatte plötzlich das Gefühl zu ertrinken.«

»Okay«, sagte Ruby ungeduldig. »Und davon bist du dann wach geworden?«

Ich nickte abermals. »Genau.«

»Und jemand stand neben deinem Bett?«, bohrte sie weiter.

»Nein«, sagte ich und versuchte nun, die Sache ein wenig herunterzuspielen. »Nur mein T-Shirt und das Bettzeug waren ein bisschen nass.«

Mittlerweile war ich mir nämlich tatsächlich nicht mehr sicher, ob ich mir das mit dem geöffneten Fensterspalt nicht vielleicht doch bloß eingebildet hatte und die Gestalt auf den Klippen womöglich nur eine Projektion meiner Angst gewesen sein könnte.

Ruby starrte mich an. »Aber dann wäre dir ja beinahe das Gleiche passiert wie Lauren und Bethany«, stieß sie hervor.

»Ich wurde nicht vergewaltigt«, stellte ich klar. »Nicht mal im Traum.«

»O-offenbar wollte sich d-dieser N-Nix nicht lange aufhalten«, sagte Ashton, »sondern dich gleich ...«

»Ertränken«, ergänzte Ruby. Sie war leichenblass geworden und ihre hellen Augen flackerten vor Erregung. »Cyril liegt also gar nicht so falsch. Es war richtig von ihm, uns zu warnen.«

»Cyril ist ein Hai!«, blaffte ich sie an. »Kein Wunder, dass er den Delfinen so etwas unterstellt.«

»So würde ich das nicht ausdrücken«, erwiderte Ruby. »Cyril kennt die Delfinnixe besser als wir. Er weiß, wie sie ticken, und deshalb ...«

»Er hasst sie!«, unterbrach ich sie.

»Und sie ihn«, sagte Ruby.

»Gordy hätte jedenfalls allen Grund dazu.«

»Klar, weil Cyril versucht hat, euch auseinanderzubringen.«

»Und das nicht nur einmal«, entgegnete ich. »Heute Morgen hat er mich geküsst. Ich betone: *richtig* geküsst!«

Rubys Augenbrauen schoben sich über der Nasenwurzel zusammen und ihr Blick verdunkelte sich. »Das heißt im Umkehrschluss: Du hast dich küssen lassen, oder?«

»Ja, leider. Nixe haben nämlich gewisse magische Fähigkeiten, musst du wissen, und die setzen sie auch ein, wenn du verstehst, was ich meine ...«

»Nicht ganz.«

Ashton hob seine Hand. »Ich übrigens auch nicht.«

»Cyril kann Gedanken lesen ...«

Jetzt wurden Rubys Augen riesengroß. »Was?«

»... und Gefühle beeinflussen«, fuhr ich fort. »Er hat mich

total eingelullt. Und er hat es einzig und allein aus dem Grund getan, weil er wusste, dass Gordy in der Nähe war.«

Rubys Blick wanderte kurz zu Ashton hinüber und schließlich wieder zu mir. »Heißt das, Gordian ist wieder da?«

»Jep.«

»Und er hat gesehen, wie Cyril und du ... wie ihr euch geküsst habt?«

»Ja«, sagte ich. »Leider. Mittlerweile ist aber alles okay. Wir haben uns ausgesprochen«, fügte ich hastig hinzu, um weiteren Fragen vorzubeugen. Und solch unwesentliche Details wie beispielsweise den Umstand, dass ich halbnackt ins tosende Meer gesprungen war, würde ich Ruby gegenüber ohnehin besser nicht erwähnen.

»Und wo ist er jetzt?«, wollte sie wissen.

»Im Bad«, sagte ich.

»Im ...« Ruby schluckte und deutete auf die Tür am anderen Ende des Raumes. »Hier?« Die Neugier stand ihr in Leuchtbuchstaben auf die Stirn geschrieben.

»Ja«, sagte ich und konnte ein Lächeln nicht unterdrücken.

»Ähm ...«, stammelte sie. »Und wieso ist er im Bad?«

»Er liegt in der Wanne und pflegt seine Schwanzflosse«, erwiderte ich trocken.

»D-das will ich sehen«, sagte Ashton und arbeitete sich zuckend aus seinem Sessel hoch.

»Mann, das war doch nur Spaß«, meinte Ruby kichernd.

»D-danke, Einstein«, entgegnete Ashton und schlenkerte extra übertrieben mit dem rechten Arm. Er grinste Ruby an und drückte ihr einen Kuss auf die Wange. »K-kann man ihn *besichtigen*?«, fragte er an mich gewandt.

Ich grinste ebenfalls. »Ich werde ihn fragen.«

Die Aufregung von Ruby und Ashton war auf mich übergesprungen, mein Herz pochte schnell und fest, als ich die Badezimmertür öffnete und meinen Kopf durch den Spalt steckte.

Gordian saß auf dem Wannenrand und sah mich fragend an.

»Hey«, sagte ich leise. »Es war nicht Tante Grace. Es sind Ruby und Ashton. Sie würden dich gern kennenlernen.« Ich drückte die Tür ganz auf und ging langsam auf ihn zu. »Sie sind meine Freunde«, setzte ich hinzu. »Sie wissen alles. Ich bin sicher, du wirst sie mögen.«

Gordy erhob sich ebenso langsam. »Elodie«, flüsterte er, legte die Hände um mein Gesicht und sah mir tief in die Augen.

»Keine Angst«, wisperte ich. »Natürlich sind sie sehr gespannt auf dich, aber sie werden dich nicht beglotzen.«

Er lächelte sein Grübchenlächeln, in seinen Pupillen blitzte es und sofort war ich vollkommen gelassen und wie immer auch ein bisschen benebelt.

»Ich verspreche dir, ich werde sie *ebenfalls* nicht beglotzen«, murmelte Gordy, »diese *komischen* Menschen.«

Ich hauchte ihm einen Kuss auf die Nase und einen auf den Mund, dann schnappte ich mir seine Hand und zog ihn in den Wohnraum hinüber.

Ruby und Ashton hatten sich auf dem Sofa niedergelassen und auch Ashton hatte seinen Arm um Ruby geschlungen. Sie versuchten, lässig zu wirken, doch ihre Anspannung war deutlich zu spüren.

»Hallo!«, platzte Ruby heraus. Sie schnellte hoch und streckte Gordy ihre Hand entgegen. »Ich bin Ruby. Und dieser verrückte Kerl dort ist mein über alles geliebter Freund Ashton.«

Gordians Augen glänzten vor Freude. Lächelnd ergriff er ihre Hand und betrachtete sie eingehend.

Ruby errötete zart. »Ja, ähm ... also ...«, stammelte sie sichtlich verlegen.

»Na komm, lass sie wieder los«, forderte ich ihn auf. »Du hast mir versprochen, sie nicht anzustarren.«

Gordy runzelte die Stirn und sah nicht weniger verunsichert aus als Ruby. Und plötzlich fiel bei mir der Groschen.

»Oh, also, jaaa ... so begrüßt man sich bei uns«, erklärte ich ihm. »Man reicht sich die Hand.«

»Ach so«, sagte Gordy, hielt Ruby aber weiter fest. »Und wie lange?«

»Eigentlich nur ganz kurz«, sagte ich.

»Ach, du kannst mich ruhig noch eine Weile festhalten«, kicherte Ruby. »Ich finde es sehr angenehm.«

»Das bedeutet, sie mag dich«, übersetzte ich für Gordy.

Es war schon verrückt: Er beherrschte unsere Sprache und bewegte sich beinahe so, als ob er schon immer an Land lebte. So vieles schien vollkommen selbstverständlich für ihn zu sein, dafür waren ihm manche, eigentlich ganz banale Dinge völlig fremd. Er musste wirklich noch eine Menge lernen, wenn er nicht als fremdartig angesehen werden wollte.

»Oh«, sagte Gordy. Ein wenig erschrocken ließ er Rubys Hand los und wandte sich Ashton zu. »Hallo, Ashton, ich bin Gordy.«

»H-hallo«, sagte Ashton und erhob sich ein wenig umständlich aus dem Sofa. Sein Kopf zuckte hin und her und sein Arm schlenkerte heftig, aber im Gegensatz zu eben war das jetzt ganz eindeutig keine Show. »Arschloch!«, presste er hervor und stieß Gordy seine Hand gegen die Brust.

Mir stockte das Blut in den Adern, und ich registrierte, dass sich auch auf Rubys Gesicht ein Ausdruck des Erschreckens legte. Sie öffnete den Mund, doch ehe sie zu einer Erklärung ansetzen konnte, hatte Gordy bereits Ashtons Handgelenke ergriffen.

Ganz locker hielt er sie umfasst und sah Ashton dabei lächelnd in die Augen. Der gab ein lang gezogenes Seufzen von sich, ruckte noch einmal mit dem Kopf, dann lächelte er ebenfalls und nur einen Lidschlag später stand er absolut ruhig und breit grinsend da.

Ich konnte es kaum glauben. Es war wie im Traum und zugleich so wunderbar echt und wahrhaftig, dass mir vor Rührung der Atem stockte.

»Wow«, sagte Ruby leise und wischte sich verstohlen eine Träne aus dem Augenwinkel.

»Hey, Kumpel«, sagte Ashton, »ist ja cool. Wie hast du das gemacht?«

Gordy grinste ebenso breit wie er. Anstatt einer Antwort knuffte er Ashton in die Seite und schloss ihn anschließend fest in seine Arme.

»Noch drei Nächte«, sagte Kyan. »Dann ist es so weit.«

»Wir werden sehen«, erwiderte Liam skeptisch. »Ich glaube es jedenfalls erst, wenn es tatsächlich ohne Gordian gelingt.«

»Frag doch die Alten«, knurrte Kyan, der seinen Freunden voraus auf Little Sark zuglitt, den südlichen Teil des Eilands, der nur durch einen schmalen Felsgrat, La Coupé, mit der Hauptinsel verbunden war. Die Sonne war inzwischen untergegangen und das Meer in tiefe

Dunkelheit getaucht. Auf der Wasseroberfläche, nur wenige Körperlängen über ihnen, spiegelte sich die schmale Sichel des Mondes.

»Die einen sagen so, die anderen so«, brummte Zak. »Niemand scheint es genau zu wissen.«

»Wundert dich das?«, gab Liam zurück. »Bisher hat niemand jemals einen leibhaftigen Plonx zu Gesicht bekommen. Es sind Legenden, nichts als Legenden. Das ist auch Kyan klar.« Ein kräftiger Schlag mit der Schwanzflosse ließ ihn zu seinem Anführer aufschließen.

»Sieht Gordian vielleicht wie eine Legende aus?«, zischte Kyan ihm ins Gesicht.

Kopfschüttelnd wich Liam zurück. Er hatte rotblonde Locken und goldfarbene Augen. Die Haut seines menschlichen Oberkörpers war weniger dunkel als die seiner Freunde. Sie schimmerte in einem sahnigen Karamell unter seiner hauchzarten durchscheinenden Delfinhülle. »Wie auch immer. Ich werde mich jedenfalls nicht mehr daran beteiligen.«

»Du wirst tun, was ich dir sage«, fuhr Kyan ihn an. »In Zukunft suche ich die Mädchen für euch aus.«

»Moment mal ...«, sagte Zak. Seine hellblauen Augen blitzten und seine dunklen Haare standen ihm wie elektrisiert vom Kopf ab.

»Keine Angst«, unterbrach Kyan ihn. »Deine Joelle interessiert mich nicht.«

»Meine Joelle ... meine Joelle ...« Zak verdrehte die Augen. »Ich hab doch schon gesagt, dass mir nichts daran liegt, ihr etwas anzutun.«

»Das musst du auch nicht«, entgegnete Kyan überraschend sanft. »Es reicht vollkommen aus, sie zu treffen, mit ihr zu reden, ihr zu sagen, wie hübsch sie ist und wie anziehend du sie findest. Und wenn du es schaffst, dich zu kontrollieren, darfst du sie sogar berühren.«

»Willst du damit sagen, dass wir keine mehr töten werden?«, wunderte sich Liam.

»Genau das«, brummte Kyan. »Zumindest vorläufig.«

»Aha?« Zak war nicht weniger verblüfft. »Und woher kommt dieser plötzliche Sinneswandel?«

»Nicht plötzlich«, sagte Kyan. »Ich habe bloß ein bisschen nachgedacht.«

Liam musterte seinen Anführer abschätzend. »Und wie sollen wir uns das konkret vorstellen?«

»Nun«, sagte Kyan gedehnt, »für dich bedeutet es, dass du dich weiterhin um die kleine Olivia kümmern wirst. Du kannst mit ihr tun, was dir gefällt. Du darfst sie sogar küssen ...«

Liams Augen wurden schmal.

»Solange du sie nicht ertränkst«, fügte Kyan hastig hinzu, bevor Liam etwas einwenden konnte. »Und je intensiver du dich um sie kümmerst, desto mehr wird sie dich lieben und umso größer ist die Wahrscheinlichkeit, dass sie nie wieder einen Menschenmann an sich heranlässt.« Ein heimtückisches Lächeln huschte über sein Gesicht. »Und deshalb wird die süße kleine Olivia bedauerlicherweise auch niemals Nachkommen empfangen.«

Liam schüttelte den Kopf. »Und du denkst, das funktioniert?«

Kyan sah seinen Freund herausfordernd an. »Sollen wir wetten?«

»Um was?«

»Jetzt hört schon auf«, ging Zak genervt dazwischen. »Solange wir nicht wissen, ob wir auch ohne den Plonx an Land gehen können, brauchen wir um gar nichts zu wetten.«

»Schsch!«, machte Kyan. »Abtauchen!«

»Was ist denn?«, murrte Zak.

»Folgt mir«, sagte Kyan nur und stieß urplötzlich steil hinunter auf den Meeresgrund zu.

Zak und Liam tauschten einen fragenden Blick, schossen aber sogleich hinter ihrem Anführer her.

Mit wenigen kräftigen Flossenschlägen erreichten sie die Ausläufer der Klippen von Sark. Dunkel ragte die zerklüftete Insel vor ihnen auf. Kyan tauchte bis zum Grund und schwamm dann langsam im Schutz zweier Felsgrate auf sie zu. Seine Bewegungen waren äußerst vorsichtig, Zak und Liam spürten die Anspannung, die von ihm ausging.

»Was hat er nur?«, raunte Liam, nachdem er in den engen Zwischenraum der Felsen geglitten war. »Kannst du irgendetwas erkennen?«

Zak schwieg und an seiner Stelle antwortete Kyan: Achtung, Liam, jetzt kommt es auf dich an!

Der Nix spannte unwillkürlich seine Muskeln. Ihm blieb keine Zeit nachzufragen, denn in diesem Moment löste sich eine schlanke schwarze Gestalt aus einer der Inselhöhlen. Sie war länger und größer als die Delfine, und unter ihrer nahezu undurchsichtigen Haut waren der olivfarbene Körper und das flächige Gesicht mit den hohen Wangenknochen, den funkelnden schwarzen Augen und den kräftigen Zähnen, die schneeweiß hinter den geschwungenen Lippen hervorblitzten, nur schemenhaft zu erkennen.

Worauf wartest du noch!

Kyans Befehl löste einen Impuls in Liam aus. Ohne zu zögern oder gar nachzudenken, arbeitete er sich rückwärts aus den Felsen heraus und stob pfeilschnell auf den Schwarzen zu.

Zak und Kyan folgten, doch ehe sie ihren Freund erreichten, hatte Liam dem Hai bereits seine Zähne in die Flanke geschlagen. Ein Schwall dunkelrotes Blut wuchs in Sekundenbruchteilen zu einer mächtigen Wolke heran. Der Hai wand sich, drehte sich einmal um sich selbst und schnappte nach Liams Rückenflosse, erwischte sie aber nicht und wurde im nächsten Augenblick bereits von Zak und Kyan gegen einen Felsen gerammt.

Zuckend sank er dem Boden entgegen, wo er schließlich reglos liegen blieb.

»Das haben sie nun davon«, sagte Kyan abfällig. »Wer zu lange an Land lebt und sich die Menschen zu Freunden macht, ist dem Meer und seinen wahren Herrschern nicht mehr gewachsen.«

Licht und Schatten

»Sie sind wundervoll«, sagte Gordy. »Die besten Freunde, die man sich vorstellen kann.«

Wir hockten Schulter an Schulter auf dem Bett und blickten versonnen in den Abendhimmel. Neben uns stand ein Teller voller belegter Brote, die Tante Grace für uns gemacht hatte. Ich hatte nur eins davon gegessen, mehr bekam ich nicht runter. Meine Seele war übervoll und das wirkte sich auch auf meinen Appetit aus.

»Ja, das sind sie«, erwiderte ich seufzend. »Ruby ist ...«

»Zauberhaft.«

»Oh, sie kann auch eine Nervensäge sein«, sagte ich. »Eine liebenswerte allerdings.«

»So wie Idis.«

Ich nickte und schwieg. Ein bisschen beneidete ich Gordy darum, dass er eine Schwester hatte. Ich hätte auch gerne eine gehabt. Und einen Bruder. Eine richtige Familie eben. Aber dazu hätte dann natürlich auch Pa gehört.

Eine tiefe Traurigkeit nahm mein Herz in Besitz und legte sich wie ein grauer Nebelschleier über mein Gemüt. Ich wollte aber nicht ausgerechnet jetzt, in dieser ersten langen gemeinsamen Nacht, über meinen Vater reden.

»Weißt du, sie hat einen jüngeren Bruder«, sagte ich leise. »Er ist sehr krank. Und Ruby ... sie fühlt sich schuldig.«

»Warum?«

»Sie hat ihn mit nach Lihou Island hinübergenommen. Er wäre auf dem Weg dorthin fast ertrunken.«

Gordy atmete geräuschvoll aus. Ich ahnte, was ihm in diesem Moment durch den Kopf ging, und rechnete fest damit, dass er mir hier und jetzt das Versprechen abringen würde, dass ich mich nie wieder in eine solche Gefahr begab wie heute Morgen. Doch er schwieg, und ich nutzte die Gelegenheit, um auf unsere Freunde zurückzukommen.

»Ashton ist ...«

»... so wie ich?«, fragte Gordy.

Ich sah ihn überrascht an. Aber er hatte ja recht. »Irgendwie schon. Zumindest ist er ähnlich *besonders* wie du.« Das hatte Ashton selber mal gesagt. »Nicht alle Menschen mögen ihn.«

»Ich schon«, entgegnete Gordy.

Ich stupste ihn an. »Du bist ja auch kein Mensch.«

»Ich mag ihn sehr«, betonte er mit ernster Miene. »Und ich bin froh, dass ich ihn getroffen habe.«

»Ihn und Ruby ...«

»Ja ...«

»Und mich ...«

»Jaaa ...«

Gordian strich mir eine Locke aus dem Gesicht und schob sie sanft hinter mein Ohr. Mit dem Daumen fuhr er mir über die Brauen, den Nasenrücken und schließlich über die Unterlippe. Dem Daumen folgte sein Mund, sanft küssend drückte er mich in die Kissen hinunter und legte sich über mich. Das Blut pulsierte mir heiß den Nacken hinauf und hinunter, und obwohl ich in diesem Moment nichts mehr wollte, als ihn zu küssen, fiel mir idiotischerweise ausgerechnet jetzt der Teller mit den Broten ein.

»Gordy, warte mal ... wir müssen erst ...«

»Was?«

»Die Brote ...«

Er verzog das Gesicht. »Ich will deine Großtante ja nicht beleidigen, aber ich möchte keine Brote. Diese Mahlzeit heute Mittag ...«

»Ja, ich weiß, es war sehr tapfer von dir, alles aufzuessen.«

»Dieses komische warme Dings ...«

»Das war eine Quiche.«

»Mir egal, wie es heißt«, murmelte er, während er weiter meine Lippen liebkoste.

»Nein, Gordy, hör zu«, sagte ich energisch. »Es ist wichtig, dass du solche Dinge benennen kannst. Tante Grace ist eine leidenschaftliche Köchin. Wenn sie den Eindruck hat, dass du ihr Essen nicht magst, dich nicht einmal dafür interessierst ...«

»... schmeißt sie mich raus?«

»Na ja, das vielleicht nicht«, erwiderte ich. »Aber ...«

»Es wäre doch vollkommen egal, Elodie«, unterbrach er mich. »Ob ich nun nebenan im Gästehaus wohne oder unten zwischen den Klippen, ich werde ohnehin die ganze Zeit über in diesem Apartment sein. Und während du unten in der Küche etwas isst, warte ich hier auf dich.«

»Und verhungerst.«

»Unsinn«, sagte Gordy. »Ich werde weiter auf die Jagd gehen.«

Ich schluckte. »Und mich hier oben allein lassen?«

Er schüttelte empört den Kopf. »Was denkst du nur? Natürlich werde ich das nicht tun.«

90

»Ja, aber ...« Die Erinnerung an die letzte Nacht nahm mich gefangen, doch noch ehe ich etwas einwenden konnte, lächelte Gordian sein ganz spezielles Lächeln und zerstreute so meine aufkeimende Panik.

»Ich verlege die Jagd in die Abendstunden nach Sonnenuntergang. Das ist zwar ein wenig mühseliger, aber ich werde mich schon daran gewöhnen. Du leistest derweil deiner Großtante Gesellschaft, das wird ihr gefallen. Und hin und wieder können bestimmt auch Ruby und Ashton hier sein und auf dich aufpassen. Ich bin sicher, sie werden das nicht ablehnen, wenn wir sie darum bitten.«

Das klang gut. Das klang sogar sehr gut!

Leidenschaftlich schlang ich meine Arme um Gordians Nacken und drückte meinen Mund auf seine Lippen.

»Hey, hey, hey«, meinte er grinsend. »Wolltest du nicht erst mal diese Brote wegstellen?«

»Wegstellen reicht nicht«, entgegnete ich. »Wir müssen sie verschwinden lassen.« Sanft, aber bestimmt schob ich ihn von mir weg, ergriff den Teller und schlüpfte aus dem Bett.

Ich huschte zur Küchenzeile hinüber, nahm einen Müllbeutel aus der Schublade und legte die Brote hinein. Anschließend knotete ich ihn fest zu und deponierte ihn im Gemüsefach des Kühlschranks. »Du könntest es an die Fische verfüttern«, schlug ich vor. »Vielleicht lassen sie sich dann besser fangen.«

»Ihr Menschen habt ulkige Einfälle«, sagte Gordy. Wieder schüttelte er den Kopf und sah mich jetzt äußerst ernst, beinahe vorwurfsvoll an. »Ihr hängt Würmer an einer Schnur ins Wasser und legt riesige Netze ins Meer, manchmal schmeißt ihr sogar warmes Essen und Brote nach Möwen.«

»Wir sind eben sehr viele«, erwiderte ich stockend. »Und wir bekommen längst nicht alle satt.«

»Und deshalb schmeißt ihr Essen nach Möwen?«, fragte er verwundert.

»Nein«, sagte ich leise, während ich ins Bett zurückkroch. »Wir tun es, weil wir sie füttern wollen. Einfach so. Wir essen sie gar nicht.«

»Ihr füttert Möwen und lasst Menschen verhungern?«

Ja, Gordy, dachte ich schuldbewusst, schnappte mir die Bettdecke und wickelte mich darin ein. Wir tun eine Menge schreckliche Dinge.

»Wie kommt es eigentlich, dass ihr so viel über uns wisst?«, fragte ich, nachdem ich eine Weile gedankenverloren vor mich hingestarrt hatte.

»Wie kommt es, dass du dich in Bettzeug versteckst?«, erwiderte er belustigt und zog mich zu sich herüber.

»Ich fühle mich manchmal so … so … unwert«, murmelte ich beklommen.

»Und deshalb verkriechst du dich in Bettzeug?« In Gordys türkisfarbenen Augen blitzte es übermütig.

»Das ist nicht lustig«, sagte ich.

»Stimmt, das ist es nicht. Aber du bist nicht unwert, Elodie. Du nicht«, wisperte er an meinem Ohr. »Und Ashton und Ruby sind es auch nicht.«

»Na ja, zumindest versuchen wir, alles richtig zu machen. Vielleicht reicht das ja schon.«

Gordy zog mich nun ganz in seine Arme und wir lagen eine Weile still beieinander. Inzwischen war es beinahe dunkel im Zimmer. Der Himmel draußen hatte sich wieder zugezogen, nur hier und da blitzte ein Stern oder ein Teil der Mondsichel zwischen den Wolken hervor. Gordys Haare kitzelten mich an der Stirn. Ich atmete seinen Duft und betrachtete sein Profil, das sich unwirklich von der Dunkelheit abhob.

»Wir sind Delfine«, sagte er plötzlich. »Wir können unter Wasser nicht atmen.«

»Aber ihr seid Nixe.«

»Ja, und wir haben gelernt, länger ohne Sauerstoff auszukommen als unsere tierischen Freunde. Wir können viele Meilen zurücklegen, bevor wir zum Luftschnappen an die Oberfläche steigen müssen. Und dabei kommen wir euch oft sehr nahe, ohne dass ihr es bemerkt. Menschen lieben Delfine. Sie freuen sich, wenn sie uns sehen, und lassen uns dicht an sich herankommen. Außerdem ist unser Gehör sehr gut, wie du weißt.«

»Die Menschen halten euch für Delfine«, sagte ich. »Sie können euch von den Tieren nicht unterscheiden.«

Gordy schwieg. »Aber du kannst es«, flüsterte er schließlich. »Du hast Idis gesehen.«

Ich schluckte. Ja, das hatte ich. Es war wie ein Wunder gewesen.

»Vielleicht ist es ein Zeichen«, murmelte ich. »Dafür, dass wir in Wahrheit zusammengehören.«

Gordian drehte sich auf die Seite, wandte mir sein Gesicht zu und küsste mich unterhalb des Ohrläppchens. »Aber das war uns doch längst klar.«

»Ich meinte eigentlich, wir alle«, sagte ich. »Die Menschen und die Nixe.«

Ebenso wie die Nixenarten untereinander, fügte ich im Stillen hinzu. Was für ein seltsamer, aber schöner Gedanke ...

Nur einen Atemzug später blitzte Cyrils dunkler, hasserfüllter Blick vor mir auf und ich spürte einen schneidenden Schmerz in der Brust.

Als ich die Augen aufschlug, war es hell im Zimmer. Gordy lag neben mir, das Gesicht in meinem Haar, einen Arm in meinem Nacken, den anderen um meinen Bauch geschlungen.

»Hey«, sagte er leise.

»Du bist wach?«

»Das bin ich immer«, erwiderte er, zog den Arm unter mir weg und stützte sich auf. »Zumindest mit einer Hälfte meines Gehirns.«

»Soll das heißen, du schläfst nicht?«, fragte ich verblüfft.

»Na ja, zumindest nie ganz«, war seine Antwort. »Es ist so wie bei den *echten* Delfinen auch. Würden sie schlafen wie du, würden sie ertrinken.«

»Du bist also wach und gleichzeitig schläfst du?«, resümierte ich zweifelnd. »Wie machst du das?«

»Ein Auge offen, das andere zu«, sagte Gordy zwinkernd.

»Im Ernst?«, rief ich entsetzt. Bei aller Schönheit, aber diese Vorstellung war einfach zu gruselig!

»Ja, im *Ernst*«, sagte Gordian und lächelte verschmitzt. »Möchtest du, dass ich es dir vormache?«

»Nein, bitte nicht!«

»Es ist aber ganz praktisch«, meinte er und küsste mich auf die Nase. »Denn ich habe auch stets ein Ohr gespitzt. Wenn deine Großtante die Treppe heraufkäme, würde ich sie hören, ehe sie die Tür geöffnet hat. Es ist also gar nicht schlimm, dass du vergessen hast, sie abzuschließen.«

Ein Schreck fuhr mir durch die Glieder. »Wir sind einfach eingeschlafen!«, rief ich. »Noch dazu in unseren Klamotten.« Ich wollte aufspringen, doch Gordy hielt mich fest.

»Was hast du denn?«

»Ich fühle mich schrecklich«, sagte ich. »Klebrig und verschwitzt. Du etwa nicht?«

Ein Grinsen zupfte an seinen Mundwinkeln. »Nein.«

»Na klar«, erwiderte ich. »Delfine schwitzen wahrscheinlich überhaupt nicht. Wozu auch?«

»Genau ...« Lächelnd strich er über die sensiblen Stellen zwischen meinen Fingern. »Wir sind schon seltsame Wesen. Wenn wir an Land kommen, haben wir Saughäute in den Handflächen und an den Fußsohlen. Wir können mühelos Steilküsten und Steinmauern erklimmen.«

»Das ist in der Tat *seltsam*«, murmelte ich.

»Stammt nicht alles Leben ursprünglich aus dem Meer?«, fragte er. »Ich meine zumindest, irgendwann mal so etwas aufgeschnappt zu haben.«

»Ja«, sagte ich, »aber das ist Millionen von Jahren her.«

»Und wenn schon. Irgendwie müssen die Tiere, aus denen ihr Menschen euch später entwickelt habt, damals schließlich auch an Land gekrabbelt sein.«

»Und ich muss jetzt ins Bad«, sagte ich entschieden und versuchte, mich von ihm zu lösen.

»Nein, musst du nicht.« Er verstärkte seinen Griff. »Bleib hier«, bettelte er leise.

»Gordy!«, stöhnte ich. »Es dauert doch nur ein paar Minuten. Du könntest natürlich auch mitkommen«, fügte ich provozierend hinzu. »Aber du willst mich ja nicht nackt sehen.«

»Du irrst dich«, sagte er mit dunkler, samtweicher Stimme.

»Ich will es schon.« Er zog mich dicht zu sich heran und legte sich über mich, klemmte meine Beine zwischen seine und vergrub seine Hände in meinen Haaren. In seinen Augen lag ein Ausdruck von wildem, ungezähmtem Verlangen. »Und wie ich es will.«

Mein Herz raste los, und als er mich zu küssen begann, spürte ich meinen Pulsschlag heiß durch meinen Körper rasen. Gordy hielt mich so fest umklammert, dass ich mich nicht bewegen konnte, ich war nicht einmal in der Lage, den kleinen Finger zu rühren.

Sein Kuss war intensiv wie kein anderer zuvor. Seine Lippen schienen mit meinen zu verschmelzen, und ich glaubte, die Berührung seiner Zunge bis in meine Zehen hinunter zu spüren.

Meine Fußknöchel fingen an zu brennen, und ich dachte, das war es jetzt, Cyril hatte recht, gleich wird Gordy mich ertränken.

Und mit einem Mal war ich ganz ruhig. Ich liebte Gordy. Ich liebte ihn mehr als mein eigenes Leben. Sterben musste ich sowieso, früher oder später ... Ich konnte mir nichts Schöneres vorstellen, als durch seinen Kuss über diese Grenze getragen zu werden.

Doch natürlich tötete Gordy mich nicht. Er hörte auf, mich zu küssen, und senkte seinen Blick tief in meine Augen. Seine Iris war so hell wie das Wasser in einer von Sonnenstrahlen durchfluteten Meeresbucht.

»Hattest du Angst?«, fragte er leise.

Ich schluckte schwer. »Nein.«

»Aber ich bin so viel stärker als du.«

Es klang verzweifelt.

»Ich weiß«, flüsterte ich.

»Ich könnte mit dir machen, was ich will«, sagte er nun beinahe zornig.

»Ja«, erwiderte ich sanft. »Aber du wirst niemals etwas tun, das *ich* nicht will. Im Gegenteil, du tust längst nicht alles, von dem ich wünschte, du würdest es tun«, setzte ich frustriert hinzu.

Er wandte den Blick ab und seufzte. Dann ließ er sich von mir herunterrollen und blieb neben mir auf dem Rücken liegen.

»Du hast Idis gesehen«, begann er.

Nicht schon wieder!, dachte ich und wollte gerade etwas sagen. Aber Gordy redete bereits weiter.

»Du hast ihren nackten menschlichen Oberkörper gesehen.«

»Ja«, bestätigte ich. »Sie hat übrigens einen sehr hübschen Busen.« Es lag nicht in meiner Absicht, meiner Stimme diesen herausfordernden Unterton zu verleihen, es passierte einfach. »Du bist den Anblick also gewohnt.«

»Stimmt. Aber wir Nixe können einander nicht berühren«, entgegnete Gordian. »Und wir können uns auch nicht küssen. Unsere Körper sind von der Delfinhaut umgeben. Sie schützt uns, aber zugleich hindert sie uns auch daran, uns so zu paaren, wie wir es uns ersehnen. Außerdem sind unsere Unterleiber ...« Er brach ab und warf mir einen kurzen gequälten Blick zu.

»Ich weiß«, murmelte ich und nun beugte ich mich über ihn und streichelte sein schönes Gesicht. »Gordy, ich weiß.«

»Nein, Elodie, tust du nicht.« Er umfasste meine Hände und hinderte mich so daran, ihn weiter zu liebkosen. »Eigentlich habe ich dich gar nicht verdient.«

»Was redest du denn da schon wieder?« Ich schüttelte den

Kopf. »Ich bin unendlich glücklich darüber, dass du bei mir bist. Seitdem ich dich getrof...«

»Du weißt nicht alles über mich«, unterbrach er mich.

Ich atmete geräuschvoll aus. »Du auch nicht über mich.«

Er musterte mich stirnrunzelnd.

»Was glaubst du, warum die Bilder aus deinem schwarzen Kasten da« – Gordy hob den Kopf und nickte in Richtung Rattantisch, auf dem mein Notebook lag – »die Cyril mir gezeigt hat, mich nicht davon abgehalten haben, dich wiederzusehen?«, fragte er dann.

»Weil du wusstest, dass sie zu meiner Vergangenheit gehören, dass ich diese Jungs geküsst hatte, bevor ich *dich* kannte.«

Gordy biss sich auf die Unterlippe, dann wandte er sein Gesicht ab. »Ich habe auch eine Vergangenheit«, presste er tonlos hervor.

Mit einem Schlag wurde mir eiskalt. Bisher hatte er mir immer nur von seiner Familie und seinen Freunden erzählt, aber nie davon, ob es vielleicht auch eine Nixe in seinem Leben gegeben hatte ... oder womöglich noch gab.

»Hast ... Hattest du eine Freundin?« Mein Herz klopfte mich fast um den Verstand, als ich diese Frage stellte.

Gordian seufzte. »Nein«, sagte er leise, während er seinen Blick zur Zimmerdecke richtete. »Hatte ich nicht. Nixe haben keine festen Partner.« Er wirkte irgendwie entmutigt, ich allerdings hätte losjubeln können, so erleichtert war ich.

»Und was ist mit deinen Eltern? Sind sie denn gar nicht richtig zusammen?«

»Meine Eltern sind eine Ausnahme.«

Überrascht, aber auch ein wenig beunruhigt stützte ich mich auf, um Gordy besser ansehen zu können. »Inwiefern?«

»Sie sind einander bestimmt.«

Ich starrte ihn an. »Und was bedeutet das?«

»Dass sie ihr ganzes Leben miteinander verbringen werden und nur gemeinsame Kinder haben«, erklärte er mir. »Idis und ich sind also echte Geschwister, während Kyan, Zak und Liam beispielsweise nur Halbgeschwister haben.«

»Okay«, sagte ich, »okay.« Schlafen mit einem offenen Auge, Saughäute an Händen und Füßen, der Umstand, dass ihre Beine sich in Flossen verwandelten – all das faszinierte mich eher, als dass es mich schockte, aber diese Besonderheit der Bestimmung setzte dem Ganzen noch mal eins drauf. »Wie haben sie das gemerkt?«

»Es ist einfach so ... Cullum und Ozeane lieben sich zu sehr, um sich mit anderen zu paaren«, antwortete Gordy zögernd.

»Und wer bestimmt darüber?«, fragte ich weiter. »Ich meine, sie werden doch nicht von ihren Vätern oder Großvätern ausgesucht?«, vergewisserte ich mich.

»Natürlich nicht.« Gordy lachte leise in sich hinein. Dann wurde sein Blick plötzlich abwesend und ein seltsamer Ausdruck legte sich über sein Gesicht, der ein unbehagliches Gefühl in mir auslöste. »Das Meer *bestimmt* es«, sagte er rau. »Das Meer ganz allein.«

»Das Meer ist also so etwas wie ein Gott?«

Eigentlich fand ich diesen Gedanken sehr schön, wesentlich weniger abstrakt jedenfalls als die Vorstellung, dass Gott irgendwo im Universum weilte und so tat, als ginge ihn das, was auf der Erde passierte, nichts an.

»Ich denke eher, dass es etwas sehr Natürliches ist«, entgegnete Gordy. Er wandte sich wieder mir zu und beruhigenderweise war jetzt alles Merkwürdige aus seinem Blick verschwunden. »Das Meer mit all seinen Lebewesen verfügt über ein größeres Wissen und einen besseren Überblick als jeder einzelne Nix. Meistens lässt es uns gewähren, nur ganz selten greift es ein und überträgt einzelnen Nixen eine Bestimmung, der sie sich nicht entziehen können, weil sie dem Ganzen dient.«

»Moment mal ...« Ich war nicht sicher, ob ich ihm folgen konnte. »Deine Eltern, Cullum und Ozeane, sind füreinander bestimmt, weil es dem Meer *nützt*?«

Gordian nickte.

»Tut mir leid, aber das verstehe ich nicht.«

»Das ist auch nicht nötig«, gab er zurück. »Der Sinn erschließt sich selbst denen, die die Bestimmung erfüllen, nur in den seltensten Fällen. Das Meer hat nun mal seine eigenen Regeln. Es kennt die Zusammenhänge und sorgt dafür, dass alles immer wieder ins Gleichgewicht zurückfindet. Es weiß schon, was es tut.«

»Und wenn die beiden sich geweigert hätten?«, bohrte ich nach. »Was wäre mit ihnen passiert?«

»Ach, Elodie.« Gordy schenkte mir ein strahlendes Lächeln. »Sie lieben sich. Sie hätten sich nicht geweigert.«

»Dann hat Bestimmung also immer etwas mit Liebe zu tun?«, hakte ich vorsichtig nach.

»Nein, das nicht.« Sein Lächeln erstarb und wieder legte sich dieser seltsame Ausdruck über sein Gesicht. »Aber immer ist sie so stark, dass es ganz und gar unmöglich ist, sich dagegen zu wehren. Man denkt nicht einmal darüber nach ... und noch nie ist jemand dem Gesetz des Meeres entflohen.«

Geständnisse und Schwüre

Nachdem ich geduscht hatte, schlich Gordy über den Balkon ins Gästehaus hinüber, und ich ging hinunter, um mit Tante Grace zu frühstücken. Sie hatte ausgesprochen gute Laune, lobte Gordians gute Erziehung und vergaß nicht zu erwähnen, wie begeistert sich auch Ruby und Ashton über ihn geäußert hatten.

»Ich würde mich freuen, wenn er in Zukunft immer mit uns zusammen isst«, eröffnete sie mir. »Eigentlich hätte ich gestern Abend schon daran denken sollen, ihn zum Frühstück einzuladen.«

»Oh, das ist kein Problem«, beeilte ich mich zu sagen, »Gordian geht morgens ziemlich früh schwimmen und frühstückt dann meistens im Vazon Bay Café.«

»Heute auch?«

»Ja.« Ich nickte. »Danach holt er mich ab. So um halb elf.«

»Gut.« Tante Grace zupfte an ihrem Silberohrring und versuchte, nicht allzu neugierig zu wirken. »Was habt ihr denn vor?«

»Ach, wir wollen bloß ein bisschen mit den anderen abhängen«, schwindelte ich, dabei wäre es eigentlich gar nicht nötig gewesen. Sie hätte ruhig wissen können, dass wir in Wahrheit nach St Peter Port fahren wollten, damit wir für Gordy noch ein paar Klamotten kaufen konnten.

Ein Anflug von Misstrauen huschte über Tante Gracies Gesicht. »Mit den anderen? Sind die denn gar nicht in der Schule beziehungsweise auf der Arbeit?«

Verdammt, das hatte ich nun davon, dass ich nicht in der Lage war, Wahrheit und Notlüge klug zu dosieren!

»Ähm, doch ... natürlich«, erwiderte ich stockend. »Wir sehen sie ja auch erst später. Außer Cyril ... Der hat heute frei und ist vielleicht jetzt schon dort.«

Dass ich diese vollkommen unnötige Information besser für mich behalten hätte, wurde mir in der Sekunde klar, als ich die Kinnlade meiner Großtante herunterklappen sah.

»Oh, Gordian, Cyril und du?«, bemerkte sie ironisch. »Das wird sicher spannend.«

»Wir haben uns ausgesprochen, Cyril und ich«, versicherte ich ihr.

»Ja, und da habt ihr euch praktischerweise gleich alle drei angefr...«

Ich ließ sie nicht ausreden. »Außerdem habe ich ihm mein Fahrrad geliehen. Er gibt es mir heute zurück.«

»Aaah.« Tante Grace hob die Augenbrauen. »In der Tat hatte ich mich schon gefragt, wo es wohl abgeblieben ist.«

»Tut mir leid«, sagte ich und zuckte entschuldigend mit den Schultern. »Ich wusste nicht, dass du es brauchst.«

»Keine Sorge«, entgegnete sie. »Ich habe es nicht gebraucht. Ich habe bloß gerne alles im Blick.«

Puh! Na klar! Wenn ich nicht wollte, dass meine Großtante dahinterkam, wer Gordian in Wahrheit war, sollte ich mich wohl schnellstens auf ihren Kontrollwahn einstellen. Eigentlich hatte ich das Fahrrad schlicht vergessen. Erst heute Morgen, als Gordy und ich unsere Pläne für den Tag schmiedeten, war mir siedend heiß eingefallen, dass es noch immer an der Befestigungsmauer in der Cobo Bay lehnte. – So nachlässig würde ich ganz bestimmt nie wieder sein!

»Tut mir leid«, wiederholte ich. »Das nächste Mal sage ich dir Bescheid.«

Tante Grace nickte. »Fein.« Ihr Blick signalisierte allerdings das genaue Gegenteil davon und ihre gute Laune schien sich in Luft aufgelöst zu haben. »Dann wird es wohl das Beste sein, ich packe euch einen Proviantkorb«, fuhr sie ein wenig unterkühlt fort. »Und eine warme Mahlzeit gibt es dann heute Abend. Eine Bekannte aus St Martin will mir nachher eine Seebrasse vorbeibringen. Weißt du, sie war so entzückt von dem Ballkleid, das ich ihrer Tochter genäht habe, dass sie es sich nicht nehmen lassen wollte, mir eine kleine Freude zu machen. «

»Das klingt gut«, sagte ich und bemühte mich, wenigstens ein bisschen enthusiastisch auszusehen. Ich konnte mir nämlich kaum vorstellen, dass sie diesen Edelfisch mit einer Panade aus Semmelbröseln versehen würde. »Gordian wird bestimmt total begeistert sein.«

Das zumindest hoffte ich. Aber leider war er es nicht. Weder von der Tüte mit den Broten vom Vorabend noch von dem Aprikosenkuchen und den Bananen, die Tante Grace mir eingepackt hatte, und schon gar nicht von der Aussicht, gekochten Fisch essen zu müssen.

Aber auch unabhängig davon war er nicht sonderlich gut drauf. Wieder lag dieser seltsame Ausdruck auf seinem Gesicht, und ich fragte mich, ob ihn unser Gespräch von heute früh wohl immer noch beschäftigte. Seine merkwürdige Stimmung übertrug sich schleichend auf mich, und die Angst, dass er mir womöglich etwas Wesentliches verschwieg, fraß sich erbarmungslos in mein Herz.

Inzwischen war es kurz nach elf. Wir saßen auf der Mauer, die zu einem hübschen, in einem zarten Gelb gestrichenen Privathaus gehörte, und warteten auf den Bus nach St Peter Port.

»Wolltest du mir heute Morgen nicht etwas über deine Vergangenheit erzählen?«, tastete ich mich zaghaft vor. Ich hielt es einfach nicht länger aus, darauf zu hoffen, dass er von sich aus damit begann.

Gordy schaute mich an. Dann richtete er seinen Blick über die Straße hinweg zum Meer. Es lag ruhig und petrolfarben da und der Himmel darüber war dicht mit grauen Wolken bedeckt. Wir brauchten uns also keine Gedanken darüber zu machen, irgendjemandem könnte auffallen, dass Gordy keinen Schatten warf.

»Ja«, sagte er zögernd.

»Das mit der Bestimmung ist also nicht alles gewesen?«

»Nein.« Er hob die Schultern. »Das hat ja im Grunde auch mit mir gar nichts zu tun.« Er sah mich noch immer nicht an.

»Abgesehen davon, dass es deine Eltern betrifft«, betonte ich.

Gordy nickte und schwieg.

»Entschuldigung«, sagte ich. »Ich wollte dich nicht unterbrechen.«

»Das hast du nicht«, erwiderte er. »Ich suche nur nach den passenden Worten.«

Wieder spürte ich diesen fiesen Stich in der Brust. Gordy wusste also nicht, wie er ES mir, was auch immer es war, beibringen sollte. Eine Kleinigkeit konnte es demnach nicht sein.

Unruhig rutschte ich auf der Mauer hin und her, und dann fingen auch noch meine Knöchel an zu brennen, was ich am liebsten ignoriert hätte. Es nervte mich, dass ich mich mit diesem lästigen Phänomen, nachdem es für eine Weile völlig verschwunden schien, nun erneut herumschlagen musste, und das, obwohl ich meine Angst vor Wasser längst überwunden hatte.

»Sag es doch einfach«, forderte ich Gordian auf. Ich wollte es jetzt endlich wissen.

»Kannst du es dir nicht denken?«, fragte er so leise, dass ich es kaum verstand.

»Nein«, sagte ich ungeduldig. »Wenn du keine Freundin hattest, dann weiß ich auch nicht, was es sein könnte.«

»Na ja, ich hatte keine *feste* Freundin.«

»Also hattest du doch eine!«, stieß ich aus. »Wieso gibst du das denn nicht einfach zu?«

Das Brennen stieg an den Außenseiten meiner Unterschenkel hinauf und erreichte meine Knie. Meine Ungeduld drohte sich zu einem Wutanfall auszuwachsen.

»Weil es nicht bloß eine war«, sagte Gordy stockend. »Sondern mehrere. Um genau zu sein: viele.«

Ich warf den Kopf in den Nacken und schnaubte laut aus. Dann sprang ich von der Mauer hoch. Ich wollte ihm Vorwürfe machen, aber ich wusste nicht, was ich sagen sollte. Warum hatte er heute Morgen überhaupt davon angefangen? Hätte er diese Sache nicht für sich behalten können? Mit einem Mal schien das, was zwischen uns war, austauschbar und wertlos zu sein.

»Elodie«, wisperte Gordian. Er versuchte, mir in die Augen zu sehen, doch sein Blick glitt immer wieder zur Seite. Seine karamellfarbene Gesichtshaut war ganz fahl geworden, und um seinen Mund lag ein Zug, als ob er unter heftigen Schmerzen litt. »Wenn ich geahnt hätte, dass ich dich treffen würde ... Ich hätte niemals ...«

»Warum hast du es mir überhaupt gesagt?«, presste ich hervor. Meine Augen brannten nun fast so heftig wie meine Beine, aber ich kämpfte tapfer gegen die aufsteigenden Tränen an. Ich wollte nicht heulen. Nicht in aller Öffentlichkeit und schon gar nicht vor Gordy.

»Weil ich dir nichts verschweigen will, Elodie«, flüsterte er. »Du sollst wissen, wer ich bin. Auch wenn ich mich dafür zu Tode schäme.«

Es dauerte ein paar Sekunden, bis ich begriff. Und dann wäre ich selbst vor Scham fast im Boden versunken. Gordian merkte sofort, was mit mir los war, und zog mich in seine Arme. Ich sackte auf seinen Schoß, klammerte mich an ihn und hörte nicht auf, »Es tut mir leid, es tut mir so leid, bitte verzeih mir« zu murmeln.

»Ich habe dir nichts zu verzeihen«, sagte er leise an meinem Ohr. »Ich möchte nur, dass du verstehst, warum ich mich nicht ... nicht so schnell ... *noch* nicht mit dir vereinen kann. Es würde all das, was ich für dich empfinde ...«

»Schsch!« Hastig legte ich ihm meine Finger auf die Lippen. »Schon gut. Ich habe dich doch längst verstanden.«

Gordy sah mich an und ich ließ mich von seinem türkisgrünen Blick gefangen nehmen. Noch immer raubte er mir damit den Atem, aber es glich keinem Ersticken mehr, sondern fühlte sich einfach nur richtig an. Ich spürte, dass ich zu ihm gehörte, dass es eine Schicksalsmacht sein musste, die uns zusammenhielt, und von einem Augenblick auf den nächsten war alles vergessen, was mir eben noch so tief ins Herz geschnitten hatte.

Sanft schob Gordy meine Hand zur Seite. »Du und ich, Elodie«, flüsterte er, während er seine Fingerkuppen langsam in meinen Nacken gleiten ließ. Sein Daumen strich über meine Wange und sein Blick ruhte weiter fest und voller Zärtlichkeit in meinem. »*Nur* du und ich.« Dann schloss er die Augen und küsste mich warm und tief. Und dieser Kuss war sehr viel mehr als ein Versprechen.

Am falschen Ort

Die ganze Busfahrt über saß Gordian stocksteif neben mir und starrte mit angespannter Miene vor sich hin. Ganz offensichtlich war ihm diese Art der Fortbewegung alles andere als geheuer.

Außerdem fielen bei jedem Stopp, sobald die Türen sich öffneten und neue Fahrgäste einstiegen, sämtliche Blicke sofort auf ihn. Die Leute musterten ihn verstohlen bis neugierig und immer spiegelten ihre Mienen so etwas wie Erstaunen oder Überraschung wider.

»Auch hier glotzen dich alle an«, raunte ich Gordian ins Ohr, als wir eine gute Stunde später in der High Street von St Peter Port vor einem Schaufenster haltmachten, in dem eine riesige Kugelbahn ausgestellt war. »Wirklich alle.«

Inzwischen hatten wir schon vier Klamottenläden abgeklappert und überall hatten die Verkäuferinnen sich geradezu darum geschlagen, uns zu bedienen, immer wieder neue T-Shirts, Pullis und Jeans herbeigeschleppt und Gordy ausgiebig bewundert – was ihn zu meiner Beruhigung jedoch völlig unbeeindruckt gelassen hatte. Im Gegenteil, die vielen Komplimente und das ständige Umziehen schienen ihm sogar mächtig zugesetzt zu haben. Selbst jetzt, nachdem wir uns wieder an der frischen Luft befanden, war er noch immer ziemlich blass um die Nase.

»Ich finde es anstrengend«, sagte er leise. »Es fühlt sich an, als wollten sie mir mit ihren Blicken meine Energie stehlen.«

»Keine Sorge«, erwiderte ich. »Sie sonnen sich nur in deiner Ausstrahlung.«

»Genau«, brummte er. »Anstatt sich um sich selbst zu kümmern und ihre eigene ...« - er sah mich fragend an - »... *Ausstrahlung* ... zu pflegen.«

»Du hast recht«, gab ich nach. »Wir sollten besser zurückfahren.«

»Genügend Sachen habe ich ja nun auch.« Gordy schlenkerte mit den Einkaufstüten, dann küsste er mich flüchtig auf die Schläfe. »Ich weiß gar nicht, wie ich das jemals gutmachen soll.«

»Red keinen Unsinn«, winkte ich ab. »Es hat mir Spaß gemacht, dir die Sachen zu kaufen ...«

»Ja, aber so viele! Eine Jeans, zwei T-Shirts und noch einen Pullover!«

»Zwei«, korrigierte ich ihn. »Du hast den schwarzen mit dem türkisfarbenen Aufdruck vergessen. Der steht dir übrigens besonders gut. Er passt ganz toll zu deinen Augen.«

»Ach, Elodie«, seufzte er und schlang seinen Arm um meinen Nacken. »Du bist wirklich süß. Aber selbst wenn du mir zehn Pullover kaufst ... meinen Schatten wirst du mir damit auch nicht zurückgeben können.«

Wieder einmal spürte ich einen feinen Stich im Herzen, der sich noch vertiefte, als ich ihm in die Augen sah. Gordians Iris hatte ihren schönen Glanz verloren und seine Haut wirkte matt, fast ausgetrocknet.

»Du sehnst dich ins Meer zurück, stimmt's? Dorthin, wo ich nicht leben kann«, sagte ich stockend.

Gordy nickte. »Ja, es ist wahr, ich sehne mich nach dem Meer. Ich vermisse meine Familie und meine Freunde. Aber dich, Elodie, dich vermisse ich bereits, wenn du neben mir stehst. Ich vermisse dich jeden Augenblick so sehr, dass es wehtut.«

»Aber so will ich das nicht«, stammelte ich. »Ich wünsche mir, dass du glücklich bist.«

»Das bin ich doch auch.« Liebevoll strich er mit seiner Nasenspitze über meine. »Ich bin glücklich *und* traurig«, sagte er leise. »Genau wie du.« Ich schüttelte den Kopf, denn im ersten Moment verstand ich nicht, wie er das meinte. »Wir haben einander gewonnen, Elodie, aber wir haben auch einen Teil unserer Vergangenheit verloren. Du sogar noch etwas mehr als ich. Meine Eltern und Geschwister leben noch. Es geht ihnen gut, und ich kann sie besuchen, wenn mir danach ist. Dein Vater jedoch kommt nie mehr zu dir zurück.«

Seine letzten Worte erwischten mich eiskalt. Ich fasste es nicht, wie er mir das auf eine solche Weise sagen konnte. Augenblicklich brannten meine Wangen vor Zorn und meine Augen vor Schmerz und dann fing ich an zu heulen. Mit aller Kraft versuchte ich, Gordy von mir wegzudrücken, aber er hielt mich einfach umschlungen, als wäre es das Selbstverständlichste auf der Welt, und schließlich küsste er mir die Tränen aus dem Gesicht, ehe sie meine Wangen hinunterrollen konnten. Unter seinen weichen Lippen und der vertrauten Wärme, die von ihm ausging, schmolzen mein Schmerz und meine Wut dahin wie Butter in der Sonne.

»Du bist ein Schwein«, sagte ich schluchzend, während

ich mich fest in sein Sweatshirt krallte, weil ich irgendetwas brauchte, das mir Halt gab.

»Alles, was du willst«, murmelte Gordy.

»Ts!« Jetzt musste ich unter Tränen lachen.

»Was ist das überhaupt – ein Schwein?«, fragte er stirnrunzelnd.

»Ein dickes, rosafarbenes Tier, das grunzt und Abfall frisst«, sagte ich und stupste ihn in den Bauch.

»Klingt nett«, meinte er. »Und nützlich.«

»Ist es auch.« Ich wischte mir die restlichen Tränen fort und kramte ein Papiertaschentuch hervor, um mir die Nase zu schnäuzen.

»Okay«, sagte Gordy. »Fahren wir nach Hause.«

»Hm ja.« Ich rang mir ein Lächeln ab. »Gute Idee.«

»Hast du eine Ahnung, wie lange es dauert, bis dieser Bus kommt?«, fragte er.

»Nein«, gab ich schulterzuckend zurück. »Wir müssen ja auch noch mein Fahrrad vom Strand holen. Wenn ich es vergesse, reißt mir Tante Grace bestimmt den Kopf ab.«

»Glaub ich nicht«, erwiderte Gordian mit ernstem Gesicht. »So etwas Grausames wird sie ganz gewiss nicht tun.«

Ich drückte ihm meinen Ellenbogen in die Seite. »Das war doch nur ein Scherz«, kicherte ich. »Aber sie wird auch nicht gerade erfreut sein, wenn ich ohne das Fahrrad heimkomme. Ich habe ihr nämlich erzählt, dass ich es Cyril geliehen habe und ...«

Ich brach ab, weil ich spürte, wie Gordy zusammenzuckte.

»Du kriegst ihn einfach nicht aus dem Kopf, was?«

Ich wollte ehrlich sein und deshalb sagte ich: »Nein.«

Dabei stimmte es gar nicht. Jedenfalls nicht so. Denn eigent-

111

lich dachte ich kaum noch an Cyril. Insofern war er auch nicht in meinem Kopf. Vielmehr hatte er sich in einer winzigen, verwinkelten Ecke meines Herzens eingenistet, und dort hockte er nun wie ein kleines flirrendes Licht, das schmerzhafte Funken versprühte. Ich wollte ihn hassen, aber ich bekam es nicht hin, und noch weniger wusste ich, wie ich das Gordy erklären sollte.

»Es ist nur ... ich möchte einfach bloß wissen, warum er mir das antut«, stammelte ich.

»Das ist doch ganz einfach, Elodie«, zischte Gordy. »Er hat sich in dich verliebt ... Was ich ihm nicht einmal verübeln kann. Und weil ich nicht nur sein Konkurrent, sondern auch noch sein Feind bin, tut er alles, um mir zu schaden und uns auseinanderzubringen.«

»Nein«, sagte ich, selbst ganz überrascht von meiner Entschiedenheit. »Das ist mir zu einfach. Ich bin sicher, dass noch etwas anderes dahintersteckt.«

Etwas, das Cyrils destruktives Verhalten rechtfertigte, das mehr war als pures Besitzdenken oder Eifersucht. Ich wünschte mir so sehr, mich nicht in ihm getäuscht zu haben, und noch viel mehr wünschte ich mir, dass Gordy und er irgendwann Frieden schließen könnten. Natürlich war mir klar, dass das naiv war, eine völlig illusorische Vorstellung. Und trotzdem: Ich wollte die Hoffnung auf ein gutes Ende nicht aufgeben. - Noch nicht.

»Und was, bitte, soll das sein?«, fragte Gordy harsch.

Sein Tonfall traf mich hart.

»Ich weiß es nicht«, erwiderte ich. »Es ist nur so ein Gefühl.«

Gordian nickte. »Hm, du weißt es also nicht. Aber du bist entschlossen, es herauszufinden. Habe ich recht?« Er sah mich durchdringend an, so als versuche er, hinter meine Stirn zu schauen und meine Gedanken zu lesen.

»Ja, vielleicht.«

»Und warum kannst du diese Sache nicht einfach auf sich beruhen lassen?«, fragte er gepresst.

»Weil Cyril keine Sache ist«, entgegnete ich zornig. »Er hat mir immerhin mal etwas bedeutet und ...«

»Er bedeutet dir *immer* noch was!«, fuhr Gordy dazwischen.

»Ja, verdammt!«, brach es aus mir hervor. »Das tut er! Aber es ist doch nicht das Gleiche, was ich für dich empfinde! Es ist nicht einmal annähernd das Gleiche!«

Gordy schluckte, dann wandte er sich ab, starrte auf die Pflastersteine und murmelte: »Ich könnte es ertragen, wenn du dich in einen *Menschen* verliebst ... Wenn du dich eines Tages dafür entscheidest, dass es besser ist, nicht mit mir zusammen zu sein.«

»Gordy, bitte hör auf damit«, flehte ich ihn an und nahm zögernd seine Hand, darauf gefasst, dass er sie mir sofort wieder entziehen würde. Aber er tat es nicht. »Ich will nur dich. Niemanden sonst. Und ich will dich für immer. Hast du das nicht verstanden?« Die Stimme brach mir weg, und ich hatte Mühe, den Satz zu Ende zu sprechen. »Ich möchte auch nicht mit dir streiten. Bitte, ich will das alles nicht.«

Gordian drückte zaghaft meine Hand und nickte. »Schon gut«, sagte er leise. »Tut mir leid.«

Seine Lider flackerten, was mich zutiefst beunruhigte. Er war nicht überzeugt, er zweifelte, das war ihm deutlich anzusehen, und ich verfluchte meine Gedankenlosigkeit, Cyril überhaupt erwähnt zu haben.

»Komm, bitte. Ich möchte keine Sekunde länger hierbleiben. Die vielen Menschen, die Stadt, ich glaube, das alles tut uns nicht gut«, sagte ich und Gordian folgte mir bereitwillig.

Vielleicht ist es auch einfach die verkehrte Seite der Insel, schoss es mir durch den Kopf. Die Nähe zu Sark und damit zu Cyril – und zu den beiden ermordeten Mädchen.

Unwillkürlich glitt mein Blick zum Hafenbecken. Es war Niedrigwasser, nur die Spitzen der Segelmasten ragten hinter der Kaimauer auf. Das Meer wogte dunkelgrau und die Festung reckte ihre Zinnen trotzig gegen einen unsichtbaren Feind in den ebenso grauen Himmel. Sark war nur als Schemen zu erkennen, der in weiter Ferne den Horizont durchbrach, unfassbar und unheimlich, aber so deutlich, als besäße diese kleine Insel die Macht, sich auf Guernseys Küste – auf mich! – zuzubewegen.

Ein Feuer raste meine Schenkel hinauf, so heiß und glühend wie kaum jemals zuvor, und einen Atemzug lang hatte ich das Gefühl, ohnmächtig zu werden.

Und dann bemerkte ich ihn!

Zügig schritt er zwischen den parkenden Autos der Hafenarbeiter hindurch auf Castle Cornet zu. Seine Bewegungen waren so geschmeidig gleitend, wie ich sie in Erinnerung hatte, sehr viel eleganter noch als die von Cyril, Gordy oder einem der anderen Nixe, doch erst der flüchtige Blick auf sein scharf geschnittenes Profil und das dichte dunkelblonde Haar räumten jeden Zweifel aus. Der Mann dort war unverkennbar Javen Spinx!

Es war wie ein Reflex. Ohne nachzudenken, um mich zu schauen oder mich um Gordian zu kümmern, rannte ich los.

Ich vernahm das aufgeregte Hupen, die kreischenden Bremsgeräusche und das Quietschen blockierter, über den Asphalt rutschender Autoreifen, doch ich war schlicht nicht in der Lage, meinen Lauf zu stoppen.

Auf der schmalen, nur durch weiße Linien abgegrenzten Straßeninsel kam ich ins Stolpern. Ich hörte Gordy hinter mir schreien, und ich registrierte, dass Javen Spinx sich umgedreht hatte und nun wie hypnotisiert zu mir herüberstarrte.

Von rechts raste der dunkle Schatten eines Lkws auf mich zu, auf der Spur daneben schoss ein roter Renault vorbei, dem weitere Wagen folgten. Ich riss die Arme hoch und versuchte, einen Schritt rückwärts zu machen, aber ich hatte einfach noch zu viel Schwung und taumelte weiter nach vorn auf die Fahrbahn. Ich bildete mir bereits ein, den Aufprall meines Körpers auf Metall zu spüren, da veränderte sich innerhalb eines Sekundenbruchteils die Umgebung. Stimmen und Geräusche verschmolzen zu einem einzigen lang gezogenen, dumpfen Ton, und die Autos kamen plötzlich nur noch so langsam voran, als hätte man sie in den Zeitlupenmodus versetzt. Bloß ich bewegte mich noch in meiner gewohnten Geschwindigkeit.

Im Nu war ich vor dem Lkw weg- und zwischen einem Ford und einem weißen Transporter hindurchgehuscht und hatte die andere Straßenseite erreicht.

Javen Spinx wandte sich ab und hinter mir lief der Verkehr normal weiter.

»Mein liebes Kind«, sagte eine alte Dame neben mir. Ihre Stimme bebte und der Schreck hatte sämtliche Farbe aus ihrem Gesicht weichen lassen. Zögernd streckte sie ihre schmale faltige Hand aus und betastete mich, als müsste sie sich davon überzeugen, dass ich noch lebte. »Da haben Sie aber eine ganze Armee von Schutzengeln gehabt!«

»Ja«, sagte ich und warf einen Blick in Richtung Festung.

Javen Spinx war weitergegangen. Ich murmelte der alten Dame eine Entschuldigung zu und raste los.

»Hey! Bitte! Mister Spinx!«, brüllte ich. »Warten Sie doch!«

Alle drehten sich zu mir um, nur Javen Spinx beachtete mich nicht. Ich fluchte, schließlich stoppte ich und beugte mich keuchend über das weiße Geländer des Hafenbeckens. Gut zwölf Meter unter mir lagen die Jachten und Boote wie beinlose Käfer im feuchten Schlamm. »Verdammt noch mal, was soll denn das!«, schimpfte ich, da stand er auf einmal neben mir.

»Kennen wir uns?«

Ich hob den Kopf und sah ihn an. Seine Augen schimmerten in einem Farbton, der mir völlig fremd und irgendwo zwischen Blaugrün und Flieder anzusiedeln war. Der Wind spielte mit einer Locke, die ihm elegant in die Stirn fiel, und seine Haut war genauso glatt und makellos wie damals, als ich ihn am Lübecker Flughafen getroffen hatte.

»Natürlich«, sagte ich. »Wir haben doch nebeneinandergesessen, vor ungefähr fünf Wochen im Flieger von Gatwick nach Guernsey.«

Mister Spinx hob die Augenbrauen. »Ach, tatsächlich?«

»Ja, vielleicht erinnern Sie sich: Ich bin dieses verrückte Mädchen, das Angst vor Wasser hat, und Sie haben sich doch noch darüber gewundert, dass ich trotzdem sechs Monate auf dieser Insel hier verbringen will.«

»Hm«, machte er und kratzte sich mit seiner freien Hand an der Schläfe. In der anderen trug er einen flachen dunkelbraunen Lederkoffer. »Wissen Sie, ich fliege jeden Tag, da passiert es schon mal, dass ich ein Gesicht vergesse.«

Ich war wie vor den Kopf gestoßen. Ein Gesicht vergaß

man vielleicht, wenn man ständig mit vielen verschiedenen Menschen zu tun hatte, aber eine gemeinsame Fahrt mit dem Taxi und anschließendem Flug inklusive einer Unterhaltung, die alles in allem über eine Stunde gedauert hatte – nein, das konnte ich einfach nicht glauben. Ich war sicher, dass er mich erkannt hatte. Und nicht nur das! Keine Ahnung, wie, aber *er* hatte dafür gesorgt, dass ich nicht von einem der Autos erfasst wurde, als ich eben über die Straße rannte. Javen Spinx hatte mir das Leben gerettet.

»Bitte verstehen Sie mich nicht falsch«, sagte er jetzt. »Sie sind ungewöhnlich hübsch und allein deshalb sollte ich mich eigentlich an Sie erinnern ...«

»Sie kannten meine Mutter«, fiel ich ihm ungehalten ins Wort. »Sie waren mit ihr befreundet. Allerdings ist das schon ein paar Jahre her.«

Wieder bogen sich seine Brauen nach oben. »So? Wie heißt denn Ihre Mutter?«

»Rafaela. Rafaela Saller.«

Mister Spinx schüttelte den Kopf. »Tut mir leid, aber diesen Namen habe ich nie gehört.« Er nickte mir kurz zu. »Wenn Sie mich jetzt bitte entschuldigen würden ...«

»Nein«, platzte ich heraus und eine leichte Irritation machte sich auf seinem Gesicht breit.

»Wie bitte?«, fragte er und jetzt umspielte ein Hauch von Belustigung seine Mundwinkel.

»Warum tun Sie das?«

Wieder schüttelte er den Kopf. »Was meinen Sie?«

»Warum leugnen Sie, mich zu kennen?«, fuhr ich ihn an. »Mich und meine Mutter? Immerhin hatten Sie beide damals beinahe so etwas wie ein intimes Verhältnis!« In dem Moment, als es heraus war, hätte ich mir am liebsten auf die Zunge gebissen.

»Oh«, sagte Javen Spinx und nun lächelte er über das ganze Gesicht. »Umso beschämender, dass ich mich nicht an sie erinnere. Es ist mir wirklich schrecklich peinlich. Aber zu meiner Entschuldigung möchte ich anmerken, dass es hin und wieder vorkommen mag, dass sich die eine oder andere junge Dame in etwas hineinträumt, das nicht ganz den Tatsachen entspricht.«

Völlig konsterniert starrte ich ihn an. Für einen Augenblick glaubte ich tatsächlich, nicht richtig gehört zu haben. Der Javen Spinx, der hier gerade vor mir stand, war ein völlig anderer als jener, den ich auf meiner Hinreise kennengelernt hatte. Okay, er war genauso gut aussehend, smart und geheimnisvoll und auch ebenso freundlich – mit dem Unterschied jedoch, dass eben diese Freundlichkeit diesmal mit lauter Anmaßungen gespickt war.

Ehe ich etwas Passendes erwidern konnte, hatte er bereits »Verzeihen Sie, aber ich habe es ein wenig eilig« gesagt, mich mit einem weiteren, leicht frostigen Lächeln bedacht und sich abgewandt.

»Und warum haben Sie mir dann das Leben gerettet?«, rief ich ihm hinterher.

Ruckartig fuhr Javen Spinx herum.

»Ich möchte Sie höflichst bitten, *junge Dame*, mich nicht weiter zu belästigen.« Sein Tonfall war noch genauso einnehmend wie zuvor, doch seine Augen funkelten drohend, und ich kapierte allmählich, dass es keinen Sinn hatte, weiter in ihn zu dringen. Trotzdem wollte ich mich nicht so einfach abspeisen lassen.

»Meinetwegen können Sie behaupten, was Sie wollen«, sagte ich mit fester Stimme. »Ich weiß, wer Sie sind.« Und ich weiß auch, *was* Sie sind, fügte ich in Gedanken hinzu.

»Da sind Sie nicht die Einzige, junge Dame«, entgegnete er kühl. »Eine gewisse Prominenz bringt bedauerlicherweise immer auch gewisse Unannehmlichkeiten mit sich.«

Mit dieser Unverschämtheit verschlug er mir endgültig die Sprache. Wut kochte in mir hoch und legte sich glühend auf meine Wangen. Nur zu gerne wäre ich auf ihn zugesprungen und hätte ihn mit meinen Fäusten traktiert. Das letzte Mal, als ich in eine solche Situation geraten war, war mein Gegenüber Cyril gewesen, und schon da hatte ich mich eher lächerlich gemacht, als dass ich mit meinem Ausraster eine nennenswerte Wirkung erzielt hätte.

Nein, ich hatte wirklich nicht vor, mich in aller Öffentlichkeit zu blamieren, und so biss ich die Zähne zusammen und wandte mich ab.

Ich war mir absolut sicher, dass Javen Spinx sehr genau wusste, wer ich war. Er wollte mich nicht kennen. Und er wollte auch nicht erkannt werden. Dafür musste es einen Grund geben – allerdings einen, der nicht im Geringsten damit zu tun hatte, dass er ein prominenter Meeresbiologe und Umweltschützer war!

Wie benommen tappte ich auf die Kante des Bürgersteigs zu, richtete meinen Blick über die vorbeifahrenden Autos hinweg auf die gegenüberliegende Straßenseite und erstarrte.

Gordy war verschwunden.

Neue Aufgaben

Meine Knie waren puddingweich und mein Puls raste wie verrückt, als ich die Straße überquerte und auf die Bushaltestelle zulief. Auch hier traf ich Gordy nicht an. Natürlich nicht! Keine Ahnung, was er gesehen hatte, letztendlich spielte das im Detail wohl auch kaum eine Rolle, Tatsache war: Ich hatte ihn einfach stehen lassen und eine Zeit lang sogar völlig vergessen. Allein das war schon schlimm genug. Dass ich vermutlich mit einem Hainix gesprochen hatte und dazu noch fast überfahren worden wäre, setzte der Sache jedoch die Krone auf. Ich ahnte, was in Gordy vorging, und konnte nur hoffen, dass er mir auch diesmal verzieh. Mein Herz hielt dieses ständige Auf und Ab nicht mehr aus. Ich ertrug es nicht, ihn immer wieder zu verlieren. Und ich wollte alles, wirklich ALLES dafür tun, damit es nicht noch einmal passierte.

Es dauerte fast eine Viertelstunde, bis der Bus der Linie 7 kam. Ich setzte mich auf einen Einzelplatz in der Nähe der Vordertür und fuhr bis zum Vazon Bay Café. Mein Fahrrad lehnte noch an der Festungsmauer. Jemand hatte die Klingel abgeschraubt und die Luftpumpe fehlte ebenfalls, aber sonst schien alles in Ordnung zu sein.

Meine Finger zitterten, als ich den winzigen Schlüssel ins

Schloss fädelte. Hoffentlich ist Cyril nicht hier, war das Einzige, was ich denken konnte. Ich wollte ihm nicht begegnen, nicht jetzt, am besten gar nicht mehr, sondern ihn vergessen, und bei Gott, das würde ich. Wenn ich nur Gordy nicht verlor!

Ich schob das Rad bis zur Straße und sauste los. Links von mir rasten Häuser und bunt blühende Büsche vorbei, zu meiner Rechten glitzerte das Meer. Von Westen her lockerte sich der Himmel allmählich auf, hier und da brachen Sonnenstrahlen hervor und tauchten einzelne Anwesen in ein helles, warmes Licht. Ich konnte nur hoffen, dass Gordy es nach Grace's High geschafft hatte, ohne dass seine Besonderheiten jemandem aufgefallen waren.

Ich brauchte keine zehn Minuten bis zum Grundstück, wo ich das Fahrrad auffällig am Schuppen abstellte, damit Tante Grace es ja nicht übersehen konnte. Atemlos huschte ich auf das Haus zu, schlüpfte durch die weit offen stehende Tür und warf einen Blick in die Küche. Auf der Spüle lag ein großer Fisch, der darauf wartete, ausgenommen zu werden, von meiner Großtante fehlte allerdings jede Spur.

»Tante Grace!«, rief ich gerade mal so laut, dass sie mich hören musste, wenn sie im Haus war, nicht aber, wenn sie sich im Garten aufhielt.

Als ich keine Antwort bekam, rannte ich in langen Sätzen die Treppe hoch und riss die Tür zu meinem Zimmer auf.

Gordy stand am Fenster. Er war klatschnass und trug nichts als seine Delfinhaut um die Hüften. Seine Jeans, das Sweatshirt und die zugeknoteten Einkaufstüten lagen neben ihm auf dem Boden in einer Pfütze, die sich um seine Füße gebildet hatte.

»Du bist geschwommen!«, entfuhr es mir. Es war so ziemlich

das Idiotischste, was ich in dieser Situation überhaupt sagen konnte.

Gordy presste die Lippen aufeinander. Sein Gesicht war bleich und ohne jeden Schimmer und seine Augen lagen tiefgrün in dunklen Höhlen. Ich konnte mich nicht erinnern, dass er jemals so elend ausgesehen hatte.

»Was ist passiert?« *Noch* so eine dumme Bemerkung, schließlich wusste ich sehr gut, was passiert war!

»Elodie«, sagte er nur. Und dann: »Ich ertrage das nicht.«

Mein Puls schnellte in die Höhe. »Was?«

»Dich zu verlieren und zurückzugewinnen und wieder zu verlieren ...« Er brach ab und senkte den Blick.

»Aber du«, stammelte ich, »... aber ich ... du hast mich nicht verloren«, sagte ich mit zitternder Stimme. »Zu keiner Zeit.« Langsam gewann ich meine Fassung zurück. »Glaub mir, ich halte das genauso wenig aus wie du.«

Gordy sah mich an und nickte, machte jedoch keine Anstalten, sich mir zu nähern. Er war tief verletzt, das spürte ich, und es hatte ganz sicher nicht nur damit zu tun, dass ich so kopflos fortgerannt war, als ich Javen Spinx entdeckte.

»Du kennst ihn *doch*, stimmt's?«, fragte ich leise.

»Nein, aber ich habe ihn erkannt. Er ist ein Hai. Und nicht nur das.«

»Was meinst du damit?«

»Er gehört einer besonderen Spezies an«, sagte Gordy. »Bisher habe ich das nur für eine Geschichte gehalten, eine dieser Legenden.« Er verdrehte die Augen. »Haie mit besonderen Begabungen, mächtiger als alle übrigen Meeresbewohner, die irgendwann in den vergangenen Jahrzehnten aufgebrochen sind, um auch die Landbevölkerung zu beherrschen.«

Eine leichte Übelkeit stieg in mir auf und setzte sich hartnäckig unter meinem Zwerchfell fest. Ich wollte nicht glauben, was Gordy da behauptete, aber zugleich hatte selten etwas so einleuchtend für mich geklungen.

Und warum hat er mich gerettet?, schrie alles in mir. Nur um zu demonstrieren, wie mächtig er ist? Hatte er keine Angst, dass ich anderen Menschen davon erzählen würde?

Diese Fragen brannten mir wie Feuer auf der Seele, und ich hoffte sehr, dass ich möglichst bald eine Antwort darauf bekommen würde. Mit Gordy wollte ich das allerdings nicht erörtern.

»Er ist also anders als Cyril«, hauchte ich und beeilte mich hinzuzufügen: »Ich weiß, du willst diesen Namen nicht mehr hören, aber ich muss es einfach wissen.«

»Ich habe keine Ahnung, Elodie«, wisperte Gordian. Er räusperte sich und fuhr dann etwas lauter fort: »Kein Meereswesen kann sich uns gegenüber so perfekt tarnen wie ein Hainix. Bis vorhin in St Peter Port habe ich ja nicht einmal gewusst, dass das, was man sich im Meer über sie erzählt, tatsächlich der Wahrheit entspricht. Javen Spinx verfügt über die Fähigkeit, Dinge zu entschleunigen. Du wärst jetzt tot, wenn er nicht eingegriffen hätte«, fügte er stockend hinzu.

»Du hast es also gesehen!«

»Ich war ja genau hinter dir.«

»Und die Menschen am Hafen?«, fragte ich. »Was ist mit denen? Haben sie es auch gesehen?«

Gordy zuckte mit den Schultern. »Das Ganze ging so wahnsinnig schnell. Natürlich haben dich alle angestarrt, ich glaube aber nicht, dass sie wirklich begriffen haben, was da passierte.«

»Hoffentlich«, sagte ich und sank auf die Bettkante. »Und hoffentlich bist du niemandem aufgefallen.«

»Ich denke, nicht. Als ich sicher sein konnte, dass dir nichts zugestoßen war, habe ich die Gelegenheit genutzt, bin zum Fährableger gelaufen und ins Wasser hinabgetaucht.« Gordian sah mich unschlüssig an. Aus seinen Haaren rann immer noch Wasser. Es perlte über sein Gesicht, seinen Hals und seinen Oberkörper. Es war ein atemberaubender Anblick.

»Willst du dir nicht erst mal trockene Sachen anziehen?«, sagte ich und deutete auf die Tüten.

»Es macht mir nichts aus, nass zu sein«, meinte er schulterzuckend.

»Aber mir macht es etwas aus, dich die ganze Zeit so zu sehen«, entgegnete ich. »Und nicht berühren zu dürfen«, fügte ich etwas leiser hinzu.

Er reagierte nicht, und weil ich sein Schweigen nicht gut aushielt, sprang ich vom Bett auf und lief ins Bad, um ein Handtuch für Gordy und eines für den Fußboden zu holen.

Als ich zurückkam, stand er noch an derselben Stelle. Seine Miene hatte sich ein wenig entspannt und seine Augen leuchteten wieder in ihrem normalen Türkisgrün.

»Aber ich bin immer so«, sagte er. »Du kennst mich doch gar nicht anders.«

»Es stimmt, ich habe dich so kennengelernt«, bestätigte ich, während ich langsam auf ihn zuging. Ich ließ ein Handtuch in die Pfütze fallen und drückte das andere gegen seine Brust. »Aber genau wie dir fällt es auch mir leichter, mich zu beherrschen, wenn du etwas anhast.«

Ausdruckslos starrte Gordy mich an. Er machte keine Anstalten, das Handtuch zu nehmen, sondern hielt mich einfach nur mit seinem Blick gefangen, und wieder einmal wusste ich nicht, was ich tun sollte. Also begann ich, ihm die Wassertropfen von der Brust zu wischen, rieb seine Schultern, seinen Hals und seine Haare trocken.

Gordian stand vollkommen reglos da und verströmte einen hinreißenden Duft nach Meer und Wind, Salz und nach ihm selbst, so frisch und gleichzeitig so warm und betörend, dass ich gar nicht anders konnte, als mein Gesicht an seine Brust sinken zu lassen.

Gordys Herz schlug gegen meine Stirn, kräftig und voller Verlangen. Das Handtuch war mir längst aus den Händen geglitten, nun strichen meine Finger sanft über seine Schultern, seine Arme und seinen Bauch. Gordys Duft intensivierte sich mit jeder Berührung.

Ich hörte mich seufzen und fing an, seine wundervolle weiche Haut zu küssen. Zärtlich wanderten meine Lippen über seinen Körper, und endlich spürte ich auch seine Hände, die unter mein T-Shirt glitten und sich an meinem Rücken hinauftasteten.

»Gordy«, murmelte ich und schmiegte mich eng an ihn. Ich fühlte seine Erregung, das Pulsieren in seinen Lenden, und konnte es kaum erwarten, dass er mich küsste.

»Nein, Elodie, nein.«

Ich konnte nicht glauben, was er da sagte, und ich wollte nicht, dass es schon wieder vorbei war. Sanft legte ich meine Arme um ihn, strich mit der Nasenspitze über seine Brustwarze und schloss schließlich zögernd meine Lippen darum.

Gordy stöhnte und im nächsten Moment ergoß sich ein Schwall warmes Wasser über meinen Kopf. »Hör auf, Elodie, bitte! Ich weiß nicht, was ich tue, wenn du weitermachst.«

»Es ist mir egal, was du tust«, murmelte ich. »Du hast keine Ahnung, wie sehr ich mich danach sehne ...«

»Elodie.« Seine Hände fuhren in meine Haare und bogen meinen Kopf zurück. Dann küsste er mich so wild und leidenschaftlich, dass ich das Gefühl hatte, jeden Augenblick zu ertrinken. Ich keuchte und schnappte nach Luft, aber Gordy hörte nicht auf, und mit einem Mal konnte ich dagegenhalten und all das erwidern. Ich küsste ihn zurück, genauso unbändig und wild, und mit jeder Sekunde glaubte ich, mich mehr und mehr in ihm aufzulösen. Wir waren nur noch Hände, Lippen und Herzschlag.

»Komm her«, wisperte Gordy, obwohl ich schon ganz dicht bei ihm war. Wieder glitten seine Hände unter mein T-Shirt, und diesmal zögerte er nicht, jedes Fleckchen meiner nackten Haut zu berühren. Ein wohliges Seufzen glitt zugleich über seine und meine Lippen, und um ihm zu zeigen, dass er genau das Richtige tat, presste ich meinen Unterleib gegen seinen, aber leider bewirkte ich damit genau das Gegenteil dessen, was ich mir erhofft hatte.

Gordys Hände zogen sich zurück. Er küsste ein letztes Mal meinen Mund, dann schob er mich von sich. »Bitte verzeih mir. Ich hatte mich für einen Moment nicht unter Kontrolle.«

»Aber das sollst du doch auch gar nicht!«, rief ich. »Ich will es ja. Ich will es so sehr!«

»Ich hätte dich ertränken können«, sagte er finster. »Ich weiß nicht, was passiert wäre, wenn wir es tatsächlich getan hätten.«

»Gar nichts.« Kopfschüttelnd nahm ich seine Hand und zog ihn zum Bett hinüber. »Außer, dass es wunderschön gewesen wäre.«

»Du irrst dich. Du ahnst ja nicht ...«

»Nein, *du* ahnst nicht«, unterbrach ich ihn. »Ich bin stark. Viel stärker, als du denkst. Du kannst mich nicht töten. Nicht, wenn du mich liebst.«

Zaghaft legte ich ihm meine Hand auf den Rücken. Gordy zuckte unter meiner Berührung zusammen, und ich war schon im Begriff, die Hand wieder zurückzuziehen, da merkte ich, wie sich sein Körper zögernd gegen meine Finger schmiegte.

»Du hast Angst«, flüsterte ich. »Du sehnst dich nach mir und gleichzeitig hast du Angst. Wovor? Dich zu verlieren?«

Gordian schüttelte kaum merklich den Kopf. »Das habe ich ja längst. Mich ... meine Vergangenheit und meine Zukunft ...«

Er machte Anstalten aufzustehen, doch ich hielt ihn sachte am Arm zurück. »Bitte ... Es tut mir leid.«

Er nickte und hielt seinen Blick eine Weile auf den Fußboden gerichtet. Schließlich wandte er sich wieder mir zu und sah mir tief in die Augen.

»Anfangs wollte ich das auch ... *nur* das.« Er schluckte. »Ich wollte es, obwohl ich ahnte, dass ich dich damit töten könnte. Es war ein so viel heftigeres Verlangen als das, das mich früher zu den Nixen getrieben hat ... Verstehst du, Elodie, ich war wie von Sinnen, unkontrolliert und voller Gier, als ich dich damals über die Klippen auf mich zulaufen sah.«

»Ja, aber anders als Kyan hast du dich nicht davon leiten lassen«, sagte ich stockend.

»Nein!« Gordy wandte beschämt seinen Blick ab. »Es war mir zuwider«, flüsterte er. »Allerdings konnte ich nicht aufhören, an dich zu denken. Du warst ständig in meinem Kopf ... und in meinem Herzen .... Selbst wenn ich mich viele Hundert Meter von der Küste entfernte, vernahm ich die Melodie deiner Gedanken. Ich spürte deine Traurigkeit, deine Furcht, aber auch deinen Mut, der so viel größer war, und dein unerschütterliches Vertrauen ins Leben.«

»Mein ... unerschütterliches Vertrauen?«, flüsterte ich ungläubig.

»Ja, Elodie.« Ein zaghaftes Lächeln umspielte Gordians Mundwinkel. »Es ist schon ziemlich *außergewöhnlich*, wenn jemand, der eine solche Angst vor dem Meer hat, ausgerechnet auf diese kleine Insel kommt, findest du nicht?«

»Dann wusstest du also von Anfang an, dass ich mich vor Wasser fürchte!«

»Nein.« Sanft schob er seine Hände in meine. »Ich habe nie etwas Konkretes empfangen, sondern nur eine unbestimmte Furcht wahrgenommen.« Wieder senkte er den Blick. »Irgendetwas an dir hat mich tief berührt«, fuhr er leise fort. »Wenn ich nachts dort unten auf den Klippen lag und zu deinem Fenster hinaufsah, konnte ich vergessen, dass ich ein Plonx war.«

Augenblicklich schnellte mein Puls in die Höhe. Ich wollte etwas erwidern, doch Gordy ließ mich nicht zu Wort kommen.

»Und jetzt, Elodie ...«, er hatte sich wieder mir zugewandt und sah mir fest in die Augen, »jetzt ist mein Verlangen nach dir immer noch da. Ich spüre es bei jedem Blick und jeder Berührung von dir. Doch das ist gar nichts gegen das Glück, das ich empfinde ... einfach nur ... weil es dich gibt.«

Um kurz vor sechs rief Tante Grace mich zum Essen herunter und beklagte sich ausgiebig darüber, dass Gordian nicht von ihrer Seebrasse kosten wollte.

»Das hätte er sicher gern, aber er ist schwimmen gegangen«,

versuchte ich, sie zu besänftigen, was mir nicht leichtfiel, denn Gordys Worte hatten mich sehr aufgewühlt. »Abends trainiert er am liebsten, und es ist alles andere als gut, sich vorher den Bauch vollzuschlagen. Wir haben heute Mittag in Port gegessen«, schwindelte ich hastig weiter, als ich die kritische Miene meiner Großtante registrierte. »Er wird schon nicht verhungern. Schließlich hat er einen Kühlschrank und eine Kochgelegenheit in seinem Zimmer.«

»Dann hat er sich also etwas besorgt?«

Ich faltete die blütenweiße Serviette auseinander und legte sie auf meinen Schoß. Danach nahm ich das Fischbesteck auf und nickte. »Meistens isst er am späten Nachmittag noch Joghurt mit Haferflocken.«

Tante Grace schüttelte missbilligend den Kopf, und ihre silbernen Ohrgehänge klimperten, als sie sich auf ihrem Stuhl niederließ. »Hm, klingt gesund.«

»Es ist proteinreich.«

»Das ist Seebrasse erst recht«, hielt sie dagegen.

»Keine Sorge«, sagte ich. »Gordian isst viel Fisch. Eigentlich fast nur.«

»Wovon lebt er überhaupt?«, fragte Tante Grace. »Ich meine: Wie verdient er sein Geld? Hat er reiche Eltern?«

»Nein, überhaupt nicht«, erwiderte ich, während ich ein wenig von dem zarten weißen Fischfleisch abtrennte und auf meine Gabel schob. »Er hat Sponsoren.« – Wie gut, dass mir das so schnell eingefallen war!

»Aha«, sagte Tante Grace, und ich konnte beim besten Willen nicht heraushören, ob sie mir das abnahm oder nicht. »Dann steht der junge Mann wohl unter einem enormen Druck.«

»War das eine Frage oder eine Feststellung?«

Sie warf mir einen bedeutungsvollen Blick zu, ehe sie sich dem Fisch auf ihrem Teller widmete. »Beides.«

»Du brauchst dir wirklich keine Sorgen um ihn zu machen«, betonte ich noch einmal, in der Hoffnung, sie damit endgültig beruhigen zu können.

»Das tue ich auch nicht«, entgegnete sie. »Ich mache mir Sorgen um dich.« Sie ließ ihr Besteck sinken und hielt ihre Augen so lange auf mich gerichtet, bis ich sie ebenfalls ansah. »In der kurzen Zeit, in der du hier bist, hast du dich völlig verändert.«

Vielleicht wäre es klug gewesen zu fragen, wie sie das meinte, denn das hätte sicher weniger trotzig gewirkt, stattdessen ging ich in die Offensive und knurrte: »Das war doch der Sinn der Sache, oder nicht?«

»Nicht unbedingt«, sagte meine Großtante. »Es sollte dir helfen, den Verlust deines Vaters zu verarbeiten und deinen Weg zu finden.«

»Ich bin gerade dabei«, versicherte ich, wich ihrem Blick aus und probierte endlich ein wenig von der Seebrasse, die zu meiner Überraschung richtig gut schmeckte.

»Ich habe eher den Eindruck, dass du auf der Flucht bist«, erwiderte Tante Grace mit einer Beiläufigkeit, die mich instinktiv in Alarmbereitschaft versetzte. »Ich habe bereits mit deiner Mutter darüber gesprochen«, fuhr sie fort. »Und erstaunlicherweise ist sie mit mir einer Meinung, dass du zukünftig gewisse Auflagen erfüllen musst, wenn du weiter hierbleiben willst.«

»Es geht jetzt aber nicht um Gordian, oder?«, platzte ich heraus und diese Reaktion entlockte meiner Großtante ein Lächeln.

»Du bist wirklich sehr verliebt, habe ich recht?«

Damit ich nicht antworten musste, schob ich mir rasch eine weitere Portion vom Fisch in den Mund, verdrehte genüsslich die Augen und sparte nicht an Lob.

»Ich weiß selbst, dass dieses Mahl gut gelungen ist«, brummte Tante Grace. »Davon abgesehen, habe ich dein Bezirze und deine Ablenkungsmanöver längst durchschaut. Schließlich bin ich nicht auf den Kopf gefallen«, fügte sie nachdrücklich hinzu.

»Okay.« Ich holte tief Luft. »Und was sind nun diese *gewissen* Auflagen?«

»Du wirst nicht weiter in den Tag hineinleben, sondern etwas tun.«

»Fein«, sagte ich munter. »Ich helfe dir im Garten. So wie es abgesprochen war.«

»Leider hast du diese Vereinbarung bisher so gut wie ignoriert«, entgegnete sie. »Ich bin also davon ausgegangen, dass dich diese Arbeit nicht interessiert, und habe dir vorerst einen Job in einer Schmuckwerkstatt besorgt. Die Inhaberin heißt Jane und ist eine gute Freundin von mir.«

»Na super«, grummelte ich. »Und was soll ich da machen?«

Meine handwerkliche Begabung war nämlich sozusagen legendär, insbesondere, wenn es um Feinarbeit ging.

»Jane richtet ihren Laden gerade neu ein und braucht jemanden, der ihr beim Umräumen und später beim Verkaufen hilft. Außerdem kannst du dort eine Menge über die alten Silberminen erfahren und vielleicht sogar ein paar eigene Schmuckstücke kreieren. Die Werkstatt ist leicht mit dem Fahrrad zu erreichen und du wirst vorerst täglich von elf bis vierzehn Uhr dort aushelfen.«

»Was? Auch samstags und sonntags?«, rief ich empört.

»Gerade dann«, sagte Tante Grace gleichmütig. »Am Wochenende ist der kleine Laden in aller Regel nämlich besonders gut besucht.«

»Aber ...«

»Kein Aber«, unterbrach sie mich. »Morgen geht es los.«

Ich schluckte meine Entrüstung hinunter. Im Grunde hatte ich ja überhaupt nichts dagegen, etwas zu tun. Mein Problem war, dass ich dann von Gordian getrennt war, dafür würde meine Großtante jedoch ohne Zweifel überhaupt kein Verständnis aufbringen – mal ganz abgesehen davon, dass sie ohnehin keine Ahnung hatte, was sich in meinem Apartment beziehungsweise ihrem Haus tatsächlich abspielte. Außerdem konnte ich mir ungefähr vorstellen, was Gordy dazu sagen würde: »Wie soll ich denn so auf dich aufpassen?«

»Och, das brauchst du nicht«, könnte ich natürlich lässig erwidern. »Was soll mir in dieser Schmuckwerkstatt schon groß passieren!«

»Haie haben überall freien Zutritt«, hörte ich ihn einwenden. »Und was Cyril betrifft: Ich sagte ja bereits, dass ich nicht ausschließen kann, dass er außergewöhnliche telekinetische Fähigkeiten besitzt. Womöglich kann er Gebäude in Luft auflösen oder sogar Menschen mit seiner Gedankenkraft ins Meer werfen und ertränken.«

»Das ist doch alles Unsinn«, mischte Sina sich ein. »So etwas gibt es nur in Romanen.«

Ich sah Tante Grace an und konnte wieder nur seufzen.

»Was ist?«, fragte sie spitz. »Schmeckt dir die Brasse etwa nicht mehr?«

»Doch, doch. Ich wüsste nur gerne, ob das die einzige Auflage ist.«

»Nein. Ich möchte, dass du ab sofort zweimal in der Woche mit deiner Mutter telefonierst.«

Ich verdrehte die Augen. »Wieso denn das?«

»Damit du nicht vergisst, wo du zu Hause bist.«

»Das tue ich schon nicht«, sagte ich leise.

Die Worte meiner Großtante machten mich wütend, aber sie schnitten mir auch ins Herz. Wie konnte sie denken, dass ich Mam einfach so vergessen würde! Sie und Sina und alle meine Freunde. Ich wusste nur nicht, worüber ich mit ihnen reden sollte. Im Gegensatz zu dem, was ich hier auf Guernsey erlebte, kam mir das, womit andere Menschen sich auseinandersetzten, inzwischen ziemlich banal vor. Natürlich war es nicht so, dass ich kein Empfinden mehr für die Dinge des sogenannten normalen Lebens hatte, es interessierte mich durchaus, was Sina oder meine Mutter bewegte, der Knackpunkt war nur: Ich konnte ihnen diesbezüglich nichts zurückgeben. Trotzdem war es sicher nicht verkehrt, ein bisschen mehr Kontakt zu halten. Es musste ja vielleicht nicht unbedingt zweimal die Woche sein.

»Du hast recht«, lenkte ich also ein. »Ich rufe sie viel zu selten an. Morgen ...«

»Heute!«, fiel Tante Grace mir scharf ins Wort.

»Aber morgen könnte ich ihr gleich von meinem neuen Job berichten«, wandte ich ein.

»Das kannst du in drei Tagen sogar noch viel besser«, hielt meine Großtante beharrlich dagegen. »Heute wirst du ihr erst einmal von deinem Gordian erzählen.«

Mutter und Tochter

Nach dem Essen ließ Tante Grace mich nicht entfliehen, sondern verdonnerte mich dazu, »klar Schiff« zu machen, was bedeutete, die Reste in den Kühlschrank zu räumen, das Geschirr abzuspülen und den Herd und die Anrichte zu wienern, worüber ich mich mehr als wunderte, schließlich war die Küche mit all ihrem Gerät das absolute Heiligtum meiner Großtante.

Anschließend bugsierte sie mich ins Wohnzimmer und drückte mir das Telefon in die Hand. Sie wartete, bis ich unsere Lübecker Nummer eingegeben hatte und die Verbindung hergestellt war. Erst als meine Mutter und ich einige eher belanglose Worte gewechselt hatten, tappte sie aus dem Raum und zog die Tür hinter sich zu.

»Ist sie weg?«, fragte Mam.

»Ähm ... ja«, sagte ich irritiert.

Sie lachte leise. »Ich höre es an der Art, wie du atmest. Irgendwie entspannter.«

»Ist nicht wahr!«, rief ich aus. Aber warum wunderte ich mich? Ich wusste doch, dass meine Mutter überaus feine Antennen besaß.

»Doch, Elodie!«, erwiderte sie. »Mir ging es damals, als ich bei ihr wohnte, nicht anders als dir. Auch auf mich hat sie aufgepasst wie ein Schießhund, dabei war ich noch ein ganzes Stück älter als du. Na ja, ich wette, sie hat sich kein bisschen verändert.«

»Oh jaaa, sie ist eine Seele von einem Menschen«, flachste ich. »Witzig ...«

»Du meinst *ironisch*.«

»Nein«, widersprach ich. »Sie kann wirklich witzig sein. Außerdem ist sie warmherzig und sehr klug.«

Mam seufzte. »Ja, das ist sie. Vor allem aber hat sie sehr gern alles unter Kontrolle.«

»Das stimmt«, sagte ich und seufzte ebenfalls, was meine Mutter auflachen ließ.

»Du ahnst nicht, was Tante Grace für einen Aufstand gemacht hat, als sie merkte, dass ich – Achtung, ich zitiere – *außergewöhnlich* viel Zeit mit Javen verbrachte ... Hast du ihn eigentlich mal wiedergesehen?«, erkundigte sie sich beiläufig.

»Nein«, antwortete ich viel zu schnell. Doch zum Glück schöpfte Mam keinen Verdacht. »Wieso?«, schob ich hinterher, in der Hoffnung, ein wenig mehr über die Beziehung zu erfahren, die sie und Javen Spinx damals zueinander hatten.

»Na ja«, sagte sie gedehnt, »wir haben uns gut verstanden, nach meiner Rückkehr nach Lübeck aber leider recht schnell den Kontakt verloren. Es würde mich wirklich interessieren, wie es ihm geht.«

»Ich glaube, er ist sehr beschäftigt«, entgegnete ich. »Hier in England ist er sogar irgendwie prominent. Er weiß ziemlich gut über Delfine und Wale Bescheid, schreibt Artikel über sie und engagiert sich für den Schutz der Meere und so. Der Ärmelkanal scheint jedenfalls ganz oben auf seiner To-do-Liste zu stehen.«

»Hmm«, machte Mam. »Das Leben im Meer hat ihn damals schon begeistert. Er war ein hervorragender Schwimmer und hat im Alter von fünfzehn Jahren bereits Tauchkurse geleitet.«

»Hast du ihn so kennengelernt?«, fragte ich. »Bei einem Tauchkurs?«

»Nein«, sagte meine Mutter. Danach herrschte Stille in der Leitung, und ich dachte schon, das war es jetzt, aber dann fing sie doch noch an zu erzählen. »Es war an einem Abend gleich in der ersten Woche. Ich saß auf einer der Klippen am Strand unterhalb von Tante Graces Garten und plötzlich war er da.«

Ich hatte Mühe, meinen Atem zu kontrollieren. »Wie? Einfach so?«

»Nun, ich war wohl ein wenig in Gedanken versunken gewesen. Javen kam aus dem Meer. Er war schwimmen, stand klatschnass neben mir, aus seinen Haaren tropfte es bis auf die Felsen hinunter, und obwohl es nicht besonders warm war, schien er überhaupt nicht zu frieren. Am meisten faszinierten mich seine hübschen Füße und die feinen Häute zwischen seinen Zehen. Manche Menschen haben ja so etwas. Ich hatte es allerdings noch nie gesehen. Tja«, fuhr sie fort, »er fragte mich, ob er sich eine Weile zu mir setzen dürfe, und ich sagte Ja. Ich glaube, seine Höflichkeit hat mich sehr beeindruckt.«

»Seine Höflichkeit? Nicht sein Aussehen?« Auf die Schwimmhäute wollte ich lieber gar nicht erst eingehen.

»Doch, das auch«, meinte sie versonnen. »Obwohl er eigentlich noch ein Kind war.«

»Aber nicht im Kopf, oder?«, bemerkte ich. »Sonst hättest du dich doch wohl kaum so lange mit ihm abgegeben?«

»In der Tat war er für sein Alter schon ziemlich reif«, gab meine Mutter zu.

»Im Kopf?«

Mam lachte auf. »Wo denn sonst?«

»Na jaaa«, sagte ich nur.

Ich hörte sie tief ein- und wieder ausatmen.

»Du weißt doch, dass ich zu der Zeit längst mit deinem Vater zusammen war.«

»Ja, Mam, das weiß ich.«

»Also denk es nicht einmal.«

»Schon passiert«, sagte ich leise.

»Elodie, ich versichere dir, da war nichts. Er hat nicht einmal den Versuch gemacht.«

Genau wie Cyril, durchzuckte es mich. Diese zweideutige, schwer einzuordnende Art der Zurückhaltung schien demnach wohl eine spezielle Hainix-Mentalität zu sein. »Vielleicht hat er sich nicht getraut, weil du älter warst als er. Noch dazu liiert«, spekulierte ich.

»Ach, nein, das glaube ich nicht. Er hatte einfach kein Interesse daran.« Mams Stimme klang ein wenig belegt, fast schon frustriert.

»Und das hat dich irritiert, stimmt's?«, hakte ich nach.

»Klar hat es das«, entgegnete sie. »Es wollte mir einfach nicht in den Kopf, dass sein Interesse rein platonisch war.«

»Wieso nicht?« Ich konnte mir einen herausfordernden Unterton nicht verkneifen. »Du wolltest doch auch nichts von ihm.«

»Ach, Elodie«, stöhnte sie. »Was möchtest du denn hören? Dass ich gekränkt war und versucht habe, ihn zu verführen?«

»Hast du?«

»Nein!«

Es kam so klar und spontan heraus, und es klang so ehrlich,

dass ich ihr glaubte und es eigentlich dabei hätte bewenden lassen können. Aber ich wollte nun einmal ganz sicher sein. Und deshalb startete ich noch einen letzten Versuch.

»Hör mal, Mam ... Wenn du denkst, du würdest mir damit wehtun, wenn herauskäme, dass du Pa betrogen hast ...«

»Rede jetzt nicht weiter, okay«, unterbrach sie mich. »Dein Vater und ich waren immer sehr glücklich miteinander. Ich hatte überhaupt keinen Grund, mit einem anderen etwas anzufangen. Weder mit Javen noch mit sonst jemandem. Und zwar zu keiner Zeit.«

»Entschuldigung«, sagte ich kleinlaut. »Ich dachte ja bloß ...« Keine Ahnung, wie ich es formulieren sollte.

»Glaub mir einfach.«

»Das tue ich, Mam«, versicherte ich ihr. »Es ist nur ...«

»Schon gut, ich kann's mir denken«, unterbrach sie mich ein zweites Mal. »Du bist genau in dem Alter, in dem ein junges Mädchen solche Dinge beschäftigen. Außerdem hat mir Tante Grace, die alte Plaudertasche, ausführlich von deinen beiden Herrenbekanntschaften erzählt.«

»Weil du sie darüber ausgequetscht hast ...?«, fragte ich argwöhnisch.

»Natürlich nicht.«

»Okay«, sagte ich. »Dann kannst du mir ja berichten, was sie dir erzählt hat.«

»Deine Großtante ist einfach nur besorgt«, entgegnete meine Mutter, und es erstaunte mich überhaupt nicht, dass sie offensichtlich nicht daran dachte, auf meinen provozierenden Vorschlag einzugehen. »Und ich kann ihr das auch gar nicht verübeln«, setzte sie sogleich hinzu. »Erstens würde sie es sich nie verzeihen, wenn dir etwas zustieße.« Mam machte eine kleine bedeutungsvolle Pause, in der ich nur mein Herz klopfen hörte. »Und zweitens bin ich inzwischen ebenfalls sehr froh darüber, dass sie so gut auf dich achtet. Nach allem, was auf Sark passiert ist ...« Abermals atmete sie geräuschvoll ein und wieder aus. »Ich hoffe ja sehr, dass du dich in Zukunft von dieser Insel fernhältst.«

»Kein Thema«, sagte ich sofort. In dieser Sache brauchte ich zum Glück nicht mal zu lügen. Man hätte mir schon einen ganzen Schwarm Haie auf den Hals hetzen müssen, um mich noch einmal nach Sark zu kriegen. Und mit Haien meinte ich in diesem Fall tatsächlich Haie, nämlich die Tiere. »Obwohl sie die Morde an den beiden Mädchen inzwischen ja aufgeklärt haben.« Diese Bemerkung konnte ich mir einfach nicht verkneifen.

»Ich glaube nicht an diese Mär von einer Bestie, die aus dem Meer steigt und junge Mädchen vergewaltigt und umbringt, falls du das meinst«, gab meine Mutter zurück.

Ich biss mir auf die Unterlippe und drängte die Bilder von dem Trawler, Elliots zappelndem Körper im Netz und den Männern, die wie besessen mit Knüppeln auf ihn eindroschen, energisch beiseite.

»Sie haben aber eine *Bestie* getötet«, presste ich hervor. »Hat Tante Grace dir das etwa verschwiegen?«

»Es stand sogar in den *Lübecker Nachrichten*«, erwiderte Mam. »Das heißt aber nicht, dass man diese Geschichte auch glauben muss. Gerüchte verbreiten sich nun mal über die Medien. Gerade über diesen Weg läuft es besonders gut«, bekräftigte sie. »Das könnte sich jemand zunutze gemacht haben.«

»Du denkst also, dass die britische Polizei diese Version absichtlich platziert hat, um von etwas anderem abzulenken?«

»Ja«, sagte sie, »oder den Täter in Sicherheit zu wiegen.«

Ich schwieg, denn ich wusste schließlich sehr genau, wie und durch wen Lauren und Bethany auf Sark umgekommen waren, und ebenso gut wusste ich, dass die Polizei den Falschen erwischt hatte. Irgendwann, wahrscheinlich schon bald, würden sie dahinterkommen und den Kanal aufs Neue durchkämmen. Spätestens dann würde auch meine Mutter realisieren müssen, dass die Gerüchte über die *Bestie* aus dem Meer brutale Realität waren.

Doch letztendlich war es völlig egal, was Mam jetzt oder vielleicht später einmal darüber dachte. Mir ging es ganz allein um Gordy und seine Sicherheit. Die Angst um ihn und die Sorge, dass seine Besonderheit irgendwann jemandem auffallen könnte, beherrschte mich bis in mein tiefstes Inneres. Ich konnte nur hoffen, dass Kyan, Liam und Zak niemals hierher zurückkehrten und in einigen Monaten Gras über die Sache gewachsen war – und die Legenden über Nixen für immer Legenden blieben. Ohnehin war kein Mensch in der Lage, einen normalen Delfin von einem Delfinnix zu unterscheiden – keiner außer mir.

Bei dieser Erkenntnis wurde mir eiskalt. Wieder einmal kam mir Cecily Windom und ihr dunkles Orakel in den Sinn, und voller Beklemmung wurde mir klar, dass diese Geschichte wohl noch lange nicht ausgestanden war.

»Elodie?«, riss Mam mich ins Hier und Jetzt zurück. »Bist du noch dran?«

»Ähm ... ja ... natürlich«, murmelte ich und schüttelte den Anflug von Panik, der sich in meinem Nacken festsetzen wollte, energisch ab.

»Ich glaube, das war kein gutes Thema eben«, bemerkte sie

ganz richtig. »Vielleicht sollten wir zum Abschluss noch über etwas Erfreuliches reden.«

»Und was?«, fragte ich lauernd, denn ich argwöhnte bereits, dass sie ihren Besuch auf Guernsey ankündigen wollte. Das wäre zwar gegen die Abmachung gewesen, die wir vor Beginn meiner Reise getroffen hatten, damals hatte jedoch niemand wissen können, dass hier diese schrecklichen Morde passieren würden. Meine Großtante hatte mir inzwischen schon mehrmals nahegelegt, wieder nach Hause zu fahren, und Mam hatte angeboten, für eine Weile nach Richmond zu kommen, um mir seelischen Beistand zu leisten. Doch wie sich zeigen sollte, waren meine Befürchtungen völlig umsonst.

»Über deinen neuen Freund«, sagte sie. »Wie heißt er noch gleich?«

»Hat Tante Grace dir das etwa nicht verraten?«

»Doch, schon«, antwortete sie unbekümmert. »Allerdings hat sie so sehr von seinem Aussehen geschwärmt ...«

Tante Grace? – Ich fasste es nicht!

»Er heißt Gordian.«

»Gordian«, wiederholte Mam langsam und prüfend, so als würde sie einen Löffel Vanillepudding auf seine Aromastoffe hin analysieren. »Klingt irgendwie nett.«

»Er ist auch nett«, erwiderte ich schlicht.

»Hm, davon gehe ich aus. Sonst hättest du dich wohl kaum in ihn verliebt ... und deine Großtante ihn nicht spontan bei sich im Gästehaus einquartiert«, fuhr sie nach kurzem Zögern fort. »Sie meinte, du könntest sonst womöglich unter Entzugserscheinungen leiden«, fügte sie schließlich lachend hinzu.

»Wie lustig«, brummte ich. Offenbar konnte man mit Erwachsenen nicht über solche Dinge reden.

»Ich wiederhole nur, was Tante Grace gesagt hat«, versuchte Mam, mich zu beschwichtigen.

»Im Augenblick ist Gordian auch nicht hier und es geht mir trotzdem gut«, betonte ich.

Meine Mutter seufzte. »Okay, lassen wir das. Ich fürchte, das ist keine Sache, über die man am Telefon sprechen sollte.«

Ich war mir sogar sicher, dass das eine Sache war, über die Mütter und Töchter sich überhaupt nicht austauschen mussten, selbst wenn besagter Freund kein Nix war!

»Sina solltest du aber vielleicht doch ein bisschen mehr darüber erzählen«, empfahl Mam mir. »Sie ist schon völlig verzweifelt, weil du dich gar nicht bei ihr meldest. Ans Handy gehst du ja auch nicht.«

Na, vielen Dank! »Kannst du das nicht einfach mir überlassen?«, knurrte ich.

»Entschuldigung«, sagte sie. »Natürlich kann ich das. Wenn ich geahnt hätte, dass du neuerdings so kratzbürstig bist, hätte ich es gar nicht erwähnt.«

»Ich hab eben eine Menge zu verarbeiten«, gab ich ein wenig patzig zurück.

»Ich weiß, mein Schatz«, entgegnete sie sanft. »Ich weiß.«

Dann schwieg sie, und ich wusste auch nicht mehr, was ich noch sagen sollte. Und auf einmal sehnte ich mich danach, wenigstens für ein paar Minuten in unserer Wohnung zu sein, um mich zu vergewissern, dass sich daheim nichts verändert hatte.

»Tante Grace hat mir übrigens einen Job besorgt.« Ich räusperte mich und fuhr dann etwas lauter fort: »Davon erzähle ich dir demnächst mehr, okay? Sie hat mich nämlich dazu verdonnert, dich zweimal in der Woche anzurufen.«

»Oh, tatsächlich? Ist das nicht ein bisschen übertrieben?«, fragte Mam.

»Das solltest besser *du* mit ihr klären«, erwiderte ich. »Auf mich hört sie leider nicht.«

Wieder erntete ich von meiner Mutter nur Schweigen, aber dann lachte sie plötzlich laut heraus. »Es ist zum Haareraufen! Da bemühe ich mich seit Jahren, dir eine einigermaßen umgängliche und nicht überbesorgte Mutter zu sein, und kaum bist du mal länger als eine Woche weg, benehme ich mich bereits wie die große Schwester meiner Tante.«

»Du meinst wie deine Mutter«, sagte ich. Ein Grinsen stahl sich auf meine Lippen. »War sie auch so?«

»Nein, eigentlich nicht.« Mit einem Mal klang Mam ziemlich niedergeschlagen.

»Tut mir leid«, stammelte ich.

»Schon gut«, sagte sie. »Ich weiß ja, dass du dich kaum an sie erinnern kannst.«

Eigentlich gar nicht. Meine Oma Holly war gestorben, als ich noch keine fünf Jahre alt gewesen war. Sie hatte irgendeine schnell verlaufende Krebserkrankung, was ich damals natürlich noch nicht kapierte. Nur daran, dass eine Zeit lang alle schrecklich traurig gewesen waren, erinnerte ich mich noch vage.

In meinem Leben hatte die Mutter meiner Mutter nie eine bedeutende Rolle gespielt, zumal mein Opa zwei Jahre später wieder heiratete und ich mit Oma Gundel eine prima Ersatzgroßmutter bekam.

Schon verrückt: Dass Mam in ihrem Leben bereits zwei wichtige Menschen verloren hatte, wurde mir erst in diesem Moment so richtig bewusst.

»Du fehlst mir«, sagte ich leise, und mit einem Mal spürte ich eine Wehmut, die mein ganzes Herz ausfüllte.

»Du mir auch, meine Süße«, krächzte sie. »Du mir auch.«

Nachdem meine Mutter und ich uns voneinander verabschiedet hatten, blieb ich noch eine ganze Weile auf dem Sofa sitzen und starrte vor mich hin. Es war ein gutes Gespräch gewesen, wahrscheinlich das beste, das wir seit Langem miteinander geführt hatten. Es tat mir weh, sie anzulügen beziehungsweise ihr nicht alles erzählen zu können. Außerdem hätte ich sie jetzt sehr gern in den Arm genommen, ihre Wärme und ihre Lebendigkeit gespürt und eins ihrer genialen Sandwiches gefuttert.

Plötzlich fiel mir ein, was sie über Javen Spinx' Füße gesagt hatte, und ich versuchte, mir zu vergegenwärtigen, ob Cyril ebenfalls Schwimmhäute zwischen den Zehen hatte, konnte mich jedoch beim besten Willen nicht daran erinnern. Was Gordy betraf, war ich mir aber hundertprozentig sicher: Er hatte sie nicht, und daher vermochte ich auch nicht genau zu sagen, ob dies ebenfalls ein Merkmal war, durch das Hainixe und Delfinnixe sich voneinander unterscheiden ließen.

Gedankenverloren stand ich vom Sofa auf, trat in den Flur und steckte das Telefon in seine Station zurück.

»Das war aber ein langes Gespräch, oder?«, fragte Tante Grace aus der Küche.

»Hast du etwa gelauscht?«, fragte ich zurück.

»Na, hör mal!« Ihr empörtes Gesicht tauchte im Türrahmen auf. »Was denkst du denn von mir?«

»Natürlich nur das Schlimmste«, erwiderte ich grinsend.

Meine Großtante gab ihr berühmtes Grunzen von sich. »Dann bin ich ja beruhigt. Und?«, wollte sie wissen. »Alles in Ordnung daheim?«

»Ja, alles bestens.«

»Das ist schön.« Tante Grace sah mich erwartungsvoll an, doch ich hatte nicht vor, ihr etwas zu erzählen. Alles, was sie wirklich interessierte, würde sie auch auf anderem Wege in Erfahrung bringen.

»Ich verzieh mich dann mal nach oben«, sagte ich und deutete auf die Treppe. »Ein bisschen mit Sina chatten.«

»Tu das«, meinte sie. »Ich muss übrigens in einer Stunde noch mal weg, zu einer älteren Dame, die nicht mehr gut zu Fuß ist. Ihre Nichte heiratet und für die Feier braucht sie ein neues Kostüm. Sie lebt allein und freut sich immer sehr, wenn sie mal jemand besucht.« Tante Grace zuckte mit den Schultern. »Ich glaube also nicht, dass wir uns heute noch sehen.«

»Okay ...«, entgegnete ich zögernd, denn ich hatte das Gefühl, dass sie das, was sie mir eigentlich sagen wollte, noch gar nicht angesprochen hatte.

»Vergiss deinen Termin morgen nicht.« Aha, das war es also. Hätte ich mir auch denken können!

»Keine Sorge«, sagte ich lächelnd. »Ich komme so gegen neun zum Frühstück runter.«

»Gut.« Meine Großtante lächelte ebenfalls. »Dann wünsche ich dir einen schönen Abend und eine gute Nacht.«

Innere Verstecke

Gordy war noch nicht von der Jagd zurück, also schaltete ich mein Notebook ein und öffnete meinen Facebook-Account. Sina war online und hatte mich bereits zweimal angeschrieben.

SINA: melde dich bitte … BITTE! :<

ELODIE: keine panik, da bin ich schon

SINA: schon? ^^

ELODIE: sorry, aber ich hatte viel um die ohren

SINA: wie darf ich denn das verstehen?

ELODIE: hab mich verliebt, ich meine, ich habe mich RICHTIG verliebt!!!

SINA: aber doch nicht in cyril, oder? das letzte, was du mir von ihm erzählt hast, war, dass er ein arschloch ist, weil er die knutschfotos von deiner abschiedsparty ins netz gestellt hatte

ELODIE: genau so ist es gewesen, und, sina, vielleicht erinnerst du dich noch, dass du damals sagtest, es wäre ein glück, dass ich keinen freund hätte, weil der mir sonst nämlich ganz sicher die hölle heiß-machen würde … klicker, klicker, klicker^^

SINA: oh mann! wie konntest du mir das nur verschweigen?

ELODIE: tut mir leid, ich war so schrecklich durcheinander, präzise ge-sagt, ich war in panik

SINA: lass mich raten: cyril hat deinem freund die fotos geschickt

ELODIE: so ähnlich

SINA: arschloch!

ELODIE: sag ich doch!

SINA: man sollte prinzipiell alle männer aus seinem leben streichen

ELODIE: gordian ist anders

SINA: nee, echt?

ELODIE: er ist der beste

SINA: hat ja auch n coolen namen^^. gibts n foto?

ELODIE: tut mir leid

SINA: du willst ihn nicht teilen, stimmts? Nicht mal mit mir *heul*

ELODIE: iwann wirst du ihn kennenlernen

SINA: davon gehe ich aus, und ich warne dich: solltest du auf die Idee
kommen, für immer und ewig auf dieser komischen insel zu bleiben

ELODIE: was dann? ;)

SINA: hole ich dich höchstpersönlich wieder nach lübeck

Aus dem Augenwinkel bemerkte ich einen Schatten am Fenster, einen Lidschlag später huschte Gordy ins Zimmer. Im Gegensatz zu heute Nachmittag sah er völlig verändert aus. Seine Augen leuchteten in einem kräftigen Türkis, sein Blick war klar und sein Lächeln einfach unglaublich. Wasser tropfte aus seinen nassen Haaren und rann über seine samtbraune Haut.

Wieder einmal raubte mir sein Anblick den Atem, und all das Unglaubliche, was er vorhin zu mir gesagt hatte, schoss mir im Schnelldurchlauf durch den Kopf. Und *wieder einmal* konnte ich es kaum fassen, dass er nur meinetwegen hier war.

»Ähm ... du siehst ziemlich energiegeladen aus.«

»Es geht mir gut.« Noch immer lächelnd kam er auf mich zu.

Ich senkte den Blick und biss mir auf die Unterlippe. »Es ist das Meer ... oder?«

Nass wie er war, quetschte Gordy sich zu mir in den Sessel. »Ja«, sagte er nur und hauchte mir einen Kuss auf die Schläfe. Dann fiel sein Blick auf den Monitor meines Laptops. »Was machst du da?«

»Ich chatte mit Sina«, erwiderte ich, »meiner Freundin aus Lübeck.«

»Interessant.«

»Du kannst doch gar nicht lesen.«

»Stimmt.« Liebevoll wanderten seine Lippen über meine Wange und verharrten schließlich an der weichen Stelle hinter meinem Ohrläppchen. Der Duft nach Salz und Wind hüllte mich ein.

»Okay, dann schreibe ich ihr jetzt, dass wir für heute aufhören müssen, weil du gerade angefangen hast, mich zu verführen.«

Gordy zuckte zurück. »Entschuldigung.« Er sah mich schuldbewusst an.

»Dummkopf«, murmelte ich und stupste meine Schulter gegen seine. »Willst du sie mal sehen?«

»Wen?«

»Sina.«

»Ist sie hübsch?« In seinen Augen blitzte es übermütig.

»Sehr!«, betonte ich.

»Hat sie einen Freund?«

»Nein. Sie kann Männer nicht ausstehen.« Ich deutete auf den Text auf dem Bildschirm.

SINA: hallo? elodie? was ist los?
SINA: kannst du nicht kurz bescheid sagen, bevor du aufs klo gehst?
SINA: hey mann, bist du tot oder was?,

war dort inzwischen zu lesen. »Zumindest hat sie das gerade eben noch behauptet. Sollen wir wetten, dass sie ihre Meinung auf der Stelle ändert, wenn sie dich sieht?«

»Ist es gut oder schlecht, wenn ein Mädchen Männer nicht ausstehen kann?«, fragte Gordy schelmisch.

»Ganz schlecht«, sagte ich. »Und deswegen werde ich ihr jetzt sagen, dass sie dich kennenlernen darf, wenn sie mag.«

»Aber ich kann nicht schreiben.«

»Du könntest sie sehen.« Ich tippte gegen den Monitor. »Und sie dich ebenfalls. Ihr könntet miteinander reden.«

Gordy runzelte die Stirn. »Durch diesen flachen Kasten?«

Ich zuckte mit den Schultern. »Menschen lieben es nun mal, sich durch große und kleine Kästen zu unterhalten. Sie speichern ihre Erinnerungen darin und ...«

»Ich weiß«, sagte Gordian. »Ich *erinnere* mich.« Ein kleines gequältes Lächeln huschte über seine Lippen und schon meldete sich mein schlechtes Gewissen.

»Tut mir leid, das war eine dumme Idee. Sina wird es zweifellos überleben, wenn sie dich nicht zu Gesicht bekommt.« Ich wollte den Deckel herunterklappen, aber Gordy hinderte mich daran.

»Nein, nein, das ist schon in Ordnung. Ich möchte wirklich wissen, wie es funktioniert.«

»Also gut.« Unschlüssig sah ich ihn an. »Ähm ... Dieser Kasten hier hat eine Art Auge.« Ich deutete auf die kleine Kamera am oberen Rand des Monitors. »Es schickt Bilder von mir und dir zu Sina. Gleichzeitig sendet es Bilder von Sina zu uns zurück. Außer uns kann niemand diese Aufnahmen sehen. Und das Notebook speichert sie auch nicht. Außerdem können wir sofort aufhören, wenn es dir nicht gefällt.«

Gordy grinste breit. »Du meinst wohl, wenn *sie* mir nicht gefällt.«

»Du bist wirklich ein Blödmann«, brummte ich.

Er küsste mich sanft auf die Wange. »Okay, lass es uns versuchen.«

Fasziniert sah er dabei zu, wie meine Finger über die Tasten flogen und neue Buchstaben auf dem Monitor erschienen.

ELODIE: sorry, aber gordy ist gerade gekommen
SINA: okay, er ist natürlich wichtiger
ELODIE: ich konnte ihn schlecht ignorieren
SINA: aber mich schon ^^
ELODIE: tut mir leid ... möchtest du ihn kennenlernen?
SINA: es wäre mir eine ehre :D
ELODIE: dann klingel ich dich jetzt mal an

Ich öffnete Skype und innerhalb weniger Sekunden war die Verbindung aufgebaut und Sina erschien auf dem Bildschirm. Ihre kurzen blonden Haare waren ziemlich verstrubbelt und sie wirkte auch insgesamt ein wenig derangiert.

»Hey«, sagte Sina leise.

»Hey«, antwortete ich, »du siehst gut aus.«

»Ja, ich ...«, begann sie, stockte und richtete ihren Blick auf Gordy. »Eigentlich müsste ich dich jetzt fragen, ob es noch mehr von seiner Sorte auf Guernsey gibt.«

»Aber?«

Sina kniff die Mundwinkel ein und zog ihre Schultern bis zu den Ohren hoch. »Tja ... es war gar nicht so schlimm, dass du eine Weile mit Gordy zu tun hattest.«

»Aha, und was bedeutet das?«

»Na ja, das bedeutet, dass ich ebenfalls gerade Besuch bekommen habe.« Sina sah nun ziemlich verlegen aus. »Was ein Zufall aber auch.«

Moment mal – hatte sie nicht vorhin noch gesagt, dass man alle Männer prinzipiell aus seinem Leben streichen sollte?

Aber vielleicht galt dieses *prinzipiell* ja nicht für jeden.

Plötzlich war ich völlig aus dem Häuschen. Sina hatte nämlich schon ewig keinen Freund mehr gehabt.

»Wer ist es?«

Sie druckste ein wenig herum. »Du darfst aber bitte nicht böse werden, okay?«, bettelte sie.

»Wieso sollte ich?«

»Na ja ...« Sina drehte ihren Kopf zur Seite und zwei Sekunden später tauchte Frederik neben ihr auf.

»Aber das ist ja ...«

»Sag jetzt bloß nicht großartig«, knurrte Frederik.

Ich schüttelte den Kopf. »Das wollte ich gar nicht!«

Allerdings wunderte ich mich schon ein bisschen, dass er sich so schnell getröstet hatte, und ich hoffte sehr, dass es ihm mit Sina auch wirklich ernst war.

Gordy saß stocksteif neben mir und fixierte den Bildschirm.

»Entschuldigung«, sagte Sina nun zu ihm. »Ich hätte mich erst mal vorstellen sollen. Aber die Situation ist gerade ein wenig ... nun ja ...«

»Stimmt«, gab ich ihr recht. »Wir sollten besser ein andermal weiterreden. Unter Mädels.«

»Jep, unter Mädels.« Sina nickte. »Du siehst übrigens ebenfalls ziemlich gut aus. Und ich ...« Sie brach ab und zuckte erneut mit den Schultern.

Ja, ich vermisse dich auch, dachte ich wehmütig. Gleichzeitig fühlte ich eine tiefe Erleichterung darüber, dass meine alte Heimat mir noch nicht völlig fremd geworden war.

»Bis bald«, sagte ich.

Sina warf mir einen Kussmund zu. »Ciao, Süße!«

»Ja, ciao ... Ich melde mich.«

Dann war sie weg, und ich spürte, wie Gordy sich entspannte.

»Merkwürdig«, murmelte ich. »Ich verstehe nicht, warum sie dem Skypen überhaupt zugestimmt hat. Ich meine, sie hätte mir das mit Frederik lieber mal vorher sagen sollen.«

»Sie wollte ihn testen.«

»Was?« Dieser Gedanke kam mir völlig absurd vor.

Gordians Griff in meinem Nacken wurde fester. »Aber sie hat es nicht gemerkt.«

Ich runzelte die Stirn. »Was denn?«

»Wie er mich angesehen hat.«

Ich stieß einen Schwall Luft aus. »Wie hat er dich denn angesehen?«

Gordy ließ seine Hand über meinen Rücken gleiten und erhob sich. »Nicht besonders freundlich.«

»Scheiße.« Ich ging offline und fuhr den Laptop herunter. »Wenn er Sina nur benutzt, um ...« Ich sprach es nicht aus. »Dann drehe ich ihm den Hals um. Das schwöre ich dir.«

»Unser Gedanken-Echolot funktioniert ganz ähnlich wie eure Kästen, mit einem kleinen entscheidenden Unterschied: Das Echolot ist ehrlich. Wir können uns dahinter nicht verstecken«, sagte Gordy, als ich in Trägertop und Boxershorts und mit einem Handtuch um meine nassen Haare aus dem Badezimmer kam. Während ich geduscht hatte, war er in seine Sachen geschlüpft und hatte sich auf dem Rattansofa ausgestreckt.

Inzwischen war der Himmel aufgeklart, und am Horizont hatte sich eine schmale glutrote Linie gebildet, die den indigoblauen Himmel vom ebenso indigoblauen Meer trennte.

»Ich würde das Ding am liebsten überhaupt nicht mehr einschalten«, erwiderte ich und ließ mich in einen der beiden Sessel fallen. »Es bringt sowieso nur Unglück.«

Gordian schüttelte den Kopf. »Es sind nicht die Dinge. Es sind die Menschen, die dahinterstehen. Ihr benutzt sie, um anderen zu schaden.«

»Nicht nur!« Keine Ahnung, wieso ich den Impuls hatte, meine Spezies verteidigen zu müssen, ein bisschen schämte ich mich sogar dafür, denn er hatte ja recht. – Wieder einmal!

Gordy sah mich an. »Ihr erfindet sie, weil sie euch nützlich erscheinen, aber dann verleiten sie euch dazu, sie zu eurem Vorteil zu gebrauchen.«

»Was ist so verkehrt daran?«

»Nichts, solange ihr …«

»… niemandem schadet, schon klar«, stieß ich aufgebracht hervor. »Aber es sind ja nicht nur wir Menschen, ihr Nixe habt euch doch längst davon anstecken lassen. Denk an das, was Cyril getan hat.«

Gordy zog eine Grimasse. »Cyril ist ein Hai«, entgegnete er voller Abscheu. »Er lebt schon viel zu lange an Land.«

»Das weißt du doch gar nicht.«

»Ich rede nicht von ihm persönlich, sondern von seiner Art. Hainixe führen sich wie die Herrscher der Meere *und* des Landes auf. Dabei sind sie weder das eine noch das andere. Sie gehören nirgendwo wirklich hin.«

So wie du, dachte ich und war heilfroh, dass ich damit nicht laut herausgeplatzt war. Aber Gordy blieben natürlich auch meine Gedanken nicht verborgen.

»Ja, genauso wie ich«, sagte er leise und richtete seinen Blick zur Zimmerdecke. »Das ist es doch, was du sagen wolltest, oder?« Er sah kurz zu mir, sprang vom Sofa auf und begann, unruhig auf und ab zu laufen. »Aber es stimmt nicht ganz«, fuhr er schließlich fort. »Ein Plonx ist noch viel weniger ... wert als ein Hainix. Ein Plonx ist gar nichts.«

Innerhalb eines Sekundenbruchteils war Gordians Haut schneeweiß geworden und die Farbe seiner Augen zu einem fahlen Blau verblasst. Das Haar hing ihm wild in die Stirn und seine Mundwinkel waren tief heruntergezogen. So hatte ich ihn noch nie erlebt, und mir war sofort klar, dass er sich in einem äußerst beunruhigenden Zustand befand.

»Nein, nein, nein!« Ich sprang aus meinem Sessel hoch und schloss meine Arme um ihn. »Für mich bist du alles. Hörst du, du bist alles für mich.« Ich drückte mich an ihn und küsste jeden Zentimeter seines Sweaters und so viel von seinem Hals, wie ich erwischen konnte. »Bitte, Gordy, ich weiß, dass du nicht glücklich bist, dass du das Meer brauchst und Orte wie St Peter Port dir deine ganze Energie rauben. Und ich weiß auch, dass ich all das nicht aufwiegen kann, aber so etwas darfst du einfach nicht denken!«

Gordian nahm mein Gesicht in seine Hände und sah mich stumm an. In seinem Blick lag so viel Zärtlichkeit, aber auch so viel Verzweiflung, dass mir unwillkürlich die Tränen kamen. Ich spürte, dass meine Worte ihn trösteten, aber ich wusste auch, dass ich ihm nicht wirklich helfen konnte, und das löste das gleiche Ohnmachtsgefühl in mir aus, das ich kurz nach Pas Tod empfunden hatte.

Mit einem Schlag wurde alles in mir starr und kalt, und die Dinge um mich herum – auch Gordy – rückten weit fort, so als hätte ich nicht das Geringste mit ihnen zu tun.

»Elodie!«, hörte ich Gordys Stimme. »Bitte, bleib hier!«

Seine Hände lagen auf meinen Schultern, und er schüttelte mich, sanft zuerst, dann immer heftiger. »Schau mich an. Bitte, schau mich an.«

Ich richtete meinen Blick auf ihn, ohne etwas zu empfinden, aber ich bemerkte, dass die Farbe seiner Augen sich veränderte. Das Türkis intensivierte sich und seine Iris war nun von Tausenden winzig kleinen funkelnden Punkten durchsetzt. Tränen, die zu Kristallen erstarrt sind, dachte ich. Wie ein Sog zog mich dieser Anblick in die Realität zurück und mit dem nächsten Atemzug spürte ich alles überdeutlich. Meine Hilflosigkeit, meine Trauer und den Schmerz über den Verlust meines Vaters, aber auch Gordys Nähe, seine Wärme und seinen Duft und die überwältigende Sehnsucht nach ihm.

»Ich weiß, dass es sehr egoistisch ist«, sagte er leise. »Aber ich kann dich einfach nicht fortlassen.«

»Ich bin doch gar nicht fort«, stammelte ich.

»Nein, jetzt nicht mehr.« Auf seinem Gesicht breitete sich ein erleichtertes Lächeln aus. Gordy drückte mich sanft an sich und küsste meine Stirn, meine Augen, meine Wangen und meinen Mund. »Bitte, tu das nie wieder.«

»Was denn?«

»Dich so weit zurückziehen. Ich dachte schon ...«

»Was?«

155

»Du würdest irgendwo tief da drinnen verschwinden.« Er tippte mir gegen die Stirn. »Und ich hätte nicht gewusst, wie ich dich von dort wieder hätte zurückholen können.«

»Gordy, man kann nicht in sich selbst verschwinden«, sagte ich.

»Doch, man kann.« Seine Miene war jetzt ausgesprochen ernst. »Nixe zumindest können es. Sie bleiben viele Jahre so, manchmal für immer. Es passiert, wenn sie etwas Schlimmes erleben oder wenn ihnen ein Geheimnis anvertraut wurde, das sie um jeden Preis bewahren müssen.«

»Und damit sie es nicht ausplaudern, ziehen sie sich in sich selbst zurück?«, fragte ich ungläubig.

»Siehst du«, Gordy lächelte gequält. »Du kennst es ja doch.«

»Nein.« Ich schüttelte den Kopf. »Es ist nicht das Gleiche. Ein Mensch kann so etwas nicht. Wir haben keine solchen inneren Ver...«

Ich brach ab, denn plötzlich musste ich an Cecily Windom denken. War ihr Geist noch hier oder bereits woanders? Und was war mit den Menschen, die sich nach einem Unfall nicht mehr an ihr vorheriges Leben erinnerten, oder den indischen Yogis, die sich tagelang in tiefe Meditation versenken konnten?

»Hör auf damit«, sagte Gordy. »All das hat nichts mit dir zu tun.«

Wie auf Knopfdruck fing ich an zu zittern und neue Tränen liefen mir über die Wangen. Diesmal küsste Gordian sie mir nicht weg, sondern zog mich zum Bett hinüber, drückte mich in die Kissen und legte sich neben mich. Er tastete nach meiner Hand, flocht seine Finger in meine und schmiegte sein Gesicht in meine Halsbeuge.

So lagen wir eine halbe Ewigkeit beieinander, ich weinend

und er ganz still, aber so nah bei mir, dass ich nicht fliehen konnte. Ich war erstaunt, dass ich so viel Trauer und Schmerz in mir eingeschlossen hatte, und es tat furchtbar weh, das alles herauszulassen.

Allein hätte ich das niemals ertragen. Aber Gordy war ja da. Er ließ mich sein, ertrug und trug mich zugleich. Und als ich mich irgendwann, spät in der Nacht, leer geweint hatte und innerlich ganz still und fest geworden war, glitt er wieder über mich und schloss mich ein mit seinem ganzen Körper, als wäre er eine Grotte tief unten im Meer, in der ich Schutz finden konnte.

Jane

Es war eng und es war dunkel. Meine Knöchel juckten, zumindest kam es mir so vor. Ich konnte mich kaum bewegen und meine Beine schmerzten so sehr, dass ich mich auf das, was mit meinen Knöcheln passierte, nicht wirklich konzentrieren konnte. Jemand zerrte an mir, wollte mich in die Tiefe reißen, und auf meiner Schädeldecke spürte ich einen Druck, als ob noch ein anderer gewaltsam von oben nachschob.

Ich wehrte mich mit aller Kraft und versuchte, meinen Kopf zu befreien und hinaufzusehen – dorthin, wo der Himmel war, wo es irgendwann wieder heller werden würde und wo ich meinem Feind vielleicht ins Gesicht schauen konnte, denn ich hatte das untrügliche Gefühl, dass er auf keinen Fall erkannt werden wollte. Möglicherweise würde es mir gelingen, die Macht, die er über mich hatte, zu brechen, sobald mein Blick in seine Augen traf. Und offenbar war mein Wille stark genug. Ich schaffte es, die Schultern zu bewegen und den Kopf mit einem Ruck zur Seite zu drehen. Der Druck auf meinem Scheitel verschwand sofort und einen Lidschlag später sah ich in ein glühendes Augenpaar.

Kyan, durchzuckte es mich, aber er lachte nur. Laut und schallend. Und auf einmal war es Cyril, der sein Gesicht zu einer widerlichen Fratze verzerrte und mir einen Schwall pech-schwarzes Wasser ins Gesicht spie.

Ich rang nach Luft und bäumte mich auf. Ein Sonnenstrahl traf mich mitten ins Gesicht, und mit einem Schlag wurde mir bewusst, dass es nicht Cyril war, der mich zu erdrücken versuchte, denn ich erinnerte mich daran, dass Gordian sich vor dem Einschlafen über mich gelegt hatte.

»Geh weg«, stöhnte ich und fing an, um mich zu schlagen und zu treten. Einen Moment wunderte ich mich noch über meine plötzlich wiedergewonnene Freiheit, da umfasste jemand meine Handgelenke und Tante Grace sagte ruhig, aber bestimmt: »Es ist alles in Ordnung, Elodie. Niemand tut dir etwas.«

Ein paar Sekunden lang war ich völlig verwirrt, dann kapierte ich, dass meine Großtante in einem geblümten Morgen-rock neben mir saß und meine Arme neben meinem Kopf in die Kissen drückte.

»Wo ist Gordy?«, stieß ich keuchend hervor.

»In seinem Zimmer im Gästehaus, nehme ich an«, erwiderte sie.

»Aber ...?«

»Nichts aber. Du hast geträumt«, sagte Tante Grace. Sie ließ mich los und seufzte. »Wie so oft in der letzten Zeit. Diesmal scheint es allerdings besonders ... na ja, sagen wir mal *inten-siv* gewesen zu sein. Ich habe deine Schreie bis hinunter in meine Schlafstube gehört.« Sie zupfte an meinem Trägertop. »Offensichtlich hast du Rotz und Wasser geheult. Ich glaube, ich werde mit deiner Mutter darüber beraten, ob es nicht sinn-voller ist ...«

Ich schnellte hoch. »Nein!«

»Lass mich doch erst mal ausreden«, entgegnete meine Großtante. »Du weißt ja gar nicht, was ich sagen will.«

»Ich kann es mir denken.«

Tante Grace lächelte. »Das glaube ich kaum.«

Ich runzelte die Stirn und überlegte, in welche Falle ich
wohl als Nächstes tappen würde.

»Ich habe den Eindruck, dass Gordian ein sehr feinfühliger
junger Mann ist«, begann sie. »Auf jeden Fall finde ich ihn ausgesprochen sympathisch – auch wenn ihm das, was ich koche,
offensichtlich nicht schmeckt«, fügte sie mit leicht tadelndem
Unterton hinzu.

»Tante Grace ...«

Sie ließ mich nicht zu Wort kommen, sondern tätschelte mir
sanft den Oberschenkel. »Es wird wohl daran liegen, dass ich
mich mit den Ernährungsgewohnheiten eines Extremsportlers
nicht so recht auskenne«, meinte sie lächelnd. »Davon abgesehen, ist es ohnehin seine Sache. Nur weil ich ihn hier wohnen
lasse und zu den Mahlzeiten eingeladen habe ...«

»Solltest du mich jetzt mit Vorwürfen überschütten wollen,
Tante Grace ...«, murmelte ich.

»Nein, entschuldige, das will ich selbstverständlich nicht«,
unterbrach sie mich. »Schon gar nicht, nachdem du so schlecht
geträumt hast. Also«, fuhr sie leise seufzend fort, »ich dachte
mir, dass es vielleicht das Beste wäre, wenn Gordian auch über
Nacht bei dir ist. Das Apartment hier ist ja groß genug!« Sie
machte eine weit ausholende Geste und deutete anschließend
auf die freie Stelle unter der Schräge gegenüber der Sitzgruppe.
»Wir könnten dort drüben ein zweites Bett aufstellen. Das
scheint mir kein Problem zu sein.«

Ungläubig sah ich sie an. »Tante Grace ...«

»Selbstverständlich nur, wenn es ihm recht ist.« Sie erwiderte meinen Blick. »Und dir natürlich.« Noch einmal tätschelte sie meinen Oberschenkel, dann erhob sie sich von der Bettkante, räusperte sich ein wenig umständlich und fragte: »Ich nehme an, du hast ihm erzählt, warum du hier bist.«

»Ähm, ja.« Ich nickte.

»Gut. Dann rufe ich jetzt Rafaela an. Mich würde es jedenfalls außerordentlich beruhigen, wenn du nachts nicht allein hier oben wärst.«

»Okay«, sagte ich. »Wenn du meinst.« Das Herz schlug mir bis zum Hals. Ich konnte es kaum erwarten, dass sie das Zimmer verließ und ich endlich nachschauen konnte, wo Gordian abgeblieben war.

»Wir reden nachher noch einmal darüber.« Meine Großtante rückte ihr nachlässig umgebundenes violettes Haarband zurecht. »Und jetzt solltest du dich bitte rasch fertig machen. Jane zählt auf dich. Ich würde dich nur ungern gleich am ersten Tag bei ihr entschuldigen müssen.«

»Kein Problem«, beruhigte ich sie. »Es geht mir gut.«

Wenn man davon absah, dass mein T-Shirt und das Kopfkissen wieder einmal klatschnass waren – und zwar ganz sicher nicht, weil ich *Rotz und Wasser* geheult hatte.

»Fein«, sagte Tante Grace. »Dann erwarte ich dich in einer halben Stunde zum Frühstück.« Sie versuchte ein Lächeln. Es war unschwer zu erkennen, wie wenig ihr das Ganze gefiel – weder meine Albträume noch der Vorschlag, zu dem sie sich gerade durchgerungen hatte. »Also, bis gleich.«

Kaum hatte sie die Tür hinter sich geschlossen, tauchte Gordy zwischen den Blättern der Birkenfeige am Kopfende des Bettes auf.

»Du hast so laut geschrien, dass ich nicht gehört habe, wie sie die Treppe heraufkam.« Zerknirscht zuckte er mit den Schultern. »Ich habe es einfach nicht mehr bis ins Badezimmer geschafft. Aber in Zukunft scheint das ja auch nicht mehr nötig zu sein«, meinte er lächelnd. »Wir werden sie nicht mehr anlügen müssen.«

Ich presste die Lippen zusammen und blitzte ihn wütend an. Die Sache mit Tante Grace war ja gut und schön, doch was Gordy betraf, hatte ich im Moment wirklich andere Sorgen.

»Was hast du mit mir gemacht?«, blaffte ich, fasste das nasse Top mit den Fingern und hielt es mir vom Körper weg. »Wolltest du mich ertränken?«

Gordian richtete sich zu seiner vollen Länge auf und zwinkerte mir zu. »Nein, ich habe nur versucht, mit dir zu schlafen.«

»Gordy, das ist nicht witzig! Sag mir einfach, was passiert ist!«, zischte ich. »Wer ist hier gewesen? Kyan?«

Er schüttelte den Kopf.

»Cyril?«

»Niemand außer dir und mir. Wenn du also denkst ...«

»Was soll ich denn sonst denken?«, stieß ich hervor. »*Du* hast dich auf mich gelegt ...«

Die Erinnerung daran, wie schön genau das gestern Abend gewesen war, war inzwischen verblasst.

»Ja ... weil ich so nah wie nur irgend möglich bei dir sein wollte, aber ich habe dich nicht angerührt.« Gordian umrundete das Bett und kam nun langsam auf mich zu. »*Niemand* hat dich angerührt.« Er sah mir fest in die Augen.

»A-aber wieso ... ich meine, ich habe geweint ...«, stammelte ich.

»Ja, das hast du.«

»Aber wie ...?«

Gordy strich mir besänftigend über die Schulter. In seinen Augen blitzte es. Ganz automatisch blickte ich auf das Grübchen über seiner Oberlippe und mein Zorn verrauchte auf der Stelle. »Du würdest es ohnehin nicht glauben«, sagte er leise.

»Was?«, murmelte ich irritiert.

Wie immer, wenn Gordian mich mit seinem besonderen Lächeln überrumpelt hatte, fühlte ich mich ein paar Sekunden lang wie benommen. Und als ich endlich wieder klar denken konnte, blieb mir keine Zeit, weiter nachzubohren, was in der Nacht wirklich passiert war und was das für glitzernde Kristalle waren, die gestern Abend in seinen Augen erschienen waren. Denn Tante Grace würde es garantiert nicht dulden, dass ich auch nur eine Minute zu spät zum Frühstück kam.

Aber all das würde ich nachholen, gleich heute Nachmittag. Und ich würde ganz sicher keine Ruhe geben, bevor er mir nicht alle Fragen beantwortet hatte.

»Es gefällt mir nicht«, sagte er, nachdem ich im Bad gewesen war und ihm anschließend hastig von meinem neuen Job erzählt hatte. »Solange du in dieser Silberschmiede bist, kann ich nicht auf dich aufpassen.«

Fast entlockte mir diese Bemerkung ein Grinsen. Hatte ich nicht gewusst, dass er genau das sagen würde?

»Ist das denn überhaupt noch nötig?«, bemerkte ich stattdessen spitz. »Offenbar ist ja nie jemand in meinem Zimmer gewesen. Niemand hat versucht, mir etwas anzutun. Ich habe das alles doch bloß geträumt!«

»Elodie ...«

Ich sah, wie unglücklich er war und wie sehr er mit sich

kämpfte. Doch ebenso wie ich würde er das aushalten und sich gedulden müssen.

»Bis nachher«, sagte ich, schlüpfte durch die Tür und eilte die Treppe hinunter.

Ich hatte weder Hunger noch Appetit, trotzdem aß ich zwei Toasts mit Rührei und Champignons und eine gebackene Tomate, nur um meiner Großtante zu signalisieren, dass sie sich keine Sorgen um mich zu machen brauchte.

Nach dem Frühstück gab sie mir eine Karte und erklärte mir den Weg.

»In gut fünf Minuten solltest du dort sein«, meinte sie. »Es ist ausgeschildert. Du kannst es gar nicht verfehlen.«

»Und notfalls hätte ich auch einen Mund, um nach dem Weg zu fragen«, versicherte ich ihr. Dann holte ich das Fahrrad aus dem Schuppen und fuhr los.

»Wir sollten versuchen, miteinander auszukommen!«, rief meine Großtante mir nach. »Findest du nicht?«

Ich bremste ab, wendete in einer lang gezogenen Kurve auf der Kiesauffahrt und fuhr langsam zu ihr zurück. »Tut mir leid, ich wollte nicht schnippisch sein«, entschuldigte ich mich, schlang ihr meinen Arm um den Hals und küsste sie auf die Wange.

»Nein, du wolltest mir nur zu verstehen geben, dass du schon groß bist«, erwiderte sie und drückte mich sanft. »Und du hast recht: Ich sollte dich nicht so bevormunden.«

»Zu spät«, sagte ich und schenkte ihr ein Lächeln. »Nun werde ich mir deine Jane und ihr Atelier mal ansehen. Vielleicht ist dieser Job ja gar nicht so übel. Und mit Mam telefoniere ich eigentlich auch ganz gern. Sooo verkehrt ist deine übertriebene Fürsorge also gar nicht.«

»Na, dann bin ich ja beruhigt.« Tante Grace kniff mich zärtlich in die Wange und verpasste mir anschließend einen Klaps auf den Hintern. »Und nun mach, dass du fortkommst! Sonst verspätest du dich womöglich doch noch.«

Ich verspätete mich nicht, sondern kam pünktlich auf die Minute bei der Schmuckwerkstatt an. *Jane's Jewellery* stand in fein geschwungenen Lettern auf einem Blechschild an der lavendelfarben getünchten Mauer, die das Grundstück der Schmuckschmiede umgab.

Ich sprang vom Rad und schob es durch das schmiedeeiserne Tor in einen mit Kopfsteinen gepflasterten Innenhof. Überall lugten Grashalme und winzige weiße Blumen aus den Ritzen hervor, und rechts und links des Hauses, dessen grob verputzte Wände in einem etwas dunkleren Lilaton als die Außenmauer gestrichen waren, wuchsen riesige Kamelienstauden. Das Haus schien um einiges größer zu sein als die Cottages von Tante Grace und es hatte zwei Eingänge. Der eine befand sich unmittelbar gegenüber dem Tor, und den zweiten erreichte man, wenn man einem aufgemalten weißen Pfeil und dem Hinweis *Schmuckwerkstatt – Ausstellungsraum* folgte.

Ich hob meinen Drahtesel in einen rostigen Ständer, der Platz für drei weitere Fahrräder bot, und trat durch einen sonnendurchfluteten Glasvorbau in die Werkstatt.

»Hallo! Du musst Elodie sein!«, rief eine etwas rauchige, aber überraschend junge Stimme aus dem Dunkel des angrenzenden Raumes. »Komm nur herein ... oder nein, warte ... ich komme zu dir.«

Es ertönte ein Geräusch, als ob etwas Hölzernes – vielleicht ein Hocker – über einen Steinboden geschoben wurde, und kurz darauf tauchte eine zierliche Frau in der Tür auf. Alles an ihr lachte mich an, die aufrechte Körperhaltung, die verschiedenen bunten T-Shirts, Tuniken und Westen, die sie übereinander trug, das helle herzförmige Gesicht, eingerahmt von wilden roten Locken, die nussbraunen Augen und die schmalen, aber fein geschwungenen Lippen.

»Ich bin Jane«, stellte sie sich vor. »Jane la Belleigne. Aber nenn mich einfach Jane.«

Ich ergriff die schmale Hand, die sie mir entgegenstreckte, und war überrascht von dem kräftigen Druck ihrer schmalen Finger und dem Schwung, mit dem sie meinen ganzen Arm schüttelte.

»Deine Großtante Grace und ich kennen uns schon seit mindestens elf Jahrtausenden.« Sie lachte ein witziges keckerndes Lachen. »So zumindest kommt es mir vor. Und umso glücklicher bin ich, dass du mir ein wenig behilflich sein willst.«

»Okay.« Unschlüssig blickte ich mich in dem vollkommen leeren Glasraum um. »Was soll ich denn überhaupt machen? Ich bin nämlich nicht sonderlich geschickt mit den Händen, wenn du verstehst, was ich meine.«

»Also, du musst hier ganz sicher nichts tun, was dir nicht zusagt«, erwiderte Jane und ein leicht verlegenes Lächeln umspielte ihre Mundwinkel. »Ich weiß ja nicht, ob Grace es dir gesagt hat, aber der Lohn für deine Arbeit wird nicht besonders üppig sein.«

»Oh ... ach so.« Ich nickte. »Dann ist es wohl eher als eine Art Beschäftigungstherapie gedacht.«

Jane zuckte mit den Schultern. »Deine Großtante befürchtet, dir könnte sonst womöglich die Decke auf den Kopf fallen«, meinte sie und seufzte leise. »Sie hat es dir also nicht gesagt!«

»Was?«

»Dass ich dir nicht mehr als lächerliche drei Pfund die Stunde geben kann.«

»Nein.« Ich schüttelte den Kopf. »Aber das macht überhaupt nichts. Ich bin ja nicht hier auf Guernsey, um Geld zu verdienen, sondern weil Tante Grace ...«

»Ja, das dachte ich mir«, unterbrach sie mich grinsend und seufzte dann gleich noch einmal. »Das bedeutet im Klartext, dass du am liebsten sofort wieder die Biege machen würdest, stimmt's?«

»Nein«, sagte ich und das war eine absolut ehrliche Antwort.

Natürlich war die Aussicht, auf der Stelle wieder heimfahren und die Zeit mit Gordy verbringen zu können, außerordentlich verlockend. Doch irgendwie genoss ich es auch, hier zu sein. Es tat gut, die Nordsee ein paar Kilometer entfernt zu wissen und mit jemandem Kontakt zu haben, der nichts mit Nixen zu tun hatte und mit dem ich über all das auch nicht sprechen musste. Zumindest hoffte ich, dass Jane die Morde auf Sark und das Abschlachten der sogenannten *Mörderbestie* nicht zum Thema machen würde.

»Fein«, sagte sie jetzt, »dann könnten wir ja so eine Art private Abmachung treffen, wenn du magst.«

»Klar.«

»Ich erkläre dir, was ich vorhabe, und du entscheidest, wann und wie oft du kommen willst, um mir dabei zu helfen, okay?«

»Klingt super.« – Wenn zudem noch Tante Grace mitspielte! – »Und was soll ich jetzt tun?«

»Kisten raustragen ... Und zwar von dort drinnen ...« Sie deutete hinter sich und zeigte anschließend auf den Boden des Glasraums, der aus breiten dunklen Holzdielen bestand. »... nach hier draußen.«

»Aha?«

»In den Kisten befindet sich Schmuck«, erklärte sie mir.

»Den du entworfen und hergestellt hast?«

»Genau«, bestätigte sie. »Heute Nachmittag werden zwei Thekenvitrinen und ein Schrank angeliefert.«

Ich runzelte die Stirn. »Wenn ich nicht mehr hier bin?«

»Beim Aufstellen der Vitrinen können mir die Anlieferer helfen«, meinte Jane. »Das sind in der Regel kräftige Männer. Für uns zarte Geschöpfe sind die Dinger ohnehin viel zu schwer. Wir stellen jetzt erst mal die Kisten raus. Danach trinken wir einen Kaffee oder eine heiße Schokolade. Und morgen beginnen wir damit, den Schmuck in die Vitrinen zu räumen. Wir haben ein paar Tage Zeit dafür. Die Neueröffnung ist nämlich erst am nächsten Wochenende. Also alles halb so wild«, setzte sie grinsend hinzu, knuffte mich leicht in die Seite und wandte sich um. »Dann komm mal mit.«

Ich folgte ihr in den angrenzenden Raum, der nur ein winziges Sprossenfenster und eine weitere Tür hatte und auch ein wenig kleiner war als der gläserne Anbau.

»Den Wintergarten habe ich mir im letzten Jahr geleistet«, erzählte sie. »Allmählich wird es Zeit, dass ich ihn auch nutze.«

»Heißt das, du hast deinen Schmuck bisher nicht ausgestellt?«, fragte ich, während ich mich umsah.

Der Boden bestand aus blaugrauem Granit und gab mir das unangenehme Gefühl, verschluckt zu werden. Zwar waren die Wände in einem hellen Creme gestrichen, doch das konnte seine Wirkung nicht entfalten, da ringsherum bis knapp unter die Zimmerdecke Pappkisten aufgestapelt waren.

»Nicht hier«, war Janes knappe Antwort, und ich kapierte sofort, dass es besser war, nicht nachzuhaken.

»Okay«, sagte ich also nur. »Und die sollen alle in den Wintergarten?«

»Nein, nur diese hier.« Jane deutete auf die Kisten, die an der Wand standen, in der sich das Fenster befand. Sie zog eine Trittleiter heran, und mir fiel auf, dass sie ihren linken Fuß ein wenig nachzog.

»Soll ich das nicht lieber machen?«, bot ich an.

»Ja, gut.« Sie war sofort einverstanden. »Du reichst sie mir, und sobald wir eine Reihe abgetragen haben, bringen wir sie raus.«

Mir schien es zwar sinnvoller zu sein, zuerst die Vitrinen aufstellen zu lassen, ich hütete mich aber, etwas in dieser Richtung zu äußern. Das hier war Janes Laden. Sie würde schon wissen, was sie tat.

Und so arbeiteten wir eine gute halbe Stunde schweigend vor uns hin, dann standen annähernd vierzig Kisten in der Mitte des Wintergartens.

»Sehr gut.« Janes braune Augen strahlten. »Das ging viel schneller, als ich dachte. Tja«, fuhr sie achselzuckend fort, »aber normalerweise habe ich ja auch keine Hilfe.«

Vielleicht irrte ich mich, aber ich glaubte, eine Spur von Wehmut in ihrer Stimme vernommen zu haben. Unentschlossen sah ich sie an und sie bemerkte mein Zögern sofort.

»Was ist?«

»Ähm ...«

»Jetzt sag nicht *nichts*«, kam sie mir zuvor.

»Na ja ...« Ich zog die Schultern hoch. »Das klingt irgendwie ein bisschen ... einsam.«

»Ich lebe allein und ich bin oft einsam, das stimmt«, gab Jane unumwunden zu. »Das bedeutet aber nicht, dass ich keine Freunde habe. Sie sind nur ...«

»Was?«

Sie winkte ab. »Ach, nichts.«

Ich versuchte ein Lächeln. »Jetzt hast *du nichts* gesagt.«

Jane nickte. »Ja, hab ich.« Wieder so eine knappe Antwort, die mir signalisierte, dass Nachhaken keinen Sinn hatte, und allmählich begann ich, mich zu fragen, wer von uns beiden diese *Therapiestunden* eigentlich nötiger hatte.

»Ich mach uns jetzt mal einen Latte macchiato«, sagte Jane, umrundete die Kisten und verließ den Wintergarten.

Ich lief ihr hinterher und überlegte, wie alt sie wohl sein mochte. Weil sie sehr zierlich war und sich so hippiemäßig kleidete, wirkte sie fast noch wie ein Mädchen, trotzdem kam ich zu der Überzeugung, dass sie mindestens dreißig sein musste.

Jane führte mich zum Eingang des Haupthauses, einer weißen Holztür mit einem quadratischen Fenster, das den Blick nach innen durch eine zarte pinkfarbene Spitzengardine abschirmte.

Wir betraten einen schmalen Flur, der in ein großes helles Zimmer mündete, welches offensichtlich Wohnraum und Küche zugleich war. Ein warmer honigartiger Geruch schlug mir entgegen, der irgendwie nicht so recht zu dieser Insel passen wollte, aber ich fühlte mich sofort wohl.

Durch ein riesiges Fenster und eine weit offen stehende doppelflügelige Glastür fiel Sonnenlicht herein. Dahinter lag ein total verwilderter Garten mit einem recht großen Teich, an dem eine Bank aufgestellt war sowie ein schnörkeliger runder Eisentisch, der bereits reichlich Patina angesetzt hatte.

»Geh ruhig schon mal raus, ich bin sofort bei dir!«, rief Jane mir zu und verschwand geschäftig hinter einer Art Tresen im Küchenteil.

Ich lief durch weiches, beinahe wadenhohes und von gelben Blüten durchsetztes Gras.

Mit jedem Schritt, den ich auf den Teich zumachte, juckten meine Knöchel heftiger, und ich war bereits drauf und dran umzudrehen, aber da hatte ich ihn bereits unmittelbar unter der Wasseroberfläche schwimmen sehen – den kleinen, nicht viel mehr als einen halben Meter messenden Hai!

Vermisst

Keine Ahnung, wie ich es hinbekommen hatte, mir nichts anmerken zu lassen, vielleicht hatte ich einfach genug Zeit, mich zu fangen, bis Jane mit einem kleinen runden Silbertablett hinter mich trat.

»Kaum zu glauben, dass er mal in ein Aquarium gepasst hat, nicht wahr?«, bemerkte sie über meine Schulter hinweg.

»In ein Aquarium?«, erwiderte ich und bemühte mich um einen möglichst unaufgeregten Tonfall. »Er ist also ein Süßwasserhai?«

»Nicht direkt.« Jane stellte das Tablett, auf dem sich zwei Gläser Latte macchiato und ein Teller mit Kokoskeksen befanden, vorsichtig auf den Tisch. »Er verträgt nämlich auch Salzwasser.«

Ich riss meinen Blick vom Teich los und ließ mich auf die Bank sinken. »Und wo hast du ihn her?«

»Geerbt«, antwortete Jane. »Sozusagen.«

»Von deinen Eltern?«

Sie schüttelte den Kopf, nahm ein Kaffeeglas vom Tablett und setzte sich neben mich. »Meine Eltern sind zwar tot, vererbt haben sie mir allerdings nichts.«

»Oh«, sagte ich. »Nicht einmal dieses Haus und das Grundstück?«

Jane nahm einen Schluck von ihrem Kaffee. »Es gehörte einem sehr guten Freund.«

»Der ebenfalls gestorben ist?«

Ein Schatten zog über Janes Gesicht. »Er hatte einen Unfall ... Aber das ist nun schon ein paar Jahre her.«

»Mein Vater ist auch bei einem Unfall ums Leben gekommen. Vor zweieinhalb Monaten.« Eigentlich wollte ich ihr das gar nicht erzählen – nicht, nachdem ich den Hainixjungen in ihrem Teich entdeckt hatte. In meinem Kopf wirbelte alles durcheinander, ich konnte mich kaum auf etwas konzentrieren, kein Wunder also, dass ich nicht Herr meiner Worte war.

»Ich weiß.« Jane nickte. »Grace hat es mir gesagt.«

Ich sah sie kurz an, dann nahm ich mir einen Keks vom Teller und biss hinein. Der Blick aus den leicht schräg gestellten aquamarinblauen Augen des Haijungen ließ mich nicht los. Ich hätte nicht sagen können, ob er gemerkt hatte, dass ich ihn erkannt hatte, und allmählich fragte ich mich immer mehr, ob nicht auch meine Großtante etwas über die Nixe wusste. Mittlerweile konnte ich mir kaum noch vorstellen, dass sie vollkommen ahnungslos sein sollte.

Aber warum hatte sie dann nie etwas gesagt? Sie müsste doch wissen, wer Cyril war – und Gordy ... und dass die beiden bis aufs Blut verfeindet waren.

Panik platzte in meinen Kopf. Hastig legte ich den angebissenen Keks auf den Teller zurück und sprang auf. »I-ich muss los«, stotterte ich. »Tut mir leid, aber ich habe total vergessen, dass ich noch mit jemandem verabredet bin.«

»Okay.« Jane sah mich irritiert und auch ein wenig enttäuscht an. »Na ja, macht ja nichts«, meinte sie mit Blick auf mein nicht angerührtes Glas. »Ich liebe Latte macchiato und ... ähm ... morgen ist ja auch noch ein Tag. Du kommst doch, oder?«

Ich nickte, denn ich wusste nicht, was ich sonst tun oder sagen sollte. Zuerst musste ich mit Gordy sprechen beziehungsweise überhaupt sicher sein, dass ihm während meiner Abwesenheit nichts zugestoßen war!

Ich machte mir nicht die Mühe, das Fahrrad irgendwo abzustellen, sondern ließ es einfach in der Kieseinfahrt zu Boden rasseln, rannte den Plattenweg entlang auf das Haus zu, stieß die Tür auf und stürmte zwei Stufen auf einmal nehmend nach oben.

Gordy war nicht da! – Weder saß er auf einem der Sessel noch hatte er sich zwischen den Blumenkübeln oder im Badezimmer verkrochen.

Ich stürzte auf den Balkon hinaus und ließ meinen Blick über die Gartenterrassen, die Klippen und das Meer gleiten. – Nichts!

Mein Herz raste in meinem viel zu engen Brustkorb, mein linker Knöchel juckte, während der rechte sofort wie verrückt zu brennen anfing. Ich hatte das Gefühl, als ob das Hautstück, das sich nach meiner Verletzung am Unterschenkel gelöst hatte, in Flammen aufging.

»Was, um Himmels willen, ist passiert?«

Ich hatte Tante Grace nicht kommen hören und fuhr vor Schreck zusammen.

»Wo ist Gordian?«, presste ich hervor.

»Wollte er nicht schwimmen gehen?«

Für meinen Geschmack kam diese Antwort einen Tick zu spät.

»Nein.« Mein Magen schmerzte vor Angst und Übelkeit. Ich krümmte mich über dem Geländer zusammen und hoffte noch immer, ihn jeden Augenblick zwischen den Felsen zu entdecken. »Er müsste längst zurück sein.«

»Bist du sicher?« Tante Grace legte mir ihre warme Hand zwischen die Schulterblätter. »Ich meine, du bist gerade einmal anderthalb Stunden weggewesen. Gordian weiß doch, dass du eigentlich bis vierzehn Uhr bei Jane arbeiten sollst. Oder nicht?«

Sie hatte recht. Sie hatte ja sooo recht. Und trotzdem: Ich traute ihr plötzlich nicht. Vielleicht diente ihr Versuch, mich zu beruhigen, allein dem Zweck, dass ich vorerst nicht weiter nach Gordy suchte. Kyan, Liam, Zak und die anderen Delfine waren eine wahrhaft ernst zu nehmende Bedrohung gewesen, die Hainixe jedoch, die es seit langer Zeit gewohnt waren, sich unentdeckt an Land zu bewegen, bedeuteten eine echte, eine akute Todesgefahr für ihn. Ich mochte gar nicht darüber nachdenken, wie lange Gordy gebraucht hatte, bis er Cyrils Identität entlarvt hatte. Und auch ich, die ich zwar Javen Spinx und Cyril als ziemlich außergewöhnlich wahrgenommen hatte, war mir alles andere als sicher, dass ich jeden Hainix sofort erkennen würde. Tante Grace konnte ebenso gut einer sein.

Aber ich musste mich verdammt noch mal zusammenreißen – es nützte Gordy nichts, wenn ich jetzt den Kopf verlor. Nur wenn ich meinen Verstand gebrauchte, würde ich ihm helfen können. Und so antwortete ich endlich so lässig wie möglich: »Ja, natürlich. Warum sollte er in meinem Zimmer herumhängen, obwohl er doch genau weiß, dass ich überhaupt nicht hier bin?«

»Wie sollte er überhaupt hineingekommen sein?«, erwiderte meine Großtante.

Ich sog tief Luft in meine Lungen und mit dem Ausatmen richtete ich mich auf. »Er hätte sich an dir vorbeischleichen können.«

»Das würde ich ihm nicht geraten haben«, sagte Tante Grace. »Ein wenig hätte ich schon gerne noch die Kontrolle über mein Haus.«

Sie klang wie die Großtante, die mich vor fünf Wochen am Flughafen in Empfang genommen und die ich als Kind so geliebt hatte, und in diesem Moment wünschte ich mir aus tiefstem Herzen, dass mein Misstrauen ihr gegenüber und dieser schreckliche Verdacht absolut unbegründet waren.

»Wenn ich du wäre, würde ich in seinem Zimmer im Gästehaus nachschauen oder ihn in der Vazon oder der Cobo Bay suchen«, empfahl sie mir jetzt. »Vielleicht sitzt er gerade in einer Sandwichbude und nimmt eines dieser ungemein proteinreichen Fischgerichte zu sich.«

Die Ironie in ihrer Stimme beruhigte mich ein wenig. Doch die Angst um Gordy konnte sie damit nicht vertreiben.

Noch einmal atmete ich tief ein und aus. »Okay«, sagte ich. »Das ist ein guter Tipp, das mache ich.«

Tante Grace tätschelte mir den Rücken. »Fein. Ich erwarte dich dann wie gewohnt so gegen sechs zum Abendbrot. Und wie gesagt: Dein Gordian ist mir jederzeit willkommen.«

Im Grunde war es reine Zeitverschwendung gewesen, im Gästehaus nachzuschauen, und auch jetzt, während ich den Küstenweg entlangraste, überlegte ich, ob ich das Richtige tat. Wäre meine Großtante tatsächlich ein Hai, der es darauf anlegte, Gordy zu vernichten, hätte sie mich bestimmt in die falsche Richtung gelenkt.

»So ein Quatsch, sie ist kein Hai«, murmelte ich. »Und selbst wenn, wäre sie auf meiner Seite.« Davon zumindest wollte ich überzeugt sein. Denn ich hätte nicht gewusst, wo ich Gordy sonst hätte suchen sollen. Auf Lihou Island? Oder an der Südküste? – Das eine wäre so absurd wie das andere. Ohnehin hätte ich keine Chance, ihn im Meer zu finden. Was das anging, war ich ein Krüppel. Man hätte mir die modernste Tauchausrüstung mit Flossen und Sauerstoffgerät zur Verfügung stellen können, ich wäre nicht in der Lage gewesen, ihm zur Seite zu stehen.

Keuchend erreichte ich das Vazon Bay Café. Völlig außer Atem und mit buchstäblich letzter Kraft hievte ich das Rad in den Ständer neben der Eingangstür.

Natürlich war Gordy nicht hier. Der Tag war viel zu schön, der Himmel viel zu blau und die Sonne viel zu strahlend, als dass er es gewagt hätte, sich in die Öffentlichkeit zu begeben. Wie töricht ich doch war!

Zitternd stakste ich zu meinem Fahrrad zurück und machte mich auf den Rückweg. Ich war total am Ende vor Angst um Gordy, und es war ein reines Wunder, dass ich keinen Unfall baute, allerdings rasselte ich auf der Kieseinfahrt zu Tante Gracies Grundstück zum zweiten Mal seit meiner Ankunft auf Guernsey beinahe mit Ruby zusammen.

»Verdammt noch mal, was machst du hier?«, blaffte ich.

Kopfschüttelnd sah sie mich an. »Was ist denn mit dir los?«

»Gordy«, sagte ich, dann fing ich an zu heulen.

»Oh nein.« Hastig klappte Ruby den Ständer raus, fasste mich bei den Schultern und bohrte ihren Blick in meinen. »Was ist passiert?«

»Er ist verschwunden.«

»Seit wann?«

»Ein oder zwei Stunden.«

Ruby starrte mich ungläubig an. Plötzlich lachte sie los. »Das ist jetzt nicht dein Ernst!«

»Was meinst du?«

»Du bist ja ...« Sie ließ die Hände von meinen Schultern gleiten und fasste sich an die Stirn.

»*Was?*«

»Na ja, *zwei* Stunden ...«, entgegnete sie. »Ich trau mich fast nicht, das zu sagen, aber überleg doch mal ... Da müsste ich mir wegen Ashton ja auch ständig Sorgen machen.«

»Tust du das etwa nicht?«, erwiderte ich aufgebracht und wieder einmal flog in meinem Kopf alles durcheinander. Die Angst um Gordy, das, was Tante Grace mir über Rubys jüngeren Bruder erzählt hatte, und der kleine Haijunge in Janes Teich waren nur Teile davon. Ich wollte Ruby nur zu gern alles erklären, aber ich wusste einfach nicht, wo ich anfangen sollte.

»Nein, tu ich nicht«, sagte sie jetzt ziemlich wütend. »Ashton ist alt genug, um auf sich selbst aufpassen zu können. Was hast du bloß immer mit ihm?«, fauchte sie mich an. »Nur weil er an Tourette leidet, muss man ihn doch nicht wie ein kleines Kind behandeln.«

»Das sag ich ja gar nicht. Und darum geht es auch nicht.«

»Worum dann?«

»Können wir vielleicht erst mal hochgehen?«, presste ich hervor. »Es muss ja nicht jeder gleich mitkriegen, worüber wir streiten.«

»Elodie!« Ruby verzog das Gesicht. »Wir streiten doch nicht.«

»Was denn?«

Ruby biss sich auf die Unterlippe.

»Du bist ziemlich durch den Wind«, sagte sie schließlich. »Und ich ... ich bin es übrigens auch.«

Warum sie das war, erzählte sie mir fünf Minuten später, als wir uns in meinem Zimmer gegenübersaßen. Und was sie mir da eröffnete, war in der Tat alles andere als beruhigend.

»Bist du auch ganz sicher, dass Joelles Cousin keinen Mist erzählt hat?«, vergewisserte ich mich.

Ruby schürzte die Lippen. »Morgen oder übermorgen wird es durch die Medien gehen«, erwiderte sie. »Spätestens dann wissen wir es genau. Außerdem ... Warum sollte Louie lügen? Das passt doch überhaupt nicht zusammen.«

Ich nickte stumm vor mich hin und versuchte, die Bedeutung dieser Neuigkeit zu erfassen. Doch so sehr ich auch grübelte, es erschloss sich mir einfach nicht, was die Londoner Pathologen damit bezweckten, wenn sie diese offensichtliche Unwahrheit in die Welt setzten.

»Hat Louie den Delfin denn auch wirklich gesehen?«, hakte ich noch mal nach.

»Joelle sagt Ja.«

»Aber das kann nicht sein, ich weiß doch, was *ich* gesehen habe!« Nämlich einen menschlichen Körper, den die Fischer und die Hafenpolizei aus dem Wasser gezogen haben. »Außerdem hat Gordy mir schließlich gesagt, dass es Elliot war, den sie getötet haben.«

»Na ja«, meinte Ruby. »Es muss ja nicht zwangsläufig Elliots Körper gewesen sein, den die Pathologen Louie gezeigt haben.«

Ich atmete geräuschvoll aus. »Du denkst ...?«

»Ich checke nur die Möglichkeiten«, unterbrach sie mich. »Und eine davon ist zweifellos die, dass sie Joelles Cousin auch *irgendeinen* toten Delfin gezeigt haben könnten.«

Ich schüttelte den Kopf. »Und was bezwecken sie damit?«

»Na, das ist doch wohl klar«, entgegnete Ruby. »Die Polizei will vertuschen, dass sie einen Menschen totgeschlagen haben. Außerdem gewinnen die Behörden so ein wenig Zeit. Die Leute hier brennen doch darauf, dass der Fall endlich geklärt wird.«

»Glaubst du nicht, dass sie Elliots DNA schon längst entschlüsselt haben?«, fragte ich.

»Keine Ahnung.« Ruby zog die Mundwinkel ein. »Ich weiß nicht, wie lange man dafür braucht.«

»Okay«, überlegte ich, »anhand des Spermas haben sie ja bereits festgestellt, dass die *Möderbestie* eine Mutation, also eine Kreuzung aus Mensch und Delfin sein muss. Die Frage ist, was die Behörden daraus schließen, und vor allen Dingen, wie sie weiter vorgehen werden.«

»Da gibt es eigentlich nicht viele Möglichkeiten«, sagte Ruby schulterzuckend. »Wenn ich sie wäre, würde ich denken, dass sich irgendwann einmal ein Mensch und ein Delfin miteinander gepaart haben.« Sie tippte sich an die Schläfe. »Stichwort: Kreuzung!«

»Das ist doch kompletter Unsinn«, gab ich zurück. »Jeder

Idiot weiß, dass das gar nicht funktionieren kann. Gordy hat auch gesagt, dass es das nicht gibt.«

Ruby sah mich an und schluckte. Eine Mischung aus Sorge und Missbilligung machte sich auf ihrem Gesicht breit.

»Es sind die Mythen, die sich seit Hunderten von Jahren um die Meere ranken und die einzig und allein unserer Ignoranz entspringen«, sagte sie düster. »Wir halten nur das für real, was wir mit eigenen Augen sehen können. Der große Rest ist Religion und Aberglaube.« Sie verdrehte seufzend die Augen. »Und da die Meere und ihre Bewohner noch weitestgehend unerforscht sind, halten wir Menschen offensichtlich alles für möglich.«

»So groß ist der Unterschied zu den Nixen gar nicht«, hielt ich dagegen. »Auch sie haben ihre Legenden. Niemand dort unten im Meer weiß, wie die Welt hier oben bei uns tatsächlich aussieht.«

»Doch«, erwiderte Ruby. »Die Hainixe! ... Und weißt du, was? Ausgerechnet jetzt scheint Cyril verschwunden zu sein.«

Mein Herz setzte einen Schlag aus. »Wie kommst du denn darauf?«, fragte ich irritiert.

»Ich weiß es von Aimee. Sie war auf Sark, in der Hoffnung, dort Kyan, Zak, Liam oder *Elliot* zu treffen.« Ruby stöhnte auf. »Mein Gott, die Arme weiß ja noch nicht einmal, dass er tot ist! Nicht, dass ich sie bedaure«, fügte sie achselzuckend hinzu, »aber, na ja, große Lust, ihr das zu stecken, habe ich genauso wenig.«

»Um Gottes willen, Ruby!«, rief ich entsetzt. »Das darfst du auf keinen Fall tun! Wir wissen doch gar nicht, ob ...«

»Keine Sorge«, fiel sie mir ins Wort. »Natürlich mache ich das nicht. Jedenfalls hat Aimee gehört, dass Cyril George versetzt hat. Er ist einfach nicht zum verabredeten Zeitpunkt erschienen.«

Ein merkwürdiger Druck breitete sich von meinem Magen in Richtung Brust aus. »Na und?«, sagte ich heftig. »Was bedeutet das schon! Ich meine, Cyril macht doch ohnehin, was er will. Wenn es ihm hier nicht mehr gefällt, dann haut er eben ab. Und zwar, ohne jemandem Rechenschaft darüber abzulegen.«

»Kann sein«, brummte Ruby. »Mein Gefühl sagt mir allerdings etwas anderes.«

»Seit wann hast du denn Gefühle für Cyril?«

»Ich habe keine *Gefühle* für ihn«, erwiderte sie aufbrausend. »Ich mache mir bloß *Sorgen* um ihn. Das ist alles.«

»Okay.« Ich hob beschwichtigend die Hände. »Seit wann ist er denn verschwunden?«

»Mindestens seit gestern Vormittag«, stieß Ruby hervor. »Wesentlich länger also als Gordian.«

Der Druck in meiner Brust verstärkte sich. »Was willst du damit sagen?«

»Gar nichts!«

Sie starrte mich an und ich starrte zurück.

»Du machst dir also Sorgen um Cyril, ja?«, brachte ich schließlich über die Lippen.

Wieder zuckte Ruby mit den Schultern. Sie sah ein wenig zerknirscht aus, sagte aber nichts.

»Vielleicht ist er ja absichtlich abgetaucht!«, fuhr ich sie an. »Cyril hasst Gordy. Womöglich hat er nur auf eine solche Gelegenheit gewartet. Er weiß, dass Gordian nicht tagelang an Land bleiben kann, sondern immer wieder ins Meer zurückmuss. Wahrscheinlich hat Cyril sogar ein paar Freunde zusammengetrommelt und ...«

Nein! Ich wollte diesen Gedanken nicht zu Ende denken. Aber ich konnte auch nicht einfach so hier sitzen bleiben und warten und hoffen, dass ich mich irrte und Gordy jeden Augenblick tropfnass und lächelnd auf dem Balkon auftauchte. Ich musste etwas tun!

Im Tiefensog

Diesmal war es mir egal, ob Tante Grace es mitbekam. Sollte sie mir doch hinterherlaufen und mich zur Ordnung rufen, meinetwegen konnte sie auch versuchen, mich von meinem Vorhaben abzuhalten – es würde ihr nicht gelingen.

Und so achtete ich auf nichts und niemanden, nicht einmal auf Ruby, als ich aus dem Zimmer und die Treppe hinunterstürzte, die Haustür hinter mir zuwarf und in den Garten hinauslief. Noch während ich rannte, riss ich mir die Klamotten vom Leib, bis ich nur noch Slip und BH trug, und dabei flog ich geradezu die Terrassen hinunter auf die Klippen zu.

Ein ganzes Stück weit draußen glaubte ich, zwei Köpfe zu sehen, schwarz der eine, etwas heller der andere. Vielleicht irrte ich mich auch; was das Meer anging, war ich mir inzwischen ganz und gar nicht mehr sicher, wann etwas real oder bloß eingebildet war. Es schien ein böses Spiel mit mir zu treiben, aber darüber mochte ich jetzt nicht nachdenken, ich wollte einfach nur verhindern, dass Gordian etwas zustieß.

»Gordy!«, brüllte ich, so laut ich konnte. »Goooordiiiie! Cyriiil! Cyril, bitte, tu ihm nichts an. Lass uns reden! Cyril, bitteee!«

Je näher ich dem Wasser kam, desto heftiger brannten meine

Beine. Ich spürte kaum noch den Boden unter den Füßen und auch nicht die spitzen Unebenheiten auf den Steinen, die mir in die Sohlen stachen.

Es war nicht das erste Mal, dass ich ins Meer stürzte, aber noch nie war es für mich vom Gefühl her so intensiv gewesen. Es hatte etwas Endgültiges, Unabwendbares, denn es war mir völlig egal, wie es ausging, und das machte mir die Entscheidung leicht.

Komm doch!, flüsterte das Meer, während es dunkel gegen die Klippen klatschte. *Du gehörst mir. Du hast schon immer mir gehört. Und jetzt werde ich dich endlich besitzen.*

Du wirst nicht viel Freude an mir haben, dachte ich, als ich zum Sprung ansetzte, es sei denn, es macht dir Spaß, Menschen zu töten. Einen Moment nur kamen mir Mam und Sina in den Sinn, und kurz bevor das Wasser über mir zusammenschlug, hörte ich noch Ruby und Tante Grace schreien. Ihre Stimmen verstummten mit dem Rauschen des Meeres in meinen Ohren und ich sank langsam hinunter in trübes, undurchdringliches Blau.

Ich wusste, dass ich nur ein paar Minuten hatte, aber ich wollte nichts unversucht lassen. Wenn Gordy noch lebte, wenn ich ihn irgendwie retten konnte, dann wollte ich alles dafür tun. Dass ich physisch dazu überhaupt nicht in der Lage war, zählte dabei nicht. Es war gegen jede Vernunft, aber ich konnte einfach nicht anders. Mein Inneres sagte mir, dass ich das einzig Richtige tat.

Und so überließ ich mich dem Ruf des Meeres, der mich immer weiter in die Tiefe zog, den dunklen Riffen und dem sandigen Grund entgegen. Das salzige Wasser brannte wie Feuer auf meiner Haut, doch ich verspürte keine Angst, alles kam mir ganz selbstverständlich vor. Ich glitt durch dieses fremde Element, als ob es meine zweite Heimat wäre. Mein Körper und das Meer waren eins. Es schmiegte sich an ihn und floss durch ihn hindurch. Ich »ertrank« ja nicht zum ersten Mal und kannte dieses unglaubliche Gefühl der Glückseligkeit, das mich dabei durchströmte. Aber diesmal war es anders. Intensiver. Geradezu überwältigend. Es berührte eine wunde Stelle in meiner Seele, die offenbar so tief vergraben gewesen war wie ein vor langer Zeit versunkener Schatz im Ozean, an den sich niemand mehr erinnern konnte.

Das Meer hatte auf mich gewartet und nun bekam es mich zurück. Ich öffnete mein Herz und schwamm mit langen, freudigen Zügen meinem Tod entgegen.

Niemals war ich mir selbst näher gewesen als in diesen Sekunden, und es dauerte eine Weile, bis ich begriff, dass ich gar nicht gestorben war.

Ich spürte kein Brennen mehr, sondern ein Streicheln, das so sanft wie eine Daunenfeder über meinen Körper glitt, und ich sah gestochen scharf: Muscheln und Schnecken, die auf dem weichen Meeresgrund lagen, wogende Algen und winzige Krebse, die in den Spalten der Riffe verschwanden.

Ich hatte die Arme eng an meinen Rumpf gelegt, meine Hüften und meine Beine schlugen im Rhythmus unsichtbarer Wellen und bewegten mich so schnell vorwärts, dass die Fischschwärme, die mir entgegenkamen, erschrocken auseinanderstoben und blitzartig zwischen den Felssteinen Zuflucht suchten.

Bei allem, was ich tat, atmete ich in vollen Zügen. – Ich atmete Wasser! – Und im selben Augenblick, als ich das begriff, erschrak ich so sehr, dass mir für einen Moment die Sinne schwanden. Mein Körper erschlaffte und ich trudelte unkontrolliert auf ein Riff zu. Kurz bevor ich dagegen zu schlagen drohte, riss ich reflexartig die Hände hoch und stützte mich an einem Felsvorsprung ab.

Meine Arme zitterten und mein Herz pulsierte schnell und fest. Obwohl ich ahnte, nein: wusste und fühlte, was passiert war, wagte ich kaum, an mir herunterzuschauen. Wie benommen starrte ich gegen das mit weichen Pflanzen und schillernden Muscheln überwucherte Riff und tat noch ein paar tiefe Atemzüge, bevor ich meinen Blick schließlich langsam an meinem Körper hinabgleiten ließ.

Bis zur Taille war alles noch so, wie ich es kannte. Rosige zarte Haut spannte sich über einen schlanken Menschenleib, auch mein Nabel saß an der gewohnten Stelle, doch nur wenige Zentimeter darunter ging meine alte Haut in eine neue, silbern schimmernde über. Anstelle meiner Beine und Füße besaß ich nun einen glatten Fischschwanz, der in einer Doppelflosse endete.

Ich wollte ein Keuchen ausstoßen, musste allerdings feststellen, dass das unter Wasser gar nicht möglich war. Mein Atem ging für ein paar Augenblicke ein wenig schneller, das war alles.

Plötzlich packte mich die Furcht, dass mich jemand bei meiner Verwandlung beobachtet haben könnte. Wie ertappt riss ich den Kopf hoch und sah mich nach allen Seiten um. Ich fühlte mich, als hätte ich etwas Verbotenes getan.

Die Unterwasserlandschaft war wunderschön, viel farbenprächtiger, als ich sie mir vorgestellt hatte. Doch ich konnte mich nicht daran erfreuen, dazu wirbelten zu viele Dinge durch meinen Kopf. Ich brauchte jetzt einen sicheren Ort, an dem ich zu mir kommen, mich orientieren und meine Gedanken ordnen konnte.

Und so glitt ich vorsichtig im Schutz des Riffs weiter nach unten und suchte es nach einer Ausbuchtung, einem größeren Vorsprung oder einer Höhle ab. Letztere fand ich nicht, dafür jedoch eine Kuhle, die sich hinter einem hohen Felsen verbarg, der mich von seiner Form her an einen uniformierten Soldaten erinnerte. Hastig schlüpfte ich hinein und ließ mich in einen weichen Algensitz sinken.

Meine Flosse wogte in der recht starken Strömung hin und her, und ich spürte, dass ich über kräftige Muskeln verfügte, die mühelos dagegenhalten konnten. Außerdem fiel mir auf, dass ich ein Stück oberhalb, parallel zur Hauptflosse, noch zwei weitere, kleinere Flossen besaß.

Zögernd fuhr ich mit den Fingerkuppen über die silberne Haut. Von der Hüfte abwärts fühlte sie sich glatt an, als ich meine Finger jedoch zurückbewegte, nahm ich einen sanften Widerstand wahr, und bei genauerem Hinsehen bemerkte ich, dass die Fischhaut aus unzähligen winzigen Schuppen bestand.

Das Meer hatte mich nicht getötet, es hatte mich verwandelt! Aber welchen Grund, welchen Sinn hatte das? Warum war es passiert – und wie hatte es überhaupt geschehen können? Siebzehn Jahre lang war ich niemand anders als Elodie Saller gewesen – wer aber war ich jetzt?

»Du bist immer noch Elodie Saller«, hörte ich Sina sagen. »Wer sonst?«

Erleichtert schloss ich die Augen. Die Stimme meiner besten Freundin, dem vernünftigen, realitätsbezogenen Teil in meinem Leben, war zum Glück ebenfalls *immer noch* da.

»Du hast deinen Selbstmordversuch überlebt«, fuhr sie fort.

»Was hindert dich also daran, deine Mission zu einem glücklichen Ende zu führen?«

»Das war kein Selbstmordversuch«, wollte ich widersprechen, doch mit einem Mal spürte ich Gordy so stark in meinem Herzen, dass ich mir ganz sicher war: Er lebte! Und womöglich konnte er tatsächlich meine Hilfe brauchen.

Sina hatte recht. Was saß ich hier noch herum? Das Meer hatte aus mir – einem lahmen, hilflosen Menschenmädchen – eine schnelle, wendige Nixe gemacht und mir damit die Möglichkeit gegeben, Gordy zur Seite zu stehen.

Ich bin jetzt wie er, dachte ich, und eine Mischung aus Euphorie und erneut aufflammender Angst um ihn durchflutete mich.

Ich wollte mich gerade vom Riff abstoßen, da bemerkte ich links von mir eine Bewegung, und kurz darauf huschte hinter dem Felssoldaten ein länglicher Körper vorbei. Mein Herzschlag setzte aus. Blitzschnell zog ich den Schwanz hoch und duckte mich tief in die Kuhle. Durch einen schmalen Spalt zwischen dem Soldaten und dem Hauptriff sah ich, dass der Körper silbern schillerte, außerdem schien er eine ähnliche Größe zu haben wie ich. Möglicherweise ein Delfin oder ein Hai oder ein besonders stattlicher Rochen. Da ich mich nie für das Leben in den Meeren interessiert hatte, hatte ich auch keine Vorstellung davon, welchen Tieren ich hier im Ärmelkanal begegnen könnte. Und noch viel weniger wusste ich, wie gefährlich sie mir werden konnten.

Während ich über all das nachdachte und mich nach Kräften mühte, meine Furcht vor dem Unbekannten abzuschütteln, fiel mir auf, dass auf dem Grund kein Schatten zu sehen war.

Gordy!, durchzuckte es mich – und nicht einmal einen Atemzug später tauchte sein Gesicht hinter dem Soldaten auf. Seine Augen weiteten sich. Ungläubig starrte er mich an.

Elodie! ... Das ist doch wohl nicht möglich!

Gordy! Ich versuchte zu sprechen, aber das gelang mir natürlich nicht.

Warum bist du hier unten?

Er kam nun ganz hinter dem Soldaten hervor und musterte mich von oben bis unten. Fassungslosigkeit, Belustigung, aber auch Schrecken spiegelten sich abwechselnd in seiner Miene wider.

Ich hatte solche Angst um dich! Es ging mir einfach durch den Kopf, und mit einem Mal funktionierte es.

Du bist schon wieder ins Meer gesprungen! Obwohl du mir versprochen hast ...

Ja, verdammt, aber ich dachte, dass die Haie dich jagen, dass sie dich töten würden ...

Und da wolltest du mir helfen? Gordian schüttelte den Kopf. *Elodie, das ist wirklich zauberhaft, aber ...* Er brach ab und wieder huschte ein Schmunzeln über sein Gesicht. *Ich habe noch nie eine Nixe gesehen, die einen BH trägt. Wahrscheinlich hättest du die Haie allein schon durch deinen Anblick in die Flucht geschlagen.*

Ich zog eine empörte Grimasse. Wie konnte er sich in dieser Situation nur über mich lustig machen!

Ist dir eigentlich klar, was ich riskiert habe!

Das Schmunzeln verschwand und schlagartig wurde Gordians Ausdruck todernst. *Ja. Du hast dein Leben für mich riskiert. Und das nicht zum ersten Mal. Du musst endlich damit aufhören. Diesmal hätte ich dir nämlich nicht helfen können,* setzte er finster hinzu.

War ja auch nicht nötig, schnappte ich. *Diesmal habe ich mir selbst geholfen.*

Darum geht es doch gar nicht! Gordy senkte den Kopf, und als er kurz darauf seinen Blick wieder auf mich richtete, sah er tief verletzt aus. *Ich könnte es nicht ertragen, wenn du durch meine Schuld dein Leben verlierst*, sagte er leise.

Augenblicklich löste sich mein Zorn auf. Es war, als würde er einfach vom Meer davongetragen.

Siehst du!, sagte ich ebenso leise. *Ich hätte es auch nicht ertragen können!*

Mit einem sanften Flossenschlag bewegte ich mich auf ihn zu, legte meine Hände auf seine Schultern und streichelte zärtlich seinen Nacken hinauf. *Wir sollten nicht streiten, Gordy. Und uns gegenseitig Vorwürfe machen. Gerade jetzt, wo wir nicht mehr ...*

Er ließ mich nicht ausreden, sondern drückte kurz seine Lippen auf meine. Dann zog er mich fest in seine Arme. Stumm versank mein Blick in seinem. Im Grünblau des Meeres leuchteten seine Augen noch schöner und auch die Berührung seiner Haut auf meiner fühlte sich hier unter Wasser viel intensiver an.

Gut, dass ich diesen BH trage, scherzte ich.

Gordy legte seine Stirn auf meine. Und dann küsste er mich. Liebevoll umschlossen seine Lippen meinen Mund und seine Zunge strich sachte über meine. Mein Herz erzitterte unter diesem Kuss, und wären wir an Land gewesen, hätte ich sicher für eine Weile den Atem angehalten. Das Meer jedoch schien seinen eigenen Gesetzen zu folgen. Es war körperlicher als Luft, es atmete mich und es atmete Gordy, strömte durch meine und seine Lungen und umspielte auf eine geradezu betörende Weise unsere Körper. Vollkommen befreit von der Angst, die

Kontrolle verlieren und mich ertränken zu können, überließ Gordy sich seinen Gefühlen und küsste uns in einen Rausch, der uns alles um uns herum vergessen ließ.

Schon nach wenigen Augenblicken wusste ich nicht mehr, wo ich war, und es spielte auch keine Rolle, denn ich spürte nur noch ihn: seine Arme, die mich hielten, sein Herz, das mit meinem in völligem Gleichklang schlug, und seinen Delfinschwanz, der sich zart an meinen schmiegte.

Die Strömung trug uns mit sich fort, durch ein Meer von Farben und goldenen Lichtreflexen, und spielte mit uns, indem sie uns wie Tanzende umeinander drehte. Es war, als würde das Wasser unsere Seelen zu einer Einheit verschmelzen. Niemals zuvor hatte ich mich Gordy so nah gefühlt – und mich selbst dabei so frei.

Ein bedeutender Unterschied

Ich hätte ganz sicher nicht die Kraft gefunden, mich aus dieser innigen Umarmung mit Gordian zu lösen. Hätte das Meer nicht am Ende dieser Nacht entschieden, uns an Land zu spülen, hätte unser Tanz durch die Strömungen wohl noch ewig gedauert. So aber wurden wir plötzlich von einer starken Welle erfasst und im nächsten Moment spürte ich das sanfte Licht der Morgensonne auf meinem Gesicht. Ein schmerzhafter Druck legte sich auf meine Lunge und ich rang nach Atem.

»Nicht«, mahnte Gordy.

Noch einmal legte er seinen Mund auf meinen und beatmete mich mit Meerwasser, das sich allmählich mit Luft mischte. Der Druck auf meiner Lunge ließ sofort nach.

»Nixe sind es nicht gewöhnt, über Wasser zu atmen«, sagte er lächelnd.

»Ich schon«, erwiderte ich beinahe trotzig. »Oder hast du bereits vergessen, dass ich bis vor wenigen Stunden noch ein Mensch gewesen bin?«

»Das ist vorbei.« Gordy musterte mich voller Mitgefühl. »Luft wird nie wieder dein natürliches Element sein.«

Beklommen sah ich ihn an. Okay – ich hatte meine Verwandlung zwar am eigenen Leib erlebt, trotzdem fiel es mir schwer zu erfassen, welche Konsequenzen sich daraus ergaben und was das für mein weiteres Leben bedeutete.

»Hast du dich denn gar nicht gefragt, warum das passiert ist?«, fragte Gordian leise, während er mich mit einem Arm weiter fest umschlungen hielt und sich mit dem anderen an eine Felsspitze klammerte, die steil aus dem Wasser ragte und in einem dunklen Blau schimmerte.

»Aber sicher! Es ist passiert, damit ich dir helfen konnte!«

»Du hast mir aber nicht geholfen, Elodie.«

»Jetzt, wo du es sagst ...«, entgegnete ich mit einem Anflug von Selbstironie. »Es wäre mir beinahe gar nicht aufgefallen.«

Gordy sah mich an. Seine Miene war unergründlich, und um seine Augen lag noch immer dieser schmerzhafte Zug, der mich zunehmend beunruhigte. »Du solltest der Wahrheit endlich ins Gesicht sehen«, wisperte er.

»Okay, und was ist deiner Ansicht nach die Wahrheit?«, erwiderte ich aufgebracht.

»Nicht so laut.« Erschrocken legte er mir seinen Finger auf die Lippen. »Durch die hohen Felsen hier in der Moulin Huet Bay sind wir zwar einigermaßen vor den Blicken der Menschen geschützt, das heißt aber nicht, dass sie uns nicht hören können. Und solange sie keine Geräusche machen, nehmen wir sie leider nicht wahr.«

»Aber ... ich dachte, du kannst sie riechen«, stammelte ich.

»Nein.« Gordian strich mit seiner Nasenspitze über meine Wange. »Für mich gibt es nur einen einzigen Duft«, flüsterte er. »Deinen.«

Mein Puls schnellte in die Höhe und am liebsten wäre ich auf der Stelle mit ihm ins Meer zurückgeglitten, aber Gordy hielt mich fest.

»Ich habe gewusst, dass es passieren würde«, sagte er.

»Was? Dass ich mich verwandele? Dass ich in Wahrheit eine Nixe bin? Ein Delfin wie du!«

Gordy wich meinem Blick aus. »Und wenn du ehrlich bist, hast du es selber auch geahnt.«

»Was? Ich? Nein! Wieso?«

»Die Verletzung über deinem Knöchel ist nie richtig verheilt ...«

»Ja! ... Und?«

»In den Nächten, in denen du geträumt hast, dass dich jemand ertränken würde ...«, fuhr Gordian unbeirrt fort.

»Was ist da gewesen?«, rief ich ungeduldig.

Gordys Mundwinkel zuckten. »Es war nie jemand in deinem Zimmer.«

»Woher willst du das so genau wissen? Bloß weil mein Bettzeug nach mir gerochen hat, muss das noch lange nicht heißen ...« Ich stockte. »Du hast eben doch selber gesagt, dass es für dich ohnehin nur meinen Duft gibt. Woher also ...?«

»Ich weiß es einfach«, unterbrach er mich. »Und beim zweiten Mal war ich schließlich selbst dabei.«

Allerdings hatte er mir nicht erklären wollen, was geschehen war, und ich hatte vor dem Frühstück mit Tante Grace nicht mehr die Gelegenheit gehabt, deswegen noch weiter in ihn zu dringen. Inzwischen brauchte ich das nicht mehr, denn plötzlich war mir klar, was mein Traum und die Nässe in meinem Bett zu bedeuten hatten. Es mussten Vorboten für meine Verwandlung gewesen sein – ebenso wie das lose Hautstück, das sich nach meiner Verletzung über meinem rechten Knöchel gebildet hatte. Wie hatte ich all das bloß ignorieren können!

»Du hast recht«, erwiderte ich mit zitternder Stimme. »Ich

habe es geahnt ... Tief in mir drin.« Aber ich hatte es nicht wahrhaben wollen. Denn schließlich bedeutete es, dass ich meine Herkunft, meine Wurzeln nicht kannte – und dass meine Eltern womöglich gar nicht meine Eltern waren!

Ich richtete die Augen zum Himmel und öffnete meinen Mund zu einem verzweifelten Schrei. Aber noch bevor ich einen Laut von mir geben konnte, hatte Gordy mich bereits unter die Wasseroberfläche gezogen.

Meine Mam ist meine Mam, und mein Pa ist tot, das weißt du genauso gut wie ich!

Nur weil du es mir erzählt hast. Er versuchte, meinen Blick gefangen zu halten und sein Lächeln zu lächeln, um mich zu beruhigen, doch es gelang ihm nicht. Vielleicht hatte es jetzt, da ich genauso war wie er, seine Wirkung verloren.

Du wirst sie fragen müssen, sagte er. *Oder es hinnehmen.*

Irritiert sah ich ihn an. Dann schüttelte ich den Kopf. *Nein, es einfach hinnehmen ist ganz sicher das Letzte, was ich tun werde. Ich muss doch wissen, wer ich bin.*

Gordy nickte. *Vielleicht solltest du als Erstes mit deiner Großtante darüber reden,* schlug er vor.

Tante Grace? Wieso ausgerechnet mit ihr?

Weil sie dich kennt. Dich und deine Mutter.

Ich schüttelte den Kopf.

Elodie, überleg doch mal, sagte Gordian. *Weshalb wohnst du hier bei ihr? Warum bist du hergekommen?*

Deinetwegen! Dessen war ich mir inzwischen sicher, dessen wollte ich mir einfach sicher sein. Nur so ergab das Ganze überhaupt einen Sinn. – Zumindest einen, den ich gelten lassen konnte und der es mir erleichterte, das Ganze zu ertragen. *Und heute habe ich mich verwandelt, weil ich dir helfen wollte.*

Gordy seufzte. *Das mag vielleicht der Anlass dafür gewesen sein, dass es heute geschehen ist,* sagte er eindringlich. *Es ist aber nicht der Grund. Du musst etwas in dir tragen, das diese Verwandlung möglich gemacht hat.*

Ich wusste, dass er recht hatte, aber es fiel mir schwer, es zu akzeptieren. Denn es hätte womöglich bedeutet, dass meine Eltern mich adoptiert oder nur in Pflege genommen hatten. Allein die Vorstellung war schon unerträglich. Nach Pas Tod und allem, was mir in den letzten Wochen hier auf Guernsey widerfahren war, konnte ich das nicht auch noch verkraften.

Wieder einmal drohten die Dinge über mir zusammenzuschlagen. Ich fühlte mich diesen Veränderungen nicht gewachsen, und so schloss ich stöhnend die Augen, doch diesmal merkte Gordy sofort, was mit mir los war, und ließ es gar nicht erst zu, dass ich mich in mein Innerstes zurückzog.

Er nahm mein Gesicht in seine Hände, umschloss meine Lippen und ließ uns mit einem Flossenschlag wieder auftauchen. Ich atmete das Wasser aus seiner Lunge, das sich allmählich mit der Luft vermischte, und der schmerzhafte Druck in meiner Brust blieb aus.

»Bitte, Elodie, bleib hier«, beschwor er mich, während er mir mit den Daumen über die Wangen strich. »Du musst das alles nicht allein tragen. Ich bin doch immer bei dir.«

Ich schloss die Augen und überließ mich seiner Berührung. »Zumindest versuche ich es«, fuhr er stockend fort. »Ich kann dir gar nicht sagen, wie sehr ich es bereue, dass ich so weit hinausgeschwommen bin, aber ...«

»Gordy?«, fiel ich ihm ins Wort, denn nun drängte sich mit einem Mal ein ganz anderes Bild in den Vordergrund. Ich löste mich aus seiner Umarmung und sah ihn forschend an. »Bevor ich ins Wasser gesprungen bin, da habe ich dich und Cyril gesehen. Keine Ahnung, ob ich mir das nur eingebildet habe, aber ...«

»Hast du nicht.« Gordian seufzte leise. »Ich bin tatsächlich ein ganzes Stück in Richtung Atlantik geschwommen. Irgendwie habe ich wohl gehofft, Idis zu treffen oder ein anderes Mitglied meiner Familie. Aber sie kommen nicht gern in den Kanal, weil es hier so laut und schmutzig ist.«

»Und anstatt einem von ihnen bist du Cyril begegnet?«

»Nein, nicht begegnet«, erklärte Gordian. »Ich habe ihn gefunden ... nachdem ich Zaks Signale empfangen hatte. Er versucht, Kontakt zu anderen Allianzen aufzunehmen.«

»Wer? Zak?«

Gordy nickte. »Ich vermute allerdings, dass er das nicht von sich aus tut, sondern in Kyans Auftrag.«

Ich runzelte die Stirn. »Tut mir leid, aber ich verstehe nicht ...«

»Wahrscheinlich will er nicht erkannt werden«, sagte Gordy abfällig. »Kyan ist schon immer ein Feigling gewesen. Er führt seine Gruppe nicht, sondern benutzt sie für seine Zwecke.«

»Und du denkst, jetzt benutzt er Zak?«, fragte ich. »Wozu? Und was hat das alles mit Cyril zu tun?« Plötzlich stieg eine böse Ahnung in mir auf. »Ihr habt euch doch nicht etwa bekämpft!«

Gordy atmete geräuschvoll aus. »Wäre das so schlimm?«

»Ja, das wäre es«, bekräftigte ich.

»Siehst du.« Er berührte flüchtig meine Wange. »Auch das habe ich geahnt«, sagte er traurig.

»Cyril bedeutet mir nichts mehr, falls du das denkst«, beteuerte ich. »Noch nie hat sich jemand mir gegenüber so hinterhältig verhalten wie er. Das mit den Fotos hätte ich ihm vielleicht noch vergeben, aber dass er mich geküsst hat, nur um dich an meinen Gefühlen zweifeln zu lassen ... keine Ahnung, ob ich ihm das jemals verzeihen kann.«

»Wäre es dir lieber gewesen, er hätte dich geküsst, weil er dich liebt?«, entgegnete Gordy finster. »Keine Sorge, das tut er«, setzte er hinzu, bevor ich etwas erwidern konnte, und seine Stimme klang dabei erstaunlich fest. »Cyril hat es aus Liebe zu dir getan. Er wollte dich tatsächlich vor mir beschützen.«

»Aber das ist doch Unsinn!«

»Ist es nicht«, widersprach Gordian. »Zumindest wenn man es aus seiner Sicht betrachtet.«

Es war mir völlig schleierhaft, wie er das meinte, und ich konnte es kaum erwarten, das zu erfahren, aber er ließ mich abermals nicht zu Wort kommen.

»Nachdem ich im Begriff war, ihm das Leben zu retten ...«, begann er nun.

»Wie bitte!«, fragte ich ungläubig. »Du hast *was*?«

»Freu dich nicht zu früh, denn letztendlich war nicht ich es, sondern andere.«

»Was soll denn das schon wieder heißen?«, fragte ich ungeduldig. »Welche anderen?«

»Hainixe«, antwortete er knapp.

Seine Informationen waren zwar bruchstückhaft, trotzdem hatte ich auf einmal keine Mühe mehr, ihre Bedeutung zu erfassen und mit meinen eigenen Erkenntnissen zu verknüpfen.

»Jane und ihr Junge!«, stieß ich atemlos hervor.

»Nein.« Gordy stutzte. »Es waren Männer ...« Er brach ab und schüttelte den Kopf. »Wer zum Teufel ist Jane?«

»Die Silberschmiedin, bei der meine Großtante mir diesen Job verschafft hat.«

Auf seiner Stirn bildete sich eine tiefe Steilfalte. »Und die ist eine Hainixe?«

»Das weiß ich nicht«, sagte ich. »Eigentlich bewegt sie sich völlig normal. Das heißt, sie hinkt«, fügte ich nachdenklich hinzu. »Sie könnte also verletzt worden sein und sich deshalb nicht mehr so schnell und geschmeidig wie eine Nixe ...«

»Was ist mit dem Jungen?«, fuhr Gordy ungeduldig dazwischen.

»Er schwimmt bei ihr im Teich«, sagte ich stockend. »Sie hat ihn mir ... quasi gezeigt.«

»Sie hält einen Hai in ihrem Teich?«, hakte er nach. »Einen Flusshai, oder was?«

»Nein, einen Nix«, erwiderte ich eindringlich. »Ich habe den menschlichen Oberkörper unter seiner Hülle gesehen. Es ist ein Junge. Vielleicht sieben oder acht Jahre alt.«

Gordys Augen wurden immer größer. »Du hast ihn *gesehen?* Genau wie Idis?«

»Ja.« Ich nickte. »Genau *so.*«

»Und wie hat Jane reagiert? Hat sie es gemerkt?«

»Ich glaube, nicht. Sie war die ganze Zeit über völlig normal.«

»Gut.« Gordians Blick huschte über die dunklen, rund gewaschenen Steine, mit denen der Strand übersät war. »Wir müssen unbedingt leiser sprechen«, ermahnte er mich. »Da sind Leute.«

Ich blinzelte gegen die Sonnenstrahlen, konnte aber nichts erkennen. »Siehst du sie?«

»Nein«, sagte er, »aber ich höre sie. Und es sind auch nur Kinder. Die sind in der Regel allerdings besonders neugierig.«

»Okay«, fuhr ich wispernd fort. »Jedenfalls hatte ich plötzlich das Gefühl, dass dieser Job bei Jane so eine Art Falle sein könnte, um mich von dir wegzulocken und dich ungestört jagen zu können.«

»Nein«, hielt Gordy entschieden dagegen. »Ich glaube nicht, dass die Haie so etwas tun würden. Sie haben mich ja nicht einmal angegriffen, als sie mich mit Cyril sahen.«

Ich seufzte leise. »Willst du mir nicht endlich erzählen, was mit ihm passiert ist?«

»Das versuche ich ja schon die ganze Zeit.« Er seufzte ebenfalls, dann bedachte er mich mit einem zärtlichen Lächeln. »Komm her«, flüsterte er, fasste nach meiner Hand und zog mich in seine Arme. »Ich weiß, wie du dich fühlst. Ich spüre es mit jeder Zelle.«

Ich schmiegte meine Wange an seine Brust, fühlte seine Wärme und hörte den beruhigenden Klang seines pochenden Herzens – und schon ging es mir besser.

»Wenn du bei mir bist ...«, begannen wir gleichzeitig, sahen uns an und mussten lachen.

»... ist alles gut«, schloss Gordy und küsste mich sanft.

Ich küsste ihn zurück, dann legte ich meine Hände um seinen Nacken und sah ihm fest in die Augen. »Was ist mit Cyril?«

Gordians Miene wurde wieder ernst und seine Kiefermuskeln traten hervor. »Ich fand ihn bewusstlos am Meeresgrund.«

Mein Herz zog sich zusammen, und ich hatte Mühe, mir nicht anmerken zu lassen, wie sehr mich diese Nachricht erschütterte. Gordy hatte recht, Cyril war mir nicht gleichgültig, ich wollte nur nicht, dass er ständig zwischen uns stand.

»Was ist passiert?«, presste ich hervor. Ich musste an Ruby denken. Sie hatte sich also tatsächlich nicht grundlos um Cyril gesorgt.

»Kyan, Zak und Liam haben ihn angegriffen und so schwer verletzt, dass er ...«

»Was?«

»Vielleicht gestorben wäre, wenn ...« Gordy stockte.

»... du ihn nicht gefunden hättest?«, beendete ich zögernd seinen Satz.

»Ich glaube, schon.« Er nickte. »Er fühlte sich jedenfalls bereits sehr kalt und leblos an.«

Ich fasste das alles nicht. Weder dass Gordys ehemalige Delfinfreunde auf Cyril losgegangen waren noch dass ausgerechnet er ihm zu Hilfe kommen wollte.

»Wieso bist du überhaupt zu ihm geschwommen?«, fragte ich tonlos. »Du hättest ihn doch einfach ...« Nicht, dass ich das gewollt hätte. Und es imponierte mir auch, dass er Cyril nicht einfach sich selbst überlassen hatte – ich verstand nur nicht, wieso.

»Ich will keinen offenen Krieg zwischen den Delfinnixen und den Haien«, sagte Gordian. Er hob den Blick über meinen Kopf hinweg. »Außerdem hätte ich dir das nicht antun können.«

Wieder zog sich mein Herz zusammen.

»Was redest du denn da?«

»Ich weiß, dass dir noch immer etwas an Cyril liegt«, sagte Gordy. »Ich spüre es mit ...«

»Nein.« Ich schüttelte den Kopf. »Nein. Nein. Nein.«

»Und inzwischen weiß ich auch, warum.«

Ich starrte ihn an und kapierte nun überhaupt nichts mehr.

Gordys Blick drückte tiefe Verzweiflung aus. »Hast du wirklich nicht gesehen, was passiert ist? Ich meine, was mit *dir* passiert ist?«

»Doch. Natürlich. Ich habe mich verwandelt. Ich bin eine Nixe. Eine Plonx. Ich bin jetzt wie du!«

Gordy schluckte. »Bist du nicht«, wisperte er und deutete auf die Wasseroberfläche. »Ich sehe deinen Schatten, wie er auf den Wellen tanzt. Du nicht?«

Allerdings, ich sah ihn. Ich hatte ihn schon bemerkt, als ich tief unten im Meer hinter dem Felssoldaten im Riff gehockt hatte. Er war mir so selbstverständlich vorgekommen, dass ich keinen Gedanken daran verschwendet hatte.

»Dann eben eine Halbnixe«, erwiderte ich trotzig. »So groß wird der Unterschied schon nicht sein!«

»Elodie ...« Wieder umschloss Gordian mein Gesicht mit seinen Händen und zwang mich, ihm direkt in die Augen zu sehen. »Du wirst doch nicht vergessen haben, was ich dir über Mischwesen erzählt habe.«

Das Türkisgrün seiner Iris begann zu flimmern, und ich hatte das Gefühl, ohnmächtig zu werden. Zuerst dachte ich, dass *er* das mit mir tat, aber dann wurde mir sehr schnell klar, dass ich es selber war. Ich wollte der Wahrheit nicht ins Gesicht sehen. Alles in mir wehrte sich dagegen.

»Du bist keine Plonx«, sagte Gordy sanft, »sondern ein Mischwesen aus einem Menschen und einem ...«

»Neiiin!«, schrie ich. »Nein, Gordy ... bitte, sag es nicht.«

Neben uns rollten ein paar Steine ins Wasser und kurz darauf tauchte das runde Gesicht eines kleinen Mädchens hinter einer Klippe auf.

»Hat der Mann dir wehgetan?«, fragte sie besorgt.

»Ja, das hat er«, flüsterte Gordy, während er mich weiter ansah. »Und es zerreißt ihm fast das Herz, aber es musste sein.«

Ähnlichkeiten

Es ändert nichts, hörte ich Gordy sagen. *Mir ist ganz egal, wer du bist, ich liebe dich genauso sehr wie zuvor.*

Nachdem das Mädchen verschwunden war, hatte er mich gleich wieder unter die Oberfläche gedrückt. Wir waren bis zum Grund hinabgetaucht, und dort hatte er mich dann gezwungen, an mir herabzuschauen und den Unterschied zwischen seiner und meiner Schwanzflosse zu erkennen und damit zwischen ihm und mir.

Hast du es gewusst?, schrie ich ihn an. *Hast du geahnt, dass ich eine Hainixe bin?*

Es brachte mich fast um, weil es die Kluft zwischen uns wieder vergrößerte, vor allem aber, weil ich nun überhaupt keine Vorstellung mehr davon hatte, wer ich war, woher ich stammte und welchen Sinn das alles überhaupt hatte.

Nein, erwiderte Gordy leise. *Ich habe so sehr gehofft, dass du …* Er wollte mir über die Wange streicheln, aber ich drehte mein Gesicht zur Seite.

Ich fühlte mich innerlich so wund, dass ich keine Berührung ertragen konnte, nicht einmal seine.

Wir schwimmen jetzt in die Perelle Bay zurück, sagte Gordy. Er umfasste meine Taille und zog mich entschlossen weiter. *Wir reden mit deiner Großtante. Wir sagen ihr alles. Und wenn ich alles sage, dann meine ich das auch so.*

Ich war wütend auf ihn, aber ich ließ mich widerstandslos von ihm forttragen. Ohnehin hatte ich keine Wahl. Seit ein paar Stunden war mein ganzes bisheriges Leben so weit entfernt von mir selbst, dass ich plötzlich nicht einmal mehr Trauer oder Schmerz verspürte.

Gordian hielt mich fest umklammert und huschte mit schnellen geschmeidigen Bewegungen durch die felsige Unterwasserlandschaft, stets in Bodennähe und immer wieder um sich blickend. Ich spürte seine Unruhe und das machte auch mich zunehmend nervös.

Glaubst du, dass Kyan uns auflauert?

Ich traue ihm alles zu, erwiderte er.

Die Erinnerung an Gordys Kampf mit Kyan in der letzten Woche jagte mir einen Schauer über den Rücken. Als Plonx - also halb Mensch, halb Delfin - mochte Gordy ihm vielleicht überlegen sein, denn Kyan, Zak und Liam waren immer nur das eine oder das andere und damit *entweder* langsamer *oder* weniger beweglich, zumindest was den Einsatz ihrer Arme betraf, die in den Seitenflossen gefangen waren. Im Gegensatz zu Gordian war Kyan jedoch alles andere als friedliebend, und sein Hass verlieh ihm eine mörderische Kraft, die es erst mal zu besiegen galt. Würden alle drei zugleich über uns herfallen, hätten wir definitiv keine Chance.

Ich spürte, wie ein Adrenalinstoß meinen Herzschlag beschleunigte und die Muskeln meines Haischwanzes in Bewegung setzte. Aus den Tiefen meines Beckens stieg jetzt eine Energie in mir auf, die ich so noch nie empfunden hatte, und mit einem Mal war es ganz und gar unmöglich für mich,

mich noch weiter von Gordy ziehen zu lassen. Mein Zorn auf ihn war verraucht und die Sorge um meine Abstammung kam mir auf einmal lächerlich vor. Stattdessen plagte mich nun ein ganz anderer Gedanke.

Hältst du es für möglich, dass Kyan einen Krieg provozieren will?

Nein. Gordians Antwort kam ohne das geringste Zögern. *Dazu ist er zu egoistisch und vor allem auch zu feige. Er greift andere nur an, wenn er sich ganz sicher ist, dass sie in der Unterzahl sind. Das allerdings kann man bei den Haien nie wissen. Sie bilden zwar keine Allianzen, sondern kämpfen in der Regel jeder für sich. Wird aber einer von ihnen angegriffen, verteidigt ihn die Gruppe bis aufs Blut. Sie denken nicht darüber nach, dass sie dabei ihr eigenes Leben verlieren könnten.*

Und Delfine schon?, vergewisserte ich mich.

Gordy nickte. *Selbstschutz dient dem Schutz der ganzen Gruppe. Es ist eine vollkommen andere Philosophie. Ich persönlich glaube, dass die eine so gut funktioniert wie die andere.*

Solange die Gruppen gleich stark sind, dachte ich, verzichtete jedoch auf einen Kommentar und konzentrierte mich stattdessen darauf, meine Bewegungen den seinen anzupassen, damit wir unser Tempo erhöhen und uns dabei möglichst eng umschlungen halten konnten. Da meine Flosse senkrecht stand, musste ich meinen Schwanz hin und her schwingen, um vorwärtszukommen. Gordys dagegen wogte auf und ab, wobei seine Hüfte unablässig gegen meine stieß, und obwohl ich mich entschlossen dagegen wehrte, brachte diese Berührung mein Blut allmählich zum Kochen, sodass ich schließlich aus dem Rhythmus kam.

Wenn du immer nur daran denkst, wirst du uns eines Tages noch umbringen, wisperte er. Es klang belustigt, aber ich registrierte auch den Ernst, der sich dahinter verbarg. Außerdem hatte er nun zum ersten Mal zugegeben, dass er alle meine Gedanken lesen konnte.

An Land muss ich mich sehr konzentrieren, ging er prompt auf meine Überlegungen ein. *Im Meer fließt es von allein. Im Grunde verständigen wir uns hier ja über nichts anderes als unsere Gedanken.*

Und wieso nehme ich dann von dir nur das wahr, was du mir mitteilen willst?

Gordy lachte leise. *Eben drum. Ich habe gelernt, meine Gedanken zu verbergen.*

Ja, natürlich! Gordian war damit aufgewachsen, er war es gewohnt, sein Echolot zu benutzen und gezielt Signale auszusenden oder sie bewusst zurückzuhalten.

Das ist nicht ganz richtig, erwiderte er. *Zak und Liam sind ebenfalls so geboren und können es trotzdem nicht. Anfangs wusste ich mir das nicht zu erklären, mittlerweile bin ich davon überzeugt, dass es auch damit zu tun hat, wie gut sie sich in die Gruppe einfügen beziehungsweise sich Kyan unterordnen.*

Was du nicht getan hast, schlussfolgerte ich.

Gordy zuckte die Achseln. *Na ja, zumindest immer weniger.*

Und jetzt als Plonx bist du ohnehin völlig unabhängig von ihm, setzte ich hinzu.

Du wirst ebenfalls lernen, dich zu verschließen, meinte Gordian zuversichtlich.

Was? Habe ich etwa auch ein Echolot? ... Oder ein Sonar?

Nein. Wieder musste er lachen. *Jedenfalls nicht so wie ich. Trotzdem wirst du es irgendwann schaffen, deine Gedanken vor mir zu verstecken.*

Vielleicht will ich das ja gar nicht, entgegnete ich trotzig.

Meinetwegen, sagte Gordy. *Es ist ja nicht so, dass ich sie mir nicht gern anhöre.*

Grinsend legte er seine Arme um meine Taille und zog mich ganz plötzlich an der steilen Seite eines Riffs nach oben. Kurz bevor wir die Oberfläche erreichten, flachte der Fels ab, und im nächsten Moment saßen wir auf einem glatten Plateau inmitten sanft tanzender Lichtflecken, die die Sonnenstrahlen darauf malten.

Ich richtete den Blick nach oben. Die Wasseroberfläche war nur noch wenige Zentimeter entfernt, darüber strahlte der wolkenlose Himmel.

Wenn du vor dem Auftauchen sämtliches Wasser aus deiner Lunge presst, tut der erste Atemzug an der Luft nicht so weh, sagte Gordy.

Okay. Entschlossen leerte ich meine Lungen und wollte gerade nach oben schießen und mich an Land werfen, da packte Gordy meine Hüften und hielt mich zurück.

Nicht so schnell. Zuerst musst du dich vergewissern, dass dich niemand dabei beobachtet. Wir befinden uns nämlich direkt unterhalb des Hauses deiner Großtante.

Beim Gedanken an Tante Grace breitete sich ein Gefühl der Beklemmung in mir aus. Wie sollte ich ihr bloß begreiflich machen, was mit mir passiert war? Würde sie mir überhaupt glauben?

Du kannst es ihr jederzeit beweisen.

Ich wollte widersprechen, aber Gordy ließ mich nicht zu Wort kommen.

Du hast ohnehin keine Wahl, sagte er. *Wie willst du ihr erklären, dass du nicht ertrunken bist? Außerdem weiß sie womöglich tatsächlich mehr, als sie bisher zugegeben hat.*

Also gut. Ich nickte ihm zu. *Zeig mir, wie ich mir sicher sein* kann, dass niemand von den Klippen zu uns herabschaut, während wir uns verwandeln.

Schließ die Augen. Und jetzt hör gut zu, sagte Gordy. Wenige Zentimeter unterhalb deines menschlichen Ohrs befindet sich ein zweites Sinnesorgan. Es ist viel empfindlicher und lässt dich Geräusche aus mehr als einem Kilometer Entfernung wahrnehmen.

Okay, sagte ich noch einmal. Wieder presste ich sämtliches Wasser aus meiner Lunge, wieder wollte ich mich hochstoßen und wieder hielt Gordy mich zurück.

Warte!

Was ist denn noch? Allmählich wurde ich ungeduldig. Ich wollte es endlich hinter mich bringen.

Die Verwandlung vollzieht sich innerhalb von Sekunden. Du musst aufpassen, dass die Haut deines Schwanzes nicht ins Meer gleitet.

Ich seufzte. *Keine Ahnung, ob ich das schaffe.*

Wird schon. Notfalls bin ich ja auch noch da.

Gordian schloss nicht einmal die Augen, sondern schien einfach zu wissen, ob jemand in der Nähe des Ufers war. Blitzschnell verschwand er aus dem Meer, ohne dass die Wasseroberfläche sich kräuselte.

Ob ich das auch so hinbekam?

Entweder du versuchst es oder du paddelst für den Rest deines Lebens im Meer herum, sagte ich mir. Entschlossen leerte ich meine Lungen und zog mich über das Klippenplateau hinweg aus dem Wasser. In der Sekunde, in der meine Hüften mit der Luft in Berührung kamen, spürte ich ein sanftes Kitzeln auf der Haut. Reflexartig griff ich dorthin und schon hielt ich ein glattes, hauchfeines Tuch zwischen den Fingern. Für einen Augenblick fühlte es sich an, als würde ich in der Mitte geteilt, dann standen meine Füße so sicher auf dem glitschigen Fels, als wären ihre Sohlen mit Saugnäpfen versehen.

Hektisch und ein wenig umständlich fummelte ich mir das silberne Tuch um den Leib und knotete es über der linken Brust zusammen. Dabei fiel mein Blick auf meine Beine, und ich bemerkte, dass die Wunde über meinem rechten Knöchel vollständig verheilt und dort nicht einmal eine Narbe zurückgeblieben war.

»Nicht schlecht für den Anfang«, meinte Gordian und lächelte schief. »Das mit der Haut könnte zwar noch ein bisschen schneller gehen ...« Er griff nach meiner Hand, zog mich zu sich heran und küsste mich zärtlich und ohne jede Scheu. »Du bist so wunderwunderschön«, murmelte er, als er sich wieder von mir löste.

Sein Kuss hatte mich ein wenig schwindelig gemacht, und deshalb dauerte es einen Moment, bis ich kapierte.

»Ich war *viel* zu langsam, stimmt's? Du hast alles gesehen ...?« Gordy zuckte die Achseln. Seine Pupillen waren groß und schwarz.

»Und, war es schlimm?«, fragte ich rau. »Hast du mit dem Gedanken gespielt, mich zu töten?«

»Mit dem nicht.« Seine Stimme klang dunkel und samtig. »Mit dem anderen schon.«

Meine Knie wurden weich, und ich musste mich an ihm festhalten, um nicht zusammenzusacken. »Du machst mich wahnsinnig, weißt du das?«, seufzte ich.

»Tut mir leid, aber ...« Aus tiefgrünen Augen blickte Gordian mich an. »Dein Anblick hat mich wirklich ... umgehauen. Besonders deine Rückseite ist ... sehr bezaubernd.«

»Sie ist gar nicht so einmalig«, sagte ich etwas verlegen.

Keine Ahnung, wieso mir ausgerechnet jetzt Aimee einfiel. »Es gibt ein Mädchen, eine Freundin von Ruby. Sie sieht mir sehr ähnlich. Vor allem von hinten.«

Gordy zog mich in seine Arme. »Das ist völlig unmöglich.«

»Doch«, beharrte ich. »Sie hat sogar meine Haarfarbe.«

»Für mich bist du einmalig.« Zärtlich strich er mir über die Wange. Sein nasses goldblondes Haar glänzte in der Sonne und seine Haut schimmerte samtig. Er sah zum Dahinschmelzen aus. »Bitte verzeih mir«, sagte er leise.

»Was?«, hauchte ich erschrocken.

»Deine Großtante ... Sie steht bereits in der Tür und könnte jeden Augenblick dort oben im Garten auftauchen.«

Gordian tastete nach meiner Hand und ich wandte den Blick zum Cottage hinauf.

Zwischen einer violett blühenden Kamelie und einem knorrigen Birnbaum, mitten im strahlenden Sonnenschein, stand Tante Grace und starrte zu uns herunter.

Mein Herz polterte los. Instinktiv drückte ich mich dicht an Gordy.

»Sieh mich an«, flüsterte er.

Ganz kurz nur trafen sich unsere Blicke, ich nahm das Blitzen in seinen Pupillen fast gar nicht wahr, aber es reichte aus, um mich vollkommen zu entspannen. Ich spürte einen leichten Schwindel, mein Herzschlag normalisierte sich, und die Aussicht, in weniger als einer Minute vor meiner Großtante zu stehen und ihr alles erklären zu müssen, machte mich nicht im Geringsten nervös.

Und so stiegen wir Hand in Hand die Terrassen hinauf. Mein Schatten folgte mir bei jeder Bewegung, Gordy dagegen schien geradezu über den Boden zu schweben.

Einige Schritte vor Tante Grace blieben wir stehen. Uns noch immer an den Händen haltend, sahen wir sie an.

Sie musterte uns ohne jede Regung. Es war unmöglich zu erkennen, ob sie sich freute, erleichtert, überrascht oder eher wütend war.

»Ich hatte schon mit dem Gedanken gespielt, vielleicht doch die Wasserschutzpolizei zu verständigen«, sagte sie schließlich.

Noch immer zeigte sich keinerlei Gefühlsregung in ihrem Gesicht, und plötzlich hatte ich nicht mehr den geringsten Zweifel daran, dass sie sehr genau wusste, was mit mir passiert war. Wahrscheinlich hatte sie sogar die ganze Zeit darauf gewartet.

»Als ich neulich dieses hohe Fieber hatte«, begann ich stockend, »... und im Delirium lag ... da hast du auch bloß drüber *nachgedacht*, mich ins Krankenhaus zu bringen, stimmt's? Und Cyrils Verletzung ... selbst da hast du es nicht für nötig befunden, einen Arzt hinzuzuziehen, oder?« Ich atmete einmal tief durch, bevor ich es aussprach: »Du hast gewusst, dass seine schlimme Wunde in kürzester Zeit ganz von allein heilen würde. Und du hast gewusst, dass Cyril ein Nix ist. Ein Hainix.«

Tante Grace nickte kaum merklich, dann richtete sie ihren Blick auf Gordy. »Wir sollten im Haus weiterreden. Bevor Sie noch jemand sieht.«

Tante Graces Geheimnis

Als wir kurz darauf angezogen in der gemütlichen Wohnstube saßen, Gordy und ich dicht aneinandergedrängt auf dem Sofa und Tante Grace in einem der großen Sessel, kam das Herzklopfen zurück.

Zum ersten Mal seitdem ich hier war, hatte meine Großtante die Haustür verriegelt. Ich glaube, selbst nachts hatte sie nicht immer abgeschlossen, und bei den wenigen Straftaten, die es hier auf den Kanalinseln gab, war das offensichtlich auch nicht nötig. Jetzt allerdings schien sie genauso viel Angst um mich zu haben wie ich um Gordy.

»Wer sind meine Eltern?«, fragte ich, nachdem wir eine Weile schweigend dagesessen hatten. Offenbar wollte Tante Grace nicht den Anfang machen.

Jetzt huschte ein Lächeln über ihr Gesicht.

»Elodie, deine Eltern sind deine Eltern«, sagte sie. »Daran hat sich nichts geändert.«

»Das meine ich nicht.« Unwillig schüttelte ich den Kopf.

»Ich weiß, was du meinst«, erwiderte sie. »Es ändert trotzdem nichts. *Deine Eltern sind deine Eltern.*«

»Ja ... aber ...?«

»Deine Großmutter, meine Schwester Holly ...«

Ungläubig starrte ich sie an. »War eine Nixe?«

Wieder lächelte Tante Grace. »Nein. Aber sie war das Kind eines Nixes.«

Gordy und ich tauschten einen Blick.

»Aber wieso ...?«, stammelte ich.

Meine Großtante bedeutete mir durch eine kleine unwillige Geste, dass ich mich gedulden solle. Sie erhob sich, nahm drei Gläser aus dem Vitrinenschrank und eine Karaffe, die mit einer grünen Flüssigkeit gefüllt war, von der Anrichte. »Waldmeistersirup«, sagte sie und sah Gordy fragend an. »Trinken Sie so etwas?«

»Nein, eigentlich nicht.« Er zuckte entschuldigend mit den Schultern.

»Vielleicht möchten Sie einmal probieren?« Sie nickte ihm aufmunternd zu. »Ich glaube nicht, dass er Ihnen schadet.«

»Tante Grace, Gordian ist kein Hainix«, kam ich ihm zu Hilfe.

Sie seufzte tief. »Ich weiß.«

»Du kannst sie unterscheiden?«, stieß ich erstaunt aus. – Das wurde ja immer besser!

Doch meine Großtante hob sofort abwehrend die Hand. »Nein, nein, mein Kind, ich habe nicht gewusst, dass es verschiedene Arten gibt. Mir ist lediglich aufgefallen, dass dieser junge Mann hier anders ist als Cyril, Javen und Patton.«

»Patton?«

Sie nickte. »Hollys Vater.«

»Hollys ... aber nicht deiner?«, hakte ich vorsichtig nach.

Wieder nickte sie, und während ich gespannt auf ihre Erzählung wartete, füllte sie die drei Gläser mit dem grünen Sirup. Behutsam stellte sie die Karaffe auf den Tisch und schob eines der Gläser auf Gordy zu. »Wenn Sie mit Elodie zusammenbleiben wollen, wäre es bestimmt nicht verkehrt, wenn Sie sich ein paar menschliche Gewohnheiten zu eigen machen würden.«

»Ähm ...« Gordy rutschte unsicher auf dem Sofa vor und zurück und erhob sich schließlich. »Also ...« Sein Blick huschte hierhin und dorthin, und auch ich suchte nach den passenden Worten, mit denen ich ihn gegen die kulinarischen Angriffe meiner Großtante verteidigen konnte.

»Ich nehme an, du hast den Sirup selbst gemacht?«

Tante Grace zwinkerte mir zu. »Wie kommst du nur darauf?«

Ich stupste Gordy gegen den Oberschenkel. »Dann solltest du ihn tatsächlich besser probieren. Meine Großtante ist imstande, dich auf der Stelle der Polizei auszuliefern ...«

»Vorerst würde es mir schon reichen, wenn er mir ein wenig über sich erzählte«, unterbrach sie mich und wandte sich erwartungsvoll Gordian zu.

»Wolltest du uns nicht erst mal von Holly und Patton berichten?«, entgegnete ich, denn ich konnte mir nur zu gut vorstellen, wie schwer es Gordy fallen würde, seine Geschichte vor ihr auszubreiten. Außerdem interessierte es mich natürlich brennend, was es mit diesem Patton auf sich hatte. Doch wie immer hatte meine Großtante ihren eigenen Kopf.

»Alles schön der Reihe nach«, sagte sie, nachdem sie einen kräftigen Schluck aus ihrem Glas getrunken hatte. »Immerhin habe ich Gordian aufgenommen, ohne irgendwelche Fragen zu stellen.«

»Okay, okay«, lenkte ich leise seufzend ein.

Gordy hatte sich inzwischen wieder neben mich gesetzt. Ich griff nach seiner Hand und wir flochten unsere Finger ineinander.

»Ich bin ein Delfinnix«, begann er. »Das heißt, ich gehörte einmal zu dieser Gattung. Delfinnixe gehen nicht an Land, müssen Sie wissen.«

Er sprach ruhig und langsam, und ich registrierte halb erstaunt, halb belustigt, wie es ihm sofort gelang, meine Großtante für sich einzunehmen.

»Sie haben eine ausgesprochen schöne Stimme, junger Mann«, sagte sie. »Das war mir bisher noch gar nicht aufgefallen. Sie geht einem wahrlich durch und durch.« Tante Grace lehnte sich in ihren Sessel zurück und tat einen tiefen Atemzug. »Wollen Sie mir verraten, warum Sie keinen Schatten werfen?«, fragte sie und nun klang auch ihre Stimme warm und weich.

»Kannst du dir das nicht denken?«, fragte ich ein wenig harsch und ertappte mich dabei, dass ich so etwas wie Eifersucht verspürte. – Auf meine Großtante! Du lieber Himmel! Sie war zweiundsechzig!

»Nun, ich gehe davon aus, es hängt damit zusammen, dass er ... verbotenerweise ... an Land gekommen ist, nicht wahr?«, erwiderte sie. »Ich frage mich nur, was ihn dazu veranlasst hat.«

»Nicht verbotenerweise«, antwortete ich an Gordys Stelle. »Es hat ihn hergezogen. Er konnte sich nicht dagegen wehren.«

Tante Grace nickte versonnen und für einen Moment glitt ihr Blick in die Ferne. »So hat Patton sich damals auch ausgedrückt.«

»Was? Aber ich dachte, er wäre ein Hainix gewesen.« Und somit ein Landgänger! Ich schüttelte den Kopf. »Er *muss* ein Hainix gewesen sein!«

»Schon möglich.« Tante Grace richtete ihre Augen auf mich. »Patton war groß und alles andere als perfekt und trotzdem war er auf eine ganz besondere Art wunderschön. Ich habe damals sehr gut verstanden, dass meine Mutter ihm nicht widerstehen konnte. Mir wäre es ganz gewiss nicht anders ergangen.«

»Du kanntest ihn also?«, fragte ich leise.

»Wo denkst du hin! Ich wurde doch erst zwei Jahre nach Holly geboren.« Ihre Miene zeigte einen Anflug von Empörung, der jedoch sogleich einem eher sehnsüchtigen Ausdruck wich. »Aber es gab ein Foto. Und einen Brief meiner Mutter. Sie vermachte ihn Holly und die veerbte ihn schließlich mir. Ich vermute allerdings, dass sie meiner Schwester schon zu Lebzeiten alles erzählt hat«, fuhr sie fort, nachdem sie ihr Glas geleert und sich anschließend gleich wieder zurückgelehnt hatte. »Sie musste ja davon ausgehen, dass Holly kein normaler Mensch war. Ich glaube, sie hat die ganze Zeit über erwartet oder sagen wir besser befürchtet, dass meine Schwester irgendwann die Gestalt einer Nixe annehmen könnte.«

Ich atmete tief ein und gab mir alle Mühe, mir meine Aufregung nicht anmerken zu lassen. »Aber das hat sie nicht?«

»Nein.« Tante Grace zuckte mit den Schultern. »Vielleicht lag es daran, dass wir nie wieder ans Meer gefahren sind. Meine Mutter hat Gewässer gemieden, Holly und ich durften auch nicht schwimmen lernen, was uns zum Glück nicht störte. Als wir noch Kinder waren, ist uns das seltsame Verhalten unserer Mutter im Grunde gar nicht aufgefallen. Das kam erst viel später. Eine Erklärung fanden wir jedoch nicht und irgendwann geriet das Thema in Vergessenheit. Und so kam es dann, dass sich mir die Hintergründe erst erschlossen, als ich nach Hollys Tod den Brief und Pattons Foto in den Händen hielt.«

Ich warf einen Seitenblick auf Gordy, konnte aber nicht ausmachen, was er dachte oder fühlte.

»Warum sind meine Urgroßmutter und Patton nicht zusammengeblieben?«, fragte ich. Ich hatte Angst vor Tante Gracies Antwort und konnte das Zittern in meiner Stimme nicht verbergen.

»Das weiß ich nicht«, entgegnete sie. »Nach einer Weile verschwand er genauso plötzlich, wie er aufgetaucht war. Meine Mutter hat nie erfahren, ob ihm etwas zugestoßen ist oder ob er sie schlicht verlassen hat.«

Gordy drückte sachte meine Hand.

»In dem Brief steht, dass meine Mutter sich ganz sicher nie mehr an einen Mann gebunden hätte, wenn sie nicht schwanger gewesen wäre. Sie wollte Holly nicht ohne Vater aufwachsen lassen und so heiratete sie drei Monate später deinen Urgroßvater.«

»Falsch«, sagte ich. »*Patton* war mein Urgroßvater.«

Tante Grace schürzte die Lippen. »Ja, so ist es«, meinte sie dann und deutete auf mein Glas. »Du hast ja noch gar nichts getrunken. Denkst du, dein Magen rebelliert gegen Menschennahrung, jetzt da du ...« Sie brach ab, sah zum Fenster hinüber und seufzte tief.

»Was ist mit Mam?«, fragte ich. »Weiß sie Bescheid?«

Tante Grace schüttelte den Kopf.

»Holly war natürlich klar, dass Pattons Gene irgendwann durchschlagen könnten. Doch auch bei deiner Mutter gab es nicht das geringste Anzeichen dafür, dass sie nicht durch und durch menschlich war. Die einzige Unregelmäßigkeit in ihrem Leben war Javen.«

»Dann hatten sie also doch etwas miteinander!« Und meine Mutter traute sich einfach nicht, es mir zu gestehen.

»Das kann ich dir nicht beantworten«, sagte Tante Grace

und mit einem Mal wirkte sie nachdenklich. »Ich hatte zwar sehr wohl den Eindruck, dass die beiden ungewöhnlich vertraut miteinander waren, und ganz ehrlich: Ich hatte fast schon damit gerechnet, dass Rafaela mir eröffnet, sie würde sich von deinem Vater trennen. Aber sie tat es nicht. Nach gut drei Wochen reiste sie wieder ab. Du wurdest geboren und deine Mutter kam nie wieder auf die Kanalinseln.«

Ob das nun unbedingt etwas zu bedeuten hatte? »Vielleicht hat es sich einfach nicht ergeben.«

»Doch, mein Engel, das hätte es durchaus«, entgegnete meine Großtante. »Ich habe euch mehrmals eingeladen. Aber Rafaela hatte immer eine Ausrede. Zuerst war es der Job deines Vaters, dann ihr eigener und zuletzt du mit deiner unerklärlichen Angst vor Wasser. Am Ende war ich es, die euch auf dem Festland besucht hat. Aber das ist ja nun auch schon wieder eine ganze Weile her.«

Eine bedrückende Stille breitete sich zwischen uns aus, in der wir einander nicht ansahen und ich den sanften Druck von Gordys Hand erwiderte. Schließlich räusperte ich mich und fragte: »Gibt es den Brief von deiner Mutter noch?«

»Ja, sicher«, sagte sie und erhob sich sofort aus ihrem Sessel. Sie öffnete die oberste Schublade der zierlichen Anrichte, die direkt neben der Tür stand, und zog einen Umschlag heraus. »Nachdem du gestern ins Meer gesprungen und nicht wieder aufgetaucht bist, habe ich diesen kleinen Schatz aus meiner Schlafkammer geholt und hier für dich bereitgelegt.«

Sanft, beinahe zärtlich strich sie mit den Fingerspitzen über den Umschlag, bevor sie ihn mir reichte, und mein Herz hüpfte vor Aufregung, als ich ihn entgegennahm. Tatsächlich kam er mir vor wie ein Heiligtum.

»Dann hast du also gewusst, was passiert war ... Also, dass ich mich in eine Nixe verwandelt habe?«

»Gewusst ist vielleicht ein bisschen zu viel gesagt«, entgegnete Tante Grace. »Bei jedem Telefongespräch, das ich in den letzten Jahren mit deiner Mutter geführt habe, klang ihre Sorge durch, dass du deinen Weg nicht finden könntest. Die Musikschule hast du nach drei Stunden aufgegeben, deine anfängliche Begeisterung für die Jazztanzgruppe schlug innerhalb weniger Wochen in das genaue Gegenteil um, und später konntest du dich nicht entscheiden, ob du lieber Basketball spielst oder einen Zeichenkurs beginnst«, zählte sie auf. »Ganz anders als deine Freundinnen hast du nie einen Berufswunsch geäußert, und als du in die elfte Klasse gekommen bist, hast du dich erst auf den letzten Drücker für ein Profil entschieden. Außerdem bist du deinen Eltern in vielen Dingen so unähnlich, dass ich mir sehr gut vorstellen konnte, dass bei dir die Nix-Gene tatsächlich durchschlagen würden«, fuhr Tante Grace nach einer kleinen Atempause fort. »Vor allem aber hat mich deine extreme Angst vor dem Wasser stutzig gemacht. Es mag ein wenig seltsam klingen, aber es kam mir beinahe so vor, als würdest du dich mit allen Mitteln gegen deine Bestimmung wehren.«

Ich spürte, wie Gordian zusammenzuckte, doch ich zwang mich, ihn nicht anzusehen, sondern drückte nur wieder leicht seine Hand. Ohnehin ahnte ich, was ihm bei den letzten Worten meiner Großtante durch den Kopf ging, und natürlich dachte auch ich an das, was er mir über Cullum und Ozeane erzählt hatte.

»Du bist ein kluges, sensibles Mädchen, Elodie«, erklärte Tante Grace nun, und ihr Blick strahlte so viel Liebe und

Wärme aus, dass mir für einen Moment ganz schwummerig zumute wurde. »Und als Rafaela mir sagte, wie sehr dich der Tod deines Vaters mitnimmt, habe ich nicht eine Sekunde gezögert, ihr vorzuschlagen, dass du eine Weile bei mir wohnen könntest.«

Erstaunt hob ich die Augenbrauen. »Es war also gar nicht Mams Idee?«

»Nein.« Tante Grace schüttelte den Kopf. »Irgendwie habe ich wohl geahnt, dass die Zeit für eine Entscheidung gekommen war. Es ist allerdings nicht einfach gewesen, Rafaela davon zu überzeugen, dass du auf dieser kleinen Insel hier gut aufgehoben bist. Ich musste ihr hoch und heilig versprechen, höllisch auf dich achtzugeben.« Wieder lachte sie. »Tja, und das ist in der Tat gar nicht so einfach gewesen. Schließlich blieb mir nichts anderes übrig, als dich loslaufen zu lassen, damit ich deiner Entwicklung nicht im Weg stehe. Jedes Mal, wenn du dort unten auf den Klippen saßest, habe ich gedacht, dass das Meer dich holen würde. Und jedes Mal, wenn du klatschnass nach Hause kamst, habe ich mich darüber gewundert, dass es offenbar doch nicht passiert war.«

Ich senkte den Blick in meinen Schoß, wo Gordys und meine Hände noch immer ineinander verschlungen lagen.

Plötzlich fiel mir etwas ein. »Was ist mit Ruby?«, fragte ich. »Hast du ihr gesagt, was mit mir los ist?«

»Mir blieb gar nichts anderes übrig«, gab meine Großtante zurück. »Ruby war bereits drauf und dran, Himmel und Hölle in Bewegung zu setzen, um dich aus dem Meer fischen zu lassen. Ich bin wirklich überrascht gewesen, wie schnell sie sich davon überzeugen ließ, dass die Beamten von der Wasserschutzpolizei dir viel gefährlicher werden könnten als die See.«

»Ruby weiß um die Nixe«, erwiderte ich. »Sie weiß, wer Gordian ist, und sie weiß auch, wer ... Cyril ist.«

Cyril! – Oh, mein Gott, ich hatte Gordy gar nicht danach gefragt, wie schwer verletzt er war! Mir wurde abwechselnd heiß und kalt, so sehr schämte ich mich dafür.

Auf einmal konnte ich es kaum noch erwarten, in mein Zimmer hinaufzugehen und endlich mit Gordy allein zu sein. Von der Feindschaft, die zwischen den Delfinen und den Haien herrschte, wollte ich meiner Großtante lieber nichts erzählen. Es war schon schlimm genug, dass sie mich vor den Menschen schützen musste. Wenn sie nun den Eindruck gewann, dass der Aufenthalt im Meer für mich genauso bedrohlich oder sogar noch gefährlicher war, würde sie sich nur umso mehr Sorgen um mich machen.

Eine Sache brannte mir allerdings noch auf der Seele. »Was ist mit Jane? Warum hast du mich ausgerechnet zu ihr geschickt?«

Tante Grace runzelte die Stirn. Verständnislos sah sie mich an.

»Das weißt du doch. Ich wollte, dass du beschäftigst bist und nicht mehr so viel grübelst. Wenn man etwas tut, geraten die Gedanken in Bewegung und damit auch die Dinge.«

»Du wolltest meine Verwandlung forcieren?«, fragte ich irritiert.

»Vor allem wollte ich verhindern, dass du unverrichteter Dinge von hier fortgehst«, entgegnete sie.

»Also wolltest du sie forcieren!«

Tante Grace hob seufzend die Schultern. »Sieh es, wie du willst. Ich für meinen Teil bin jedenfalls froh, dass es nun endlich passiert ist.« Wieder lächelte sie, aber diesmal wirkte sie nicht ganz glücklich dabei. »Es fühlt sich doch irgendwie alles richtig an, oder etwa nicht?«

Ich nickte. Was sollte ich auch sagen? Dass alles noch viel zu neu und fremd für mich war und ich zudem noch immer nicht wusste, wie mein zukünftiges Leben aussehen könnte?

Ich verstand sehr gut, dass meiner Großtante nach den langen Jahren des Wartens und Fürchtens nun gewissermaßen eine Last von den Schultern gefallen sein musste. Das bedeutete aber noch lange nicht, dass für mich nun alles im Lot war. Im Gegenteil: Eigentlich fingen die Probleme jetzt erst richtig an. Wie ich das Ganze meiner Mutter beibringen sollte, bereitete mir dabei das geringste Kopfzerbrechen.

»Kennst du außer Cyril und Javen Spinx noch andere Hainixe?«, fragte ich.

Den Gedanken, sie noch einmal direkt auf Jane und ihren Jungen anzusprechen, hatte ich wieder beiseitegeschoben. Es war gut möglich, dass Tante Grace nicht die geringste Ahnung hatte, wen die Silberschmiedin in ihrem Gartenteich beherbergte. Und sie schüttelte auch tatsächlich den Kopf.

»Nicht, dass ich wüsste. Warum fragst du?«

»Na ja, es wäre doch gut möglich, dass es noch mehr Nixe hier auf Guernsey gibt.«

»Ja, das ist richtig«, bestätigte sie. »Ich glaube allerdings, dass du das weitaus schneller herausfinden wirst als ich.«

Talente

»Was ist mit Cyril?«, fragte ich, kaum dass die Tür hinter uns ins Schloss gefallen war.

»Er wird überleben«, sagte Gordy, und offensichtlich atmete ich eine Spur zu deutlich auf, denn seine Miene verschloss sich schlagartig. Er wandte sich ab und ging zum Fenster hinüber. »Er ist dir viel ähnlicher als ich.«

»Ja, aber das hat nichts zu bedeuten.«

Ich trat hinter ihn, schlang meine Arme um ihn und legte meine Stirn auf sein Schulterblatt.

»Doch, Elodie, das hat es.« Gordians Muskeln spannten sich an, seine ganze Haltung signalisierte Abwehr, aber ich dachte nicht daran, ihn loszulassen.

»Nur weil Cyril ein Hainix ist ...«, begann ich, dann fehlten mir bereits die Worte. »Okay, ich habe eine Verbindung zu ihm, die ich mir bisher nicht erklären konnte«, fuhr ich schließlich fort. »Jetzt, da ich weiß, welcher Art sie ist, kann ich viel besser damit umgehen.«

»Elodie!« Gordy wandte sich zu mir um und umschloss mein Gesicht sanft mit seinen Händen. »Es geht mittlerweile nicht mehr um deine, meine oder Cyrils Gefühle. Kyan, Liam und Zak haben einen Hainix angegriffen. Es ist nicht ausge-

224

schlossen, dass die Haie zurückschlagen. Es ist sogar wahrscheinlich.«

»Dann werde ich so schnell wie möglich mit Cyril reden.« Ich konnte zwar nicht einschätzen, wie groß sein Einfluss auf andere Hainixe war, aber im Moment schien mir das die einzige Möglichkeit zu sein, einen solchen Angriff abzuwenden.

Gordy presste die Lippen aufeinander. »Ja, wenn du ihn aufspüren kannst.«

Dieser Einwand war durchaus berechtigt.

»Was glaubst du?«, überlegte ich. »Wie schwer sind seine Verletzungen?«

Gordian schüttelte den Kopf. »Das ist nicht unbedingt entscheidend. Schließlich hatte er Hilfe von seinen beiden Haifreunden, er musste sich nicht allein fortbewegen. Aber du hast natürlich recht«, lenkte er ein, »wir müssen herausfinden, wo sie ihn hingebracht haben.«

Mein Herz machte einen überraschten Hüpfer. »*Wir?*«

»Natürlich wir«, sagte Gordy. Er strich mit dem Daumen über meine Wange und küsste mich zart auf den Mund. »Ich lass dich doch da draußen nicht allein. Kyan wollte dich bereits töten, als du ein Mensch warst. Was, denkst du, wird er tun, wenn er feststellt, wer du wirklich bist?«

Ich hatte keine Ahnung. Würden Haie und Delfine sich tatsächlich bis aufs Blut bekämpfen? Und welche Fähigkeiten standen ihnen dabei zur Verfügung? Javen Spinx hatte die Zeit angehalten, um zu verhindern, dass ich von einem Auto überrollt wurde. Cyril konnte Gefühle beeinflussen, Gordys Lächeln wirkte entspannend, er las Gedanken, und wie er an Ashton sehr eindrucksvoll demonstriert hatte, besaß er darüber hinaus sogar noch heilerische Kräfte.

Meine Unruhe wuchs. Ich hatte das drängende Gefühl, sofort etwas unternehmen zu müssen. Der Brief meiner Urgroßmutter und Pattons Foto waren plötzlich nicht mehr wichtig. Beides lag noch immer unangerührt im Umschlag auf dem Rattantisch. Um meine Vergangenheit würde ich mich später kümmern, was jetzt zählte, waren Gegenwart und Zukunft. Die Feindschaft zwischen den Hai- und den Delfinnixen drohte sich zu verschärfen und das galt es irgendwie zu verhindern.

»Die Haie, die Cyril von dir fortgeholt haben«, begann ich, »die haben dich doch sicher erkannt?«

»Ja, sie haben gesehen, dass ich ein Plonx bin«, bestätigte Gordy.

»Und sie haben dir nichts getan?«, fragte ich.

»Nein. Offensichtlich war ihnen klar, dass ich Cyril helfen wollte.«

»Das ist doch wunderbar.« Ich nickte zufrieden, und dann stellte ich die Frage, die ich eigentlich schon in der Moulin Huet Bay hatte stellen wollen. »Wer waren sie überhaupt?«

»Der Mann aus der Stadt«, erwiderte Gordy. »Javen Spinx. Den anderen kenne ich nicht.«

»Javen Spinx?«, stieß ich hervor. »Bist du sicher?«

Gordian zuckte die Achseln. »Absolut.«

Vor Aufregung bekam ich feuchte Hände. »Er hat auch mir das Leben gerettet. Er muss gewusst haben, dass ich Hainixblut in mir trage. Wahrscheinlich hat er es damals auf der Reise von Lübeck nach Guernsey schon gespürt. Aber warum hat er dann in St Peter Port so getan, als ob er mich nicht kennen würde?«

»Keine Ahnung, Elodie, wirklich nicht.«

Ich löste mich aus seinem Arm und begann, zwischen Sitzecke

und Bett auf und ab zu wandern. »Vielleicht, weil er dich sofort als Delfinnix erkannt hat.«

»Ja, das kann sein.« Gordy schürzte die Lippen. »Vielleicht sollte ich versuchen, Kontakt zu Zak oder Liam aufzunehmen? Möglicherweise gelingt es mir, sie davon zu überzeugen, dass es niemandem etwas nützt, wenn sie die Haie provozieren.«

»Nein«, sagte ich entschieden. »Sie würden das doch sofort an Kyan weitergeben. Und der lässt garantiert nicht mit sich reden. Aber wie wäre es mit Idis? Oder deinen Eltern?«

»Cullum und Ozeane und meine Schwester möchte ich da nicht mit hineinziehen«, entgegnete Gordian ebenso entschieden. »Ich will sie nicht auch noch in Gefahr bringen.«

Gordy hatte recht. Wir mussten bei Cyril ansetzen. Oder bei Javen Spinx. Ihn zu suchen, hielt ich jedoch für ziemlich aussichtslos. Er konnte überall sein. Für Cyril kam dagegen eigentlich nur eine der Höhlen an der Küste von Sark infrage. Aber vielleicht gab es ja noch eine andere Möglichkeit … Ich senkte den Blick und massierte mit den Fingern meine Nasenwurzel und plötzlich blitzte ein aquamarinblaues Augenpaar vor mir auf. Einen Moment lang war ich verwirrt, doch dann begriff ich. – Dass ich nicht gleich darauf gekommen war!

»Komm!«, sagte ich, fischte meine Haihaut vom Boden auf und verstaute sie in der Gesäßtasche meiner Jeans. »Ich glaube, ich weiß jetzt, wo wir ihn finden könnten.«

Inzwischen ging es auf Mittag zu. Die Sonne stand hoch am Himmel und daher war es ein riskantes Unternehmen. Den Weg durch das Meer zu nehmen und nach Sark hinüberzuschwimmen, wäre ganz bestimmt sicherer gewesen. Auch meine Großtante zeigte sich alles andere als begeistert, als sie Gordian und mich aus dem Haus treten und auf den Schuppen zusteuern sah.

»Was habt *ihr* denn vor?«, rief sie uns vom Gästecottage aus zu.

»Wir müssen noch mal weg«, antwortete ich nur, schlüpfte durch die Tür und schnappte mir eines der Fahrräder für Gordy. Bevor ich es jedoch nach draußen gezerrt hatte, stand Tante Grace vor mir, die Hände auf die Hüften gestemmt und mit einem entschlossenen Ausdruck im Gesicht.

»Der junge Mann hier fährt nirgendwohin.« Sie deutete nach oben. »Nicht bei diesem Sonnenschein.«

Ich starrte sie an, wild entschlossen, es mit ihr aufzunehmen. »Wir wissen, dass es gefährlich ist, aber es geht nicht anders.«

Meine Großtante sah mir fest in die Augen. »Elodie, man sollte sein Schicksal nicht herausfordern.«

»Das weiß ich«, knurrte ich.

Zum Glück ahnte sie nicht, wie oft ich es bereits getan hatte, seitdem ich hier bei ihr auf Guernsey war. Und bisher war ich nicht schlecht damit gefahren.

Standhaft erwiderte ich ihren Blick und zermarterte mir das Gehirn, auf welche Weise ich sie am besten austricksen könnte.

Plötzlich huschte ein Lächeln über ihr Gesicht. Sie fasste sich an die Stirn und machte einen Schritt zurück. »Ich bin aber auch ein Dussel«, sagte sie. »Bevor ich losfahre, sollte ich besser noch einmal nachsehen, was wir überhaupt brauchen. Außerdem habe ich den Korb mit meinem Portemonnaie im

Flur stehen lassen.« Sie umfasste den Fahrradlenker. »Man wird eben doch vergesslich im Alter«, meinte sie kopfschüttelnd. »Auf jeden Fall ist es sehr lieb von dir, dass du mir das Rad aus dem Schuppen geholt hast, mein Engel. Ich nehme an, du brauchst das andere selbst.«

»Ähm ... ja ...«

Ich ließ mich von ihr zur Seite schieben und sah ihr völlig verdattert dabei zu, wie sie das Rad abstellte und anschließend, ohne ein weiteres Wort zu verlieren, zum Wohnhaus eilte.

»Man kann einer Nixe nicht trauen.« Grinsend kam Gordian zu mir herüber und küsste mich auf die Wange. »Ich sollte mich besser vor dir in Acht nehmen.«

»Hallo! Was kann denn ich dafür, wenn Tante Grace von einer Sekunde auf die andere alles vergisst?«

»Eine ganze Menge, *mein Engel.*« In Gordians Augen blitzte es amüsiert. »Du musst natürlich noch ein wenig üben, um dieses Talent in Zukunft etwas gezielter einzusetzen.« Er nickte zum Wohnhaus hinüber. »Immerhin hat es seinen Zweck erfüllt. Wir sollten uns allerdings beeilen, ich habe nämlich keine Ahnung, wie lange es wirkt.«

Ich starrte ihn an, als wäre er ein Wesen von einem anderen Stern, doch Gordy kümmerte sich nicht weiter um mich. Er griff sich das Rad, mit dem Tante Grace eigentlich zum Einkaufen fahren wollte, und schwang sich auf den Sattel.

Langsam und ein wenig schwankend fuhr er über den Kiesweg auf die Straße zu.

»He!«, rief ich. »Warte mal. Du kannst doch nicht einfach ohne mich ...!«

»Dann komm!«, rief Gordy über die Schulter und geriet nun bedrohlich ins Trudeln.

Mit klopfendem Herzen lief ich zum Haus zurück und spähte durch die offen stehende Tür. Von Tante Grace war nichts zu sehen, aber ich hörte sie in der Küche rumoren.

Noch immer wollte ich nicht recht glauben, dass ich für ihre plötzliche Vergesslichkeit verantwortlich sein sollte, ein wenig nagte sogar das schlechte Gewissen an mir, aber ich sah ein, dass die Gelegenheit nicht günstiger sein konnte, und so ergriff ich mein Fahrrad und raste Gordy hinterher. Er hatte angehalten und wartete am Straßenrand auf mich. Seine karamellfarbene Haut schimmerte silbrig im Licht der Sonne und unter ihm auf dem Kies zeichnete sich nur der Schatten des Fahrrads ab. Es war ein äußerst seltsamer Anblick, und mit einem Mal war ich mir selbst nicht mehr sicher, ob wir wirklich das Richtige taten.

»Ich lasse dich nicht allein dorthin«, sagte er mit ernstem Blick. »Nie wieder.«

Ich wollte etwas einwenden, doch Gordy winkte sofort ab. »Wir können natürlich auch zuerst auf Sark nachsehen.«

»Nein, ich glaube nicht, dass Cyril sich dort noch sicher fühlt«, entgegnete ich. »Kyan, Zak und Liam haben sich vier Wochen lang dort herumgetrieben. Sie dürften die Insel mitsamt ihren Höhlen in- und auswendig kennen. Wahrscheinlich haben sie längst herausgefunden, wo Cyril wohnt.«

»Ich kann mir nicht vorstellen, dass er einen festen Platz hat«, meinte Gordian. »Die Haie mögen sich an die Menschen und ihre Gewohnheiten angepasst haben, aber sie bleiben Nixe. Soweit ich weiß, können sie nicht in normalen Häusern leben. Zumindest nicht ständig.«

»Vielleicht gibt es ja jemanden, der ihm zeitweise Unterschlupf gewährt.«

»Möglich.« Gordian zuckte mit den Schultern. »Also ... was tun wir?«

Noch einmal warf ich einen Blick auf den Schatten des Fahrrads unter ihm. »Kannst du mit diesem Ding überhaupt fahren?«, fragte ich. »Oder muss ich damit rechnen, dass du dich gleich auf die Nase legst?«

Gordy reckte herausfordernd sein Kinn vor. »Und was ist mit dir?«, gab er zurück. »Kann ich sicher sein, dass du dein Talent einsetzt, wenn es nötig sein sollte?«

Mein Talent? – Ich schluckte. Noch war mir nämlich keinesfalls klar, wie es genau funktionierte. Doch Gordy ließ mir keine Zeit, darüber nachzudenken.

»Okay«, sagte er und fuhr los. »Ich verlass mich drauf.«

»Woher weißt du überhaupt, in welche Richtung wir müssen?«, rief ich.

»Von dir! Deine Gedanken haben es mir verraten!«

Ich beeilte mich, ihm hinterherzukommen, und versuchte, auf gleicher Höhe mit ihm zu bleiben, weil es auf diese Weise nicht gleich auffiel, dass nur mein Schatten auf dem Asphalt zu sehen war.

Zum Glück war nicht viel los. Wir wurden von zwei Autos überholt und insgesamt vier kamen uns auf der gesamten Strecke entgegen. Fußgänger oder andere Fahrradfahrer waren überhaupt nicht unterwegs.

Kurz bevor wir die Schmuckwerkstatt erreichten, tauchte einige Meter vor uns in der Einmündung einer Querstraße ein Mädchen auf einem Pferd auf. Mit großen Augen gaffte sie Gordy an.

»Keine Sorge. Das tut sie nur, weil ich so überirdisch gut aussehe«, meinte er grinsend.

»Eingebildeter Affe«, murmelte ich, während ich das Mädchen fixierte. Inzwischen trennten uns nur noch wenige Pedaltritte, und ich sah, dass sie Gordy keinesfalls ins Gesicht schaute, sondern den Blick auf die Straße gerichtet hielt.

»Okay, doch nicht meine Schönheit«, wisperte er. »Elodie, tu was!«

Panik stieg in mir hoch. »Was denn?«, zischte ich.

»Das weißt du besser als ich.«

»Verdammt, Gordy ...!«

Bitte vergiss, dass du uns gesehen hast!

Nicht einmal einen Lidschlag später schnalzte das Mädchen mit der Zunge, zog die Zügel zurück und ließ ihr Pferd umkehren.

Gordian zwinkerte mir zu. »Geht doch.«

Ich war so verblüfft, dass ich beinahe vom Fahrrad gefallen wäre.

»Und du hattest Angst, dass *ich* mich auf die Nase lege!« Gordy fuhr lachend weiter.

Zwischen den Blättern einer gelb blühenden Hecke blitzte schließlich Janes lilafarbenes Haus auf und kurz darauf bog er in ihr Grundstück ein.

Wir stellten unsere Fahrräder in den rostigen Ständer und sahen uns an. Ich bildete mir ein, einen Hauch von Zweifel in Gordians Miene zu erkennen.

»Sie hat selber ein Geheimnis«, versuchte ich, ihn zu beruhigen. »Sie wird dich nicht verraten.«

Er nickte. »Okay.« Dann nahm er meine Hand und wir gingen langsam den Plattenweg entlang bis zum Anbau.

Die Vitrinen, die Jane erwartet hatte, standen bereits an ihrem Platz, und sie selbst war gerade dabei, Armbänder in eine der mit dunkelgrauem Samt ausgelegten Schubladen zu sortieren.

»Hey«, sagte ich leise.

Sie fuhr zusammen – offenbar hatte sie uns weder gehört noch gesehen – und atmete auf, als sie mich erkannte.

»Elodie! Ich dachte schon, du kommst heute nicht.« Ihr Blick wanderte zu Gordy und blieb voller Erstaunen an ihm hängen. »Und du hast noch jemanden mitgebracht ...« Janes Züge wandelten sich. Plötzlich stand nicht mehr Verwunderung in ihrem Gesicht, sondern Rührung. Verstohlen wischte sie sich eine Träne, die sich in ihrem Augenwinkel gebildet hatte, fort. »Entschuldigung, es ist wirklich dumm, aber beim Anblick eines Wals muss ich immer weinen.«

Zutiefst irritiert über ihre seltsame Reaktion starrte ich sie an. »Gordy ist kein Wal«, sagte ich schließlich.

»Ich sehe, dass er ein Delfin ist«, erwiderte sie, als wäre es das Selbstverständlichste von der Welt, Besuch von einem Nix zu bekommen. Vollkommen verzückt stand sie da und auch Gordy wirkte seltsam hingerissen. Wie in Trance hielten er und Jane ihre Augen aufeinander gerichtet.

Was ist denn jetzt los?, dachte ich erschrocken. Ein beißendes Gefühl setzte sich in meinem Herzen fest, und es fiel mir alles andere als leicht, mir nichts anmerken zu lassen und mich auf den eigentlichen Grund unseres Besuchs zu besinnen.

»Wo ist Cyril?«

Jane machte einen langen tiefen Atemzug. Dann riss sie sich von Gordys Anblick los und starrte mich an. »Was? ... Wer?«

»Du weißt genau, wen ich meine«, sagte ich nur, und als sie den Kopf schüttelte, drängte ich mich zwischen ihr und den

Pappkisten hindurch und schlüpfte in den dunklen Neben-raum.

»Nein, jetzt warte doch mal!«, hörte ich Jane hinter mir rufen, aber da hatte ich die Tür, die mir gestern schon aufgefallen war, bereits geöffnet. Wie ich vermutet hatte, verbarg sich dahinter ihre Schmuckwerkstatt – ein kleiner, aber sehr heller Raum voller seltsamer Geräte und Werkzeuge. Die Seite zum Garten hin war vom Boden bis zur Decke verglast, ganz rechts in der Ecke befand sich eine schmale Tür, die nur angelehnt war.

»Elodie!« Jane brüllte jetzt geradezu. »Bitte warte doch! Ich muss dir zuerst etwas erklären.«

Musst du nicht, dachte ich. Das kann Cyril auch gleich selber tun. Denn so viel war mir inzwischen klar: Ich hatte den richtigen Riecher gehabt.

Ohne mich um Jane zu kümmern oder darauf zu achten, ob Gordy mir ebenfalls folgte, riss ich die Tür auf und stürmte in den Garten hinaus. Mit ein paar Schritten war ich am Teich – ich zog meine Haihaut aus der Gesäßtasche, ließ Sneakers, Jeans und T-Shirt zu Boden fallen – und sprang.

Das Wasser war überraschend kühl und salzig und zum Glück viel weniger trüb, als ich befürchtet hatte. Trotzdem brauchte ich ein paar Sekunden, um mich zu orientieren. Dass meine Beine sich zu einem Haischwanz zusammenschlossen, spürte ich fast gar nicht, der erste Atemzug unter Wasser kostete mich allerdings ein wenig Überwindung.

Für den Bruchteil einer Sekunde sah ich in die weit aufgerissenen Augen des Jungen, dann stob er davon und verschwand hinter einer hohen weinrot schimmernden Pflanze.

Aufmerksam ließ ich meinen Blick über die Unterwasserlandschaft gleiten, die Jane für ihn geschaffen hatte. Der

Teich war wirklich nicht klein und zudem ungewöhnlich tief. Es gab sogar ein mit Muscheln übersätes Riff und auch ein paar Krebse und Fische. Dennoch konnte ich mir nicht vorstellen, dass dieser Platz als ständiger Aufenthaltsort für einen Nix geeignet war, und noch mehr fragte ich mich, wo sich ein so großes Wesen wie Cyril wohl versteckt halten könnte, da bemerkte ich plötzlich unter mir eine Bewegung.

Meine Reaktion war ein Reflex, ich dachte nicht eine Sekunde darüber nach. Mit einem einzigen Flossenschlag schoss ich auf den Grund zu und bekam den dunklen Leib, der sich aus dem sandigen Boden erhob und ebenfalls hinter die weinrote Pflanze flüchten wollte, mit den Händen zu fassen.

Unter normalen Umständen wäre er ganz sicher problemlos mit mir fertiggeworden, aber er war verletzt – wie sehr, wurde mir erst in dem Moment klar, als ich seinen Schrei spürte, der jede einzelne meiner Zellen durchdrang und sogar das Wasser im Teich zum Vibrieren brachte. Die zarte Haihaut-Hülle, die seinen Körper umgab, war an unzähligen Stellen eingerissen. An seinen Flanken hing sie zum Teil in langen Fetzen herab. Blut, Schrunden oder Bisse waren nicht zu sehen, aber dort, wo seine menschliche Haut mit Meerwasser in Berührung gekommen war, hatte sie sich tiefblau verfärbt. Cyril sah aus, als wäre er in eine heftige Schlägerei geraten.

Sein Anblick schockierte mich bis ins Mark, und es kostete mich eine ungeheure Willensanstrengung, ihn nicht einfach loszulassen.

Cyril, bitte, halt still, ich muss mit dir sprechen.

Alles, was du willst, aber bitte nimm deine Hände weg, flehte er. *Ich verspreche dir, ich werde nicht flüchten. Ich käme ja sowieso nicht weit.*

Ich suchte in seinen dunklen Augen nach einem Anzeichen, ob er mich auszutricksen versuchte. Doch ich fand nichts darin außer Schmerz und Qual, und so beschloss ich, ihm zu vertrauen, und gab ihn zögernd frei.

Cyril seufzte auf, entspannte sich und ließ sich langsam wieder zu Boden sinken.

Das ist keine gute Idee, sagte ich. *Wenn wir nicht bald zusammen auftauchen, bekommen wir garantiert Besuch von Gordy.*

Oh, du hast ihn mitgebracht!, entgegnete Cyril spöttisch. *Das ist wirklich ... aufmerksam.*

Vielleicht weißt du es nicht, weil du bewusstlos warst, aber er hat dir das Leben gerettet.

Oh doch, ich weiß es. Javen und ... Er brach ab und schüttelte den Kopf. *Sie haben es mir erzählt.*

Okay, du willst mir also nicht verraten, wer der andere Nix war.

Cyril senkte den Blick.

Das bedeutet, dass ich ihn kenne, sagte ich. *Dass er wahrscheinlich schon sehr lange unter den Menschen lebt und nicht enttarnt werden will.*

Die Antwort war Schweigen, und aus Cyrils Miene konnte ich nicht erraten, was er dachte oder fühlte.

Ich lege auch keinen Wert darauf, enttarnt zu werden, wie du dir sicher denken kannst, fuhr ich also fort. *Aber früher oder später werden wir einander erkennen.*

Cyril musterte mich schweigend.

Du hast es gewusst, oder?, fragte ich. *Du hast gewusst, dass ich eine Halbnixe bin. Das würde nämlich erklären, warum du dich überhaupt nicht gewundert hast, mich hier so zu sehen.*

Noch immer zeigte er keine Regung, sondern sagte nur: *Du hast recht, wir sollten auftauchen.*

Mit einem Flossenschlag entfernte er sich von mir und schoss nach oben. Ich folgte ihm, so schnell ich konnte.

Unmittelbar nacheinander sprangen wir aus dem Teich. Dass ich vor dem Auftauchen sämtliches Wasser aus meinen Lungen presste, geschah ganz automatisch, ich dachte nicht einmal mehr darüber nach, und genauso rasch schlang ich mir auch meine Haihaut um den Körper.

Gleich neben der Bank am Teichrand stand Gordy und ein Stück weiter in Richtung Haus Jane, die ihre Arme schützend um einen hübschen rothaarigen Jungen gelegt hatte.

Alle drei starrten uns an.

Zu meiner Verwunderung ignorierte Cyril Gordy völlig und lief stattdessen mit geballten Fäusten auf Jane zu. »Warum hast du ihnen mein Versteck gezeigt?«, fauchte er.

»Lass sie in Ruhe!«, rief ich. »Sie hat dich nicht verraten. Ich bin von selbst drauf gekommen.«

Ich eilte so blindlings hinter Cyril her, dass ich nicht auf meine Kleidungsstücke auf dem Rasen achtete. Mein rechter Fuß verfing sich in der Jeans, ich geriet ins Straucheln und stürzte der Länge nach auf den Boden.

Ein jäher Schmerz jagte mir den Ellenbogen hinauf und für einen Moment wurde mir schwindelig.

Gordy war sofort bei mir, um mir auf die Füße zu helfen.

»Hast du dir wehgetan?«, fragte er besorgt.

Ich schüttelte den Kopf.

»Zeig her.« Sanft umfasste Gordian mein Handgelenk, doch ich entzog es ihm wieder.

»Ist nicht so schlimm«, sagte ich gepresst und richtete meinen Blick auf Cyril, der sich inzwischen zu mir umgedreht hatte. Im Sonnenlicht sah sein Körper noch viel geschundener aus als unter Wasser. Ich mochte mir gar nicht vorstellen, welche Qualen er litt.

»Es passiert, wenn die Außenhülle reißt und die Unterhaut zu lange mit den Chemiegiften im Meerwasser in Berührung kommt«, erklärte Jane, die meinen erschrockenen Gesichtsausdruck bemerkte. Sie hatte den Jungen an die Hand genommen und kam nun langsam ein Stück näher. »Sie greifen den Nixkörper sofort an und fressen sich allmählich in ihn hinein. Die Unterhaut beginnt zu faulen, und die Oberhaut platzt auf, um die Gifte auszuleiten. Die damit verbundenen Schmerzen sind so stark, dass nicht wenige das Bewusstsein verlieren, ehe sie es schaffen, sich in den Meeresboden einzugraben. Dort nämlich wird der Fäulnisprozess aufgehalten. Die Kristalle des Erdbodens absorbieren die Gifte und versorgen den Organismus mit den nötigen Mineralien. Die Hülle kann wieder heilen. Das Ganze dauert allerdings eine Weile. Cyril müsste noch mindestens zwei Wochen im Teich bleiben, um ganz gesund zu werden.«

»Sei doch still«, zischte er. »Siehst du denn gar nicht, dass Elodie Schmerzen hat?«

Was? »Ich?«

»Ja, du«, knurrte Cyril.

Ich wollte auflachen, so absurd war das Ganze, aber Gordy beanspruchte nun meine komplette Aufmerksamkeit.

»Gib mir deine Hand«, sagte er so eindringlich, dass ich ihn einfach ansehen musste.

»Warum?«, fragte ich ungeduldig. »Sie ist völlig in Ordnung.«

»Ist sie nicht.«

»Gordian hat recht«, hörte ich Jane sagen. »Du kannst froh sein, wenn du dir nichts gebrochen hast.«

»Unsinn, ich …« Die Worte erstarben in meiner Kehle, denn nun kam der Schmerz in meinem Unterarm scharf und pulsierend zurück. Die Haut über meinem Handgelenk leuchtete tiefrot und schwoll zusehends an. »Aber ich bin doch bloß gestolpert«, stammelte ich. »Ich habe mich einfach nur abgestützt. Es kann überhaupt nicht sein, dass …«

»Ganz ruhig, Elodie«, flüsterte Gordy.

Seine Stimme strich mir über die Haut wie eine lindernde Salbe. Vorsichtig umfasste er meinen Unterarm und berührte die Stelle über dem Handgelenk mit seinen Lippen.

Mit jedem Kuss löste sich der Schmerz mehr und mehr auf, bis nichts weiter zurückblieb als ein zartes Kribbeln und eine wohlige Wärme, die meine Knochen durchflutete. Es fühlte sich an, als wäre nie etwas gewesen.

Die Tarnung der Hainixe

Einen Moment lang war es so still, dass man das Meer in der Ferne rauschen hören konnte. Cyril, Jane und der Junge starrten Gordy und mich an, als wären wir das achte Weltwunder. Schließlich war es Jane, die als Erste ihre Sprache wiederfand.

»Du hast ein sehr außergewöhnliches Talent. Vielleicht könntest du Cyril ebenfalls helfen ...?« Sie formulierte diese Frage sehr vorsichtig.

Gordy atmete tief durch. Das Türkisgrün seiner Iris war dunkler als sonst und er wirkte ein wenig abwesend. Fast unmerklich schüttelte er den Kopf.

»Bitte«, sagte ich leise.

»Nein. Er kann in den Teich zurückgehen und ...«

»Gordy«, raunte ich. »Er leidet Höllenqualen. So kann er uns nicht helfen.«

»Vielen Dank für deinen Einsatz«, presste Cyril zwischen zusammengebissenen Zähnen hervor. »Aber ich lege wirklich keinen Wert darauf, von einem Delfin geküsst zu werden.«

»Du bist ein Dummkopf!«, zischte ich.

In Cyrils schwarzen Augen blitzte es. Zornig sah er mich an. Doch das beeindruckte mich nicht. Hier und jetzt ging es um mehr als um seine Eitelkeit oder seinen verletzten Stolz.

»Es ist alles andere als tapfer, freiwillig zu leiden«, sagte ich zu ihm. »Außerdem hast du etwas gutzumachen, also stell dich nicht so an.«

Cyril schüttelte den Kopf. »Selbst wenn es so wäre ...«

»Verdammt noch mal!«, blaffte ich. »Wie kann man nur so störrisch sein!«

»Schluss jetzt!« Ein wenig unsanft schob Gordian mich zur Seite und trat vor Cyril hin. »Ich könnte versuchen, die Schmerzen zu lindern. Dafür müsste ich dich aber berühren.«

»Ganz sicher nicht.« Cyril wich einen Schritt zurück, dann drehte er sich um.

»Du gehst jetzt nicht wieder in den Teich!« Bevor ich überhaupt eine Reaktion zeigen konnte, war Jane ihm in den Weg gesprungen. »Er meint es ehrlich und er kann dir helfen, also nimm sein Angebot gefälligst an.«

»Ehrlich?« Cyril grinste abfällig. »Dass ich nicht lache! Du weißt ebenso gut wie ich, wie hinterhältig Delfine sind.«

»Sein können«, ging ich dazwischen. »Gordian hätte dich auch bewusstlos auf dem Meeresgrund liegen und verfaulen lassen können.«

Cyrils Augen wurden schmal. »Damit hätte er mir zumindest diese Qualen erspart.«

Jane stöhnte auf. »Das kann unmöglich dein Ernst sein.«

»Bitte, Cyril!« Die glockenhelle Stimme des Hainixjungen ließ mich herumfahren und Gordy wandte sich ebenfalls zu ihm um. Flehend hielt der Junge seinen Blick auf Cyril gerichtet. »Ich glaube auch, dass der Plonx okay ist.«

Cyril rührte sich nicht. Er schien fest entschlossen, sich nicht helfen zu lassen. Offensichtlich konnten ihn nicht einmal die Worte eines Kindes erweichen.

»Verdammt noch mal, Cyril!«, knurrte ich. »Es geht hier nicht nur um dich!«

Er wirbelte herum und öffnete den Mund, um etwas zu erwidern, doch ich hatte nicht vor, ihn zu Wort kommen zu lassen.

»Bist du denn wirklich so verblendet, dass du dir nicht denken kannst, was Kyans, Liams und Zaks Angriff für Folgen haben könnte? Oder ist es dir etwa gleichgültig, wenn jetzt ein Krieg zwischen Hainixen und Delfinnixen ausbricht?«

»Du bist auch eine Hainixe, Elodie«, entgegnete er. »Du gehörst zu *uns*.« Dass er sich derart besitzergreifend über mich äußerte, machte mich nur noch zorniger.

»Ich gehöre zu Gordy«, sagte ich. »Zu sonst niemandem.«

Cyril schwieg. Und mit jeder Sekunde, die verging, stieg die Spannung zwischen uns, bis ich sie in jeder Zelle meines Körpers zu spüren glaubte.

Plötzlich trat Jane zur Seite. »Wenn du es nicht anders willst, dann geh, vergrab dich im Sand und komm erst wieder zurück, wenn du gesund bist.«

Sie hatte es noch nicht ganz ausgesprochen, da war Cyril bereits in den Teich abgetaucht.

»*Ich* werde es tun.«

Janes Stimme holte mich ins Hier und Jetzt zurück. Mein Blut pulsierte noch unter der Hitze meiner Wut, ich war fassungslos über Cyrils geradezu zerstörerischen Trotz.

»Ich werde an Cyrils Stelle ins Meer tauchen und mit den Haien reden«, sagte sie. »Außerdem werde ich versuchen, Javen

Spinx zu finden. Am Ende ist er vielleicht der Einzige, der das Schlimmste verhindern kann.«

Ich blickte von ihr zu Gordy und spürte eine dumpfe Angst in mir, die über die Befürchtung, Haie und Delfine könnten sich einen Kampf liefern, weit hinausging. Für einen kurzen Moment dachte ich an Cecily Windom und ihre irren Prophezeiungen, und mit einem Mal kam mir das, was sie über den Untergang der Kanalinseln gesagt hatte, gar nicht mehr abwegig vor.

»Wer bist du?«, fragte ich. »Ich meine, wer bist du wirklich?«

»Eine Hainixe«, erwiderte Jane. »Na ja ...« Sie lachte kurz auf. »Mittlerweile bin ich wohl eher eine Landratte. Ich war schon ewig nicht mehr im Meer. Ab und zu leiste ich Bo im Teich Gesellschaft, aber das ist es auch schon.«

»Ist dein ... ähm ...Fuß der Grund dafür?«, tastete ich mich vor.

Jane nickte kurz. »Mein Bein ... ja. Aber das ist ganz allein meine Sache.« Sie sah Gordy an. »Und es hat nicht das Geringste mit den Delfinen zu tun.«

»Aber mit deinem Jungen?«

»Bo ist nicht mein Junge«, entgegnete Jane. »Er lebt lediglich bei mir. Das ist alles, was ich dir im Moment dazu sagen kann«, fügte sie hinzu, ehe ich nachhaken konnte.

Dann gehört er wohl zu Cyril, dachte ich. Bo ist nicht nur Janes, sondern auch sein Geheimnis. Sobald er den Teich hier verlassen konnte, würde er mir dazu Rede und Antwort stehen müssen. Von Jane erhoffte ich mir jedoch, noch ein paar andere Dinge zu erfahren.

»Was ist mit meiner Großtante?«, fragte ich. »Weiß sie tatsächlich nicht, wer du bist?«

»Nein.« Ein Lächeln huschte über ihr Gesicht. »Wir Haie leben schon so lange auf diesen Inseln. Wir wissen, wie wir uns tarnen können.«

»Das stimmt nicht ganz«, widersprach ich sofort. »Cyril und Javen Spinx ...« Ich brach ab, denn erst jetzt fiel mir eine Besonderheit auf, die ich eigentlich schon längst hätte bemerken müssen. »Wieso hat er einen Nachnamen und Cyril beispielsweise nicht?«

Wieder lächelte Jane. »Du hast auch einen, Elodie *Saller*. Dabei brauchst du ihn im Grunde genauso wenig wie die meisten von uns.«

Ich schüttelte den Kopf. »Wie meinst du das?«

»Wir alle verfügen über das gleiche Talent. Es gehört zu unserer Tarnung.« Sie machte eine flüchtige Geste vor ihrer Stirn. »Bilder löschen.«

»Aber ...?«

»Javen steht mit vielen Menschen in Kontakt«, kam Jane meiner Frage zuvor. »Jeden Tag trifft er neue Leute. Wissenschaftler, Politiker, Journalisten ... Für das, was er sich vorgenommen hat, ist es notwendig, dass sie sich an ihn und alles, was er tut und sagt, erinnern. Mit der Fähigkeit, Dinge vergessen zu lassen, kommt er da natürlich nicht weit. Anders als die meisten von uns verfügt Javen zum Glück aber auch noch über andere Talente, die er einsetzen kann, sollte es einmal brenzlig werden.«

Unwillkürlich kam mir die Szene am Hafen von St Peter Port in den Sinn. War es womöglich in irgendeiner Weise gefährlich für ihn gewesen, mich dort zu treffen? Es schien mir absurd, und trotzdem: »Ich kann mir nicht vorstellen, dass er sich von mir finden lassen wird«, murmelte ich.

Jane sah mich verständnislos an. »Wie kommst du denn darauf?«

»Er hat mir gegenüber schon einmal so getan, als würde er mich nicht kennen.«

»Das macht er nur, um uns nicht zu schaden«, meldete sich Bo überraschend zu Wort.

Seine Stimme war überaus bezaubernd. Hell und klar, aber ohne sich kindlich anzuhören. Überhaupt war seine ganze Erscheinung einfach hinreißend. Bo hatte eine zarte, feingliedrige Statur, seine kupferroten Haare standen in rosettenförmigen Wirbeln, die wie Blumen aussahen, von seinem Kopf ab, und seine leicht schräg gestellten blauen Augen leuchteten wie Saphire. Ich hatte noch nie einen hübscheren Jungen gesehen. Wäre ich ein kleines Mädchen gewesen, hätte ich ihn garantiert für einen Elfen gehalten.

»Du kennst ihn?«, fragte ich verwundert.

»Natürlich.« Bo grinste schief. »Jeder von uns kennt ihn.«

»Und du denkst, dass es mir geschadet hätte, wenn Javen Spinx und ich uns in St Peter Port miteinander unterhalten hätten?«

Bo nickte, und Jane, die wieder hinter ihn getreten war und ihren Arm um ihn geschlungen hatte, sagte: »Javen tut nichts ohne Grund. Er arbeitet ungeheuer effizient.«

»Vielleicht liegt es daran, dass er so viele besondere Talente besitzt«, erwiderte ich schulterzuckend.

»Schon möglich.« Jane warf einen kurzen Blick auf Gordy, der vollkommen reglos neben mir stand und ziemlich nachdenklich wirkte. »Unsere besonderen Fähigkeiten bilden sich individuell nach Bedarf aus«, fuhr sie schließlich wieder an mich gewandt fort. »Sie richten sich nach dem Ziel, das wir anstreben. Und da Javen besonders verantwortungsvolle Aufgaben zufallen, wird er auch über besonders viele Talente verfügen.«

»Heißt das etwa, sobald man vor einem Problem steht, fällt die entsprechende Gabe einfach vom Himmel?« Ich konnte mir nicht helfen, aber das klang einfach zu fantastisch.

»So ist es ganz und gar nicht«, meinte Jane auch gleich. »Im Gegenteil: Das Meer gibt uns diese Fähigkeiten nur dann, wenn es allen dient. Unsere persönlichen Probleme oder gar Wünsche spielen dabei überhaupt keine Rolle. Außerdem sind diese Talente nur Leihgaben, mit denen man äußerst sorgsam umgehen sollte«, schloss sie mit ernstem Unterton.

Abermals schaute ich auf ihren Fuß und ertappte mich bei der Frage, ob dieses Handicap wohl eine Art Strafe gewesen war, weil Jane eines ihrer Talente für eigennützige Zwecke eingesetzt hatte. »Das Hinken ist sehr nützlich«, sagte sie augenzwinkernd, als sie meinen Blick bemerkte. »Keiner der Inselbewohner ist jemals auf die Idee gekommen, dass ich kein Mensch sein könnte.«

»Cyril hat angedeutet, dass mehrere von euch hier ...«, setzte ich an, doch Jane ließ mich nicht ausreden.

»Von *uns*«, betonte sie. »*Du* gehörst auch dazu.«

Ja. Ich seufzte leise. Es würde wohl noch eine Weile dauern, bis ich es verinnerlicht hatte, dass ich kein normales Menschenmädchen, sondern eine Hainixe war.

»Also, er meinte, dass ich bereits einige kenne ...«, fuhr ich zögernd fort, in der Hoffnung, dass Jane mir vielleicht verraten würde, wer sie waren.

»*Einige* wohl nicht«, entgegnete sie. »Den einen oder anderen aber schon.«

»Und woran liegt es, dass ich sie bisher nicht erkannt habe?«, fragte ich weiter. »Ich meine, sowohl bei Javen Spinx als auch bei Cyril ist mir ja sofort aufgefallen, dass sie irgendwie anders sind.«

Jane zuckte die Achseln. »Dann war das wohl beabsichtigt.«

Ich runzelte die Stirn. »Tut mir leid, aber das verstehe ich nicht.«

Jetzt musste sie lachen. »Was gibt es daran denn nicht zu verstehen?«

Ich sah von ihr zu Gordy und wieder zu ihr. Tatsächlich dauerte es ein paar Sekunden, bis mir endlich ein Licht aufging. »Oh, *sie* haben *mich* erkannt!«

Verschmitzt grinsend reckte Bo seinen Daumen in die Höhe.

Javen Spinx, Cyril und offensichtlich auch Jane und dieser kleine Junge wussten mehr über mich als ich selbst. – Ein seltsames Gefühl! Allerdings erklärte es vielleicht, warum ich mich von allen dreien sofort angezogen gefühlt hatte.

»Du solltest dir übrigens auch deinen alten Gang wieder angewöhnen«, meinte Jane. »Nur so als Tipp ... wegen der Tarnung.«

Wieder verstand ich nicht gleich.

»Du bewegst dich geschmeidiger als vorher«, half Jane mir auf die Sprünge. »Und schneller. Achte mal drauf.«

Schon verrückt. Ich hatte diese Veränderung an mir gar nicht wahrgenommen, aber jetzt, da sie es erwähnte, spürte ich es sofort. Die Luft um mich herum fühlte sich anders an als früher, viel feiner und trotzdem präsenter. Ähnlich wie das Wasser im Meer konnte ich sie zur Fortbewegung nutzen. Keine Ahnung, ob ich es überhaupt hinbekam, mich wieder wie ein normaler Mensch zu bewegen.

»Schön, dass ihr nicht immer nur im Haus hockt«, rief Tante Grace uns von der Veranda aus zu, als Gordy und ich uns eine gute Viertelstunde später dem Cottage näherten.

Sie hatte ein paar ihrer Sofakissen auf der Bank verteilt und es sich dort mit einer Tasse Tee und der Tageszeitung bequem gemacht.

»Und?«, fragte ich mit leichter Ironie. »Gibt es etwas Neues über die *Mörderbestie?*«

»Tja, stellt euch vor ...«, sagte meine Großtante und legte die Zeitung zur Seite, »nun soll es plötzlich gar keine *Bestie* gegeben haben, sondern ein ganz normaler Delfin gewesen sein, den sie aus dem Meer gefischt haben.«

»Du weißt genauso gut wie Gordy und ich, dass das nicht stimmen kann«, entgegnete ich. »Ich habe auch schon mit Ruby darüber gesprochen. Sie versteht es ebenso wenig.«

Und was das Merkwürdigste daran war: Offenbar hatte ganz Guernsey diese Geschichte einfach so geschluckt. Nicht einmal die Presse schien Nachforschungen angestellt zu haben.

Um Tante Gracies Mundwinkel zuckte es.

»Ihr wisst, wer es getan hat«, sagte sie, während ihr Blick forschend zwischen Gordy und mir hin und her glitt, »und ihr wisst auch, wie Lauren und Bethany gestorben sind. Hab ich recht?«

Ich schluckte schwer.

»Ja, hast du«, gab ich zögernd zu. Zwar signalisierte Gordy mir mit einer unwilligen Geste, dass er ein solches Geständnis für keine gute Idee hielt, aber ich fühlte mich einfach besser damit, wenn ich meine Großtante nun, nachdem sie ihn und mich in unser großes Familiengeheimnis eingeweiht hatte, nicht weiterhin anlog. »Wir vermuten, dass ein Delfinnix die Mädchen ertränkt hat.«

»Einer, den Sie kennen?«, wandte sie sich an Gordian.

Er nickte und Tante Gracie sog scharf Luft ein.

»Aber es ist nicht der, den die Fischer gefangen genommen haben?«, fragte sie nach einer kurzen spannungsvollen Pause weiter.

»Nicht einfach bloß gefangen genommen«, sagte ich rau. »Ich habe mit eigenen Augen gesehen, wie sie Elliot erschlagen haben.«

Tante Grace wurde aschfahl im Gesicht. Ihr Mund ging auf und wieder zu, mit dieser Eröffnung hatte ich sie ganz offensichtlich so sehr überrascht, dass sie nicht wusste, was sie dazu sagen sollte.

»Gordy hat ihn gut gekannt«, fuhr ich also fort und deutete auf die Zeitung. »Und jetzt tun alle so, als ob es ihn nie gegeben hätte.«

»Aber wenn ... wenn er die Mädchen auf dem Gewissen hat ...« Wieder richtete Tante Grace ihre Augen auf Gordy. »Halten Sie es für möglich, dass die Delfine sich dafür rächen werden?«

»Das wissen wir nicht genau«, antwortete ich an seiner Stelle. »Seit Gordian an Land gekommen ist, hat er keinen Kontakt mehr zu ihnen. Wir glauben es aber eher nicht«, beeilte ich mich hinzuzusetzen, woraufhin Gordy mich mit einem finsteren Blick bedachte.

Tante Grace schob die Unterlippe vor und musterte mich skeptisch. »Wie könnt ihr euch da so sicher sein?«

»Weil es wahrscheinlich längst passiert wäre«, gab ich hastig zurück.

Meine Großtante stand von der Bank auf, rieb ihre Handflächen gegeneinander und machte ein paar unruhige Schritte hin und her. Schließlich blieb sie stehen und sah zum Meer hinunter, das tief und dunkel in der Perelle Bay lag.

»Ich weiß nicht, ob es richtig ist ...«, murmelte sie. »Einfach nichts zu tun ...« Sie wandte sich wieder uns zu. »Es wäre doch durchaus möglich, dass die Nixe etwas Größeres planen.«

Ihr Blick klebte jetzt auf Gordian, der ihn schweigend erwiderte. Ich bemerkte den Anflug von Panik in Tante Gracies Augen, und im selben Moment wurde mir klar, dass Gordy es auch nicht schaffen würde, ihr die Unwahrheit zu sagen.

Die Sache drohte aus dem Ruder zu laufen, und ich verfluchte mich dafür, dass ich überhaupt mit diesem Thema angefangen hatte. Im Grunde gab es jetzt nur noch eine einzige Möglichkeit.

Du wirst dieses Gespräch vergessen.

Meine Großtante sah mich irritiert an.

»Was wollte ich noch gleich ...? Ach ja ... Ihr solltet euch besser vorsehen. Ich meine, falls ihr vorhabt, ins Meer hinunterzutauchen.«

Gordians Miene entspannte sich.

»Keine Sorge, wir passen schon auf uns auf«, versicherte ich ihr und folgte Gordy, der bereits ein paar Schritte über die Gartenterrassen in Richtung Klippen gegangen war.

»Ich hatte schon befürchtet, du machst es nicht«, warf er mir über die Schulter hinweg zu.

»Tut mir leid«, entschuldigte ich mich. »Ich hatte gedacht, es wäre gut, wenn sie in alles eingeweiht ist.«

»Es ist am besten, wenn so wenige Menschen wie möglich darüber Bescheid wissen«, entgegnete er heftig.

»Aber sie müssen sich doch verteidigen können«, hielt ich dagegen. »Ich meine, falls ...«

Gordy fuhr zu mir herum. »Das können sie gar nicht ... Verstehst du, Elodie, wenn es zum Äußersten käme ... Wenn es den Delfinnixen am Ende tatsächlich gelänge, an Land zu kommen ...«

Nein. Das mochte ich mir lieber nicht vorstellen.

»Hoffen wir, dass es nicht passiert. Und hoffen wir auch, dass Jane Javen Spinx findet und es ihm gelingt, die Haie zu beschwichtigen.«

Gordy nickte, dann drehte er sich um und ging weiter, bis er *unsere* Stelle erreichte.

Ich lief ihm hinterher und fasste ihn am Arm. »Sag mal, was ist da eigentlich eben zwischen dir und Jane passiert?«

»Das kann ich dir auch nicht genau erklären«, erwiderte er ausweichend.

»Du magst sie«, sagte ich. »Du mochtest sie sofort, obwohl sie eine Hainixe ist.«

»Du bist auch eine Hainixe.« Ein Grinsen huschte über sein Gesicht. »Und ich mag dich ebenfalls.«

»Ja, aber doch nicht so!«

»Stimmt.« Er schlang seinen Arm um meinen Nacken und hauchte mir einen Kuss auf die Wange. »Zugegebenermaßen mag ich dich sogar noch ein kleines bisschen lieber als Jane.«

»Blödmann«, sagte ich und stupste ihm meinen Ellenbogen in die Seite. »Außerdem weichst du ständig aus.«

»Du übertreibst«, gab er gespielt grimmig zurück. »Bisher habe ich dir immer alles sofort erzählt.«

»Na ja, fast«, entgegnete ich und küsste sein Kinn. »Und was Jane betrifft ...«, sagte ich zögernd. »Ihr habt euch angeschaut, als würdet ihr euch schon ewig kennen.«

»Dem ist aber nicht so«, versicherte Gordy mir. »Okay, ich gebe zu, dass sie mir irgendwie vertraut ist«, lenkte er ein, »doch ich schwöre dir: Ich habe sie nie zuvor gesehen.«

»Aber *sie dich* ja vielleicht ...«

»Das glaube ich nicht«, sagte Gordy. »Viel eher hatte ich das Gefühl, dass sie in mich hineingeschaut hat. Verstehst du, auf eine andere, sehr viel tiefer gehende Weise, als ich es kann.« Er kniff die Augen zusammen und blickte aufs Wasser, das in unruhigen Wellen gegen die Felsen klatschte. »Sie scheint etwas in mir gesehen zu haben, das ich nicht ...« Er brach unvermittelt ab, schüttelte den Kopf und sagte dann: »Ihr Haie seid den Delfinen überlegen. Ist dir das eigentlich klar?«

Natürlich hätte ich sehr viel lieber noch weiter mit ihm über Jane gesprochen, aber ich spürte, dass Gordy das, was heute zwischen ihnen beiden vorgefallen war, erst einmal selber begreifen musste, und so nahm ich den Themenwechsel widerspruchslos hin und fragte: »Inwiefern?«

»Delfine werden mit ihren Talenten geboren. Sie können keine weiteren ausbilden.«

»Dafür kommen sie ihnen aber auch nicht abhanden, oder?«, hielt ich dagegen.

»Nein, sie behalten sie.« Gordy schob die Hände in seine Hosentaschen und ließ seinen Blick übers Meer gleiten.

Die Sonne hatte ihren Zenit mittlerweile überschritten und wanderte weiter nach Westen. Von dort zogen nun Wolken auf, außerdem wehte ein kühler Wind, der einen Wetterumschwung ankündigte.

Ich lehnte mich an Gordians Schulter und konzentrierte meine Gedanken auf einen anderen, ebenso wichtigen Aspekt. Jane hatte Cyrils Andeutung bestätigt, dass hier auf den Inseln noch weitere Hainixe lebten und ich den einen oder anderen bereits getroffen hatte. Und da ich außer den beiden, Javen Spinx, Bo, Tante Grace und den Leuten aus der Clique bisher niemanden näher kennengelernt hatte, hielt ich es für folgerichtig, genau dort anzusetzen, nämlich bei Rubys Freunden.

»Ich komme mit«, sagte Gordy, doch ich winkte sofort ab.

»Das ist keine gute Idee.«

»Ich bin sicher, du wirst hervorragende Arbeit leisten, und sie werden sich genauso wenig an mich erinnern wie alle anderen Menschen, die uns bisher begegnet sind.«

»Nicht, wenn ein Hai unter ihnen ist«, erwiderte ich. »Oder glaubst du, dass diese Talente auch innerhalb unserer Art wirksam sind?«

»Bei den Delfinen schon«, antwortete Gordian zögernd. »Mit euch Haien kenne ich mich nicht so aus.« Seine Iris nahm einen kühlen bläulich schillernden Türkiston an und für einen kurzen Moment spürte ich ein Frösteln im Nacken. »Noch nicht«, setzte er ein wenig sanfter hinzu. »Ausprobieren würde ich es an deiner Stelle allerdings nicht. Hoffen wir einfach, dass genau wie Javen Spinx und Jane auch dieser Hai wissen wird, dass ich Cyril helfen wollte.«

»Und wenn nicht?« Es war nur ein Gefühl, aber der Gedanke, ihn Isaac, Jerome, Mike oder gar Tyler vorzustellen, behagte mir überhaupt nicht. »Hainixe sind Einzelgänger. Vielleicht hat sich das noch gar nicht unter ihnen herumgesprochen.«

»Schon möglich.« Gordy strich mir flüchtig übers Haar.

»Trotzdem. Ich lasse dich nicht allein, das weißt du doch. Und das ist mein letztes Wort.«

Ehe ich protestieren konnte, hatte er seine Lippen bereits auf meine gelegt, und diesmal küsste er mich so lange, so warm und so unendlich zärtlich, dass ich das Gefühl hatte, mich in ihm aufzulösen.

»Ich gehöre zu dir«, flüsterte er. »Spürst du das nicht? Elodie, spürst du wirklich nicht, was ich für dich empfinde?«

Doch, das tat ich. Ich spürte Gordians Liebe von den Haarwurzeln bis zu den Zehenspitzen, ich spürte sie in jeder Zelle meines Körpers und in der tiefsten Tiefe meiner Seele. Aber genau das machte mir Angst. Denn gerade diese Nähe ließ den Unterschied zwischen uns nur umso deutlicher hervortreten: Gordy war ein Delfin und ich war ein Hai.

Allein bei der Vorstellung, welche Konsequenzen das möglicherweise irgendwann haben könnte, zog sich mir das Herz zusammen.

Streit am Strand

Um kurz vor vier gingen wir ins Haus zurück. Ich stibitzte ein Stück vom frisch gebackenen Schokoladenkuchen, der in der Küche auf dem Tisch stand – weniger weil ich Hunger hatte, sondern eher, um meine Großtante bei Laune zu halten – und lief hinter Gordy her die Treppe in mein Zimmer hinauf.

Auf meinem Handy, das ich inzwischen beim Blumengießen im Topf der Yucca-Palme wiedergefunden hatte, registrierte ich eine Nachricht von Ruby und eine von Sina. Ich öffnete Sinas zuerst.

Was ist los?, schrieb sie. Warum meldest du dich nicht mehr?
Es hat doch hoffentlich nichts damit zu tun, dass frederik und ich jetzt zusammen sind?

Natürlich nicht, beruhigte ich sie.
Gordy und ich sind nur sehr beschäftigt ;-)
hdl :***

Danach las ich Rubys SMS. Sie hatte sie vor einer Viertelstunde geschickt.

> Wir sind heute am strand. Hast du lust? Ashton und ich vermissen dich.
> Wir sind so froh, dass dir nichts passiert ist. Du bist ein Wunder, Elodie,
> weißt du das? Ach, scheiße, du hast keine Ahnung, was du mir bedeu-
> test ... was du und gordian uns bedeuten.

Eine Welle der Rührung durchflutete mich. Und der Anflug eines schlechten Gewissens meldete sich ebenfalls. Ruby
musste Höllenqualen gelitten haben, als sie mich im Meer versinken und nicht wieder auftauchen sah.

»Und?« Gordy schlang seine Arme um meine Taille und
linste neugierig über meine Schulter. »Welche Nachrichten
schickt der kleine Funkkasten?«

»Rubys«, sagte ich und meine Stimme hörte sich ziemlich
belegt an. »Sie möchte uns treffen. In der Cobo Bay.«

»Uns?«

»Ja, ich glaube schon.«

»Siehst du.« Gordy umschlang mich ein wenig fester und
küsste meinen Hals. »Ich wusste doch gleich, dass es richtig ist,
wenn ich dich begleite.«

»Es ist nicht richtig«, widersprach ich. »Aber ich habe mittlerweile kapiert, dass ich dich ohnehin nicht davon abhalten
kann mitzukommen. Wahrscheinlich könnte ich dir nicht einmal davonlaufen.«

»Nein, ganz bestimmt nicht.« Gordy lachte leise und sein
warmer Atem fuhr in den Ausschnitt meines T-Shirts. »Im Gegensatz zu mir bist du so langsam wie eine Seegurke.«

Ich drehte mich in seinem Arm und legte die Hände um
seinen Nacken. »Seegurken bewegen sich überhaupt nicht, hab
ich recht?«

»Na ja ...« Er grinste noch breiter.

»Duuu!« Ich schob meine Finger in seine Haare und spielte mit seinen Locken.

»Was?«

»Ich bin echt nicht bereit, mir noch mehr von diesen Beleidigungen anzuhören«, sagte ich entschieden. »Wenn du nämlich glaubst, dass ich mir noch immer nicht darüber bewusst bin, dass auch in meinen Adern Nixenblut fließt und ich längst nicht mehr so langsam bin wie ein Mensch ...«

»Was dann?« In Gordians Augen blitzte es, doch noch ehe sein Lächeln mich außer Gefecht setzen konnte, hatte ich meine Lippen bereits auf seinen Mund gelegt.

Ich küsste ihn ebenso warm und zärtlich, wie er mich eben auf den Klippen geküsst hatte, und dieses Mal löste *er* sich in *mir* auf. Wir verschmolzen miteinander in diesem Kuss, ich verlor die Orientierung und wusste schon bald nicht mehr, ob ich lag oder stand und ob wir von Luft oder Meerwasser umgeben waren.

Meine Sehnsucht und meine Liebe strömten zu Gordy und seine Sehnsucht und seine Liebe strömten zu mir zurück.

Und plötzlich war ich ganz sicher: Egal, was heute noch geschah ... in dieser Nacht würde es ... endlich! ... passieren.

Eine gute halbe Stunde später hatte sich der Himmel komplett zugezogen, worüber ich mehr als froh war. Niemandem würde auffallen, dass Gordian keinen Schatten warf, und ich würde mich voll und ganz auf die Leute aus der Clique konzentrieren können.

Wieder nahmen wir die Räder, und diesmal musste ich

mich mächtig zusammenreißen, um nicht wesentlich schneller zu fahren, als es für einen Menschen möglich war.

Ich hatte Ruby geantwortet, dass wir gegen fünf Uhr in der Bay sein würden, und noch bevor wir die Bootszufahrt erreichten, kam sie uns bereits entgegengelaufen.

Ich schaffte es so gerade eben, mein Fahrrad zu stoppen, da riss sie mich auch schon in ihre Arme und presste mich an sich.

»Warum, Elodie, warum?«, stammelte sie unter Tränen. »Ich verstehe nicht, wie du das tun konntest. Nie und nimmer hätte ich gedacht, dass du das überlebst. Dabei hätte ich mir eigentlich denken können, dass du eine von ihnen bist.«

»Hättest du nicht«, wisperte ich. »Ich hab es ja selber nicht wahrhaben wollen.«

»Aber du hast es geahnt.«

»Ja, das habe ich«, gab ich leise seufzend zu. »Allerdings hatte ich es ziemlich erfolgreich verdrängt.«

»Mann, das hätte ich wahrscheinlich auch«, stieß Ruby aus. »Wenn ich mir nur vorstelle, ich könnte eine Nixe sein ...« Sie warf ihren Kopf zurück und verdrehte die Augen. »Das ist einfach unglaublich ... Das muss man doch erst mal begreifen! Apropos ...«, setzte sie ein wenig atemlos hinzu. »Was ich tatsächlich nicht kapiere, ist, dass du einfach so ins Meer gesprungen bist.«

»Bin ich doch gar nicht«, erwiderte ich. »Ich dachte, dass Gordy etwas zugestoßen sei.« Ich drückte meine Stirn gegen Rubys und sah ihr fest in die Augen. »Mir ist schon klar, dass das jetzt furchtbar kitschig klingt, aber ich kann ohne ihn nicht leben«, krächzte ich. »Verstehst du das?«

»Und wie«, antwortete sie. »Glaub mir, es gibt kaum etwas,

das ich besser verstehe.« Einen Moment lang standen wir noch so da, doch schließlich löste sie sich aus meinem Arm und wischte sich energisch die Tränen aus dem Gesicht. »So, jetzt ist es aber gut!«, ermahnte sie sich selbst, ergriff den Lenker meines Fahrrads, das Gordy die ganze Zeit über festgehalten hatte, und schob es in Richtung Bootszufahrt.

»He, das ist meins!«, sagte ich lachend. »Auch wenn ich nun eine Hainixe bin ... ein Fahrrad schieben kann ich schon noch.«

»Nix da«, brummte Ruby. »Ich brauche jetzt etwas, an dem ich mich festhalten kann.«

»Hey!« Gordy berührte sie sanft an der Schulter und lächelte sie an. »Ich verspreche dir, dass ich Elodie nie wieder aus den Augen lasse.«

»Gut.« Ruby wischte sich eine letzte Träne fort und plötzlich wirkte sie ganz entspannt. »Ich verlass mich drauf«, sagte sie und knuffte ihn freundschaftlich in die Seite.

Diesmal stellten wir die Räder gleich oben neben dem Weg an der Befestigungsmauer ab und liefen zum Strand hinunter, wo uns Ashton wild mit dem Arm schlenkernd entgegenkam. Auch er war offensichtlich erleichtert darüber, mich wohlauf zu sehen, noch mehr schien er sich jedoch darüber zu freuen, dass Gordy mitgekommen war.

»Mensch ... Kackfresse ... d-das ist j-ja vielleicht ein D-Ding«, rief er, während er Gordian seinen Arm gegen den Rücken schlug und heftig mit dem Kopf hin und her zuckte. »B-bin gespannt, w-was die anderen sagen.«

Das war ich allerdings auch. Je näher wir der kleinen Gruppe am hinteren Strandabschnitt kamen, desto schneller pochte mein Herz. Ich hatte meine Hand in die von Gordy geschoben und meine Finger mit seinen verwoben. Es war natürlich idiotisch, aber irgendwie gab es mir das Gefühl, uns auf diese Weise beide beschützen zu können.

»Sind es alle?«, fragte ich, während ich meinen Blick aus der Entfernung über die kleine Gruppe gleiten ließ.

»Jep.« Ashton nickte. »Bis auf Jerome. Der hat sich gestern Abend an einer Muschelsuppe den Magen verdorben und ist noch immer nicht wieder ganz auf der Höhe.«

Jerome? Neben Tyler war er der hübscheste, allerdings auch der unauffälligste von den Jungs. Eigentlich war der Gedanke, dass er zu den Nixen gehörte, gar nicht so abwegig.

»Arschloch!«, presste Ashton hervor, dann grinste er.

Irritiert sah ich ihn an. »Meinst du Jerome?«

»Nein«, antwortete Ruby an seiner Stelle. »Eher die Gesamtsituation. Die ist nämlich richtig scheiße. Ich fürchte, die Clique bricht auseinander.«

»Wieso?«, fragte ich.

»Joelle, Olivia und Aimee wollen eigentlich gar nichts mehr mit uns tun haben. Es ist eher ein Zufall, dass sie heute dabei sind.«

»Dann ist es immer noch wegen ...« Ich traute mich kaum, die Namen der Delfinnixe auszusprechen.

»Ja«, sagte Ruby seufzend. »Es scheint tatsächlich so, als hätten sie die Mädchen verhext. Im Moment kann ich mir jedenfalls kaum vorstellen, dass sie sich jemals wieder auf einen normalen Menschenjungen einlassen werden.«

Gordy drückte meine Hand und ich erwiderte seine Geste.

»Ich kann mir nicht helfen, aber ich mache mir wirklich Sorgen, welche Konsequenzen das für uns alle haben könnte!«, fuhr Ruby aufgebracht fort. »Da steigen diese Nixe aus dem

Meer, verführen ein paar unserer Mädels und danach darf sie kein Typ mehr anrühren. Ich frage mich allmählich ernsthaft, ob nicht ein Plan dahinterstecken könnte ... Dann wäre das Ganze nicht bloß ein Versehen oder die Rache für das, was wir Menschen den Nixen durch die Meeresverschmutzung antun, sondern ein gezielter Angriff auf unsere Art.«

Ich stieß einen Schwall Luft aus. »Jetzt übertreibst du aber!«

»Tu ich nicht«, verteidigte Ruby sich.

»Kyan, Zak und Liam werden wohl kaum die ganze Menschheit ausrotten können, indem sie ein paar Mädchen ... vielleicht! ... daran hindern, sich zu paaren«, beharrte ich auf meinem Standpunkt.

»Und wenn die drei nicht die Einzigen sind?«, hielt Ruby dagegen. »Wenn sie beim nächsten Mal zu fünft, zehnt oder gleich zu mehreren Dutzend kommen? Oder irgendwo sonst auf der Welt ebenfalls Delfine an Land gehen?«

Mir stockte das Herz, denn etwas ganz Ähnliches war schon Tante Graces Befürchtung gewesen, auch wenn sie es nicht so bildlich formuliert hatte.

»Das wäre nur möglich, wenn es außer mir noch andere Plonxe gäbe«, sagte Gordy dunkel.

»Okay.« Ruby hatte sich umgewandt, sodass sie nun rückwärts weiterlief und Gordian, Ashton und mich anschauen konnte. »Aber für ausgeschlossen hältst du das Ganze nicht, oder?«

Gordian schüttelte kaum merklich den Kopf. Ich sah ihn kurz an, und plötzlich wusste ich, was er dachte: *Hoffentlich sind Kyan, Zak und Liam nicht intelligent genug, um so etwas zu ersinnen.*

Ein kühler Schauer rann meinen Rücken hinunter und ließ mich frösteln. War ich nun ebenfalls in der Lage, Gordys

Gedanken zu lesen? Eigentlich hatte ich mir das gewünscht – wenn auch nur der Gerechtigkeit halber – und jetzt war es mir auf einmal nicht mehr geheuer. Noch wesentlich mehr beunruhigte mich allerdings Rubys Befürchtung. Was, wenn sie damit richtiglag – wenn Kyan tatsächlich etwas dermaßen Perfides plante?

»Ich wünschte, sie würden im Meer bleiben«, sagte Gordy. »Ich hoffe es so sehr. Wenn nicht ...«

Er brach ab und senkte den Blick, denn inzwischen hatten wir die Gruppe erreicht. Tyler, Isaac, Finley und Mike standen zusammen und diskutierten über das Wetter. Alle vier trugen ihre Neoprenanzüge, die Bretter lagen aber noch auf dem Anhänger.

Die Mädchen hockten schweigend auf den Felsen. Olivia trug Ohrstöpsel, ihr pinkfarbener i-Pod lugte aus der Brusttasche ihrer Jeansjacke. Sie hatte das Gesicht auf ihre Hände gestützt und wippte lustlos mit dem rechten Knie. Joelle zeichnete mit der Schuhspitze Dreiecke in den Sand und Aimee starrte gedankenverloren vor sich hin. Als sie uns bemerkte, kniff sie kurz die Augen zusammen, dann hellte sich ihre Miene auf.

Sie erhob sich und kam auf uns zu.

»Hallo, Elodie!«, rief sie, ohne ihren Blick von Gordy zu nehmen. »Ist das ein Freund von Elliot und Zak?«

»Nein«, sagte ich und versuchte, meiner Stimme einen festen Klang zu geben und ihr dieselbe Geschichte aufzutischen, die ich zuerst auch meiner Großtante erzählt hatte. »Das ist Gordian. Er ist Marathonschwimmer und plant, im Sommer den Ärmelkanal zu durchqueren.«

»Aha ...?« Aimees linke Augenbraue bog sich nach oben. »Du hast ihn dir also aus dem Meer gefischt?«

Ich nickte. »Sozusagen.«

»Na, hoffentlich verschwindet er nicht genauso schnell wieder wie die anderen vier«, meinte Joelle, die mittlerweile ebenfalls aufgestanden und zu uns herübergekommen war.

Isaac, Tyler, Finley und Mike hatten ihre Unterhaltung inzwischen beendet und fixierten Gordy nun offen feindselig.

»Er hat nichts mit ihnen zu tun«, betonte ich. »Gordian kennt sie überhaupt nicht.«

»Ist ja schön, dass du das so genau weißt«, spottete Mike. Er schob sein Kinn vor und nickte in Richtung Gordy. »Hat unser Anblick ihm die Sprache verschlagen oder kann er gar nicht sprechen?«

Ich öffnete den Mund, doch Gordy kam mir zuvor.

»Ich kann dir auch nichts anderes sagen«, entgegnete er. »Ganz abgesehen davon, dass ich keine Ahnung habe, wovon ihr redet. Welche Typen meint ihr überhaupt? Und wieso sollte ich etwas mit ihnen zu tun haben?«

»Weil du genauso fremd hier bist wie die«, knurrte Isaac und machte einen Schritt auf Gordy zu.

»He, lass ihn in Ruhe!«, sagte Aimee. Sie fasste Isaac am Arm und versuchte, ihn von Gordian wegzuziehen. »Er sieht doch sympathisch aus.«

»Ja, klar«, höhnte Finley. »Genauso sympathisch wie die Sark-Typen ... Bis sich einer von ihnen in eine Bestie verwandelte und Lauren und Bethany tötete.«

»Seht ihr keine Nachrichten?«, mischte Ruby sich ein. »Es gibt überhaupt keine Bestie.«

Ich musste mich verdammt zusammenreißen, um nicht herumzuschnellen. Ruby verblüffte mich immer wieder. Die Information, die die Polizei an die Presse gegeben hatte, irritierte sie hundertprozentig genauso sehr wie mich, im Augenblick kam diese Meldung uns allerdings äußerst gelegen. Und Joelle sprang auch sogleich darauf an.

»Genau«, sagte sie. »Es hat nie eine solche *Mörderbestie* gegeben, da ist einfach die Fantasie mit jemandem durchgegangen, der zu sehr an die alten Legenden glaubt. Fest steht lediglich: Lauren ist in Meerwasser ertrunken, ebenso wie Bethany. Beide haben kurz vorher mit jemandem geschlafen. Wer das war, weiß bis heute niemand. Und auch bei Bethany hat es nicht den Anschein, als wäre es mit Gewalt geschehen.«

»Sagt das dein Cousin?«, blaffte Mike sie an. »Oder hat er sein Praktikum in der Pathologie inzwischen beendet?«

»Nein, Louie ist immer noch dort«, gab Joelle aufgebracht zurück.

»Gut«, zischte Isaac. »Dann kannst du uns bestimmt auch erzählen, ob sie die DNA mittlerweile verglichen haben und es ein und derselbe Typ war, der die beiden auf dem Gewissen hat.«

»Nein, das kann ich nicht!« Joelles dunkle Augen funkelten vor Wut. »Und selbst wenn ich es könnte, würde ich es euch garantiert nicht auf die Nase binden. Ihr würdet doch sowieso nur wieder die falschen Schlüsse ziehen.«

Finley schüttelte den Kopf. »Ich glaub's nicht«, stieß er hervor. »Ich glaub's einfach nicht! Und wir sind mal Freunde gewesen. Hatten jede Menge Spaß miteinander und haben uns alles erzählt.« Sein Blick fiel auf Olivia, dann machte er eine wegwerfende Geste, wandte sich ab und stapfte davon.

Olivia sah ihm eine Weile nach.

»Ihr irrt euch«, sagte sie schließlich leise. »Okay, wir hatten Spaß und wir haben einander vertraut. Das Problem war nur, dass ihr Jungs uns Mädchen bereits unter euch aufgeteilt hattet. Ihr wolltet, dass wir alle Paare werden, so wie Tyler und Lauren. Aber die beiden waren eine Ausnahme. Und es hat ja auch nicht gehalten«, fügte sie kaum noch hörbar hinzu.

»Es hat nur deshalb nicht gehalten, weil irgend so ein Typ dahergelaufen kam und Lauren Tyler weggenommen hat«, fauchte Mike. »Schon vergessen?«

»Kyan, Zak, Elliot und Liam sind nicht irgendwelche dahergelaufenen Typen«, erwiderte Aimee kühl. »Sie sind etwas Besonderes. Ihr jedenfalls könnt ihnen nicht das Wasser reichen. Und mit Laurens und Bethanys Tod haben sie ganz sicher nichts zu tun. Dafür lege ich meine Hand ins Feuer.«

»Dann pass bloß auf, dass du dir nicht die Finger verbrennst.« Mike fixierte Aimee mit zusammengekniffenen Augen. »Ihr alle!« Sein Blick wanderte über Olivia und Joelle und blieb schlussendlich an mir hängen. Sein Gesicht war so voller Hass, dass ich mich unwillkürlich an Gordy drückte. Plötzlich drehte auch Mike sich um und lief Finley hinterher, der die Bootszufahrt inzwischen fast erreicht hatte.

»Ach, so hattet ihr euch das also gedacht!«, rief Joelle und schlug sich böse lachend gegen die Stirn. »Ruby und Ashton, Lauren und Tyler, Olivia und Finley, Jerome und Aimee«, fing sie an aufzuzählen, »... und Elodie und ich für Mike und dich, Isaac. Stimmt's, Isy-Baby? Ist es nicht so? Wen hättest du denn gewollt? Mich?« Sie trat auf Gordy und mich zu und legte mir ihren Arm um den Hals. »Oder lieber unsere bezaubernde Elodie?« Ihre Worte trieften nur so vor Spott. »Was hättet ihr bloß gemacht, wenn Mike und du euch nicht einig geworden wärt, he? Hättet ihr euch womöglich um sie geprügelt?«

Isaac schluckte. Er hatte Mühe, Joelle in die Augen zu sehen.

»Na ja«, fuhr sie höhnisch fort. »Das ist ja jetzt zum Glück nicht mehr nötig, da das Meer inzwischen einen weiteren Jüngling an Land gespült hat. Schau dir Gordy nur genau an«, forderte sie Isaac auf, »und du weißt, dass du niemals auch nur den Hauch einer Chance bei Elodie haben wirst.«

»Schluss jetzt!«, rief Ruby. »Reicht es nicht, dass du alles kaputt machst? Musst du die Jungs nun auch noch auf Gordian hetzen?«

Joelle nahm ihren Arm von meiner Schulter und trat zur Seite.

»Ich sage nur, wie es ist«, entgegnete sie. »Und wenn Isaac und Mike jetzt meinen, dass sie Gordian verkloppen müssen, kann ich ihnen auch nicht helfen. Damit würden sie den Graben nur vertiefen ... und im Übrigen den Eindruck bestätigen, den ich in den letzten Wochen von ihnen gewonnen habe«, schloss sie abfällig, bevor sie sich bei Aimee und Olivia unterhakte und die beiden mit sich fortzog. »Kommt, Mädels, es wäre besser gewesen, wir wären gar nicht erst hergekommen. Höchste Zeit, dass wir uns einen anderen, *ruhigeren* Stammplatz suchen.«

Nachdem auch Isaac sich mit verbissenem Gesicht getrollt hatte, herrschte eine Weile Stille. Nur das Rauschen der Wellen, die gegen die Klippen schlugen, und das Kreischen der Möwen waren zu hören. Stumm starrte ich den Mädchen hinterher, die sich mit schnellen Schritten in Richtung Fort Hommet davonmachten. Erst als ich spürte, wie Luft durch meine Nase entwich, wurde mir klar, dass ich den Atem ziemlich lange angehalten haben musste.

Ashton drehte sich um sich selbst und schlenkerte wie wild mit seinem rechten Arm. »Arschlöcher! Hundeficker!«, stieß er hervor.

»Schon gut«, versuchte Ruby, ihn zu beruhigen. »Wir können es nicht ändern ... Wir können es leider nicht ändern.«

Oh, Mann, dachte ich nur. Wenn jetzt sogar Ruby aufgab!

Unser Besuch am Strand hatte definitiv nichts gebracht – außer dass Mike, Finley und Isaac nun eines Tages womöglich tatsächlich auf Gordy losgehen würden. Aber diese Aussicht erschreckte mich nicht. Gordian war den dreien haushoch überlegen. Er müsste nicht einmal seine Stärke unter Beweis stellen, sondern nur einen Tick schneller rennen als sie.

Dann jedoch fiel mein Blick auf Tyler – und mir gefror das Blut in den Adern.

Enttarnt

Tylers Körper vibrierte vor Zorn. Seine Kiefermuskeln traten hart hervor und der Farbton seiner Augen wechselte in einem geradezu irrsinnigen Tempo zwischen Hell- und Dunkelblau. Die Hände zu Fäusten geballt, stand er da und starrte Gordian hasserfüllt an.

»He, was geht denn hier ab?«, rief Ruby erschrocken. »Tyler, jetzt beruhig dich mal wieder, ja! Gordy ist Elodies Freund, er hat dir nichts getan.« Sie war bereits im Begriff, auf ihn loszustürzen, doch ich hielt sie energisch am Arm zurück.

»Lass es«, zischte ich ihr ins Ohr. »Es ist besser, wenn die beiden das unter sich ausmachen.«

Hastig sah ich zu Ashton. Er war aschfahl im Gesicht und zitterte am ganzen Körper.

Glaubst du, er hat es geschnallt?, dachte ich verzweifelt und hoffte, dass Gordy auch in dieser hochexplosiven Situation meinen Gedanken lauschte.

Mach dir keine Sorgen, ich bin immer bei dir.

Die Antwort war so klar, dass ich vor Überraschung zusammenschrak, und ich betete inständig, dass Tyler es nicht bemerkt hatte.

Und? Was glaubst du? Hat er?

Keine Ahnung, kam es beunruhigt von Gordy zurück. *Seine Gedanken wirbeln so schnell durcheinander, ich kann sie nicht lesen.*

Zu allem Unglück begann Ashton nun auch noch, wild zuckend um Tyler herumzutanzen. Hektisch huschte dessen Blick nun zwischen Gordy und Ashton hin und her.

Ich hielt Rubys Arm fest umklammert, um zu verhindern, dass sie dazwischenging. Mein Herz schlug schnell und hart in meiner Brust, und ich hatte Mühe, meinen Atem einigermaßen flach zu halten.

Wird er den beiden etwas antun?, rief ich panisch.

Das glaube ich nicht, kam es sanft von Gordy zurück. *Bitte, Elodie, versuch, ruhig zu bleiben*, flehte er.

Aber der Strand ist menschenleer, schrie ich. *Niemand würde etwas bemerken.*

Sie töten keine Menschen, Elodie. Das überlassen sie uns.

Gordians Gedanken fühlten sich zornig und verächtlich an, aber sie leuchteten mir ein. Die Hainixe wollten auch weiterhin unentdeckt und in Frieden mit den Menschen leben. Tyler würde den Teufel tun und seine ganze Art durch einen Kampf mit einem Plonx in Gefahr bringen.

Eben, sagte Gordy. *An der Art, wie wir miteinander kämpfen, würde jeder sofort erkennen, dass wir keine normalen Menschen sind. Auch Ruby und Ashton. Tyler weiß ja nicht, dass die beiden über mich Bescheid wissen.*

Es bleibt ihm also gar nichts anderes übrig, als dafür zu sorgen, dass sie von hier verschwinden.

Das gilt auch für dich, entgegnete er.

Was?

Keine Ahnung, wieso, Elodie, aber er hat dich nicht erkannt.

Ich stutzte. *Vielleicht, weil ich es nicht will …?*

Gut. Gordian schien erleichtert. *Das ist sogar sehr gut, Elodie. Bitte sorge dafür, dass ...*

Weiter kam er nicht, denn nun sprang Tyler plötzlich auf Ruby zu und stieß ihr seine Faust gegen die Brust.

»Spinnst du!«, blaffte sie wütend.

Wieder wollte sie auf ihn losgehen und wieder hielt ich sie mit aller Macht zurück.

»Bring Ashton hier weg!«, zischte Tyler. »Oder ich hau ihm eins in die Fresse!«

Entsetzt sah ich ihn an. *Gordy, bitte tu was!*

Unmöglich, erwiderte er. *Tyler hat sich nicht unter Kontrolle. Wenn ich Ashton jetzt beistehe, rastet er womöglich total aus.*

»Ashton ist kein kleines Kind«, sagte Ruby mit bebender Stimme. »Man kann ihn nicht einfach irgendwo hinbringen.«

Tylers Augen wurden so schmal, dass man die Iris darin nun kaum noch erkennen konnte. »Ich will, dass ihr sofort von hier verschwindet«, presste er hervor. Er deutete auf mich. »Du ...«, dann auf Ruby, »und du ...« und zuletzt auf Ashton, der seinen Kopf wild von rechts nach links warf. »Und dein kleines Arschloch hier. Ist das klar?«

»Warum?«, knurrte Ruby. »Damit du und Gordy euch in Ruhe prügeln könnt?« Sie schüttelte den Kopf. »Nein, Tyler. Du kennst mich gut genug, um zu wissen, dass ich das auf gar keinen Fall zulassen werde.«

»Ruby, bitte hör auf damit«, raunte ich ihr leise zu. »Merkst du denn nicht, wie aggressiv er ist? So provozierst du ihn doch nur noch mehr.«

»Sei nicht albern, Elodie«, gab sie schroff zurück. »Ich kenne Tyler länger und vor allem besser als du. Er wird mir schon nichts tun.«

Das schien das Stichwort für Ashton zu sein, der bisher zu meinem großen Erstaunen noch keinen einzigen Ton von sich gegeben hatte. »G-Gordy ist u-unser Freund«, stammelte er. »D-du wirst ihn in R-Ruhe l-lassen.«

»Ach ja?« Tyler fuhr zu ihm herum. »Und das willst ausgerechnet du halbes Hähnchen mir befehlen?« Er machte eine abfällige Geste. »Dass ich nicht lache!«

Ashton schlug seinen Arm wie wild hin und her. »D-der Strand gehört n-nicht dir allein ... Kackfresse, hirnloser Arschficker!«, brüllte er.

»Was hast du gesagt?« Tyler machte einen Schritt auf ihn zu. Sein Kinn ruckte drohend vor. »Wie nennst du mich?«

»Verdammt noch mal, Tyler!«, polterte Ruby los. »Du weißt genau, dass er das nicht persönlich meint.«

Sie fluchte wie ein Rohrspatz und zerrte mit aller Kraft an meinen Händen, um sich zu befreien, doch ich ließ sie nicht los. Es war nicht das geringste Problem für mich, sie festzuhalten, und ich konnte nur hoffen, dass Tyler nicht auffiel, wie außergewöhnlich stark ich war. Im Moment schien er sich jedoch voll auf Ashton eingeschossen zu haben und sah überhaupt nicht zu mir herüber.

»Gar nichts weiß ich«, zischte er. »Vielleicht tut unser kleines Arschloch ja bloß so, als ob es einen Nervenschaden hätte ... damit es uns ungestraft mit seinen beschissenen Schimpfwörtern bombardieren kann.«

»W-wir w-waren F-Freunde, und i-ich möchte, d-dass das s-so bleibt«, sagte Ashton und erwiderte standhaft Tylers herabwürdigenden Blick.

»Jemand, der sich mit Mördern abgibt, kann nicht mein Freund sein.« Tyler packte Ashton an der Jacke, zerrte ihn zu sich heran und richtete seinen bebenden Zeigefinger auf Gordy. »Der da und seine feinen Freunde haben Lauren auf dem Gewissen. Und dafür wird er bezahlen ... jetzt oder später.«

Ashtons ganzer Körper zuckte mittlerweile, als würde er mit Elektrostößen bearbeitet.

»Gordy hat m-mit L-Laurens T-Tod nicht z-zu tun ... verficktes Arschloch«, presste er hervor und schlug mit seinem heftig zuckenden Arm auf Tylers Rücken ein.

»Hör auf damit!«, fauchte Tyler. Sein Gesicht war zu einer hässlichen Grimasse verzerrt und noch immer wechselte seine Iris in rasendem Tempo den Farbton. Sein Hals war inzwischen bis zu den Schlüsselbeinen hinunter dunkelrot angelaufen. »Hör sofort auf damit!«

Aber Ashton hörte nicht auf. Wie auch? Er war seinem Anfall hilflos ausgeliefert. Und weil Tyler seine Jacke nicht losließ, war es unvermeidbar, dass Ashtons Arm weiter auf Tyler eindrosch.

»Scheiße!«, schrie Ruby. »Scheiße! Scheiße! Scheiße!« Dann fing sie an zu heulen. »Ich bring dich um, Tyler. Ich schwöre dir, ich bring dich um.«

»Kackschweine ... Arschficker ... V-verdammte Drecksau!«, brüllte Ashton.

Mein Blick flog von einem zum anderen, mein Herz trommelte wie verrückt und meine Lunge fühlte sich mit jedem Atemzug schwerer an – wie ein Schwamm, der sich allmählich mit Wasser vollsog –, bis ich kaum noch Luft bekam. Die Situation drohte zu eskalieren, und ich hatte keine Ahnung, wie wir das Ruder jetzt noch herumreißen sollten.

Keine Angst, Elodie, sagte Gordy. *Wir schaffen es. Wir bringen die beiden heil hier raus.*

Mit drei Schritten war er bei Ashton und legte ihm seine Hand auf die Schulter. Der Effekt war noch beeindruckender als beim ersten Mal: Ashton hörte augenblicklich auf zu zucken und sein Arm hing nun schlaff herunter.

»Wir gehen jetzt«, sagte Gordy. »Elodies Großtante erwartet uns zum Essen. Besser, wir verspäten uns nicht.« Er richtete seinen Blick auf Ruby und dann auf mich. »Ihr wisst ja, wie sie ist.«

Tyler hielt Ashtons Jackenstoff noch immer fest umklammert.

»Lass ihn bitte los«, sagte Gordy sanft, aber bestimmt. »Dies hier ist eine Sache allein zwischen dir und mir. Wir werden sicher noch mal eine Gelegenheit finden, uns darüber auszutauschen.«

Tyler schwieg, doch seine Kiefermuskeln arbeiteten unaufhörlich. Erst nach etlichen bangen Sekunden löste er seine Finger aus Ashtons Jackenstoff und ließ die Hand sinken.

»Feigling!«, blaffte er Gordian ins Gesicht.

Gordy verzog keine Miene.

»Danke«, sagte er, während er Ashton auf Ruby und mich zuschob. »Lauft schon mal vor. Ich komme gleich nach.«

Vergiss es. Ich gehe nicht ohne dich!

Vertrau mir, Elodie. Es wird keinen Kampf geben.

»Also gut«, sagte ich und lockerte meinen Griff um Rubys Arm. »Wir warten bei den Fahrrädern.«

»Gute Idee.« Ruby machte sich von mir los, dann nahm sie Ashtons Hand und zog ihn in Richtung Bootszufahrt. Offenbar war sie sehr besorgt um ihn, denn sie blickte sich nicht einmal mehr um, und daher merkte sie auch nicht, dass ich mich zurückfallen ließ und mich wieder zu Gordy und Tyler umwandte.

Die beiden sprachen miteinander, allerdings so leise, dass ich kein Wort davon verstand. Ich konnte nicht einmal ausmachen, ob sie stritten, denn sie standen nahezu reglos voreinander und gestikulierten so gut wie gar nicht. Plötzlich drehte Tyler sich abrupt um und eilte mit langen, sichtbar beherrschten Schritten davon.

Gordys Gesichtszüge entspannten sich und er kam sofort zu mir herübergelaufen.

»Was hast du ihm gesagt?«, bestürmte ich ihn.

»Die Wahrheit.«

»Was genau?«

Er trat dicht neben mich und legte mir seine warme Hand in den Nacken. »Dass ich nicht an Land gekommen bin, um den Haien irgendetwas wegzunehmen oder ihnen zu schaden.«

»Und das hat er geschluckt?«

Gordian zuckte die Achseln. »Für heute zumindest.«

»Vielleicht regt er sich ja wirklich ab«, sagte ich hoffnungsvoll, dabei wusste ich genauso gut wie Gordy, dass Tyler sich aller Wahrscheinlichkeit nach nicht einmal von Javen Spinx beruhigen lassen würde. Ein Delfin hatte seine große Liebe getötet. Sobald sich ihm die Gelegenheit bot, würde er Gordy ebenso bekämpfen wie jeden anderen Nix aus dem feindlichen Lager.

»Tyler ahnt nicht einmal, dass es Kyan war, stimmt's?«, hakte ich nach.

»Nein, ich glaube nicht«, sagte Gordy. »Aber es wird nur eine Frage der Zeit sein, bis er es herausfindet.«

»Unsere Gedanken konnte er jedenfalls nicht lesen. Obwohl er ein Nix ist. Er müsste es können.«

Gordian zog die Augenbrauen hoch. »Wer sagt das?«

»Keine Ahnung ... Cyril ... Ich dachte jedenfalls, dass...«

»Elodie, er war ja nicht einmal imstande, unseren Gedankenaustausch zu lesen«, fiel Gordy mir ins Wort. »Und umherfliegende Gedanken sind für einen Dritten weitaus leichter zu erkennen als jene, die man in seinem Kopf eingeschlossen hält.«

Einigermaßen fassungslos sah ich ihn an. In der Tat hatten er und ich uns außerhalb des Meeres über unsere Echolote verständigt – und zwar so, als wäre es das Normalste auf der Welt.

Gordian lächelte. *Es ist schon ziemlich ungewöhnlich, dass du überhaupt eines besitzt.*

»Es ist ein Talent, oder?«

»Jep«, war seine knappe Antwort. Er warf noch einen kurzen Blick zu der Stelle an der Mauer, wo Tyler verschwunden war, dann schlang er seinen Arm um meine Schultern. »Na komm, wir sollten Ruby und Ashton nicht zu lange warten lassen.«

»Okay«, sagte ich. »Aber vorher musst du mir das mit dem Echolot erklären.«

Gordy lächelte wieder und drückte mich leicht an sich. »Na, dann schieß los! Was willst du wissen?«

»Ein Echolot zu haben, ist ein Talent – zumindest für eine Halbhai wie mich. Richtig?«

»Ja, aber entscheidend ist, dass wir beide uns auch an Land verständigen können. Es ist *dein* Talent. Soeben neu ausgebildet, weil die Situation es erforderte.«

Ich schüttelte unwillig den Kopf, denn es gefiel mir nicht, dass ich offenbar keinen Einfluss darauf hatte.

»Doch, den hast du«, widersprach Gordy. »Denk an Janes Worte. Die Ausbildung eurer Talente ist ein Zusammenspiel zwischen euren Bedürfnissen und dem Willen des Meeres.«

»Das hast du wunderbar gesagt!« Ein warmes, unendlich zärtliches Gefühl durchflutete mich vom Kopf bis zu den Zehen. »Du nichtsnutziger Plonx«, setzte ich leise scherzend hinzu, »dir ist gar nicht bewusst, wie wertvoll du bist.« *Nicht nur für mich, sondern auch für Ashton – und vielleicht sogar für Rubys Bruder!*

»Das kann ich ihr unmöglich anbieten«, unterbrach Gordy meine Überlegungen. »Nicht, solange ich offiziell gar nicht weiß, dass sie einen Bruder hat. Außerdem habe ich keine Vorstellung davon, wie weit meine Fähigkeiten überhaupt reichen. Irgendwo haben auch sie ihre Grenzen.«

»Wie kannst du dir da so sicher sein?«, entgegnete ich. »Vielleicht wachsen ja auch *deine* Fähigkeiten mit den Aufgaben, vor denen du stehst!«

Auf Gordys Stirn bildete sich eine Steilfalte. »Es gibt Regeln, Elodie«, sagte er, »und an denen kann niemand etwas ändern.« Es klang ein bisschen so, als müsse er sich selbst daran erinnern. »Delfinnixe werden mit ihren Talenten geboren, Hainixe können sie erwerben, meine Eltern sind einander bestimmt ...«

»... Hainixe gehen an Land, Delfinnixe nicht«, führte ich seine Aufzählung fort. »Und wenn sie es tun, werden sie zum Plonx.«

Gordian nickte beklommen.

»Ist das wirklich eine Gesetzmäßigkeit?«, fragte ich. »Ich meine, eigentlich habt ihr Nixe es doch immer nur für eine Legende gehalten.«

Gordy zuckte mit den Schultern. »Weil es *eigentlich* nicht vorkommt.«

»Deshalb frage ich ja«, sagte ich eindringlich. »Wenn es ei-

gentlich nicht vorkommt, kann es dann überhaupt einer Regel unterliegen? Ist es dann nicht eher so etwas wie ein Zufall?«

Du meinst, ein Unfall. Gordians Miene verdunkelte sich, und die tiefe Traurigkeit, die ihn jedes Mal überfiel, wenn er sich seiner vermeintlichen *Minderwertigkeit* bewusst wurde, breitete sich auf seinem schönen Gesicht aus.

Ich biss mir auf die Unterlippe. Hätte ich doch bloß nicht davon angefangen!

Es könnte auch ein Notfall sein, dachte ich, und mein Herz zog sich krampfartig zusammen. Dieser Gedanke machte mir Angst, und deshalb behielt ich ihn für mich, verbannte ihn in die hinterste Ecke meines Bewusstseins, denn ich wollte nicht, dass Gordy ihn aufschnappte. Keine Ahnung, wie ich es hinbekam, aber es schien zu klappen, denn Gordy zeigte keine Reaktion.

»Komm jetzt«, drängte er. »Dieses Herumrätseln bringt uns nicht weiter. Außerdem möchte ich wissen, ob mit Ruby und Ashton alles in Ordnung ist.«

Die beiden hatten die Räder bereits die Bootszufahrt hinaufgeschoben und an der Befestigungsmauer abgestellt. Mit ernsten Mienen blickten sie uns entgegen.

»Hey, Leute!«, begrüßte Ashton uns. »Ihr lebt ja noch!«

»Sehr witzig«, brummte Ruby und richtete ihre vor Aufregung blitzenden Augen auf mich. »So, und jetzt erklär mir bitte mal, was das da eben am Strand für eine Vorstellung war«, forderte sie mich auf. »Ich hätte Tyler den Hals umgedreht ... wenn du mich gelassen hättest.«

»Tyler ist ein Hainix«, sagte ich ohne Umschweife. »Er hat Gordy natürlich sofort erkannt.«

»Was?« Ruby schüttelte den Kopf. »Nein, das kann nicht sein. Ich kenne Tyler schon seit der Grundschule. Er ...«

»Das hat nichts zu bedeuten. Es gibt natürlich auch Hainixkinder«, unterbrach ich sie. »Und es gibt sie schon seit langer Zeit. Meine Urgroßmutter ...«

»Ich weiß«, fiel Ruby mir ins Wort. »Deine Großtante hat es mir erzählt.« Sie seufzte und nickte. »Wir müssen also davon ausgehen, dass mittlerweile ganze Generationen von Hainixen unter uns leben, oder?«

»Nein, das halte ich nicht für sehr wahrscheinlich«, erwiderte ich. »Hainixe sind zwar Landgänger ...«

Ruby blinzelte mich unsicher an. »So wie du?«

»Ja ... nein ...« Ich warf einen flüchtigen Blick auf Gordian. »Ich bin wohl so etwas wie ein Sonderfall. Denn eigentlich müssen Hainixe ins Meer, um Wasser zu atmen, durch die Riffe zu tauchen ...« Ich stockte, denn nach wie vor redete ich hier über Dinge, von denen ich noch nicht besonders viel verstand. »Je mehr wir sind, desto eher besteht die Gefahr, dass ein Mensch einen von uns dabei beobachtet, wie er sich verwandelt«, fuhr ich schließlich fort. »Außerdem sollten wir uns nicht mit Menschen paaren. Denn auch dann liefen wir Gefahr, dass unsere Tarnung auffliegt.«

Ruby nickte. Meine Erklärung schien ihr einzuleuchten. Und mit einem Mal grinste sie. »Und ich habe mir Sorgen gemacht, als Tyler vor Wut über die Trennung von Lauren zu weit rausgesurft ist!« Sie tippte sich an die Schläfe. »Kein Wunder, dass Cyril damals so gelassen darauf reagie...« Sie brach ab und sah mich erschrocken an. »Wisst ihr eigentlich, was mit ihm passiert ist? Könnte er vielleicht für immer ins Meer zurückgegangen sein?«

»Nein, er ist noch hier«, beruhigte ich sie. »Allerdings wird er eine Weile nicht in die Cobo Bay kommen.«

»Ka-Katzenkacke!«, meldete sich Ashton zu Wort. Er zuckte mit dem Kopf hin und her und legte seinen Arm ein wenig umständlich um Rubys Schulter. »E-er muss doch wissen, dass s-sie ihn v-vermisst.«

»Das ist Unsinn«, brummte Ruby. »Cyril ist ganz sicher der Letzte, den ich vermisse. Meinetwegen soll er machen, was er will. Ich fand es einfach nur seltsam, dass er plötzlich verschwunden war.«

Ich schaute zu Gordy, um mich zu vergewissern, ob er es in Ordnung fand, wenn ich ihr und Ashton erzählte, was mit Cyril passiert war, und als er kaum merklich nickte, fasste ich das Ganze in ein paar knappen Sätzen zusammen.

»Oh«, sagte Ruby und noch einmal: »Oh.« Es schien mir so, als müsse sie sich mächtig zusammenreißen, um sich nicht anmerken zu lassen, wie sehr diese Nachricht sie bestürzte. »Und ich dachte, bei Nixen heilen Wunden besonders schnell. Zumindest hat deine Großtante das gesagt«, beeilte sie sich hinzuzusetzen.

»Nicht, wenn ihre Hülle beschädigt wird«, sagte Gordian.

Ruby schüttelte den Kopf. »Ihre was?«

»Es ist so: Normale Hainixe und Delfinnixe sind von einer Hülle umgeben, die ihnen den äußeren Anschein eines Tieres gibt«, erklärte ich. »Ein *normaler* Mensch kann sie deshalb auch nicht von *normalen* Haien und Delfinen unterscheiden.«

»Aha ...« Ruby krauste die Stirn.

»Kannst du mir folgen?«, fragte ich nach.

»Ähm, ja ... k-kann sie«, antwortete Ashton an ihrer Stelle. »Ähm, ich zumindest kann es ... Knackarsch.«

»Blödmann«, sagte Ruby und verpasste ihm einen Kuss auf die Wange. Dann sah sie wieder mich an. »Gordy und du, ihr seid aber nicht *normal*, stimmt's?«

»Genau«, bestätigte ich. »Gordy ist ein Plonx. Er hat keine Außenhülle mehr. Und wenn er sich im Wasser aufhält, ist es für jeden Menschen ersichtlich, dass er ein Nix ist. Und bei mir ist es das Gleiche.«

Ruby nickte. »Aber du wirfst einen Schatten und Gordy nicht.« Sie deutete zum Himmel, über den sich immer dickere graue Wolken schoben. »Was bei diesem Wetter zum Glück kein Problem ist.«

»Nicht, was die Menschen angeht«, entgegnete ich. »Aber Tyler hat Gordian natürlich trotzdem erkannt.«

»Als Plonx oder als Delfinnix?«, fragte Ruby.

»Keine Ahnung«, erwiderte ich, überrascht, dass mir dieser Gedanke noch gar nicht gekommen war.

»Das spielt in diesem Fall keine Rolle«, klinkte Gordy sich ein. »Für Tyler zählt nur eins: Einer *meiner* Art hat *seine Freundin* geschändet und getötet.«

In Rubys Augen blitzte Zorn auf. »Warum hat er sich überhaupt auf ein Menschenmädchen eingelassen?«, stieß sie hervor. »Ich meine, er muss doch gewusst haben, welches Risiko er damit eingeht. Und jetzt ist Lauren tot.« Sie presste die Zähne in ihre Unterlippe, konnte aber nicht verhindern, dass diese zu zittern begann. Mit dem nächsten Wimpernschlag kullerte eine Träne über ihre Wange.

Ich wollte sie an mich drücken, aber da hatte Ashton bereits seine Arme um sie geschlossen. Ruby schmiegte ihr Gesicht in seine Halsbeuge, und ich sah, wie ihr Körper von Schluchzern geschüttelt wurde.

»Ist ja gut«, murmelte Ashton, während er mit seinen Händen über ihren Rücken fuhr. »Ist ja gut ... verschissene Hundekacke!«

Aber es stimmte nicht, gar nichts war gut.

Kyan hatte Lauren und Bethany getötet und die Menschen hatten Elliot abgeschlachtet. Sie taten es, obwohl er in seiner menschlichen Gestalt war, und behaupteten nun wider besseres Wissen, dass sie einen Delfin getötet hätten. Kyan, Zak und Liam hatten Cyril angegriffen und schwer verletzt zurückgelassen. Tyler sann auf Rache für Lauren, und Jane hatte sich aufgemacht, Javen Spinx zu finden, obwohl sie seit vielen Jahren nicht mehr im Meer gewesen war.

Aus welchem Grund hat sie sich für ein Leben ausschließlich an Land entschieden? Wieso ist das überhaupt möglich für sie? Und warum versteckt sie Bo in einem Teich? Dürfen noch nicht einmal die Hainixe wissen, dass es ihn gibt?

Ich habe keine Ahnung, Elodie, war Gordys Antwort. *Ich weiß nur eins: Heute Nacht wird sich alles entscheiden.*

Feinde

Nachdem Ruby sich wieder einigermaßen beruhigt hatte, entschieden sie und Ashton, zu ihm nach Hause zu fahren, wo Ruby dann auch übernachten wollte. Ich hatte den Augenblick, in dem ich wieder mit Gordy allein war, kaum erwarten können, denn bisher hatte er keine einzige der Fragen beantwortet, mit denen ich ihn gedanklich bestürmt hatte.

»Wieso heute? Was ist mit dieser Nacht? Und was, Gordy – was wird sich entscheiden?«

Er schüttelte nur den Kopf, wartete nicht einmal, bis ich das Fahrrad abgestellt hatte, sondern lief auf das Cottage zu und schlüpfte durch die Tür ins Haus.

»Verdammt noch mal!«, fluchte ich. Es machte mich wütend, wenn er nicht mit mir redete, vor allem aber machte es mir Angst.

Ich kümmerte mich nicht um Tante Grace, die gerade frisch gewaschene Bettwäsche und Handtücher für die ersten Feriengäste auf die Leine hängte und mich mit einem Stirnrunzeln bedachte, sondern folgte Gordian hastig durch den Flur und die Treppe hinauf in mein Zimmer.

»Was ist heute Nacht?«, schrie ich, nachdem ich die Tür hinter mir zugeschlagen hatte.

»Schsch«, mahnte er, nahm mich in den Arm und legte mir seine Hand über den Mund. »Neumond«, sagte er dann.

Und was bedeutet das?

Er lächelte bitter. *Kannst du dir das nicht denken?*

Doch, das konnte ich. Zu- und abnehmender Halbmond, Neumond und Vollmond waren die Phasen, in denen Kyan, Zak und Liam versuchen könnten, das Meer zu verlassen.

»Der volle Mond hat zwar die größte Kraft, die Finsternis, die bei Neumond herrscht, bietet jedoch die Chance, unbemerkt an Land zu gehen«, sagte Gordy, während seine Finger sanft meinen Hals hinunter und über meine Schulter glitten. »Wie ich Kyan einschätze, wird er sich das zunutze machen. So oder so bedeutet dieses Unterfangen ein großes Risiko für ihn, denn er kann nicht sicher sein, ob es ihm ohne mich gelingt. Wenn es schiefgeht, wird er seine Führungsposition in der Allianz oder sogar sein Leben verlieren.«

»Okay.« Energisch schob ich Gordys Hand beiseite. »Und was machen wir jetzt? Können wir das irgendwie verhindern?«

»Nein. Aber natürlich werde ich nachsehen ...«

Ich komme mit.

Nein, Elodie. Ganz sicher nicht. Ich werde auf keinen Fall zulassen, dass Kyan noch einmal die Gelegenheit bekommt, dir etwas anzutun.

»Sei nicht albern«, erwiderte ich. »Seit meiner letzten Begegnung mit ihm hat sich einiges geändert. Ich bin sicher, dass ich ihm inzwischen gewachsen bin.«

Bist du nicht!

Gordy!

»Elodie.« Er umfasste meine Schultern und tauchte seinen türkisgrünen Blick in meine Augen. »Bitte glaub mir, ich weiß es besser«, sagte er eindringlich. »Und deshalb gehe ich allein.

Du bleibst unten im Haus bei deiner Großtante, und ich verspreche dir, ich werde mich nicht auf eine Auseinandersetzung mit ihnen einlassen. Ich will nur nachschauen, ob es ihnen gelingt, an Land zu kommen.«

»Und wenn? Was ist dann?«

»Dann müssen wir neu nachdenken«, gab er ausweichend zurück. »Vielleicht bleibt uns am Ende doch nichts anderes übrig, als meine Familie zu suchen und um Hilfe zu bitten.«

Das schien mir kein schlechter Plan zu sein. Sollten Kyan, Zak und Liam tatsächlich heute auf Sark oder Guernsey an Land gehen, wären sie die nächsten vier Wochen an die Kanalinseln gebunden und Gordy könnte gefahrlos in den Atlantik hinausschwimmen.

Aber dann durchzuckte mich ein erschreckender Gedanke.

»Was ist, wenn Jane uns getäuscht hat?«, fragte ich. »Wenn sie Javen Spinx nicht um Hilfe bittet, sondern die Haie zusammentrommelt und ...«

»Das glaube ich nicht«, fiel Gordian mir ins Wort. »Sie wird nichts tun, was mir schadet.«

»Wie kannst du dir da so sicher sein?« Es machte mich verrückt, dass er auf Jane nichts kommen lassen wollte. Er kannte sie doch gar nicht!

Ich weiß es einfach!

Aber sie ist eine Hainixe, hielt ich dagegen. *Es könnte ihr Talent sein.*

Gordy schwieg.

»Auch das glaube ich nicht«, sagte er schließlich. »Ihre Gefühle waren echt. Da bin ich mir ganz sicher.«

Es blitzte in seinen Augen und sein Mund verzog sich zu einem Lächeln. Doch noch ehe sich das kleine Grübchen über seiner Oberlippe gebildet hatte, hatte ich meinen Blick gesenkt. Ich wollte mich nicht von ihm beruhigen lassen. Nicht jetzt, und schon gar nicht, wenn er dadurch meine Entschlusskraft zu schwächen versuchte.

»Wie auch immer«, entgegnete ich entschieden. »Ich lasse dich auf keinen Fall alleine gehen. Wo willst du überhaupt nach ihnen suchen? Hier an der Küste? Oder auf Sark?«

Gordy ließ seine Hände von meinen Schultern gleiten und wandte sich dem Fenster zu. »Sobald die Sonne untergegangen ist, werde ich zur Südküste schwimmen und mich eine Weile dort aufhalten, um mögliche Signale von ihnen zu empfangen«, antwortete er. »Es könnte sein, dass sie sich zuerst an ein paar anderen Mädchen auf Sark abreagieren wollen.«

Das müssen wir verhindern! Es darf kein Opfer mehr geben.

Gordy reagierte nicht, sondern stand vollkommen reglos da und schwieg beharrlich. Ich konnte keinen einzigen seiner Gedanken auffangen.

»Wir schaffen es nicht, stimmt's?«, fragte ich mit einem Zittern in der Stimme. »Wir können es nicht verhindern.«

»Nein«, sagte er. »Weder können wir sie im Kampf besiegen noch irgendein Mädchen davon abhalten, sich auf sie einzulassen.«

»Es ist also absolut sinnlos ...«

»Daran will ich nicht denken.«

Ich starrte auf die samtige Haut in seinem Nacken und die wirren blonden Locken, die sich dort kräuselten, und tiefe Verzweiflung überfiel mich.

Du darfst dich nicht in Gefahr begeben, Gordy, das lasse ich nicht zu.

Ich kann aber auch nicht hierbleiben und die Augen verschließen, gab er zurück. *Hätte ich mich dem, was mich an Land gezogen hat, mit meiner ganzen Kraft widersetzt, wäre das alles nicht passiert. Lauren und Bethany wären noch am Leben und Kyan könnte es nicht noch einmal versuchen ...*

»Es ist nicht deine Schuld!«, unterbrach ich ihn flehend. »Das darfst du nicht einmal denken.«

Gordians Schultern hoben sich unter einem tiefen Atemzug, dann drehte er sich zu mir um. »Wessen Schuld ist es dann?«, erwiderte er. »Die des Meeres?« Er schüttelte den Kopf. »Ich hätte nie an Land kommen dürfen.«

»Aber dann wären wir uns nicht begegnet!«

Gordy senkte den Blick.

Ich will dich nicht verlieren!

»Ich dich auch nicht, Elodie!«, wisperte er. »Und deshalb bitte ich dich: Lass mich allein nachsehen. Ich bin erfahrener als du, kenne jede Höhle und jedes Riff. Ich weiß, wo ich mich verstecken kann. Und ich verspreche dir: Mir wird nichts passieren. Ich komme zu dir zurück. So wie immer.«

Von seiner Stimme ging ein Vibrieren aus, so fein, dass es kaum zu hören war, dafür spürte ich es umso deutlicher. Es tanzte auf meinem Trommelfell und prickelte auf meiner Haut.

Gordian sah mich an, einen Atemzug später stand er direkt vor mir. Er fasste den Saum meines Pullis und zog ihn mir über den Kopf.

»Gordy«, murmelte ich, »was ...?«

Seine Antwort war ein Kuss. Während seine Lippen meine umschlossen, hob er mich auf den Arm und trug mich zum Bett. Sanft ließ er mich in die Kissen hinunter, legte sich auf mich und küsste mich weiter. Seine Lippen und seine Zunge, seine Haut und sein Duft, alles an ihm erschien mir verlockender als je zuvor, und obwohl er nicht sprach, ließ das Vibrieren nicht nach, sondern verstärkte sich von Sekunde zu Sekunde und brachte jede einzelne meiner Zellen zum Schwingen.

Ein glühend heißer Schauer jagte durch meinen Körper. Zärtlich erwiderte ich seine Küsse, während meine Hände sehnsüchtig über seinen Rücken streichelten. Ich hörte auf zu denken und hatte keine Kontrolle mehr über das, was ich tat oder Gordy mit mir tun ließ.

Ich hörte ihn keuchen und überließ mich dem Druck seiner Hände. Seine Berührungen waren fordernd und seine Küsse hemmungslos und unersättlich. Wie eine Schlange glitt seine Zunge über meinen Hals und mein Gesicht und plötzlich spürte ich einen stechenden Schmerz in der linken Wange.

Ich stöhnte auf und mit dem nächsten Atemzug sog ich einen fremden, ekelerregenden Duft in mich ein. Die Hitze in mir wurde zu einem Rauschen, das durch meinen Unterleib pulsierte und sich in rasender Geschwindigkeit zu einem brodelnden Zorn auswuchs, so gewaltsam als entspränge es einem wilden, ungezähmten Tier.

Unbändig vergrub ich meine Finger in Gordians Haaren, zerrte ihn zu mir herunter und atmete gierig seinen fremden, feindlichen Geruch. Ich riss meinen Mund weit auf, spürte, wie seine Haut unter meinen Zähnen aufsprang und süßes Blut meine Mundhöhle füllte. Ich war wie von Sinnen, ich wollte nur noch eines – töten!

STOPP!

Es war bloß ein Gedanke. Aber er katapultierte mich augenblicklich in die Wirklichkeit zurück.

Gordian und ich knieten splitterfasernackt einander gegenüber auf meinem Bett. Die Decke war zerwühlt und triefte vor Nässe, die Kissen und unsere Klamotten lagen kreuz und quer über dem Boden verteilt, sogar das Laken war heruntergerissen.

Ich sah die Wunde in Gordys Gesicht, das feine Rinnsal in seinem Mundwinkel, den entsetzten Ausdruck in seinen Augen – und ich sah den tropfenförmigen Kristall, der unter seinem Lid hervorquoll. Für einen kurzen Moment spiegelte sich darin auf geradezu magische Weise das Türkis seiner Iris, dann löste er sich mit dem nächsten Wimpernschlag, rollte an seinem Nasenflügel entlang und fiel auf die Matratze hinunter.

Ich spürte einen kurzen, tiefen Schmerz in meinem Herzen und blickte wie gebannt auf den Kristall, der, anders als eine gewöhnliche Träne, nicht im Stoff des Überzugs zerfloss, sondern in einer Steppnaht der Matratze liegen blieb.

Aus dem Augenwinkel registrierte ich das silbrige Schimmern von Gordys Delfinhaut und nur eine Sekunde später wehte ein feiner Luftzug seinen vertrauten Duft zu mir herüber. Ehe ich etwas denken oder gar sagen konnte, war er bereits durch das Fenster verschwunden, und ich blieb wie paralysiert in meinem Zimmer zurück.

Eine ganze Weile war ich außerstande, mich zu rühren. Zitternd hockte ich auf dem Bett und versuchte zu begreifen, was geschehen war.

Erst als ich Tante Graces Schritte auf der Treppe vernahm, ging ein Ruck durch meinen Körper. Blitzschnell sprang ich auf, griff nach meiner Jeans und zerrte meine Haihaut heraus. Mit einem Satz war ich beim Fenster, schlüpfte durch den Spalt und schwang mich über das Balkongeländer in den Garten hinunter. Mein Sprung glich dem einer Katze und das Aufkommen meiner Füße im Gras dem einer Feder. Mit langen Sätzen sprang ich die Gartenterrassen hinunter – ich musste mich beeilen, wenn ich nicht Gefahr laufen wollte, dass meine Großtante oder einer der Nachbarn mich bei dieser Witterung nackt zu den Klippen hinunterrennen sah.

Die Felsen waren glitschig vom Regen und der aufbrandenden Hochflut, doch meine Fußsohlen hafteten so gut daran, dass die Sorge, ich könnte ausrutschen oder sogar stürzen, überflüssig war.

Ich schlang mir die Haut um die Hüften, und als ich kurz darauf ins Meer eintauchte, schlossen sich meine Beine in Sekundenbruchteilen. Das Wasser strömte in meine Lunge und füllte mich mit neuem Leben. Einige wenige Flossenschläge reichten aus, um die Westküste Guernseys mehrere Hundert Meter hinter mir zu lassen.

Einem inneren Instinkt folgend, hielt ich mich in einem lang gestreckten Bogen in Richtung Süden, erkannte die Felslandschaft der Moulin Huet Bay unter mir und erreichte schließlich unbekanntes Gewässer.

Zwischen zwei dicht beieinanderstehenden, spitz aufragenden Riffen suchte ich Schutz, drückte mich in eine mit weichen Algen ausgebettete Felsspalte und versuchte, mich zu orientieren. Ein Schwarm junger Sprotten schoss an mir vorbei, und über die Finger meiner rechten Hand, mit der ich mich am Felsen abstützte, krabbelte ein winziger Krebs.

Ich schloss die Augen und konzentrierte mich auf Gordian. Wenn er sich darauf ausgerichtet hatte, Kyans Signale zu emp-

fangen, müsste er eigentlich auch meine Gedanken wahrnehmen.

Wo bist du?

Ich dachte es, so intensiv ich konnte, stellte mir vor, dass
es sich in jedem einzelnen Wassertropfen zwischen Guernsey
und Sark ausbreitete, und lauschte angespannt, aber da war
nichts. Nichts außer dem gewohnten Rauschen des Meeres,
dem Brummen von Schiffsmotoren und den feinen sirrenden
und gluckernden Geräuschen, die die Bewegungen der Pflanzen und Tiere in den Felsspalten verursachten.

Enttäuschung breitete sich in mir aus und setzte sich als stein-
harter Brocken in meiner Brust fest. Ich hätte geschworen, dass
er in meiner Nähe war – so wie sonst auch immer. Er musste
doch wissen, dass es mir nicht im Traum eingefallen wäre zu-
rückzubleiben. Warum hatte er nicht auf mich gewartet?

Gordy, du kannst mich nicht daran hindern, dir zu folgen, schickte
ich trotzig in den Kanal hinaus.

Doch wieder bekam ich keine Antwort.

Verdammt noch mal ... Wir müssen reden!

Nichts.

*Also gut, dann schwimme ich in den Atlantik hinaus und suche
Jane und Javen Spinx.*

Stille.

Und dann plötzlich sah ich sie, vier große Schatten. Nur
eine Nuance dunkler als das Meerwasser glitten sie lautlos in
östlicher Richtung zwischen den Riffen hindurch und hielten
dabei langsam auf den Grund zu.

Instinktiv zog ich den Kopf ein und duckte mich tief in die
Spalte. Mein Herz klopfte wie wild und meine Gedanken rasten durcheinander.

Zu dumm, dass ich nicht genau hingeschaut hatte, sonst hätte ich jetzt vielleicht gewusst, ob es sich um Nixe oder um Tiere handelte. Gewöhnliche Haie konnten es allerdings nicht sein, weil sie normalerweise nicht in Formationen schwammen. Und wie Hai*nixe* sich diesbezüglich verhielten, wusste ich leider nicht.

Ich stieß einen leisen Fluch aus, so sehr ärgerte ich mich über mich selbst. Warum nur hatte ich nicht auf Gordian gehört! Mein Unwissen, was die Gegebenheiten des Meeres anging, meine Unerfahrenheit als Nixe und mein fast schon kindischer Wunsch, jede Sekunde in seiner Nähe sein zu wollen, konnten blitzschnell zu einer tödlichen Gefahr für uns beide werden. Gordy hatte das erkannt, nur ich hatte es nicht sehen wollen und war sogar so töricht gewesen, meine Gedanken in jeden Winkel des Ärmelkanals hinauszusenden.

Wütend biss ich mir in die Unterlippe. Jetzt konnte ich nur noch beten, dass niemand außer Gordian in der Lage war, meine Botschaften aufzufangen – und dass er sie gehört hatte und entsprechend besonnen handelte.

Ich beschloss, mich noch eine Weile in der Spalte verborgen zu halten, bis ich mir einigermaßen sicher sein konnte, dass die vier Wesen das Areal verlassen hatten. Dann würde ich zurückschwimmen und in meinem Zimmer auf Gordy warten. Es blieb mir gar nichts anderes übrig, als darauf zu vertrauen, dass er seine Sache gut machte und sich nicht unnötig in Gefahr begab. Und über das, was vorhin zwischen uns im Bett passiert war, konnten wir später immer noch reden.

Angesichts dessen, was für die Menschen, die Hai- und die Delfinnixe auf dem Spiel stand, waren meine Ängste und Gefühle zweitrangig. Ich musste sie zurückstellen und irgendwie allein mit der Situation zurechtkommen – und zum Teufel noch mal, das würde ich auch!

Ich war gerade im Begriff, meine Arme anzulegen und den ersten Flossenschlag zu tun, da drang ein seltsames Geräusch an meine Ohren. Es schienen menschliche Laute zu sein, eine Art Zischeln oder Nuscheln, und es kam von der anderen Seite des Riffs.

Die Nixe!, schoss es mir durch den Kopf. Sie waren gar nicht weiter in Richtung Sark geschwommen, wie ich im Stillen gehofft hatte, sondern befanden sich noch immer in meiner unmittelbaren Nähe.

Augenblicklich hörte ich auf zu atmen und verharrte lauschend auf der Stelle.

Tatsächlich schälten sich aus den Zischtönen nun einzelne Worte heraus, die sich allmählich zu klar verständlichen Sätzen verdichteten.

Du kannst ihm nicht trauen.

Mehr als so manch anderem von euch.

Und wenn es nicht funktioniert?

Darüber können wir immer noch reden, wenn es tatsächlich so ist.

Und was ist mit dem Plonx?

Mich interessiert sein Mädchen.

Ja, aber du wirst ihn doch wohl nicht am Leben lassen!

Hmmm, zuerst sein Mädchen, dann sehen wir weiter.

Ah, du willst, dass er leidet.

Du hast es erfasst. Leiden ist qualvoller als Sterben. Für den Plonx könnte der Tod sogar eine Erlösung sein …

… die du ihm nicht gewähren willst.

Ohne das Mädchen bleibt ihm nichts.

Ich verstehe. Allerdings vergisst du seine Familie. Und Kirby. Trotzdem: Ich muss sagen, dein Plan gefällt mir ... irgendwie.

Er wird dir noch mehr gefallen, wenn du darüber nachdenkst, dass seinem Leben ohnehin besser andere ein Ende bereiten sollten.

Ja, du hast recht.

Wie immer, mein Freund, wie immer!

Die Sätze zerfielen wieder in undeutlich genuschelte Worte und schließlich vernahm ich nur noch den ursprünglichen Zischlaut. Einen Moment lang war ich verwirrt, dann kapierte ich, dass es an mir lag. Ich hörte nicht mehr richtig zu, sondern hatte bereits damit begonnen, das Gespräch in seine Bestandteile zu zerlegen.

Keine Frage, die vier Nixe waren Delfine! Sie würden versuchen, an Land zu gehen, ob an der Küste von Guernsey oder auf Sark, vermochte ich nicht zu sagen. Allerdings zweifelte ich nicht daran, dass es sich bei einem der beiden, die ich eben belauscht hatte, um Kyan handelte.

Es war gerade mal eine Woche her, dass er versucht hatte, mich umzubringen, und nach diesem Gespräch eben mit einem seiner Freunde konnte ich mir absolut sicher sein, dass er nicht aufgeben und es wieder und wieder versuchen würde. Aus Neid und Rachedurst, vielleicht auch nur aus purer Lust am Töten, vor allem aber, um Gordy zu quälen.

Mein Herz schmerzte vor Entsetzen über eine solch abgrundtiefe Boshaftigkeit, und widerstrebend wurde mir klar, dass Gordian und ich hier nicht bleiben konnten. Wir mussten fort, möglichst weit weg von den Kanalinseln, und uns irgendwo in einem anderen Teil der Welt eine Insel suchen, wo wir in Frieden leben konnten. Und wir mussten es schnell tun.

Ohne Abschied und ohne irgendwelche Spuren zu hinterlassen.

Bei der Vorstellung, Mam, Sina, Tante Grace, Ruby und Ashton das anzutun und sie alle für lange Zeit, möglicherweise sogar nie mehr wiederzusehen, legte sich ein unerträglicher Druck auf meine Brust, und mit einem Mal spürte ich nur noch Wut. Grenzenlose Wut, ja fast schon Hass auf Kyan, dem das Schicksal anderer vollkommen gleichgültig zu sein schien. Der offenbar auch seine Freunde nur benutzte und einzig und allein seinem Egoismus und seiner verletzten Eitelkeit folgte.

Es war eine unbändige, brodelnde Energie, die da aus meinem Inneren aufstieg, und es war unmöglich, sich ihr zu widersetzen. Die Entscheidung fand nicht in meinem Kopf statt, sondern in meinem Körper. Innerhalb eines Sekundenbruchteils richtete sich alles in mir auf ein Ziel aus, und nur einen Augenblick später hatte meine Schwanzflosse mich auch schon über das Riff getragen.

Kyan und seine drei Freunde waren nicht mehr da, aber sie hatten Spuren hinterlassen. Aufgebrochene Schalentiere zeugten von einer Mahlzeit, an einigen Stellen war der Grund unnatürlich aufgeworfen und vier Furten von der Breite einer Delfinflosse zogen sich durch den Sand in Richtung Osten. Außerdem konnte ich sie riechen. Ihr Duft war herb und durchdrungen von einer Lüsternheit, die heftige Übelkeit in mir auslöste. Von meinem Zorn angetrieben, stob ich in geradezu irrwitziger Geschwindigkeit durch den Kanal.

Die vier Furten hatten sich längst verloren, doch der Geruch der Delfinnixe haftete wie ein Brandmal hinter meiner Stirn, er führte mich durch dichte Algenkissen und über Untiefen und lotste mich schließlich in eine immer bizarrer werdende

Unterwasserfelslandschaft. Ich wusste, dass ich mein Ziel erreichen würde, als ich in die dunkle Öffnung eines Höhleneingangs glitt.

Der Duft intensivierte sich, und instinktiv drosselte ich mein Tempo. Ich stellte meine Sinne auf Empfang, analysierte jedes Geräusch, und zu meiner Überraschung erfasste mein Blick selbst in dieser trüben Finsternis jede noch so kleine Bewegung.

Der Höhlengang verengte sich zunehmend, und schon bald hatte ich Mühe, meinen Körper zwischen den Felsen hindurchzuzwängen, ohne mich an den unzähligen scharfkantigen Vorsprüngen und Steinspitzen zu verletzen. Ich spürte, dass das Wasser um mich herum allmählich kälter wurde, und mit einem Mal verdichtete sich auch die Dunkelheit so sehr, dass ich kaum noch etwas erkennen konnte.

In diesem Moment wurde mir klar, dass ich einen Fehler gemacht hatte. Am liebsten wäre ich zurückgeschwommen, aber an ein Umkehren war in dieser Enge gar nicht zu denken. Ich konnte meine Schwanzflosse kaum noch hin und her bewegen und mein gutes Sehvermögen nutzte mir in dieser absoluten Finsternis auch nichts mehr. Jede Berührung einer Alge auf meiner Haut, jede Garnele, die sich in meinem Haar verfing, jedes Gluckern in einer der vielen bleistiftdünnen Felsröhren versetzte mich nun in Panik.

Ich musste mich zwingen, nicht nach Gordy zu rufen. Auf keinen Fall durfte er mir in diesen Höhlengang folgen. Meine Muskeln waren bis in die letzte Faser gespannt und mein Herzschlag brachte das Wasser um mich herum zum Pulsieren. Trotzdem schwamm ich tapfer weiter, in der ständigen Erwartung, urplötzlich Kyans dunkelgrüne Augen vor meinem

Gesicht aufleuchten zu sehen, und zugleich getrieben von der Hoffnung, dass sich doch noch ein Ausweg finden würde.

Viele unerträglich lange Minuten tat sich überhaupt nichts, dann stieg die Wassertemperatur ganz unvermittelt wieder an und die Konturen des Felstunnels schälten sich aus der Dunkelheit hervor. Kein Zweifel, von irgendwo drang Tageslicht herein. Der Gang beschrieb jetzt eine Kurve, vielleicht mündete er dahinter in einer Grotte.

Zuversicht erfasste mich, und ich versuchte, ein wenig schneller voranzukommen. Doch noch ehe ich das Ende des Ganges erreichte, schoss etwas Dunkles auf mich zu. Es war mindestens so groß wie ich und es verströmte einen seltsam vertrauten süßlichen Duft.

Zurück!, zischte es.

Ich kann nicht, der Gang ist zu eng.

Ich kann nicht, wird es in deinem Leben ab sofort nicht mehr geben, war die prompte, zutiefst beunruhigende Antwort, und als Nächstes erhielt ich eine Anweisung: *Senk deinen Kopf. Gesicht nach unten!*

Alles in mir sträubte sich, diesem Befehl zu folgen. Trotzig blickte ich dem, der da vor mir war, ins Antlitz, und ich erkannte das eckige Maul eines Hais und ein winziges schwarzes Auge, das schräg darüber aufblitzte.

Wer bist du?

Kopf runter!

Nein! Zuerst sagst du mir, wer du bist!

Der Hai zögerte, allerdings nur einen kurzen Moment.

Also gut, du hast es nicht anders gewollt. Entschlossen drückte er mir sein Maul ins Gesicht und schob mich mit aller Kraft in den Tunnelgang zurück.

Verdammt noch mal, was soll das?, fuhr ich ihn an. *Willst du, dass ich mir die Haut aufschürfe?*

Keine Sorge, entgegnete er. *Ich bin derjenige von uns beiden, der eine empfindliche Außenhülle hat, und je weniger Widerstand du leistest, desto weniger Schmerz fügst du mir zu.*

Seine Worte bohrten sich wie ein Dorn in meine Brust und ich schämte mich zutiefst.

Schon gut, Elodie, kam es überraschend sanft von ihm. *Lass einfach locker.*

Cyril, dachte ich. Eigentlich war es nicht möglich, dass seine Wunden bereits verheilt waren – aber wer sonst sollte es sein?

Ich hörte auf, mich zu wehren, presste die Arme eng an meinen Körper und ließ mich bereitwillig von ihm durch den Felsengang schieben. Um es ihm so leicht wie möglich zu machen, verzichtete ich sogar darauf, ihn durch weitere Fragen abzulenken, und geduldete mich damit, bis wir das Ende des Tunnels erreicht hatten und uns wieder frei bewegen konnten.

Er war groß, mindestens zweieinhalb Meter lang, und seine Außenhülle ziemlich dunkel, sodass es mich nicht weiter verwunderte, dass ich ihn in der Enge und Finsternis des Höhlengangs nicht gleich erkannt hatte. Jetzt allerdings musste ich nicht zweimal hinsehen, um zu realisieren, dass es sich nicht um Cyril handelte. – Und dass er nicht allein war.

Die Geschichte der Hainixe

Sie nutzten den Augenblick meiner Überraschung, nahmen mich in ihre Mitte und pressten ihre Leiber so fest an mich, dass ich nicht mehr entwischen konnte. Mit kräftigen Flossenschlägen preschten sie voran, zurück zur Perelle Bay.

Jane hatte eine viel kleinere und zartere Statur als Javen Spinx, trotzdem schwammen die beiden in völligem Gleichklang. Fasziniert betrachtete ich ihre Gesichter, die unter der haiförmigen Außenhaut hervorschimmerten, und das geschmeidige Spiel der Muskeln ihrer menschlichen Oberkörper. Eingehüllt in ihren süßen Duft ließ ich mich nach Hause bringen, wahrscheinlich wäre ich ihnen sogar freiwillig gefolgt, doch darauf wollten sie sich offensichtlich nicht verlassen.

Als wir die Klippen vor Tante Graces Grundstück erreichten, verharrten die beiden lauschend, dann durchstießen wir alle drei zugleich die Wasseroberfläche und ließen uns von einer Welle in eine Felsmulde spülen. Ich brauchte nicht einmal einen Gedanken an meine Haihaut zu verschwenden, da hatte Jane sie mir bereits um die Schultern geworfen. Sie selbst verknotete ihre über der Brust und Javen Spinx trug sie, genauso wie die männlichen Delfinnixe, um seine Hüften.

Obwohl er mindestens doppelt so alt war wie ich, raubte mir

sein Anblick für einen Moment den Atem. Ausreichend Gelegenheit, sein charismatisches Gesicht und die ausdrucksvollen Augen zu bewundern, die innerhalb von Sekundenbruchteilen ihre Farbe wechseln konnten, hatte ich während meiner Reise von Lübeck nach Guernsey ja bereits gehabt. Sein jugendlicher, perfekt geformter Körper verblüffte mich allerdings fast noch mehr.

»Du bist auch nicht gerade hässlich«, meinte er lächelnd. »Um nicht zu sagen, du bist wunderschön.« Er seufzte leise.

»Sie können meine Gedanken lesen«, bemerkte ich peinlich berührt.

»Natürlich. Diesbezüglich gibt es keinen Unterschied zwischen Cyril und mir.«

Ich sah Jane an. »Und dir.«

Sie schüttelte den Kopf. »Tut mir leid, aber damit kann ich nicht dienen.«

»Ebenso wenig wie Tyler«, fügte Javen Spinx hinzu. »Was gewissermaßen ein Segen ist.«

Ich nickte. Wenn ich an die Szene am Strand in der Cobo Bay zurückdachte, konnte ich ihm nur beipflichten. Insofern war ich wirklich froh, dass Jane ihn aufgespürt hatte. Trotzdem passten in meinem Kopf ein paar Dinge nicht zusammen.

»Ich verstehe das alles nicht. Ich meine ...«

»... du verstehst einiges, aber du hast trotzdem eine Menge Fragen«, präzisierte Javen Spinx.

Ich zuckte mit den Schultern. »Doch leider haben Sie gerade keine Zeit, sie mir zu beantworten, da Sie ja ein paar Delfine davon abhalten müssen, heute Nacht an Land zu kommen.«

Mr Spinx sah kurz Jane an und wandte sich dann wieder mir zu.

»Also erstens sind wir, wenn ich das richtig sehe, eben bereits beim Du angekommen, und zweitens haben wir selbstverständlich kein Interesse an einem Krieg ...«

»Aber ...«, wollte ich einwenden, wurde jedoch gleich wieder von ihm unterbrochen. »Wenn ich *wir* sage, spreche ich von uns als Art«, fügte er hinzu. »Das Denken und Tun Einzelner kann ich natürlich nicht beziehungsweise nur eingeschränkt beeinflussen.«

»Gibt es viele von diesen Einzelnen?«, fragte ich. »Außer Tyler?«

Javen Spinx spitzte die Lippen, und sein Blick glitt über Jane und mich hinweg aufs Meer hinaus, das sich im Farbton kaum vom Himmel unterschied. Die grauen Wolken hingen tief, fast schienen sie die sich auftürmenden Wellen zu berühren und der Wind peitschte die Gischt meterhoch. Er zerrte an unseren Haaren, als wollte er sie uns vom Kopf reißen.

»Bisher sind es nur wenige«, sagte Javen Spinx. »Aber es könnten mehr werden.«

»Sie meinen ... äh, du meinst, wenn zu viele Delfine an Land kommen, werden einzelne Hainixe das nicht akzeptieren?«

Er nickte. »Vereinfacht ausgedrückt, ja. Im Moment weiß allerdings niemand, ob den Delfinen ein Landgang überhaupt noch einmal gelingt.«

»Gordy wird ihnen ganz sicher nicht dabei helfen«, platzte es aus mir heraus. »Er hofft ebenso sehr wie ihr, dass es eine einmalige Sache war.«

Jane legte ihre Hand auf mein Knie und sah mich durchdringend an. »Es liegt nicht in seiner Macht.«

»Woher willst du das wissen?« Ich musste mich verdammt zusammenreißen, um ihre Hand nicht wegzuschlagen.

»Plonxe sind Halbwesen«, antwortete Javen Spinx an ihrer Stelle. »Sie brauchen das Land ebenso sehr wie das Meer. Wo auch immer Gordian lebt, er wird stets Gefahr laufen, dass ihm Delfinnixe unbemerkt an Land folgen und Menschen töten.«

Ich schluckte den harten, schmerzenden Kloß, der sich in meinem Hals festsetzen wollte, energisch hinunter. »Das stimmt so nicht«, widersprach ich heftig. »Wenn er die entsprechenden Mondphasen meidet, hat er das Ganze sehr wohl unter Kontrolle. Und außerdem ...«, setzte ich aufbrausend hinzu, »auch wenn ich kein Plonx bin, bin ich dennoch von der äußeren Erscheinung her genau so ein Halbwesen wie er.«

Die letzten Worte riss der Wind mit sich fort, danach herrschte eine unerträgliche Stille, in der Jane und Javen Spinx mich einfach nur ansahen.

»Soll das etwa heißen, dass ich ebenfalls Delfinnixe an Land ziehen könnte?«, stieß ich schließlich hervor.

Jane zuckte die Achseln. »Wir wissen es nicht.«

»Das Einzige, was wir mit Sicherheit sagen können, ist, dass wir dem nicht tatenlos zusehen werden«, ergänzte Javen Spinx. »Doch anstatt weiter über Zukünftiges zu spekulieren, möchte ich dir ein wenig aus der Vergangenheit erzählen ... in der Hoffnung, dass du die Zusammenhänge besser begreifst und dich möglichst nie wieder von deinen Trieben zu einer unbedachten, um nicht zu sagen törichten Handlung verleiten lässt.«

Er lächelte, während er zu mir sprach, aber der Tonfall seiner Stimme ließ keinen Zweifel daran, dass er es sehr ernst meinte.

Betreten sah ich auf meine Hände hinunter, mit denen ich die Haihaut vor meiner Brust zusammenhielt.

»Schau mich bitte an, Elodie«, sagte Javen Spinx scharf und ich hob erschrocken den Kopf.

Sein Blick war nun fest auf mich gerichtet, und seine Augen schillerten in einem unergründlichen, kühlen Lilaton, der mich sofort gefangen nahm.

Ein merkwürdiges Gefühl der Ruhe durchströmte mich, das wenig mit dem zu tun hatte, was Gordys entspannendes Lächeln auszulösen vermochte. Es war eine synthetische Ruhe, so als hätte Javen Spinx mir eine Valiumtablette mit sofortiger Wirkung eingeflößt.

»Gut, Elodie«, begann er nun. »Auf unserem Planeten existieren drei hochentwickelte Spezies nebeneinander: Menschen, Hainixe und Delfin- oder Walnixe.«

»Die Menschen leben an Land und wissen nichts von den Nixen«, fuhr ich fort, um ihm zu signalisieren, dass ich nicht völlig unwissend und es damit auch nicht zwingend nötig war, bei Adam und Eva zu beginnen, doch Javen Spinx schüttelte sogleich den Kopf.

»Das ist nicht ganz richtig«, widersprach er. »Wir Hainixe sind schon seit vielen Jahrhunderten Landgänger. Obwohl wir uns gut zu tarnen wissen und uns äußerst umsichtig verhalten, ist es nicht auszuschließen, dass wir hin und wieder bei unserer Verwandlung beobachtet wurden. So zumindest ließen sich die Legenden erklären, die die Menschen im Laufe der Zeit um uns Nixe gesponnen haben.«

»Es sind mehr als nur Legenden«, wandte ich ein. »Mein Urgroßvater ...«

»Nicht nur er«, fiel Javen Spinx mir ins Wort und die Farbe seiner Iris wechselte nun zu einem klaren, betörenden Blau. »Du musst wissen, Elodie, wir Haie sind Einzelgänger und weder an unsere Familie noch an irgendwelche Partner gebunden, was bedeutet, dass wir uns oft sehr einsam fühlen.«

»Wir suchen die Nähe der Menschen, weil sie uns das geben, was wir einander nicht sein können«, hörte ich Jane leise sagen.

Ihre Stimme klang warm und melancholisch, und ich spürte sofort, dass sie nur zu gut wusste, wovon sie sprach. Wie gerne hätte ich nachgehakt, aber Javen Spinx gab mir keine Gelegenheit dazu.

»Wir haben jedoch ziemlich schnell gelernt, dass wir nicht zueinanderpassen«, setzte er hinzu. »Hainixe sind außerordentlich eigensinnig, fast egoistisch, es fällt ihnen schwer, einem Menschen den Freiraum zu lassen, den er braucht.«

»Hat die Beziehung zwischen Tyler und Lauren deshalb nicht funktioniert?«

»Oh, das hat sie!« Über Javen Spinx' Gesicht huschte ein winziges Lächeln, das seine glatte, makellose Haut in den Augenwinkeln für einen Moment in ein feines Strahlengespinst verwandelte. »Die beiden waren sogar ganz besonders leidenschaftlich ineinander verliebt.«

»Das hat Ruby auch gesagt«, erwiderte ich. »Deshalb war sie ja auch so wütend, als Lauren sich aus heiterem Himmel einem anderen zuwandte.«

»Dieser andere war ein Delfinnix und darin liegt das Dilemma«, sagte Javen Spinx. »Erstens ist es uns nicht gegeben, denselben Zauber auf Menschen auszuüben wie die Delfinnixe, und zudem sind sie auch ihrem Wesen nach vollkommen anders als wir. Sie können nicht allein sein, weshalb man auch nie einen von ihnen ohne seine Gruppe antrifft. Sie ziehen in Allianzen umher, jagen um des Jagens willen und paaren sich zuweilen mehrmals am Tag. Ihnen fehlt jede Form der Zurück-

303

haltung. Sie lassen sich von ihren Trieben leiten, während wir Haie in erster Linie unseren Verstand gebrauchen.«

Seine Worte trafen mich hart, fast fühlte ich mich persönlich von ihnen beleidigt. Ich hütete mich jedoch, mir das anmerken zu lassen oder gar zu widersprechen.

»Im selben Augenblick, als dieser Delfinnix beschloss, Lauren zu besitzen, war sie seiner Magie bereits erlegen«, fuhr Javen Spinx unterdessen fort. »Das arme Mädchen konnte gar nicht anders, als sich ihm hinzugeben. Mehr noch: Sie hat ihn geradezu angefleht, sich mit ihr zu vereinigen.«

Ich stutzte. »Heißt das, ihr habt sie dabei beobachtet?«

Jane nickte. »Einer von uns.«

»Cyril!« – Ich sah es gewissermaßen vor mir.

Wieder nickte sie. »Ja, Cyril. Es war aber eher zufällig.«

»Weil er als Einziger auf Sark lebt?«

»Sozusagen«, bestätigte Javen Spinx. »Er hat einen Unterschlupf in der Nähe des Hafens. Hainixe brauchen nicht viel«, fügte er fast schon entschuldigend hinzu.

»Aber Cyril hat doch nicht etwa gesehen, dass Kyan Lauren getötet hat!«, rief ich aus.

Javen Spinx sog scharf Luft ein und um seine Mundwinkel zuckte es. »Das hätte der Delfin wohl kaum überlebt.«

Ich keuchte leise, denn ich konnte mir nur zu gut vorstellen, was passierte, wenn bei Cyril die Sicherungen durchbrannten. Beinahe körperlich spürte ich die eiskalte Wut in seiner Brust und die Explosion, die sie in seinem Kopf auslöste.

Javen Spinx musterte mich neugierig. Mir war klar, dass er jeden einzelnen meiner Gedanken las, er schien also nach etwas anderem, weniger Offenkundigerem zu suchen.

»Ihr seid euch sehr ähnlich«, sagte er mit einer Wärme, die

Jane genauso zu überraschen schien wie mich. Sie sagte allerdings nichts, sondern schüttelte nur kaum merklich den Kopf.

»Cyril ist ein sehr ungewöhnlicher Nix«, nahm Javen Spinx den Faden wieder auf. »Niemand von uns liebt die Menschen so sehr wie er. Cyril würde sein Leben für sie geben. Für jeden einzelnen von ihnen.«

Ich starrte ihn an, versank fast in dem hellen Grün, in dem seine Iris nun schillerte, und fühlte mich dem drückenden Schmerz, der in meiner Kehle heranwuchs und sich allmählich bis unter meinen Gaumen ausbreitete, hilflos ausgeliefert.

»Cyril verfügt über eine immense impulsive Kraft. Doch so absurd es vielleicht klingen mag: Er hat sie selten unüberlegt eingesetzt und ganz sicher niemals aus Eigennutz.«

Javen Spinx' Worte schnitten mir wie Messerstiche ins Herz. Der Schmerz in meinem Hals pulsierte bis zu meinen Schläfen hinauf, und meine Hände zitterten so sehr, dass ich die Haihaut kaum noch zusammenhalten konnte.

»Ihr ... wollt ... mir ... Gordy ... ausreden«, brachte ich stockend hervor.

»Nein«, sagte Jane sanft. »Nein.«

Sie strich mir über die Arme und rückte meine Haut ein wenig zurecht.

»Wir möchten lediglich, dass du deinen Verstand gebrauchst.« Javen Spinx bohrte seinen Blick geradezu in meinen. »Und um das tun zu können, ist es wichtig, dass du alle Informationen bekommst. Nur dann kannst du eine Entscheidung treffen, die möglichst allen dient.«

»Du willst doch nur, dass ich kooperiere!«, fuhr ich ihn an. »Du hasst die Delfine. Das konnte man ja sogar in der Zeitung lesen!«

Javen Spinx senkte die Lider.

»Ich hasse sie nicht«, sagte er leise, dann räusperte er sich. »Ich halte es nur für besser, wenn sie nicht an Land kommen. Und zwar für alle: die Menschen, die Haie und die Delfine. Das Problem ist, dass die Menschen die Meere wie einen gigantischen Mülleimer benutzen. Wir Haie haben das über die letzten Jahrzehnte hinweg mit ansehen müssen. Und du kannst mir glauben, Elodie, ich bin nicht der Einzige, der sich dafür stark macht, dass hier ein Umdenken einsetzt. Leider ist es nicht immer einfach, alte Strukturen aufzubrechen. Auf der einen Seite stehen machtvolle wirtschaftliche Interessen und auf der anderen Massen von Menschen, die die Augen verschließen und sich dem ungebremsten Konsum von Dingen hingeben, die sie eigentlich gar nicht brauchen. Die Folge sind Unmengen von giftigem Abfall, der den ganzen Planeten zu verseuchen droht. Die Meeresbewohner, Delfinnixe eingeschlossen, haben keine Stimme. Sie werden von niemandem gehört. Genau das könnte sich nun allerdings ändern«, fügte er finster hinzu.

»Aber das ist doch gut«, wandte ich ein.

»Nein, das ist es nicht, Elodie«, sagte Jane dicht an meinem Ohr. Sie war ein wenig näher an mich herangerückt. Ihre Hände ruhten leicht und warm auf meinen Schultern. »Die Delfine würden alles zerstören, was wir Hainixe und ein Teil der Menschen in den letzten Jahren zum Schutz unserer Lebensräume erreicht haben.«

»Aber das könnt ihr doch gar nicht wissen«, entgegnete ich matt.

»Die Delfinnixe ...«

»... werden sich rächen für das, was ihnen angetan wurde«,

schnitt Javen Spinx mir das Wort ab. »Sie rächen sich an den Menschen und an uns, weil sie glauben, dass wir sie vergessen haben, als wir zu Landgängern wurden. Die Delfine wissen nicht viel über uns, eigentlich nur das, was sie wissen wollen, um sich ein möglichst einfaches Urteil zu bilden und ...«

»Das ist nicht wahr!«, unterbrach ich ihn heftig. »Gordy ist klug und sensibel. Er hat nichts gegen euch, und er würde niemals absichtlich etwas tun, das euch schadet.«

»Gordy ist eine Ausnahme«, sagte Jane, doch auch das wollte ich – zumindest in diesem Fall – nicht gelten lassen.

»Ich habe seine Schwester kennengelernt. Sie ist ebenso zauberhaft wie er, und ich bin überzeugt davon, dass auch seine Eltern ganz wunderbare Wesen sind.«

»Das mag ja alles sein«, erwiderte Javen Spinx ungeduldig. »Und ich will auch gerne einräumen, dass ich möglicherweise einen Teil der Delfinnixe unterschätze. Das ändert aber nichts an der Tatsache, dass durch sie zwei Menschenmädchen umgekommen sind. Und dass es noch viele, viele mehr werden könnten. Sollte das tatsächlich passieren, würden die Menschen ein Blutbad anrichten und Hainixe wie Tyler ihren Teil dazu beitragen. Wie das Ganze enden könnte, wage selbst ich mir nicht vorzustellen.«

Unheil bringst du. Großes Unheil über die Inseln. Tod und Schrecken ...

Silly hatte also recht gehabt.

»Ich bin schuld«, sagte ich tonlos und der Druck von Janes Händen auf meinen Schultern verstärkte sich tröstend.

»Nein.« Javen Spinx schüttelte unwillig den Kopf. »Eher scheint es mir eine Verkettung unglücklicher Umstände zu sein.«

Ich stieß geräuschvoll Luft aus. »In der auch Gordy eine Rolle spielt?«

Absurderweise hoffte ich abermals auf ein Nein, das ich natürlich nicht bekam.

»Sicher«, sagte Javen Spinx. »Delfinnixe treiben sich mit Vorliebe an den Küsten herum. Sie mischen sich unter die Tiere ihrer Art, die hier ihre bevorzugten Jagdgebiete haben. Und ebenso wie ihre tierischen Partner suchen auch sie die Nähe der Menschen, lassen sich von ihnen streicheln und sich von ihrem Aussehen und ihrem Duft betören. Sie beneiden uns Haie schon lange um unsere Fähigkeit, zwischen Meer und Land wechseln zu können. Aber anders als die meisten von uns begreifen sie nicht, dass Menschen und Nixe im Grunde nicht zusammenpassen. Sie sind geradezu verrückt vor ungestilltem Verlangen. Auch wir kennen diese Sehnsüchte, aber wir haben gelernt, sie zu kontrollieren. Dennoch verstehe ich sehr gut, dass Gordy bei deinem Anblick sofort verzaubert war.«

Ich konnte nicht glauben, was ich da hörte. *Er* von *mir?*

Javen Spinx lächelte. »Seine Sehnsucht, bei dir sein zu können, muss ungewöhnlich groß gewesen sein.«

Dann bin also ich diese geheimnisvolle Macht gewesen, die ihn an Land gezogen hat? Und das, obwohl ich nur zur Hälfte ein Mensch bin und zur anderen Hälfte eine Hainixe ... Verwirrt richtete ich meine Augen auf Javen Spinx, ihm war jedoch nicht anzumerken, ob er meinen Gedankengängen folgte.

Die Farbe seiner Iris wechselte nun in ein kühles Petrolgrün, und sowohl seine Miene als auch die Haltung seines Oberkörpers verriet, wie frustriert er war. »Ich hätte verhindern müssen, dass du in Lübeck ins Flugzeug steigst. Leider konnte ich damals nicht ahnen, was passieren würde«, presste er bitter hervor. »Ich habe erkannt, wer du bist, und sah es als meine Pflicht an, dich deiner Bestimmung zuzuführen. Ein fataler Fehler, den ich gerne wieder gutmachen würde.«

Es dauerte einen Moment, bis sich die vielen Puzzleteile aus all dem, was ich in den letzten Wochen erlebt und erfahren hatte, in meinem Gehirn zu einem sinnvollen Bild zusammensetzten. Nicht alles wollte richtig passen, das meiste jedoch griff nahtlos ineinander.

»Du hast gesehen, dass ich eine von euch bin …«

Javen Spinx nickte. »Und nicht nur das. Ich habe deine inneren Widerstände gespürt und geahnt, dass du kurz vor deiner Verwandlung stehst. Cyril war sofort bereit, sich deiner anzunehmen.«

Ungläubig sah ich ihn an, doch Javen Spinx zuckte nahezu gleichgültig mit den Schultern. »Wir können ein Halbwesen unmöglich schutzlos seinem Schicksal überlassen. Ich hatte keine Zeit, mich um dich zu kümmern, Tyler war wegen seiner Vernarrtheit in Lauren zu unzuverlässig und …«, sein Blick wanderte zu Jane, »sie sollte eigentlich nie wieder ins Meer zurück.«

»Wegen der Verletzung an deinem Fuß?«

»Der Fuß ist nicht so schlimm«, erwiderte Jane. »Dir ist es vielleicht nicht aufgefallen, aber mir fehlt ein Teil meiner Flosse.«

Das war es tatsächlich nicht. Janes Bewegungen unter Wasser schienen mir absolut synchron mit denen von Javen Spinx gewesen zu sein.

»Ja, weil ich mich auf jeden von euch einstellen kann«, sagte er. »Allein ist Jane längst nicht mehr so schnell und wendig, wie sie es früher einmal war. Aber das ist eine Sache, über die wir uns vielleicht später einmal unterhalten können.«

Und die wahrscheinlich auch Bo einschließt, fügte ich in Gedanken hinzu.

Die Gesetzmäßigkeit der Bestimmung

Inzwischen war der Abend hereingebrochen. Der Wind hatte nachgelassen, die Wolken hingen nicht mehr so tief und auch das Meer war ein wenig zur Ruhe gekommen.

Seit einer geraumen Weile saßen Javen Spinx, Jane und ich nun schon auf den Klippen, und einer dumpfen Ahnung zum Trotz war mir noch immer nicht klar, was sie nun eigentlich *wirklich* von mir wollten.

Ich warf einen Blick zu den Cottages hinauf und registrierte, dass in beiden Häusern Licht brannte. Tante Grace war also offenbar nach wie vor mit dem Herrichten der Gästewohnungen beschäftigt.

»Warum haben Sie in St Peter Port so getan, als würden Sie mich nicht kennen?«, fragte ich.

»Du«, sagte Javen Spinx.

Ich sah ihn stirnrunzelnd an.

»Warum hast *du* in St Peter Port so getan ...« Er lächelte.

»Entschuldigung.« Keine Ahnung, wieso, aber es fiel mir einfach schwer, ihn zu duzen.

Javen Spinx hob die Hände. »Kein Problem. Du wirst dich schon noch daran gewöhnen.«

311

»Wollten Sie mich warnen? Oder gibt es einen anderen Grund? Hatte es vielleicht sogar mit meiner Mutter zu tun?«

»Nein.« Er schüttelte den Kopf. »Du siehst ihr übrigens nicht besonders ähnlich.«

»Dann komme ich wohl mehr nach meinem Vater«, sagte ich schulterzuckend.

»Mag sein.« Um Javen Spinx' Mundwinkel zuckte es. »Jedenfalls ist deine Mutter eine ganz wundervolle Frau. Ich bin sehr dankbar dafür, dass ich damals so viel Zeit mit ihr verbringen durfte.«

»Waren Sie in sie verliebt?«, rutschte es mir über die Lippen.

»Oh ja!« Seine Augen leuchteten auf und um seine Pupillen bildete sich ein sonnengelber Strahlenkranz. »Sehr sogar.«

Ich war so perplex, dass ich ihn ein paar Sekunden lang nur anstarrte.

»Aber sie hat mir gesagt, dass Sie in dieser Hinsicht überhaupt kein Interesse an ihr gezeigt hätten«, platzte ich schließlich heraus.

»So, hat sie das?« Ein tiefes Lächeln grub sich in Javen Spinx' Augenwinkel. »Na ja, ein Hai weiß sich eben zurückzuhalten.« Plötzlich verhärteten sich seine Züge, und er kam mir so nah, dass sich unsere Nasenspitzen beinahe berührten. »Wir kennen unsere Grenzen, Elodie«, sagte er sehr leise, dafür aber umso schärfer. »Und wir übertreten sie nicht.«

Er hatte seine Hand auf meinen Unterarm gelegt, und ich spürte die gleiche Kälte auf meiner Haut, die ich schon in Lübeck bemerkt hatte – damals sogar durch meine dicke Canvasjacke hindurch.

Ich schluckte schwer, denn ich ahnte, was jetzt kam. Er wollte mir Gordy nicht ausreden – oh nein, er wollte, dass ich mich aus freien Stücken gegen ihn entschied. Doch zu meiner Überraschung knüpfte Javen Spinx nun an meine ursprüngliche Frage an.

»In St Peter Port waren andere Hainixe in der Nähe«, erklärte er, »und ich kann es mir nicht leisten, mit einem Delfinnix in Verbindung gebracht zu werden. Dadurch würde meine Autorität untergraben. Es tut mir wirklich leid, wie ich mich dir gegenüber verhalten habe. Schließlich war es ganz allein meine Schuld. Ich war einfach nicht umsichtig genug, eigentlich hättest du mich gar nicht entdecken dürfen«, fügte er etwas milder hinzu.

Das kann nicht stimmen, dachte ich, denn natürlich fielen mir sofort Bos Worte wieder ein. Er hatte behauptet, dass es Javen Spinx bei allem, was er tat, nie um ihn selbst ginge, sondern einzig und allein darum, Schaden von einzelnen Individuen seiner Art abzuwenden. Wenn der Hainixjunge recht hatte, war Javen Spinx' Erklärung also eine Lüge.

Herausfordernd sah ich ihn an, doch er dachte offenbar gar nicht daran, auf meine Gedanken einzugehen.

»Haie und Delfine passen nicht zueinander«, sagte er hart. »Was nicht heißt, dass sie sich nicht ineinander verlieben können. Wahrscheinlich ist eine Verbindung zwischen ihnen sogar von ganz besonderer Leidenschaft geprägt. Aber ihre Liebe füreinander bedeutet am Ende immer den Tod des einen.«

Am liebsten hätte ich mir wie ein kleines Mädchen die Hände auf die Ohren gepresst und trotzig signalisiert, dass ich keine Lust hatte, mir das noch weiter anzuhören. Ich öffnete den Mund, um aufs Heftigste zu widersprechen, aber Javen Spinx brachte mich mit einer einzigen Geste zum Schweigen.

»Schau in den Spiegel«, fuhr er fort. »Dann siehst du es mit

deinen eigenen Augen. Und das ist erst der Anfang, Elodie ...
erst der Anfang.«

»Und was ist mit Gordy? I-ich kann ihn doch nicht ....« Alles
in mir lehnte sich auf. Ich wollte diesen Satz nicht mal zu Ende
denken.

Javen Spinx' Blick verdunkelte sich. »Er muss fort von hier.«

»Aber er ist ein Plonx«, stammelte ich. »Er hat keine Freunde
mehr ... er wird es nicht überleben!«

*Besser, er stirbt im Kampf mit einem Feind als beim Liebesakt
mit dir!!!*

Keine Ahnung, ob das mein eigener Gedanke war oder der
von Javen Spinx. Ohnehin hätte ich nicht sagen können, ob
und wie ein Echo zwischen uns Haien funktionierte, und mittlerweile interessierte mich das auch nicht mehr.

Javen Spinx und Jane verlangten, dass ich mich freiwillig
von Gordian trennte, sie wollten, dass ich auf die Liebe meines
Lebens verzichtete – genauso gut hätten sie mir auch ein Messer ins Herz stoßen können.

»Ich bin mir sicher, dass Gordy nicht einfach nur ein Plonx
ist«, drang Janes leise Stimme in mein Ohr. »Irgendetwas an
ihm erinnert mich an einen Wal.« Sie zögerte ein paar Sekunden, bevor sie umso eindringlicher fortfuhr: »Hat er dir gegenüber vielleicht mal erwähnt, dass einer seiner Vorfahren ein
Wal gewesen ist?«

»Nein.« Ich hielt den Kopf gesenkt, damit sie und Javen
Spinx nicht mitbekamen, dass ich zu weinen angefangen
hatte. Lautlos rollten die Tränen meine Wangen hinunter,
und ich versuchte, so viele wie möglich mit meiner Zunge aufzufangen, ehe sie auf meine Hände und die Haihaut tropfen
konnten. »Soweit ich weiß, gibt es nichts Außergewöhnliches

in seiner Familie ... außer dass seine Eltern sich nicht mit anderen Nixen paaren.«

Ich spürte, dass die beiden einen Blick tauschten. Die angespannte Stille zwischen ihnen sank wie ein eisiger Nebelschauer auf mich herab.

»Es ist sehr wahrscheinlich, dass Gordy ein ähnliches Schicksal in sich trägt«, sagte Jane schließlich. »Mag sein, dass es ihm noch nicht bewusst ist, früher oder später aber wird es ihn rufen ... und dann wird er gar nicht mehr anders können, als ihm zu folgen.«

Als ich eine gute Stunde später in der Abflughalle des Guernseyer Flughafens saß und darauf wartete, dass mein Flieger ausgerufen wurde, konnte ich mich kaum mehr daran erinnern, wie ich mich von Javen Spinx und Jane verabschiedet hatte. Ich wusste nur noch, dass ich nahezu blind vor Tränen über die Klippen und die Gartenterrassen zum Haus hinaufgestolpert war und mich mit einer Selbstverständlichkeit über das Geländer auf den Balkon hinaufgeschwungen hatte, als wäre dies schon immer meine Art gewesen, ein Haus zu betreten.

Ich hatte nicht einmal mehr darüber nachgedacht, ob es einen Ausweg gab und mir womöglich doch noch eine Wahl blieb.

Je länger du diese Trennung hinausschiebst, desto schmerzhafter wird sie sein.

Das waren vielleicht Janes letzte Worte gewesen, vielleicht auch Javen Spinx' Gedanken – wie auch immer, sie beherrschten mich, seitdem ich mein Zimmer betreten hatte.

Ein flüchtiger Blick auf das zerwühlte, mit unzähligen Blutspritzern besprenkelte Bett, ein ebenso flüchtiges Streifen des Badezimmerspiegels, aus dem mir mein zerschundenes Gesicht entgegensah, ein hastiges Zusammenraffen meiner Sachen, und schon war ich abreisebereit gewesen.

Tante Grace, die urplötzlich im Apartment aufgetaucht war, hatte nicht eine einzige Frage gestellt, sondern schweigend Gordys Bisswunden in meinem Gesicht verarztet und mir danach geholfen, den Koffer und die Monsterreisetasche zu schließen und in den Flur hinunterzuschleppen.

Kurz darauf war das Taxi vorgefahren, und als wir wenig später den Flughafen erreichten, stellte sich heraus, dass an diesem Abend tatsächlich noch ein Flug nach London ging und ich von dort aus problemlos einen Anschlussflieger nach Hamburg bekommen würde. Zeitlich fügte sich eins so perfekt ins andere, als sollte es so sein – als wäre es vom Schicksal so gewollt.

»Du brauchst dich um nichts zu kümmern«, sagte Tante Grace und drückte mich so fest an sich, dass ich eigentlich auf der Stelle von Neuem hätte losheulen müssen. »Ich rufe deine Mutter an und sorge dafür, dass sie dich persönlich in Hamburg abholt.«

Ich war ihr unendlich dankbar, aber ich hatte das nicht zeigen können. Meine Augen sahen, was um mich herum geschah, und auch mein Hörsinn ließ mich nicht im Stich. Zuverlässig verwertete mein Gehirn sämtliche Informationen und sorgte dafür, dass ich mich auf dem kurzen Weg vom Check-in-Schalter zur Sicherheitszone nicht verlief und auch niemanden über den Haufen rannte, aber innerlich war ich wie tot.

Mein Hals fühlte sich vollkommen ausgetrocknet an, die Haut über meinen Lippen spannte, und mein Magen schmerzte vor Hunger, aber ich war außerstande, mir etwas zu essen oder zu trinken zu kaufen. Wie gerne hätte ich Javen Spinx und Jane gehasst, aber selbst dazu war ich nicht in der Lage.

Mein Kopf wollte nicht mehr denken und auch nichts mehr entscheiden, mein Körper verrichtete zwar seinen Dienst, doch meine Seele wäre am liebsten davongeflogen – irgendwohin, wo es keine Schmerzen, keine Trauer und keinen Verlust mehr gab.

Der gläserne Gang zum Gate, die Gangway, die freundlichen dunklen Augen des Stewards, der vor der Tür zum Cockpit stand und die Fluggäste begrüßte, die Leute, die an mir vorbeiliefen und ihr Gepäck verstauten, all das rückte immer weiter von mir fort. Gesichter verblassten, Stimmen verstummten, nicht einmal mehr das Brummen der Motoren nahm ich noch wahr.

Der Flieger rumpelte los und katapultierte mich in den Himmel. Er durchbrach die Wolkendecke und stieß mich in das grelle Licht der untergehenden Sonne. Meine Haut brannte von den Knöcheln bis zu meinem Scheitel hinauf und mein Herzschlag war ein einziger Schrei.

Hier wollte ich nicht sein.

Ich wollte überhaupt nicht mehr sein.

Woanders

Keine Ahnung, wie ich es fertiggebracht hatte, mich bis zum richtigen Gepäckband am Hamburger Flughafen zu bewegen. Ich zerrte meinen Koffer und meine Reisetasche herunter und schleppte beides zum Durchgang in die Ankunftshalle.

Mam stand gleich ganz vorn an der Absperrung. Sie winkte kurz, ihr Gesicht leuchtete auf und im nächsten Moment war sie bereits bei mir und schloss mich in ihre Arme.

Sie wiederholte meinen Namen, wieder und wieder, und übersäte mich mit Küssen, und wäre ich nicht innerlich so taub gewesen, ich hätte mich garantiert sofort aus dieser Umklammerung befreit und sie gefragt, ob sie eigentlich noch klar bei Verstand wäre. Aber immerhin schaffte ich es, »Hallo, Mam« in ihr Haar zu murmeln.

»Tante Grace hat mir alles erzählt«, sprudelte es aus ihr hervor, nachdem sie mich endlich freigegeben und sich meinen Koffer geschnappt hatte. »Mein armes, armes Häschen.«

Was konnte das schon gewesen sein? Meine Großtante wusste doch gar nicht, was passiert war. Okay, sie hatte meine Wunden gesehen, aber sie kannte die Zusammenhänge nicht. Wahrscheinlich hatte sie sich irgendetwas Dramatisches ausgedacht.

»Es tut mir so leid, Schätzchen«, plapperte meine Mutter weiter. »Ich hätte es wissen müssen. Es war eine Schnapsidee, dich nach Guernsey zu schicken.« Sie tat einen langen tiefen Seufzer. »Andererseits hättest du dich genauso gut auch hier unglücklich verlieben können.«

Meine Beine trugen mich neben ihr her. Meine Augen registrierten, dass sie sich die Haare kurz geschnitten hatte und dass sie sehr viel dünner geworden war. Und meine Ohren hörten, was sie sagte, aber es drang nicht bis zu mir durch.

»Ich weiß, es klingt jetzt vielleicht ein wenig seltsam, aber wenn du aus dem Gröbsten raus bist, dann wirst du sehen, dass es noch viele andere tolle Jungs auf der Welt gibt. Gordian war eben einfach nicht der richtige.« Sie strich mir mit den Fingern ihrer freien Hand flüchtig über das Pflaster auf meiner Wange. »Mein Gott, was hat er dir nur angetan?«

Meine Füße liefen schneller, weil meine Ohren schmerzten; meine Hand drückte eine Tür auf und frische kühle Luft drang in meine Nase.

»Sina wollte ja unbedingt mitkommen«, erzählte meine Mutter, nachdem sie das Gepäck in unserem Wagen verstaut und ich mich neben meinem Rucksack auf die Rückbank geschoben hatte. »Ich dachte aber, dass du vielleicht erst mal ein bisschen Ruhe brauchst.« Sie warf mir über die Kopfstütze hinweg einen forschenden Blick zu. »Wahrscheinlich willst du im Augenblick noch gar nicht darüber reden.«

Ich sah sie müde an.

Für eine Sekunde wirkte Mam ein wenig verunsichert, dann

lächelte sie und ließ den Motor an. »Ich schätze, sie hat dir schon hundert SMS geschickt ...?«

»Keine Ahnung.«

Ich wusste nicht mal, ob ich mein Handy überhaupt eingesteckt hatte. Vermutlich lag es noch zwischen den Polstern des Rattansofas.

Meine Mutter schüttelte den Kopf. Offenbar irritierte es sie, dass meine beste Freundin nicht bereits über jedes Detail genauestens informiert war.

Sina ... Sina ... Sina ... Ich freute mich ja nicht mal, sie wiederzusehen. Wie denn auch? Schließlich war ich gar nicht da, weder auf Guernsey noch in Hamburg oder Lübeck, nicht auf dem Mond und auch nicht in den Tiefen des Ozeans, sondern an einem Ort, wo mich niemand finden würde – nicht einmal ich selbst.

Mein Zimmer war noch genau so wie an dem Tag, als ich es verlassen hatte, Mam hatte bloß das Bett frisch bezogen. Eine Wolke aus künstlichem Vanilleduft stieg in meine Nase, als ich unter die Decke kroch und sie über meinen Kopf zog.

Dunkelheit und Stille umfingen mich und schlossen mich vollständig von der Welt da draußen ab. Mein Gehirn durfte aufhören zu denken und mein Herz würde hier hoffentlich endlich allen Schmerz vergessen können.

Hier wollte ich bleiben. – Fürs Erste.

Vielleicht auch für immer.

Lautlos glitten Kyan, Liam, Niclas und Pine über den Grund des Ärmelkanals. Bis die Dunkelheit der Nacht hereinbrach und sich ins Meer hinabsenkte, hielten sie sich im Schatten der Riffe auf, damit die Haie, die das Gebiet rund um Sark und Guernsey bevölkerten, sie nicht bemerkten.

Der Plan stand, es war alles besprochen, ein Aussenden von Signalen nicht mehr nötig, jeder von ihnen wusste, was er zu tun hatte.

Mit der Dunkelheit kam auch die Stille. Boote, Jachten und Trawler lagen in den Häfen, nur aus der Ferne tönte das beständige Brummen der großen Transportschiffe auf ihrem Weg zwischen Atlantik und Barentssee zu ihnen herüber.

Unbemerkt umrundeten die vier Nixe die Klippen unterhalb von Castle Cornet, ließen St Peter Port hinter sich, schwammen weiter in Richtung Norden, wo ihnen mit Sicherheit nicht einmal der Plonx auflauerte, und zogen in einem langen Bogen an der Südküste Alderneys vorbei, um schließlich zurück auf den Sandstrand der Belvoir Bay von Herm zuzusteuern.

Kyan spürte den Sog, lange bevor sie das Flachwasser erreichten. Er hatte Liam, Pine und Niclas nicht gesagt, wie gefährlich ihr Vorhaben war. Würde es nicht gelingen, würden ihre Leiber gefangen in ihrer Delfinhülle auf dem Strand liegen bleiben und noch vor der rettenden Hochflut am nächsten Morgen unter dem Druck ihres Eigengewichts verenden.

Doch der Sog war stärker als alle Bedenken, und so überließ er sich in bebender Erwartung der Welle, die ihn auf den feuchten Sand spülte, seine Haut löste und seine Schwanzflosse spaltete.

Neben ihm hörte er Liams leises triumphierendes Lachen, ein tiefes Stöhnen aus Pines Kehle und ein überraschtes Keuchen, das von Niclas kam.

»Oh, verdammt! Ich glaub es nicht!«, rief er aus.

Kyan sprang auf die Füße. Es war ein gutes Gefühl, die Arme frei bewegen zu können und endlich wieder Beine und Füße zu haben. Sein Blick fiel auf Niclas, der stumm im Sand saß und ungläubig auf sein Geschlecht herabsah.

»Keine Sorge«, sagte Kyan. »Du wirst keine dazu zwingen müssen. Sobald sie dich sehen, werden sie dir verfallen. Nur eine Berührung von dir und sie lassen alles mit sich geschehen.«

Niclas und Pine waren die Jüngsten in seiner Allianz. Beide hatten ozeanblaue Augen und dichtes dunkelblondes Haar. Pines Oberkörper war etwas muskulöser als der von Niclas, dafür hatte dieser einen sehr hübschen sinnlich geschwungenen Mund.

Liam war inzwischen ebenfalls aufgestanden und betrachtete aufmerksam den Kiefernwald, der sich oberhalb des Strandes bis zum höchsten Punkt der kleinen Insel hinaufzog.

»Da sind welche!«, wisperte er.

Kyan kniff die Augen zusammen. »Mädchen?«

Liam nickte. »Drei oder vier. Ich glaube, sie kommen zum Strand herunter.«

»Gut.« Kyan grinste breit. »Das ist sogar sehr gut.«

»Aber wir haben noch keine Kleidung«, wandte Liam ein.

»Wo ist das Problem?«, erwiderte Kyan kopfschüttelnd. »Wir stellen uns bis zu den Hüften ins Wasser und warten, was passiert. Los, kommt!«, trieb er Pine und Niclas an. »Generalprobe, Jungs. Wenn ihr die besteht, werden wir hier auf den Inseln vier Wochen lang unseren Spaß haben.«

Zwischen den Bäumen tanzte ein kleines Licht hin und her und die aufgeregten Stimmen der Mädchen waren nun deutlich bis zum Strand hinunter zu hören.

»Es sind vier«, murmelte Kyan. »Also eine für jeden von uns.« Er packte Niclas und Pine an den Armen und zog sie auf die Füße. »Das ist das erste Mal für euch«, zischte er mahnend, »ihr werdet euch beherrschen, euch nur mit ihnen paaren und keine von ihnen küssen. Ist das klar?«

Niclas nickte kaum merklich.

»Ob das klar ist?«, fuhr Kyan ihn an.

Pine hob abwehrend die Hände. »Keine Angst, wir kriegen das schon hin. Es wird keine von ihnen das Leben kosten.«

»Gut.« Mit einem spöttischen Zug um die Mundwinkel wandte er sich Liam zu. »Und du vergisst jetzt einfach mal die kleine Olivia, die du so gern hast.«

Liam knurrte, aber Kyan lachte nur und zog Niclas und Pine hinter sich her ins Wasser.

»Und was ist mit dir?«, fragte Liam zornig zurück. »Wen vergisst du? Die schöne Lauren? Oder die Rothaarige, die du so lustvoll mit deinem Kuss ertränkt hast? Wie kannst du dir überhaupt sicher sein, dass du deine Triebe im Griff hast?«

Kyan antwortete nicht. Für ihn gab es mittlerweile keinen Zweifel mehr, dass er für eine höhere Aufgabe bestimmt war. Sein Lohn würden viele Menschenmädchen sein. Aber das musste noch ein wenig warten.

Vorerst würde er sich ganz auf Elodie konzentrieren.

Und was die Mädchen betraf, die er, Niclas, Pine, Liam und Hunderte mehr von seiner Art in den nächsten Wochen, Monaten und Jahren berühren würden, so war es ein betörendes Gefühl zu wissen, dass sie alle nie wieder einen Menschenjungen an sich heranlassen würden.

Sicher, es würde eine Weile dauern, bis die Kanalinseln und weitere Landstriche allein den Delfinnixen gehörten, aber er, Kyan, trug den Schlüssel dazu in der Hand.

Innen und außen

Die erste Zeit ließ Mam mich in Ruhe. Ich durfte in der Höhle unter meiner Decke bleiben. Nur ganz selten wurde sie zurückgeschlagen, und dann sah ich aus der Tiefe meines inneren Verstecks in Rafaela Sallers Gesicht, das besorgt auf mich herabblickte.

»Ich habe dir ein Sandwich gemacht«, sagte meine Mutter meistens. »Und eine neue Flasche Mineralwasser hingestellt. Es ist wichtig, dass du etwas trinkst«

»Danke«, hörte ich mich antworten. Inzwischen funktionierte meine Stimme sehr gut ohne mich.

Als wäre ich ferngesteuert, hangelte ich mich von Stunde zu Stunde, wie durch eine Watteschicht von der Welt da draußen abgetrennt.

Auf diese Weise vergingen einige Tage und Nächte, und ich bekam es irgendwie hin, an nichts zu denken. Ich hatte das Gefühl, immer kleiner und unwichtiger zu werden, zu unwichtig, um Schmerzen zu empfinden oder überhaupt etwas zu spüren. Gleichzeitig schien mein Körper zu wachsen. Er wurde größer und stärker und bekam eine harte, undurchlässige Außenhaut, die mich schützte und nichts hindurchließ, was mir vielleicht doch noch etwas anhaben konnte.

Allmählich fühlte ich mich sicher. Ich hatte meinen Platz gefunden.

❦

»Elodie, so geht es nicht weiter.« Mams Stimme drang bereits in meine Ohren, bevor sie die Decke zurückgeschlagen hatte. »Das Wetter ist fantastisch. Und Sina hat schon mindestens eine Million mal angerufen.«

Ich hörte, wie sie die Gardine aufzog, drei Sekunden später blinzelte ich ins Sonnenlicht.

»Sie würde gern mit dir in die Stadt gehen«, sagte meine Mutter.

Ich kniff die Augen zusammen und streckte stöhnend den Arm nach meiner Bettdecke aus, die sie in der Hand hielt. »Ich kann noch nicht raus«, erwiderte ich matt. »Sie soll vorbeikommen.«

Mam lächelte. »Auch gut. Dann ruf sie am besten gleich an. Ich bereite ein schönes Frühstück für euch, derweil gehst du unter die Dusche und ...«

»Was? Ich soll sie anrufen?«

»Wer denn sonst?«, entgegnete sie kopfschüttelnd, während sie den Reißverschluss des Bettbezugs öffnete. »Ich habe in den letzten fünf Tagen wirklich oft genug mit ihr gesprochen.«

»He, was machst du denn da?«, protestierte ich. »Gib mir meine Decke zurück! Wenn Sina sich noch mal meldet, kannst du ihr ja sagen, dass ...«

»Kommt überhaupt nicht infrage«, fiel meine Mutter mir ins Wort. Mit einem Ruck streifte sie den Bezug herunter und ließ ihn auf den Boden fallen. »Ich verstehe ja, dass du Liebeskummer hast, aber allmählich wird es Zeit, dass du ins Leben zurückkehrst.«

Ich. Habe. Keinen. Liebeskummer.

Ich. Will. Einfach. Nur. Meine. Ruhe.

»Dein Bettzeug ist völlig verschwitzt, das Zimmer muss dringend gelüftet werden und du duftest auch nicht gerade nach Chanel Nummer neunzehn.« Mam fasste mich am Arm und zog mich sanft, aber bestimmt zur Bettkante. »So kannst du nicht einmal deine beste Freundin empfangen.«

Ich wollte mich wehren, aber ich spürte, dass das keinen Sinn hatte. Es kostete mich einfach zu viel Energie.

»Schon gut«, murmelte ich, richtete mich taumelnd auf und tappte langsam aus dem Zimmer.

»Warte, Elodie, ich komme lieber mit.« Mit wenigen Schritten war meine Mutter bei mir. »Nicht, dass du mir noch zusammenbrichst.«

Sie machte Anstalten, mich unterzufassen, doch ich entwand mich ihrem Griff. Ich wollte nicht, dass sie mich berührte. Ich wollte nicht, dass mich überhaupt jemand berührte.

»Das tu ich schon nicht«, brummte ich und lief weiter den Flur entlang in Richtung Bad.

Meine Muskeln fühlten sich schlapp an, aber sie funktionierten.

Ich würde Mam den Gefallen tun und duschen, etwas essen und mit Sina reden – bestimmt hatte sie jede Menge von der Schule zu erzählen, sodass ich vielleicht gar nicht viel zu sagen brauchte – und danach dann wieder in meine Höhle zurückkriechen.

Doch meine Mutter hatte sich offenbar vorgenommen, mich nicht unbeaufsichtigt zu lassen. Jedenfalls blieb sie mir dicht auf den Fersen, schlüpfte gleich hinter mir durch die Tür und ließ sich auf den Klodeckel sinken.

Ich versuchte, sie nicht zu beachten, zog den Schlafanzug aus und trat in die offene Dusche. Der Hebel stand ganz links, also auf kalt. Ich drehte das Wasser auf und stellte mich, ohne mit der Wimper zu zucken, darunter.

»Alles okay?«, fragte Mam.

Ich antwortete nicht, sondern schloss die Augen und ließ das Wasser auf meine Stirn prasseln. Ich spürte die Kälte, aber ich empfand sie nicht als unangenehm. Im Gegenteil, sie war eine Wohltat für meine brennende Haut. Mein Körper schrie geradezu danach, eine Nixe zu sein, doch ich ignorierte seinen Ruf. Weder die Nixe würden mich kriegen noch die Menschen. Ich gehörte zu niemandem mehr und nie wieder würde irgendjemand mein Herz berühren.

»Wolltest du nicht Frühstück machen?«, fragte ich.

»Eigentlich schon.« Meine Mutter erhob sich vom Klodeckel, lehnte sich gegen das Waschbecken und musterte mich. »Wenn es dir wirklich gut geht ...?«

»Kein Problem«, sagte ich, drückte etwas Waschgel aus der Flasche und begann, mich einzuseifen. Meine Haut war schon ganz rot vor Kälte.

Mam sah mich schweigend an. Ich spürte, dass sie die ganze Zeit irgendwie unter Strom stand, trotzdem dauerte es länger, als ich gedacht hatte, bis sie merkte, dass ich kein heißes Wasser dazugemischt hatte, aber da flippte sie dann endgültig aus.

»Sag mal, spinnst du jetzt total, oder was!«, schrie sie und rutschte fast auf den nassen Fliesen aus, als sie an mir vorbeigriff und den Wasserhahn abstellte.

Sie zerrte das große violette Handtuch aus dem Regal, das

ich früher so gemocht hatte, und schlang es mir um die Schultern.

»Was zum Teufel ist eigentlich los mit dir?«, stieß sie hervor, während sie wie eine Blöde mit dem Handtuch an mir herumrubbelte. »Es ist doch nicht mehr normal, wie du dich verhältst!«

Ich bin ja auch nicht normal.

Ich bin eine Halbnixe. Eine Hainixe.

Und die ist gefährlich. – Richtig gefährlich.

Wie eine heiße Flamme kochte die Wut in mir hoch. Sie loderte in meinem Becken, raste meine Wirbelsäule hinauf und explodierte in meiner Kehle.

»Raus!«, brüllte ich. »RAUS!!!«

Meine Mutter schüttelte den Kopf. »Nein, Elodie, nein. Ich lasse es nicht zu, dass du dich noch weiter in dich zurückziehst.«

»ABER DAS TUE ICH DOCH GAR NICHT!«, schrie ich. »ODER HÖRST DU ETWA NICHT, WIE PRÄSENT ICH GERADE BIN?«

Mam zuckte richtig zusammen. Ihr Gesicht war aschfahl geworden, und ihre Lider flatterten wie bei einem kleinen Kind, das ausgeschimpft wird. Und plötzlich fühlte ich mich stark, unendlich stark.

Meine Außenhülle wurde dicker. Fester. Härter.

Ich war so mächtig.

Niemand hatte mir etwas zu befehlen.

Ich tat nur noch das, was ICH wollte.

»Raus hier«, sagte ich leise. »Lass mich endlich in Ruhe.«

»Nein.« Meine Mutter verschränkte die Arme vor ihrer Brust und blickte mir fest in die Augen. »Ich lasse dich erst allein, wenn du dich beruhigt hast.«

»Das habe ich«, erwiderte ich. »So ruhig wie im Moment war ich noch nie. Und jetzt raus, sonst schlage ich alles kurz und klein.«

Mam reagierte nicht, sondern stand einfach nur da.

Also fing ich an.

Nachdem ich alle Handtücher aus dem Regal gerissen, die Konsole unter dem Spiegel abgeräumt und mit Haarbürsten und Zahnputzbechern um mich geworfen hatte, wurde meiner Mutter das Ganze dann offenbar doch zu unheimlich. Mit schützend über den Kopf geworfenen Armen flüchtete sie aus dem Badezimmer.

Ich schlug die Tür hinter ihr zu, drehte den Schlüssel um und ließ mich zu Boden gleiten.

Endlich wieder allein. Endlich. Endlich. Endlich.

Aber meine Mutter ließ sich nicht ausblenden.

Ich hörte ihre Stimme im Flur, wie sie jemandem unsere Adresse durchgab und mit knappen atemlosen Sätzen erklärte, dass ihre Tochter gerade durchdrehte.

Danach kam sie wieder zurück und tippte gegen die Tür.

»Elodie, Schatz, ich habe den Notarzt gerufen. Sie haben mir gesagt, dass ich dich auf keinen Fall unbeaufsichtigt lassen darf.«

Ich antwortete nicht, wollte wieder in meinem Versteck verschwinden und ganz klein und unwichtig werden. Aber das war gar nicht so einfach.

»Elodie, bitte hör mir zu!«

Tu ich doch.

Ich summte leise, während ich mich erhob, langsam hin und her lief und schließlich vor dem Spiegel stehen blieb. Eine Fremde blickte mir daraus entgegen.

»Je nachdem ... Elodie«, sagte meine Mutter. »Es könnte sein, dass der Arzt dich mit in die Klinik nimmt.«

Ja, ich weiß.

Es war mir völlig egal, wo mein Körper sich befand, wer mir zu essen und zu trinken gab und ob ich mich mit jemandem unterhalten musste. Meinetwegen sollten sie mich doch bis zum Scheitel mit Medikamenten vollpumpen!

Ich hörte die Klingel und nur wenige Augenblicke später schlug die Tür krachend auf und zwei Leute in Orange stürmten zu mir ins Bad.

»Es tut mir so leid«, sagte Mam später, als ich wieder in meinem Bett lag und der Arzt, der mir eine Injektion verpasst hatte, wahrscheinlich längst bei seinem nächsten Notfall war.

»Wieso haben die mich nicht mitgenommen?«

»Weil ich versprochen habe, auf dich aufzupassen. Es war allerdings nicht ganz leicht, sie davon zu überzeugen, dass du dir nichts antun würdest.«

Meine Mutter saß auf der Bettkante und betrachtete aufmerksam mein Gesicht.

»Es tut mir wirklich leid, Elodie«, wiederholte sie nach einer Weile. »Es tut mir leid, dass es mir nicht gelungen ist, dich und deine Gefühle ernst zu nehmen. Ich habe es versucht ... Ich habe es ganz ehrlich versucht, aber ...«

Ich erwiderte ihren Blick und sah, dass sie geweint hatte.

Ihr Schmerz war offensichtlich, aber ich ließ ihn nicht an mich heran.

Schließlich senkte sie die Lider und strich wie beiläufig mit den Fingerspitzen über meine Bettdecke. »Ich habe Sina gesagt, dass sie warten soll, bis du dich bei ihr meldest.«

»Ich bin müde«, sagte ich und schloss die Augen.

Es war dunkel und es war laut, und zuerst begriff ich nicht, woher dieser schreckliche, dröhnende Lärm kam, aber nach ein paar Sekunden der Orientierung wurde mir klar, dass er von oben über mich hereinbrach. Riesige Containerschiffe zerschnitten die Wasseroberfläche. Es waren viele, sehr viele. Ihre mächtigen Schiffsschrauben wühlten das Meer auf. Irgendwo explodierten Gassuchkanonen, eine stinkende giftgelbe Flüssigkeit ergoss sich in die See, und pechschwarze Vögel, die nicht mehr fliegen konnten, trieben mit starr zum Himmel gerichteten Augen auf die Strände zu.

Überall waren riesige Netze ausgelegt, die dem Meer die wenigen noch verbliebenen Fische zu nehmen versuchten. Auch Haie und Delfine hatten sich darin verfangen. Die dünnen Schnüre rieben über ihre Leiber und rissen die verletzliche Außenhülle auf.

Ihre Schmerzensschreie vermischten sich mit dem Lärm der Schiffsmotoren und waren kaum zu ertragen. Die Delfinnixe erstickten langsam. Die Hainixe jedoch erwartete ein weitaus schlimmeres Ende. Diejenigen von ihnen, die nicht ihr Bewusstsein verloren, starben einen nicht enden wollenden qualvollen Tod.

Ich wusste, dass ich das alles nicht ertrug, also wandte ich mich ab und verkroch mich in meine Höhle, wo ich vergessen konnte. Dort hockte ich und wartete, bis mein Gedächtnis sich aufgelöst hatte und nichts als ein weißes Rauschen übrig geblieben war.

Ich kannte keine Jane und keinen Javen Spinx, weder Ruby noch Ashton, nicht einmal Tante Grace.

Auf den Kanalinseln war ich nie gewesen.

Noch nie hatte ich von jemandem gehört, der Cyril hieß.

Und auch an den wunderschönen Jungen mit den goldenen Locken und den türkisfarbenen Augen, der auf der Suche nach seiner Bestimmung in den Tiefen des Atlantischen Ozeans verschwand, wollte ich mich mit keiner Zelle meines Körpers erinnern.

Außer Kontrolle

Elodie?

Die Stimme kam von weit her. Ich hörte sie nicht mit meinen Ohren und sie war auch nicht in meinem Kopf.

Elodie?

Wie von einer starken Strömung getrieben, rollte sie unaufhaltsam auf mich zu, aus der Dunkelheit unter mir. Aus der Tiefe des Meeres.

Elodie, wo bist du?

Es war Gordys Stimme.

»NEIIIN!«

Ich schrie. Trat um mich. Schlug nach ihm.

»Du darfst mich nicht finden! Es ist vorbei! Du darfst nicht ... BITTE, GEH WEG! BITTE! BITTE! BITTE!«

Mit dem nächsten Atemzug war ich hellwach.

Die durchscheinende halbe Scheibe des Mondes leuchtete durch den Vorhangspalt in mein Zimmer.

Ich saß in meinem Bett. Das Kopfkissen war klatschnass, die Decke auf den Boden hinuntergerutscht. Meine Haare klebten mir auf der schweißnassen Stirn und ich zitterte am ganzen Körper.

»Gordy«, wisperte ich.

Ich wollte weinen, aber es ging nicht. Meine Augen brannten, meine Lippen bebten, aber der Schmerz, den ich empfand, war so tief in mir, dass ich ihn nicht herauslassen konnte.

Irgendwann in den frühen Morgenstunden musste ich wieder eingeschlafen sein, denn als ich erwachte, war es taghell.

Meine Augen brannten noch immer, und in meiner Brust saß ein dumpfer quälender Schmerz, der bis in den Hals hinaufstrahlte, auf meine Kehle drückte und mir fast den Atem nahm.

Ich hatte von Gordy geträumt, aber ich wollte nicht an ihn denken. Die Erinnerung an ihn tat so weh, dass ich es nicht ertrug. Ich musste ihn vergessen. Ihn und alles, was ich mit ihm in Verbindung brachte.

Ich musste! Musste! Musste!

Doch ich musste auch noch etwas anderes: weiterleben.

So sehr ich es mir auch gewünscht hatte, ich konnte nicht für immer in meinem Versteck bleiben. Ich war keine Delfinnixe, die über Jahrzehnte hinweg ins Vergessen abtauchen konnte.

Ich war Elodie Saller.

Und ich hatte ein Geheimnis, das ich mit niemandem hier teilen konnte.

Mam hatte Frühstück gemacht. Sie war gerade dabei, ein Glas frisch gepressten Orangensaft, zwei Brötchen, einen Teller mit

Käsescheiben und das Marmeladenglas auf ein Tablett zu stellen, als ich in die Küche trat.

»Elodie!« Überrascht sah sie mich an. »Du bist aufgestanden!«

Ihre Augen strahlten, und ich stellte verwundert fest, dass ich für einen Moment tatsächlich so etwas wie Freude empfand.

»Ja«, sagte ich, zuckte mit den Schultern und ließ mich auf die mit Blumenkissen gepolsterte Bank sinken.

Früher hatte ich nur selten hier gesessen, *mein* Stuhl stand gegenüber auf der anderen Seite des dunklen Holztisches. Aber irgendwie bekam ich es nicht hin, meinen alten Platz wieder einzunehmen.

»Dann geht es dir also ... besser?«, fragte meine Mutter zögernd.

»Ja ... schon.«

»Vielleicht ist es gut gewesen, dass du gestern so ausgerastet bist.«

Sie sagte es sehr, sehr vorsichtig.

»Ja, vielleicht.« Ich nickte.

»Möchtest du drüber reden?«

Ich schüttelte den Kopf.

Mam musterte mich kurz, dann lächelte sie. »Okay.«

Sie nahm das Glas mit dem Orangensaft vom Tablett, stellte es vor mich hin und setzte sich ebenfalls.

»Hat Sina sich noch mal gemeldet?«, fragte ich, während ich meinen Blick unschlüssig über den Tisch gleiten ließ.

Ich verspürte keinen Hunger.

»Nein, hat sie nicht«, erwiderte meine Mutter. »Ich denke, sie wartet auf ein Signal von dir.« Sie zeigte auf das Glas. »Vielleicht solltest du erst mal den Saft trinken.«

»Ich kann mit ihr nicht darüber reden«, sagte ich. »Sie … sie würde es nicht verstehen …«

»Es käme auf einen Versuch an.«

»Ach, Mam, du weißt doch, wie sie ist.« Ich legte meine Finger um das Glas und drehte es sachte hin und her. »Sina will immer gleich alles analysieren. Sie wird versuchen, mir meine Gefühle mit dem Verstand auszutreiben.«

Meine Mutter streichelte mir flüchtig über den Arm.

»Das geht sowieso nicht«, sagte sie leise. »Außerdem ist Sina gar nicht so vernünftig, wie es scheint. Ich glaube, sie versteht dich sogar sehr gut.«

Ein unangenehmer Druck breitete sich unter meinem Zwerchfell aus und ließ den Schmerz in meiner Brust für einen Moment in den Hintergrund treten.

»Mam, ich …«

»Schon gut«, unterbrach sie mich sanft. »Wir müssen nicht reden. Über gar nichts. Und du brauchst dich auch nicht bei Sina zu melden, wenn du nicht …«

»Ich werde ihr nachher einen Brief schreiben«, sagte ich, setzte das Orangensaftglas an meine Lippen und leerte es in einem Zug.

Doch dann kam es völlig anders.

Ich hatte mich gerade angezogen und mein Bett hergerichtet, als es an meine Zimmertür klopfte.

»Besuch für dich!«, rief Mam, ehe ich reagieren konnte.

Mein Puls schnellte in die Höhe und sofort war der seltsame Druck wieder da.

»Wer denn?«, fragte ich, da wurde die Tür bereits geöffnet und Frederik linste durch den Spalt. »Hi.«

Ich starrte ihn einfach nur an, denn mit ihm hatte ich nun überhaupt nicht gerechnet.

Frederik drückte die Tür hinter sich zu, schob seine Hände in die Taschen seiner viel zu weiten Jeans und sah mich unschlüssig an.

»Du glaubst jetzt bestimmt, dass Sina mich geschickt hat.«

»Nee«, sagte ich. »Das glaube ich nicht.«

Langsam ließ ich mich auf die Bettkante sinken. Das ewige Liegen hatte mich schlapp gemacht. Und wahrscheinlich wirkte auch das Beruhigungsmittel, das mir der Notarzt gestern verpasst hatte, noch nach.

Frederiks Haare waren gewachsen. Er trug sie jetzt in einem langen Seitenscheitel über der Stirn und im Nacken reichten sie fast bis zum Kragen seines Poloshirts.

»Hat sie aber«, sagte er. Langsam kam er bis auf einen Schritt an mein Bett heran, zog einen hellgelben Umschlag aus seiner Hosentasche und hielt ihn mir hin. »Indirekt zumindest.«

»Was meinst du damit?«

»Na ja ...« Frederik zog eine Schulter hoch. »Sie hat ihn schon vor zwei oder drei Tagen geschrieben, bisher aber nicht abgeschickt.«

»Dann hat sie dich also auch nicht beauftragt, ihn mir zu bringen?«, vergewisserte ich mich.

»Nein, ich ...« Frederik fuhr sich durch die Haare. »I-ich habe ihr gesagt, dass ich mit Luis verabredet bin. Und weil der doch nur ein paar Straßen entfernt wohnt, habe ich ihr angeboten, den Brief einfach bei euch unten im Haus in den Kasten zu werfen.«

»Was du aber nicht getan hast«, entgegnete ich.

»Nein ... äh ... ich dachte ...« Er machte einen weiteren Schritt auf mich zu und setzte sich nach einem kurzen Zögern neben mich auf die Bettkante. »Also, ich wollte dir eigentlich noch sagen, dass ich nicht richtig mit ihr zusammen bin ... falls du das denkst.«

»Ich denke gar nichts«, erwiderte ich. »Falls es dich interessiert.«

»Klar.« Er strich sich über die lange Ponysträhne. »Mich interessiert alles, was mit dir zu tun hat. Ich hab ja die ganze Zeit über gehofft, dass du zurückkommst.«

Ich wandte mich ihm zu und sah ihm direkt in die Augen, und plötzlich konnte ich mir überhaupt nicht mehr vorstellen, dass ich mal so richtig wild mit ihm geknutscht hatte. »Ich nicht.«

Frederik wich meinem Blick aus. »Ja, schon klar«, murmelte er. »Es wäre ohnehin viel besser gewesen, wenn du gar nicht erst weggegangen wärst«, fuhr er fort. »Die Wochen auf dieser bescheuerten Kanalinsel haben nicht nur nichts gebracht, sondern alles nur noch schlimmer gemacht.«

Du musst es ja wissen.

»Bitte, Elodie!«

»Was denn?«, fragte ich, während ich ihn einfach weiter ansah.

»Ach, jetzt tu doch nicht so.« Frederik verdrehte die Augen. »Du weißt genau, weshalb ich hier bin.«

Nein, das wusste ich nicht. Aber ich ahnte es.

»Lass mich einfach in Ruhe, ja!«, sagte ich.

Frederik schüttelte den Kopf. »Das kannst du vergessen.«

Langsam rutschte er auf mich zu, dann legte er ganz unvermittelt seine Hände um mein Gesicht und presste seine Lippen auf meinen Mund.

Energisch schob ich ihn von mir weg und schnellte vom Bett hoch. »Sag mal, hast du sie noch alle!«

»Elodie ... Mensch, jetzt sperr dich doch nicht so«, stammelte Frederik, während er ebenfalls aufstand. »Du wirst drüber wegkommen. Ich bin jedenfalls total froh, dass du wieder hier bist. Und ich finde, du hast mittlerweile genug um diesen Kerl getrauert. So ein Typ ist es doch gar nicht wert«, redete er weiter auf mich ein. »Dem laufen die Mädchen reihenweise nach. Selbst, wenn er wollte ... der könnte gar nicht treu sein.« Sein Blick glich dem eines Dackels, der sein Herrchen um ein Stück Leberwurst anbettelt, und das machte mich sauer. Richtig sauer.

»Ich denke, ich ruf jetzt mal Sina an.«

»Sina?« Unverständnis spiegelte sich in Frederiks Miene. »Elodie, was soll der Quatsch?«, fing er an zu jammern. »Sina ist doch nun wirklich Nebensache. Ihr kannst du später immer noch alles erklären.«

»Ich will ihr gar nichts erklären«, erwiderte ich. »Das solltest besser *du* tun.«

»In Ordnung.« Frederik nickte eifrig. »Alles, was du willst.« Ein Lächeln huschte über sein Gesicht. »Mann, Elodie, glaub mir, ich versteh dich total. Sina ist deine beste Freundin. Völlig klar, dass das alles nicht so leicht für dich ist.« Jetzt lachte er. »Ach, Mensch, du bist so süß. Immer denkst du nur an andere. Höchste Zeit, dass du mal was für dich tust«, fügte er flüsternd hinzu, und ehe ich reagieren konnte, hatte er seine Hände bereits um meinen Nacken gelegt und fing aufs Neue an, mich zu küssen.

Er fuhr mit seiner Zunge über meine Lippen und versuchte, sie zu öffnen. »Komm schon, El«, brabbelte er, »lass dich fallen. Du wirst schon sehen, wie schön es ist, endlich wieder zu Hause zu sein, bei den Leuten, denen du wirklich etwas bedeutest.«

Ich war fassungslos. Wie konnte er all das tun, ohne sich total bescheuert vorzukommen? Ich fragte mich ernsthaft, ob Sina nicht wirklich was Besseres verdient hatte, und mit einem Mal kochte ein Zorn in mir hoch, der mich selbst überraschte. Wie ein sengendes Feuer kroch er meine Wirbelsäule hinauf, legte sich um meinen Hals und bahnte sich seinen Weg bis hinter meine Stirn.

Ohne darüber nachzudenken, schob ich meine Hände um Frederiks Nacken. Ich öffnete meine Lippen und drang mit meiner Zunge in seinen Mund.

Frederik stöhnte. Er ließ sich aufs Bett zurückfallen, und ich legte mich über ihn und küsste ihn, heiß und brennend, ohne in irgendeiner Weise davon berührt oder gar erregt zu sein. Über meine Wirbelsäule strömte unablässig Hitze nach, die Frederik gierig in sich aufnahm.

Wie dumm du doch bist!, dachte ich noch, im nächsten Moment explodierte etwas in mir und das Feuer verlosch. Eine Welle salziges Wasser füllte meine Lungen, sprudelte durch meine Kehle und ergoss sich in Frederiks Rachen.

Ich spürte den Schreck, der ihn durchzuckte, gefolgt von blankem Entsetzen. Für eine Sekunde wurde Frederik stocksteif, dann fing er an, sich zu wehren.

Er strampelte, zerrte panisch an meinen Haaren, schaffte es aber nicht, meinen Kopf zurückzubiegen, und als das Wasser schließlich seine Luftröhre erreichte, erbebte sein Körper unter einem verzweifelten Hustenreflex.

Doch Frederik hatte keine Chance. Ich war viel stärker als er, und ich war entschlossen, ihn zu bestrafen.

Der Kuss einer Nixe ist tödlich.

Ich hörte die Stimme in meinem Kopf, trotzdem umklammerte ich ihn immer fester und ließ das Wasser aus meiner Lunge weiter in ihn hineinströmen. Ich war wie in einem Rausch, aus dem ich kein Zurück fand.

Hör auf, Elodie! Hör auf!

Erst als Frederik sich nicht mehr bewegte, kam ich wieder zur Besinnung. Ich löste meine Lippen von seinem Mund und blickte in die vor Schreck geweiteten Augen, die aus seinem gespenstisch bleichen Gesicht hässlich hervorstachen. Sein Kopf fiel zur Seite und ein feines Rinnsal floss aus seinem Mundwinkel.

Ich überlegte nicht lange, im nächsten Augenblick lagen meine Hände bereits auf Frederiks Brust. Mit gleichmäßigen, druckvollen Stößen massierte ich seine Lunge.

Unheil bringst du. Großes Unheil über die Inseln. Tod und Schrecken ...

Laurens Gesicht blitzte vor mir auf. Ich sah sie lachend am Strand entlanglaufen und nur einen Lidschlag später lag sie tot auf der Wiese. – Glücklich, von Kyans Kuss ertränkt worden zu sein.

Ich blickte auf Frederik herab, der hustete und spuckte und alles andere als glücklich aussah. Jetzt schloss er die Augen, und als er sie schließlich wieder öffnete, war sein Blick erschöpft, aber klar.

»W-was ist passiert?«, stammelte er.

Er sah mich einen Moment lang an, dann schoss sein Oberkörper hoch.

Ich unterdrückte mühsam ein Stöhnen der Erleichterung. Auf keinen Fall durfte ich mir etwas anmerken lassen.

»Nichts«, sagte ich und lehnte mich langsam zurück. Mein Herz tobte in meiner Brust. »Wir haben uns nur ... geküsst.«

Lächelnd hielt ich seinen Blick gefangen.

Du wirst dich an nichts mehr erinnern.

Frederik fuhr sich durch die Haare, schüttelte verwirrt den Kopf und schob dann seine Beine an mir vorbei über die Bettkante.

»Das war kein Kuss«, murmelte er.

»Was soll es denn sonst gewesen sein?«

Mein Atem ging viel zu schnell. Ich musste ihn unbedingt unter Kontrolle bekommen.

Frederik warf mir einen scheelen Blick zu. »Keine Ahnung«, sagte er. »Ich glaube, ich war ohnmächtig. Einen Moment lang hatte ich sogar das Gefühl zu ersticken.«

»Hm ja. Der war echt toll, dieser Kuss.« Wieder lächelte ich ihn an und diesmal gab ich mir noch etwas mehr Mühe.

Du wirst dich an nichts mehr erinnern.

»Vielleicht passt du ja doch besser zu Sina«, sagte ich hoffnungsvoll.

»Möglich ...« Frederik kniff die Augen zusammen. Zweifellos versuchte er zu begreifen, was geschehen war.

Verdammt, ich bekam es nicht hin, diesen verhängnisvollen Kuss vollständig aus seinem Gedächtnis zu löschen. Es funktionierte einfach nicht.

»Hast du das von deinem Insel-Kerl gelernt?«, fragte er jetzt.

»Wird wohl so sein«, erwiderte ich. »Die sind sehr eigenwillig dort, musst du wissen. Ihre Küsse sind ein bisschen feuchter als die der Leute auf dem Festland ...«

Ich musterte ihn forschend. Wie viel hatte er tatsächlich mitbekommen? War er noch immer erschrocken oder eher angeekelt? Hielt er mich für gestört? Abartig? Gefährlich? Würde er jemandem davon erzählen?

»Ein bisschen feuchter ... Ts!« Wieder schüttelte Frederik den Kopf. »Nichts für ungut, Elodie«, sagte er. »Aber auf so was steh ich nicht.«

»Kein Problem.« Ich rutschte ein Stück zur Seite und ließ ihn vom Bett aufstehen. »Sina solltest du es allerdings besser nicht erzählen. Ich meine, vielleicht hast du sie ja doch gern.«

Frederik stieß einen Schwall Luft aus. Ohne mich noch einmal anzusehen, steuerte er auf die Tür zu.

Panik stieg in mir hoch. Wenn ich es schon nicht hinbekam, dieses verhängnisvolle Ereignis aus seinem Gehirn zu löschen, dann musste ich mir etwas anderes einfallen lassen.

»Oder soll ich ihr sagen, dass du mich geküsst hast?«, fragte ich, während ich mich ebenfalls erhob.

Frederik drehte sich um. »*Ich dich?*«

Ich zuckte mit den Schultern. »Klar, du mich. Was sonst? Ich kann mich zumindest nicht daran erinnern, dass ich dich gebeten habe hierherzukommen. Also, bevor du alles verdrehst, Frederik ...«

»Keine Sorge, das tu ich schon nicht.«

Er wandte sich wieder der Tür zu, drückte die Klinke runter und zwei Sekunden später war er verschwunden.

Ich sank aufs Bett zurück und starrte ihm hinterher.

Was hatte ich bloß getan?

Woher kam diese wilde unbezähmbare Wut und warum hatte ich sie nicht unter Kontrolle?

Verdammt noch mal, ich hatte nicht nur den Freund meiner besten Freundin geküsst – ich hätte fast einen Menschen getötet!

Ich hatte es verdient, wenn Frederik es herumerzählte. Wenn man mich abholte und einsperrte oder mich in eine Klinik brachte, mir Blut abzapfte und feststellte, dass ich eine Bestie war ...

Verzweifelt trommelte ich mir mit den Handballen gegen die Stirn. So mies hatte ich mich noch nie gefühlt.

Ich bin Elodie Saller, hämmerte ich mir mit jedem Schlag ein.

Ich bin ein ganz normales Mädchen und ich war nie auf den Kanalinseln.

Lüge! Lüge! Lüge!

Es dauerte eine Weile, bis ich merkte, dass ich mitten in einem nassen Fleck auf meiner Bettdecke hockte und die Feuchtigkeit allmählich in meine Jeans hinaufzog.

Ich sprang auf, nahm eine helle Chino aus dem Kleiderschrank und hängte die feuchte Jeans über meinen Schreibtischstuhl. Anschließend breitete ich die Bettdecke aus, damit auch sie trocknen konnte.

Dabei fiel mein Blick auf den gelben Umschlag, der vor dem Bett auf dem Boden lag.

Ich hob ihn auf, wendete ihn hin und her und legte ihn auf den Nachttisch.

»Das ist doch alles Unsinn«, murmelte ich.

Der Vorfall mit Frederik hatte mich zutiefst erschreckt. So etwas durfte nie wieder passieren, ich wollte unbedingt die

Kontrolle über das behalten, was da in mir schlummerte. Niemand hier in Lübeck, weder Mam noch meine alten Freunde und erst recht kein Fremder, durfte herausfinden, wer ich wirklich war.

Ich konnte nur hoffen, dass Frederik die Klappe hielt, oder – was natürlich noch besser wäre – sich doch nicht mehr so genau an alles erinnerte. Darüber, dass ich eines meiner Talente aufs Spiel gesetzt und womöglich verloren hatte, mochte ich gar nicht nachdenken.

Ich musste mit dem leben, was ich war.

Besser noch: Ich musste in mein altes Leben zurück.

Vielleicht konnte Sinas Brief ein Anfang sein.

Vorsichtig, als ob ich ihm eine Verletzung zufügen könnte, nahm ich ihn vom Nachttisch. Ich lief ein paar Schritte auf und ab und betrachtete den Umschlag noch einmal von beiden Seiten. Sina hatte ihn zugeklebt, aber nicht beschriftet.

Ich sank auf die Kante meines Schreibtischstuhls, fischte mein Cuttermesser aus dem Utensilo und öffnete den Umschlag mit einem schnellen, gezielten Schnitt.

Die Karte, die ich herauszog, war genauso gelb wie der Umschlag.

Liebe Elodie, stand darauf,
ich denke jeden Tag an Dich, und ehrlich gesagt verstehe ich nicht, warum Du mich nicht sehen willst. Okay, vielleicht erinnerst Du Dich nach dieser irrsinnig langen Zeit auf Guernsey nicht mehr so richtig daran, dass wir mal beste Freundinnen waren. ;-)
Wahrscheinlich geht es Dir aber einfach bloß megabeschissen.
Melde Dich doch bitte, falls Du irgendwann vorhast, wieder Kontakt zur Außenwelt aufzunehmen.

Ich vermisse Dich schrecklich, aber ich lasse dir natürlich alle Zeit der Welt.
Sina

Meine Finger zitterten, als ich die Karte in den Umschlag zurückschob und diesen dann in der obersten Schublade verstaute.

Ich wollte Sina nicht wegsperren. Ich wusste nur nicht, was ich ihr sagen sollte. – Immer noch nicht.

Eine Woche später, am ersten Samstagnachmittag im Mai, verließ ich zum ersten Mal das Haus, und zwar allein. Mam war mit ihrer Yogagruppe unterwegs. Ganz sicher würde sie nicht vor acht oder neun Uhr abends zurück sein.

Es war seltsam, die Treppen hinunterzulaufen und durch die Haustür auf den Bürgersteig hinauszutreten. Jedes Haus, jede Straßenecke kam mir vertraut vor, und trotzdem schien mir alles völlig fremd zu sein. Fast so, als ob ich es noch nie gesehen hätte.

Mehr oder weniger automatisch hielt ich mich rechts in Richtung Wakenitz, bis mir einfiel, dass ich diesen Weg früher immer gemieden hatte. Abgesehen von der Ostsee war die Wakenitz eines der größeren Gewässer in und um Lübeck, und damals hatte allein der Gedanke daran, an ihrem Ufer entlangzugehen, dieses eklige Jucken über meinen Knöcheln ausgelöst.

Jetzt war da gar nichts, und so lief ich eine ganze Weile einfach geradeaus, die Brücke entlang über die Wakenitz hinweg, ohne dass es mir auch nur im Geringsten etwas ausmachte, und hatte das Gefühl, ewig so weiterspazieren zu können. Irgendwann merkte ich, dass die Leute mich anstarrten, und ich gab mir Mühe, mich langsamer und weniger geschmeidig zu bewegen, damit ich nicht so auffiel.

Der Himmel über mir war tiefblau und die Sonne brannte beinahe hochsommerlich auf mich herab. Mit Jeans, Sneakers und Pulli war ich auf jeden Fall viel zu warm angezogen. Also machte ich kehrt und spazierte auf der anderen Straßenseite zurück.

Die Oberfläche der Wakenitz schimmerte verführerisch. Ich spürte eine sanft prickelnde Erregung in mir aufsteigen und mit einem Mal kam auch das Jucken zurück. Ich hatte keine Angst – im Gegenteil, ich wollte so nah wie möglich ans Wasser, am liebsten mitten hinein. Aber das verbot ich mir. Ich zwang mich sogar, einen Moment auf der Brücke stehen zu bleiben, den Blick dabei unverwandt auf das lockende Blaugrün zu richten und das Jucken, das inzwischen in ein heißes Brennen übergegangen war, zu ertragen.

Die Nixe in mir begehrte auf. Sie war ein wildes, impulsives Wesen, das es zu zähmen galt. Ich würde ihr nicht gestatten, sich auszuleben und noch einmal so etwas Grausames zu tun wie mit Frederik. Und als ich kurz darauf das Ende der Brücke erreichte und die Wakenitz hinter mir lassen konnte, wusste ich, dass ich den ersten Etappensieg davongetragen hatte.

Das Brennen ließ nach, zurück blieb ein unangenehmes Kratzen auf der Haut, das meinen gesamten Körper uberzog. Außerdem fühlte sich mein Hals entsetzlich trocken an.

Ich beschloss, meinen Ausflug zu beenden, überquerte die Moltkestraße an der Ampel und steuerte auf den Hauseingang Nummer 28 zu.

Mam und ich wohnten ganz oben, direkt unter dem Dach. Früher hatte ich dieses Haus mit dem weißen Sichtgitter über der Tür geliebt. Doch früher war inzwischen ewig lange her.

Vier Stufen auf einmal nehmend, eilte ich die Treppe hinauf und schlüpfte in die Wohnung. Bereits im Flur riss ich mir die Klamotten vom Leib, stieß die Badezimmertür auf und stellte mich unter die Dusche.

Ich hielt mein Gesicht mitten in den Strahl, öffnete Mund und Nase und ließ das Wasser so lange durch meine Lungen strömen, bis das Kratzen verschwand und mein Durst gelöscht war.

Es war befriedigend und quälend zugleich, denn obwohl meine Haihaut sich in der Sockenkiste ganz unten in meinem Kleiderschrank befand, drängten meine Beine die ganze Zeit über mit aller Macht zusammen. Ich biss die Zähne aufeinander, konzentrierte mich auf den glatten Fliesenboden unter meinen Fußsohlen – und verwandelte mich nicht.

Postings und E-Mails

Mam gegenüber erwähnte ich nichts von meinem Ausflug, allerdings eröffnete ich ihr bei unserem späten gemeinsamen Abendessen, dass ich mich mit Sina, Bille und Sarah treffen wollte. »Vielleicht sogar schon morgen.« Die Verabredung stand zwar noch nicht, aber im Augenblick zählte vor allem der Vorsatz.

»Das finde ich schön, mein Schatz«, sagte meine Mutter.

Sie beugte sich zu mir herüber, legte mir eine Locke hinters Ohr und musterte mich zärtlich. »Übrigens hat noch jemand für dich angerufen«, setzte sie zögernd hinzu. »Schon ein paarmal.«

Ich ließ mir meine Verwunderung nicht anmerken, nahm eine Gurkenscheibe vom Gemüseteller und schob sie mir in den Mund.

»So? Wer denn?«

»Eine Ruby Welliams.«

»Ah«, sagte ich und nickte.

»Sie klang schrecklich besorgt, weil du nicht einmal auf ihre SMS und E-Mails reagierst.«

Ich sah meine Mutter nicht an, aber ich spürte förmlich ihre Anspannung.

»Vielleicht solltest du dich allmählich mal bei ihr melden«, meinte sie schließlich.

»Ich hab mein Handy bei Tante Grace vergessen«, erwiderte ich.

»Oh ...« Mam fischte sich eine Möhre vom Teller, tauchte sie in den Basilikumdip und biss hinein. »Nun, dann werde ich sie bitten, es herzuschicken. Du kannst Ruby in der Zwischenzeit ja eine E-Mail senden.«

Und was ist, wenn ich nicht will?

Natürlich willst du, ermahnte ich mich.

Ruby war meine nächste Etappe. Ich würde sie meistern wie die vorherigen auch.

☙

Ich nahm noch ein paar Gurkenscheiben, Sellerie- und Paprikastreifen und den Rest des Chilidips mit in mein Zimmer, hockte mich aufs Bett und fuhr mein Notebook hoch.

Zuerst öffnete ich Facebook. Wie erwartet, war meine Seite geradezu mit Postings übersät.

Sina: süße, ich denk an dich. jede sekunde!!!
hdgggdl :***

Bille: freude, dass du wieder hier bist
☺ ☺ ☺ ☺ ☺ ☺ ☺ ☺ ☺ ☺

Sarah: wie wärs mit kino? oder disse? oder chillout in schlutup? bin für alles zu haben, :*

Luis: elodie's back – party party party!
würd dich gern mal ganz doll drücken

Jannik: tut mir echt leid, el
ich würd alles tun, damit du drüber wegkommst,
na ja, fast alles ^^

Sina: ich bin schon ganz fix und alle, weil ich dich soooo gern sehen, bei
dir sein möchte …
würd sogar einen ganzen tag mit dir unter deiner wuschigwarmen bettdecke verbringen
dreimillionen *

Diese sechs Einträge waren die letzten, und wie es auf den ersten Blick aussah, auch die wichtigsten. Von Frederik gab es
keine einzige Meldung. Sicherheitshalber checkte ich auf seiner und Sinas Seite jeweils den Beziehungsstatus. Bei beiden
konnte man lesen, dass sie zusammen waren.

Allerdings war der Vorfall mit Frederik erst eine Woche her.
Vielleicht kämpfte er noch mit sich. Vielleicht hatte er aber
auch schon längst entschieden, dass der Spatz in der Hand
besser war als der ungezähmte Falke, der über ihm seine lau-
ernden Kreise zog.

Ich musste grinsen. Das Bild gefiel mir.

»Okay, Ruby Welliams«, murmelte ich, während ich zu meinem E-Mail-Postfach wechselte. »Mal sehen, was du zu erzählen hast.«

Es war eine Menge. Und es war auch nicht nur Ruby, die
mir geschrieben hatte.

Von: Ruby Welliams rubyw95@hotmail.co.uk
Gesendet: Sonntag, 22. April 2012 16:43
An: Elodie Saller
Betreff: Was ist passiert?

Mensch, Elodie,

deine Großtante sagt, du bist Hals über Kopf nach Lübeck zurückgeflogen. Was ist passiert? Irgendwas mit Gordy? *herzklopfklopf*
Melde dich, sonst werde ich noch verrückt!

RubyRubyRuby

PS: Hab dich nie gefragt, ob du die *Kaiser Chiefs* magst – haben wir überhaupt jemals über Musik oder andere *normale* Dinge gesprochen?

Von: Ruby Welliams rubyw95@hotmail.co.uk
Gesendet: Sonntag, 22. April 2012 23:22
An: Elodie Saller
Betreff: Bitte!!!!

Elodie,

ich bitte dich, gib ein Lebenszeichen von dir. Ich muss wissen, was los
ist. Ich habe dir seit heute Nachmittag mindestens 300 000 SMS geschickt, aber wahrscheinlich ist dein Akku gar nicht aufgeladen. Wozu
besitzt du überhaupt ein Handy? Verdammt!
Deine Tante Grace rückt ebenfalls nicht mit der Sprache raus.
Ich werde sterben, wenn du dich nicht rührst. Sag wenigstens mal piep
(für: jetzt nicht, aber später)
oder pieppiep (für: alles okay)
oder pieppieppiep (für: alles scheiße).
Einfach irgendwas!

ruby'smissingelodie ☹

PS: Bitte kein pieppieppiep ohne nähere Erläuterung!!!!!

353

ELODIE!!!

Ich bin echt stolz auf mich, denn inzwischen sind 18 (in Worten: na ja, fast achtzehn) Stunden vergangen, ohne dass ich mich schon wieder gemeldet habe, und das, ohne eine Antwort von dir bekommen zu haben (das ist kein Vorwurf, sondern schlicht allergrößte Herzenssorge). Und ich hätte es ganz gewiss noch eine Weile ausgehalten, wenn nicht etwas passiert wäre, das du wissen solltest.

In der Nacht von Samstag auf Sonntag hat Silly angeblich versucht, aus der Klinik zu fliehen. Das hat jedenfalls Herr Bouviers – du erinnerst dich: Sillys Nachbar – meinem Vater erzählt. Sie soll ihr Laken und einige Wäschestücke aneinandergeknotet haben und wollte sich daran wohl aus dem dritten Stock abseilen. Es heißt, die Stationsschwester hätte das Fenster nicht abgeschlossen bzw. sie hätten gar nicht damit gerechnet, dass Silly so etwas tun könnte, weil sie ja Psychopharmaka bekommt (kein Valium mehr, sondern Haldol) und eigentlich ziemlich friedlich, fast schon lethargisch war.
Na ja, jedenfalls haben sie sie erwischt, als sie gerade auf dem Sims hockte und die »Wäscheleine« in den Hof runterlassen wollte. Zum Glück! Silly hatte sie nämlich nur mit einer einfachen Schlinge an ihrem Bettgestell befestigt und das hätte nie und nimmer gehalten.
Auf jeden Fall hat sie wohl ein Riesentheater veranstaltet, die Delfine würden kommen und alle Mädchen auffressen und am Ende würde eine

354

Riesenflutwelle alles überschwemmen. Na ja, das ganze Programm eben …

Ich hoffe so sehr, dass hier kein Delfin mehr auftaucht. Weder ein Nix noch ein echter. Im Moment scheint zumindest alles ruhig zu sein.

Mit Joelle, Aimee und Olivia habe ich inzwischen privat keinen Kontakt mehr. Ich sehe sie zwar in der Schule, aber wir reden kaum noch miteinander.
Bei Facebook, Skype und Twitter haben sie sich abgemeldet und ihre E-Mail-Adressen existieren auch nicht mehr. Richtig komisch ist das – als wollten sie mit uns Menschen gar nichts mehr zu tun haben.
Ich kann dir gar nicht sagen, wie froh ich bin, dass Ashton bei mir ist … oh, das war jetzt wohl nicht so gut.

Elodie, ich mache mir schreckliche Sorgen um dich. Es ist zum Verrücktwerden, dass nicht einmal aus deiner Großtante etwas herauszubekommen ist.

Du fehlst mir sooo sehr!
Ruby

Stell dir vor, Elodie,

Cyril ist wieder aufgetaucht.
Er sieht schrecklich aus. Als hätte er sich mit den Hell's Angels ange-
legt.
Er trifft sich mit den Jungs und surft wie eh und je.
Allerdings redet er nicht mehr.
Jedenfalls nicht mit mir.

VERDAMMTE SCHEISSE, ICH WEISS BALD ECHT NICHT MEHR, WAS ICH
NOCH DENKEN SOLL!!!

Aber glaub bloß nicht, dass ich jemals aufhöre, dir zu schreiben!
Love, Ruby

Hey Elodie,

ich wollte dir nicht schreiben (Lüge! – Ich will es schon die ganze
Zeit!), aber jetzt MUSS ich einfach, weil ich mir echt Sorgen mache –
um dich und um Ruby.
Ruby war erst ein einziges Mal in ihrem Leben so fertig wie jetzt, nachdem du so Hals über Kopf von hier verschwunden bist. Ich glaube, du
weißt, worauf ich hier anspiele …
Wie auch immer, Elodie, Ruby hat noch nie eine solche Freundin wie
dich gehabt. Sie würde ALLES, ALLES tun, um dir zu helfen. Wir verstehen das alles nicht. Und nicht zu wissen, wie es dir geht, bringt uns
um.
Wir lieben dich über alles. Verdammte *Kackfresse (;-))*, vermisst du uns
denn gar nicht?
(Ashton)

Von: Ruby Welliams rubyw95@hotmail.co.uk
Gesendet: Mittwoch, 25. April 2012 17:32
An: Elodie Saller
Betreff: Cyril!!!

Elodie,

ich habe mit Cyril gesprochen … Endlich!
Ich dachte schon, er macht seinen Mund nie mehr auf. Hätte er wohl
auch nicht, aber okay, ich habe einen kleinen Trick angewendet. Ich
hoffe, du verzeihst mir, denn ich habe ihn von dir geklaut. (Außerdem
wollte ich schon immer mal wissen, wie Cyril sein Hai-Outfit steht ;))

Na ja, als er vorhin wieder auf seinem Brett unterwegs war (und noch
sehr nah am Ufer), bin ich jedenfalls schwimmen gegangen. (Lufttem-
peratur 19° C, Wassertemperatur 11° C – ich wäre echt fast gestorben!)
Und wenn Ashton nicht am Strand gestanden und getobt hätte, als
würde er jede Sekunde explodieren, wäre ich es wahrscheinlich auch.
Aber so ist Cyril schließlich zuerst auf Ashton aufmerksam geworden
und dann auf mich.

Mann, ich sag dir, der war vielleicht sauer.
Er hat mich aus dem Meer gefischt und auf sein Brett gezogen. Mit
einem Arm hat er das Segel gelenkt und in dem anderen mich gehalten.
Und dabei hat er geflucht wie ein alter Seemann.
Und ich … ich habe gefroren wie ein Schneider, aber trotz des Gebib-
bers habe ich ihn mit meinen Fragen gelöchert.
Na ja, warum du über Nacht von der Insel verschwunden bist und was
mit Gordy passiert ist, waren eigentlich die einzigen.

Natürlich habe ich keine Antwort bekommen. Aber dann habe ich ihm gesagt, dass ich weiß, dass er ein Hainix ist und Tyler ebenfalls und dass du auch einer bist – also ein Halbblut – und dass er verdammt noch mal Gift darauf nehmen könne, dass ich das den Behörden stecke, wenn er nicht endlich die Klappe aufmachen würde.

Daraufhin hat er nur blöd gegrinst und gemeint, wieso ich diesen hübschen kleinen Erpressungsversuch nicht gleich gestartet hätte, dann hätte ich mir den Ausflug ins eiskalte Wasser doch sparen können.

Ich habe geschimpft und mit den Zähnen geklappert und ihm mit ziemlich anschaulichen Worten klargemacht, wie sehr ich ihn hasse.

Tja, und was glaubst du, hat er geantwortet? Mann, Elodie, mir ist immer noch ganz zittrig, wenn ich nur daran denke.

Ich dich nicht, hat er gesagt. Im Gegenteil, Ruby.

Dann hat er das Segel herumgeschleudert und wir sind mit Volldampf auf den Strand gerauscht. Cyril hat sich überhaupt nicht weiter um sein Brett gekümmert, sondern mich auf den Arm gehoben und zu Ashton hinübergetragen.

Los, komm mit, hat er gesagt, uns (tropfnass, wie ich war!) in seinen Smart verfrachtet, die Heizung auf volle Pulle gestellt und bis vor meine Haustür gefahren.

Dort angekommen, habe ich ihn gefragt, ob er denn in Zukunft wieder mit uns reden würde, aber er hat mich nur angeblökt, dass ich gefälligst ins Haus gehen und mir trockene Klamotten anziehen solle. Wenn ich nämlich eine Lungenentzündung bekäme, würde er mir höchstpersönlich den Arsch versohlen (ja, das hat er tatsächlich gesagt). Und Ashton ebenfalls, wenn er in Zukunft nicht besser auf mich aufpassen würde.

Ashton hat gezuckt und mit dem Arm geschlenkert und sein komplettes Repertoire an Schimpfwörtern ausgestoßen, woraufhin ich Cyril angebrüllt habe, dass er das wirklich toll hingekriegt hätte und dass er ein verdammter Scheißkerl wäre und ich überhaupt keinen Wert darauf legen würde, jemals wieder mit ihm zu reden.

Ich sag dir, Elodie, das war vielleicht eine Schreierei. Irgendwann ist Cyril einfach ausgestiegen, hat zuerst Ashton und dann mich aus dem Auto gezerrt und uns bei meinem Vater abgeliefert, der natürlich ebenfalls einen Tobsuchtsanfall bekommen hat.

Das ganze Theater ist jetzt eine gute Stunde her. Ich habe inzwischen ein heißes Bad genommen und mich ins Bett gekuschelt.
Ashton hat sich auch wieder beruhigt. Dad hat ihn vor einer Viertelstunde nach Hause gebracht.

Na ja, und ich dummes Huhn, ich liege hier, dabei würde ich am liebsten gleich wieder losrennen und Cyril sagen, dass ich ihn natürlich nicht hasse.

Aber was würde das bringen, Elodie – was?

Küsse von Ruby, die ziemlich durcheinander ist

Von: Ruby Welliams rubyw95@hotmail.co.uk
Gesendet: Freitag, 27. April 2012 14:11
An: Elodie Saller
Betreff: letzte E-Mail

Liebe Elodie,

ich habe beschlossen, mich nicht mehr bei dir zu melden.
Dir ständig zu schreiben und keine Antwort zu bekommen, ist die Hölle.
Mag sein, dass es dir beschissen geht. Das tut mir ehrlich leid.
Aber ich kann mir nicht ständig einen Kopf um Dinge machen, deren
Zusammenhänge ich nicht blicke.
Also, melde du dich, wenn dir danach ist … Wann auch immer das sein
wird.
Egal was passiert, ich bin deine Freundin.

Ruby

Elodie,

ich bin dir noch eine Erklärung schuldig.
Javen ist mein Vater.
Er hat dich von Lübeck aus bei mir angekündigt. Und von dem Moment
an, als ich wusste, dass du nach Guernsey kommst, wollte ich nur noch
eins: dir durch diese Zeit der Metamorphose helfen.
Ich bin übrigens auch derjenige gewesen, der dich in jener Nacht in
deinem Zimmer besucht hat – nur um mich davon zu überzeugen, dass
es dir gut geht … geküsst habe ich dich selbstverständlich nicht, aber
inzwischen weißt du ja selbst, woher das Wasser auf deinem T-Shirt
gekommen ist.
Du bist mir wirklich alles andere als egal, und ich hoffe von ganzem
Herzen, dass du dein Schicksal annehmen kannst.
Wir alle – also Javen, Jane und ich – vertrauen darauf, dass die Hainix-
Gene gut ausgeprägt sind und du eines Tages stark und unabhängig
sein wirst.

Cyril

Ich saß eine ganze Weile einfach so da, starrte auf den Bildschirm und wartete, dass irgendwas passierte.

Doch weder wurde es schlagartig Morgen noch stürzte das
Haus über mir zusammen oder schlug irgendwo der Blitz ein.
Es machte nicht einmal Knack in mir.

»Alles okay, Elodie, es ist alles in Ordnung«, hörte ich mich murmeln.

Zwei Wochen waren inzwischen vergangen und auf Sark und Guernsey war alles ruhig geblieben. Es hatte keinen weiteren Mord gegeben und die Mädchen dort schienen auch nicht in einen kollektiven Liebeswahn gefallen zu sein. Okay, Cecily Windom hatte versucht, aus der Klinik zu fliehen. Das musste aber nicht zwingend etwas mit ihren düsteren Prophezeiungen zu tun haben, sondern konnte auch ganz einfach daher rühren, dass sie sich dort fremd und eingesperrt fühlte. Und deshalb schockierte mich ihr Ausbruchversuch auch überhaupt nicht, im Gegenteil: Die alte Silly tat mir leid. Obwohl sie mir unheimlich war, verstand ich sie sehr gut, seltsamerweise empfand ich sogar eine gewisse Verbundenheit mit ihr. Es war ein beklemmendes Gefühl, das ich nicht weiter ergründen wollte und daher schnell beiseiteschob.

Lieber konzentrierte ich mich auf den Gedanken, dass Kyan, Zak und Liam es offenbar nicht noch einmal geschafft hatten, an Land zu kommen.

Es fiel mir nicht schwer, mir vorzustellen, wie sich das Leben auf den Inseln allmählich wieder normalisierte.

In ihrem eigenen Interesse würden die Haie sich wahrscheinlich unauffällig verhalten, bis Gras über die Sache gewachsen war. Die Kriminalpolizei und das Londoner Wissenschaftsinstitut, das die DNA-Analyse von den Nixspermien und Elliots Körperzellen gemacht hatte, würden ihre Erkenntnisse für sich behalten, und die *Mörderbestie,* die im März 2012 zwei Mädchen ermordet hatte, würde in einigen Jahren nur noch Legende sein.

Tja, und was Cyril betraf – dass er der Sohn von Javen Spinx war, hätte ich niemals vermutet, denn die beiden ähnelten sich rein äußerlich überhaupt nicht. Auf der anderen Seite überraschte es mich aber auch nicht. Genau genommen war es mir sogar egal ... Das Einzige, was mich wirklich ärgerte, war sein lapidares – und vor allem viel zu spätes – Geständnis, dass er derjenige gewesen ist, der Mitte April in meinem Zimmer war. Damals hatte Cyril nicht nur mit meiner Angst gespielt, sondern das Ganze auch noch den Delfinnixen anlasten wollen. – Ein weiterer Minuspunkt auf meiner Sympathie-Skala! Aber was bedeutete das schon? Ich würde Cyril ohnehin nie wiedersehen!

Ruby und Ashton bereiteten mir da schon etwas mehr Kopfzerbrechen. An sie zu denken, tat einfach nur weh.

Doch ich durfte sie nicht länger im Ungewissen lassen. Sie waren meine Freunde, die Einzigen, die wussten, wer ich war, und die meinen Schmerz verstehen konnten. Sie litten ebenfalls und hatten ein Recht darauf zu erfahren, was mit mir los war.

Von: Elodie Saller Elodie.Saller@gmx.de
Gesendet: Samstag, 5. Mai 2012 23:04
An: Ruby Welliams, Ashton Clifford
Betreff: eure E-Mails

Liebe Ruby, lieber Ashton,

es tut mir leid, dass ich mich so lange nicht bei euch gemeldet habe, aber ich habe es einfach nicht geschafft, das, was passiert ist, in Worte zu fassen.
Und es fällt mir auch jetzt immer noch unsagbar schwer.

Javen Spinx hat mir klargemacht, dass ich nicht weiter mit Gordy zusammenbleiben darf. Delfinnixe und Hainixe würden sich bekriegen und
nicht nur sie, sondern vor allem die Menschen auf den Inseln würden
darunter leiden.

Ja, Ruby, ich weiß, was du jetzt denkst, aber ich sage dir: Es gibt keinen
Ort auf der Welt, an dem Gordy und ich auf Dauer leben könnten. Wo
auch immer wir wären, würden wir zwischen die Fronten geraten.

Er ist ein Plonx, das scheint seine Bestimmung zu sein. Möglicherweise
hat das Meer sogar eine besondere Aufgabe für ihn vorgesehen. Wie
auch immer: Das alles hat nichts mit mir zu tun.

Und deshalb werde ich versuchen, ihn – und mit ihm auch meine Zeit
auf Guernsey – zu vergessen und hier in Lübeck noch einmal von vorn
zu beginnen.

Ich liebe euch.
Elodie

*Der volle Mond stand hoch am nachtschwarzen Himmel und brachte
mit seinem Licht die winzigen Sandkörner des Strandes in der Belvoir
Bay zum Funkeln.*

*Kyan stand bis zu den Knien im Wasser und blickte aufs Meer
hinaus. Die Luft war so klar, dass er in der Ferne die französische
Küste ausmachen konnte.*

*Das europäische Festland war sein Ziel. In genau drei Wochen,
am Ende des Monats Mai, würde er zum dritten Mal aus dem Meer
steigen und Frankreich betreten. Ohne Liam, Niclas und Pine, denn
für seine Kameraden hatte er andere Pläne. Verantwortungsvolle Aufgaben, die sie zweifellos ganz in seinem Sinne erfüllen würden.*

Die Erinnerung an ihren ersten Landgang verblasste allmählich. Inzwischen wusste Kyan kaum noch, wie die beiden Mädchen aussahen, die er mit seinen Küssen ertränkt hatte. Und auch Liam schien Olivia längst vergessen zu haben. – Gut so!

Kyan wollte sich nicht mit der Vergangenheit belasten. Was zählte, waren Gegenwart und Zukunft.

Allmählich wurde es Zeit, nach Elodie Ausschau zu halten.

„Donkey"

»Was ist mit deinem Job?«, fragte ich meine Mutter, als ich sie gut eine Woche später am Montagvormittag in den *Lübecker Nachrichten* vergraben an dem kleinen Holztisch in der Küche vorfand.

»Den hab ich geschmissen«, sagte sie, ohne aufzuschauen.

»Aha?« Ich sank ihr gegenüber auf die Bank und starrte auf schwarze Schriftzeichen, Fotos von irgendwelchen Politikern und eine Karikatur, in der die Akropolis, der Eiffelturm und das Brandenburger Tor zu einer einzigen ziemlich maroden und mit Graffitis aus Eurozeichen verunstalteten Sehenswürdigkeit zusammengebaut worden waren. »Aber doch wohl nicht meinetwegen?«

»Nicht nur, Elodie«, entgegnete Mam. Anstatt die Zeitung zusammenzufalten, ließ sie sie einfach auf den Boden segeln. »Ehrlich gesagt, arbeite ich schon seit einem Monat nicht mehr.«

»Ja«, sagte ich und ließ meinen Blick über ihr schmales Gesicht gleiten. »Das ist mir auch schon aufgefallen.«

Trotz des sonnigen Wetters, das wir in den letzten Tagen gehabt hatten, war sie ungewöhnlich blass. Ihre Haut wirkte trocken und faltig und ihren Augen fehlte der Glanz.

»Es geht dir nicht gut«, stellte ich fest.

»Nein.« Sie schüttelte kaum merklich den Kopf. »Aber das hat auch nicht nur mit dir zu tun, falls du das denkst.«

Ich senkte den Kopf und biss mir in die Unterlippe. Hätte ich mir die Bemerkung doch bloß verkniffen! Warum hatte ich sie überhaupt so genau angeschaut?

»Es tut mir leid«, hörte ich mich sagen.

»Was meinst du damit?« Ich spürte Mams verwunderten Blick auf mir. »Was tut dir leid?«

»Ach, nichts.« Ich war eindeutig nicht in der Verfassung, ein ernstes Gespräch zu führen, und deshalb war es sicher besser, wenn ich mich wieder in mein Zimmer verzog.

Doch meine Mutter ließ mich nicht gehen. Als ich mich erhob, umfasste sie sofort mein Handgelenk und sagte: »Du bist schrecklich unglücklich, Elodie. Und ich ... ich bin es auch.«

Ich verharrte in der Bewegung, unfähig, mich zu wehren.

»Bitte setz dich wieder hin«, sagte sie leise.

Ich wollte nicht hier sein, wollte nicht zuhören und tat trotzdem, was sie von mir verlangte. Langsam sank ich auf die Bank zurück.

»Ich habe gedacht, ich wäre stark.« Ihre Stimme zitterte. »Ich habe gedacht, ich schaff das schon.«

Mein Hals wurde eng. Ich schluckte und schluckte, aber das Gefühl ging nicht weg, sondern breitete sich nun langsam über meine ganze Brust aus.

»Es würde schon werden, wenn ich einfach weiter meine Arbeit mache, meine Freunde treffe, nicht in Trauer versinke und für dich da bin«, fuhr Mam stockend fort. »Das zumindest habe ich mir eingeredet. Aber es hat nicht funktioniert.« Sie ließ mein Handgelenk los und tat einen tiefen Atemzug. »Drei

Wochen, nachdem du nach Guernsey aufgebrochen warst, ist mein ganzes schönes Kartenhaus in sich zusammengefallen. Ich konnte nicht mehr arbeiten, nicht mehr ausgehen, mich nicht mehr über alltägliche Dinge unterhalten, nichts mehr.«

»Aber ...«, sagte ich. Mehr brachte ich nicht heraus.

»Ich habe versucht, mir dir gegenüber nichts anmerken zu lassen. Ich wollte, dass du den Verlust deines Vaters unbelastet verarbeiten kannst.« Meine Mutter presste ihre Lippen zusammen, und ich sah, wie sehr sie gegen die Tränen ankämpfte. »Die ganze Zeit über habe ich mich bemüht, fröhlich und ausgeglichen zu wirken.« Sie schlug sich die Hand vor die Stirn und schüttelte den Kopf, als könnte sie es selbst nicht fassen. »Das Ganze ging sogar so weit, dass ich mich, als du zurückkamst, wie eine Idiotin aufgeführt habe.«

»Mam, dafür hast du dich doch schon entschuldigt«, flüsterte ich.

Die Enge in meinem Hals und in meiner Brust war mittlerweile unerträglich.

»Ich weiß. Ich weiß.« Sie nickte.

»Gordian ist nicht tot«, flüsterte ich. »Wir sind bloß nicht mehr zusammen.«

Meine Mutter wischte sich über die Augen, dann richtete sie ihren Blick auf mich. »Aber es fühlt sich ganz ähnlich an. Stimmt's?«, fragte sie vorsichtig.

Ich schüttelte den Kopf.

»Gordian ist nicht tot«, wiederholte ich.

Er war irgendwo da draußen im Meer und suchte nach seiner Bestimmung.

Keine Ahnung, warum ich ihn getroffen hatte.

Ich verstand einfach nicht, was das alles für einen Sinn

haben sollte. Fast wünschte ich, meine Urgroßmutter hätte Patton nie kennengelernt.

»Entschuldige bitte, Liebes, ich hätte nicht davon anfangen sollen«, sagte Mam leise.

Ihre Stimme klang belegt, und ihr Blick war so offen und warm, dass sich der schmerzhafte Knoten, der meine Brust so eng machte, ein wenig löste.

»Schon gut«, erwiderte ich krächzig. »Ich möchte einfach nicht darüber reden.«

»Okay.« Mam blinzelte eine einzelne Träne, die sich in ihren Wimpern verfangen hatte, fort und versuchte ein Lächeln.

»Und ich habe auch keinen Hunger«, sagte ich und stand langsam wieder auf. »Zumindest im Augenblick nicht«, fügte ich schnell hinzu, als ich merkte, dass meine Mutter etwas einwenden wollte. »Ich glaube, ich gehe erst mal unter die Dusche.«

»Gut.« Sie nickte. Dann schien ihr etwas einzufallen. »Übrigens ist ein Päckchen für dich angekommen. Von Tante Grace. Ich nehme an, es ist dein Handy.«

»Hmm.« Zögernd tappte ich in den Flur. Ich wusste wirklich nicht, ob ich gerade überhaupt in der Lage war, mich mit Post von meiner Großtante auseinanderzusetzen.

»Es liegt auf der Kommode neben dem Telefon«, rief meine Mutter mir nach, in derselben Sekunde sah ich es auch schon.

Es war zu groß, um nur ein Handy zu enthalten, es sei denn, Tante Grace hatte gerade keinen kleineren Karton zur Hand gehabt und den Innenraum mit höllisch viel Zeitungspapier ausgestopft.

Ich verharrte einen Moment, betrachtete das Päckchen abschätzend – und entschied mich schließlich für die Dusche. Danach würde es mir hoffentlich wieder besser gehen.

Ich duschte lauwarm und auch nur sehr kurz. Trotzdem war das Badezimmer hinterher vollkommen verdampft, weil ich vergessen hatte, das Fenster zu öffnen oder wenigstens auf Kipp zu stellen.

Ich fischte mein Handtuch vom Haken und hüllte mich darin ein. Ein weiteres kleineres wickelte ich als Turban um meine Haare. Ich war gerade im Begriff, das Bad zu verlassen, da fiel mein Blick auf den total beschlagenen Spiegel.

Große dunkelblaue Augen sahen mich an. Ich konnte jede Wimper und sogar die einzelnen Härchen meiner Augenbrauen erkennen, ja, selbst das winzige Muttermal auf meinem rechten Nasenflügel. Irritiert schüttelte ich den Kopf, dann wischte ich mit dem Handrücken einen breiten Streifen Kondenswasser von meinem Spiegelbild. – Es war kein Unterschied auszumachen, zumindest nicht für meine Augen.

»Nixe«, murmelte ich.

Dichter Nebel würde mein Sehvermögen aller Wahrscheinlichkeit nach also genauso wenig beeinträchtigen wie Dunkelheit. Es würde nicht einfach sein, mir anderen Menschen gegenüber davon nichts anmerken zu lassen. Aber gut, dann war das eben meine nächste Aufgabe. Ich war froh, wenn ich etwas zu tun hatte, das meine ganze Konzentration erforderte und mich ein wenig ablenkte.

Ich warf noch einmal einen Blick auf mein Spiegelbild, und plötzlich rückten meine Brauen, die Wimpern und das Muttermal in den Hintergrund, und die winzig feine Narbe, die von Gordys Zähnen zurückgeblieben war, trat überdeutlich hervor. Im nächsten Moment sah ich sein Gesicht, das Entsetzen in seinen Augen und das Blut auf seiner Wange.

Mein Herz polterte los. Einige unendlich lange Sekunden starrte ich wie benommen in den Spiegel. Ich spürte, wie meine Kehle anschwoll, wie ich schreien wollte, dieser Schrei dann aber irgendwo tief in mir erstickte.

Keuchend wandte ich mich ab.

Gordys Gesicht verschwand, aber dafür sah ich jetzt das von Frederik, seine bleiche Haut und den Tod in seinem Blick.

Nein! Nein! Nein!

Es schrie in mir. Es tobte.

Ich öffnete den Mund, um es herauszulassen, aber dann dachte ich an Mam und biss mir so fest in die Unterlippe, dass ich Blut schmeckte.

Gordy ist nicht tot.

Frederik lebt.

Ich habe niemanden umgebracht.

Die Nixe in mir ist gefährlich, aber ich kann sie kontrollieren.

Ich zwang mich, tief ein- und wieder auszuatmen. Einmal, zweimal ... zehnmal. Allmählich erlangte ich die Fassung wieder. Die Ruhe kehrte zurück und ich sah ein letztes Mal in den Spiegel.

»Ich werde sehr stark und vollkommen unabhängig sein, Cyril«, murmelte ich und reckte trotzig mein Kinn vor. »Worauf du dich verlassen kannst!«

Um Mam nicht zu verärgern, kippte ich noch rasch das Fenster, bevor ich hinausschlüpfte und mir anschließend in meinem Zimmer frische Sachen aus dem Schrank nahm und überzog, ohne mich vorher abzutrocknen. Ich mochte das Gefühl von Nässe auf meiner Haut, mittlerweile föhnte ich mir nicht einmal mehr die Haare, damit das Wasser möglichst lange auf meine Schultern und meinen Rücken tropfte.

Neben meinem Kleiderschrank hatte sich in den letzten Tagen ein beachtlicher Haufen müffelnder Schmutzwäsche angesammelt. Ich würde ihn endlich in die Maschine stecken und auch sonst mal ein wenig Ordnung in meinem Zimmer machen müssen. Nicht für mich natürlich, sondern für meine Mutter. Wenigstens *sie* sollte glauben, dass endlich wieder Normalität in mein Leben einkehrte.

Innerhalb von einer halben Stunde hatte ich die Waschmaschine gefüllt und gestartet, mein Bett neu bezogen und mein Zimmer aufgeräumt. Nachdem ich noch eine Schale Müsli verdrückt hatte, fühlte ich mich dem Inhalt von Tante Graces Päckchen einigermaßen gewachsen.

Ohne dass Mam, die sich in der Küche zu schaffen machte, etwas davon mitbekam, fischte ich es von der Kommode und verzog mich damit sofort wieder in mein Zimmer. Ich dachte sogar kurz darüber nach, die Tür zu verriegeln, ließ es dann aber sein.

Behutsam legte ich das Päckchen auf meinen Schreibtisch und begutachtete es noch einmal von allen Seiten. Schließlich nahm ich es wieder auf und schüttelte es leicht neben meinem Ohr, doch ich konnte kein Rappeln hören.

»Okay«, sagte ich entschlossen. »Dann wollen wir mal zur Operation schreiten ... Schwester, das Skalpell, bitte!«

Ich nahm das Cuttermesser aus dem Utensilo und öffnete das Päckchen mit einem gezielten Schnitt.

»Das hättest du auch nicht besser hinbekommen, liebe Großtante«, murmelte ich, während ich die beiden Pappdeckel zur Seite klappte. Zeitungsbällchen quollen mir entgegen.

Ich schob sie heraus, sodass sie auf dem Tisch und auf dem Boden neben mir landeten, und förderte nacheinander eine Ausgabe der *London Times*, eine Karte, auf der ein grasender Esel abgebildet war, mein sorgsam in meinen offenbar ebenfalls vergessenen Pulli eingewickeltes Handy, den Brief von Oma Holly und eine kleine grüne Schachtel zutage.

Den Pulli faltete ich zusammen und legte ihn auf alle anderen in meinen Kleiderschrank und das Handy bekam einen vorläufigen Platz in der Nachttischschublade. Danach sammelte ich die Zeitungsbällchen auf, warf sie in den Karton zurück und stellte ihn neben den Papierkorb. Die restlichen vier Gegenstände platzierte ich fein säuberlich auf dem Schreibtisch.

Ich setzte mich und betrachtete ein paar Minuten lang den Esel, bevor ich die Karte in die Hand nahm und las, was Tante Grace mir geschrieben hatte.

Meine liebe Elodie,

wusstet Du eigentlich, dass wir Guernseyaner von den Leuten aus Jersey »Donkeys« genannt werden? Nun ja, offensichtlich haben unsere lieben Inselnachbarn gar nicht so unrecht damit. Ich zumindest kann dieses Prädikat durchaus für mich in Anspruch nehmen. Hätte ich nämlich gleich nach Deiner Abreise einen Blick durch das Apartment streifen lassen, hättest Du bis auf die Dienstagsausgabe der »London Times« all diese Dinge wahrscheinlich schon längst bei Dir in Lübeck haben können. Die Wahrheit ist: Ich habe es einfach nicht über mich gebracht,

es zu betreten. Es war auch so schwer genug für mich, an Dich
zu denken und Dich nicht ganz furchtbar zu vermissen!
Als Deine Mam mir dann schrieb, dass Du Dein Handy ver-
misst, habe ich dort oben endlich Ordnung gemacht.
Ich hoffe, dass es Dir inzwischen ein bisschen besser geht.
Ich drücke Dich, mein Herz.
Deine Tante Grace
PS: Bitte grüße Deine Mam ganz lieb von mir.

Ich las mir die Karte noch ein zweites Mal durch, dann stellte ich sie mit dem Esel nach vorn in das Regal am Kopfende meines Bettes. Ich vermisste Tante Grace. Ich vermisste sie sogar ganz furchtbar. Aber damit würde ich schon klarkommen, so wie mit allem anderen auch.

Anschließend richtete ich meine Aufmerksamkeit auf die Zeitung.

Tante Grace hatte mir tatsächlich die ganze Ausgabe geschickt, obwohl nur ein Artikel wirklich interessant für mich war. Er war ziemlich weit unten auf Seite drei abgedruckt, meine Großtante hatte ihn mit leuchtend gelbem Textmarker eingekringelt.

Irrtum über Mörderbestie

Den Angaben eines Pressesprechers des Londoner Instituts für Zellforschung GNS zufolge mussten inzwischen Fehler bei der Analyse zweier im Vormonat eingereichter Spermaproben eingeräumt werden. Offenbar wurden die betreffenden Proben auf verunreinigte Glasträger aufgetragen und haben somit zu verfälschten Untersuchungsergebnissen geführt. Wie es dazu kommen konnte, müsse im Einzelnen noch geklärt werden, so die Mitteilung an die Medien. Die Sondereinheit der Kriminalpolizei, die eingerichtet wurde, um die Mädchenmorde auf der Kanalinsel Sark aufzuklären, reagierte zurückhaltend auf diese Meldung. Allerdings könne man nun nicht mehr zwangsläufig davon ausgehen, dass eine Delfinmutation im Atlantik ihr Unwesen treibe, so die Staatsanwältin Mary Hickman, die mit dem Fall betraut ist. Es müsse jetzt mit ganzer Kraft in alle Richtungen weiterermittelt werden.

Sie vertuschen es tatsächlich, schoss es mir durch den Kopf. Sie wollen verhindern, dass ans Licht kommt, dass sie einen Menschen abgeschlachtet haben.

Oder sie versuchten, einfach bloß Zeit zu gewinnen. Vielleicht wollten sie alles noch ein zweites Mal untersuchen, weil sich die Nix-DNA womöglich gar nicht eindeutig zuordnen ließ.

Ich begann, mich zu fragen, ob ich wohl die Einzige war, die den Vorfall am 13. April in der Perelle Bay beobachtet hatte, denn genau das konnte ich mir eigentlich kaum vorstellen. Die Menschen auf Guernsey hatten um die unzähligen Delfine in der Bucht gewusst. Außerdem war Tante Graces Grundstück nicht das einzige, das direkt an der Küste lag. Trotz der Sicherheitsabsperrungen hätten also eine Menge Leute das Schiff der Küstenwache und den Trawler bemerken können.

Und wenn mein Sehvermögen damals bereits – also vor meiner Verwandlung – schon besser ausgeprägt gewesen war als bei normalen Menschen? Vielleicht hatte ich die Einzelheiten in der Perelle Bay viel deutlicher erkennen können, als selbst ein Mensch, der durch ein Fernglas schaute, jemals dazu in der Lage gewesen wäre.

Das zumindest würde erklären, warum nie etwas darüber zu den Medien durchgedrungen war.

Okay, Joelles Cousin Louie glaubte zu wissen, dass ein Delfin gefangen und getötet worden war. Aber das bewies im Grunde gar nichts. Wie Ruby bereits gesagt hatte, konnte dieser Delfin in der Tat *irgendein* Delfin gewesen sein. Elliot war es jedoch ganz sicher nicht. – Es sei denn, er hatte sich beim Sterben auf dem Deck des Trawlers vor den Augen der Fischer in einen Delfin zurückverwandelt. Das allerdings wäre eine derartige Sensation gewesen, dass man es unmöglich über drei Wochen hätte geheim halten können. Einer der Männer, die sich an Bord befanden, hätte ganz sicher gequatscht. Eine solche Nachricht war nämlich garantiert viele hübsche britische Pfund wert.

»Wozu zerbrichst du dir darüber eigentlich noch den Kopf?«, murmelte ich, faltete die Zeitung zusammen und verstaute sie in dem Klappfach unter der Schreibtischplatte.

Nach kurzem Überlegen ließ ich den Brief meiner Urgroßmutter ebenfalls darin verschwinden. Ich hatte ihn bisher nicht angerührt und würde das auch jetzt nicht tun. Was interessierte mich die Geschichte meiner Vorfahren? Ich brauchte mir kein Foto von meinem Urgroßvater anzuschauen, ich wusste auch so, wer ich war, und würde bis zu meinem Lebensende meine ganze Kraft brauchen, um damit klarzukommen.

Ich lehnte mich zurück und schloss einen Moment lang die Augen, um mich zu sammeln. – Jetzt blieb nur noch die kleine grüne Schachtel.

Es war mir ein Rätsel, was sich darin befand. Da ich außer meiner Armbanduhr keinen Schmuck trug, konnte Tante Grace weder einen Ring noch einen Ohrstecker oder einen

Kettenanhänger gefunden haben. Vielleicht handelte es sich aber auch um einen Gegenstand, den sie nicht hatte zuordnen können und von dem sie bloß annahm, dass er mir gehörte.

Zu dumm, dass es auf ihrer Karte keinen Hinweis gab, denn so war ich mir alles andere als sicher, ob ich die Schachtel wirklich öffnen sollte.

Mein Herz schlug einen Takt schneller, als ich meine Finger darumschloss. Langsam hob ich die Schachtel hoch, zog das Klappfach noch einmal auf – und zögerte.

Wenn es beispielsweise ein Geschenk war, würde meine Großtante erwarten, dass ich mich dafür bedankte. Tat ich es nicht, würde sie irgendwann nachfragen, ob es mir gefallen hatte.

Natürlich könnte ich dann immer noch in die Schachtel schauen …

Abermals sah ich zum Regal hinüber, in dem die Karte mit dem Esel stand.

Mir kam Jane in den Sinn und die vielen anderen Silberwerkstätten, die es auf den Kanalinseln gab.

Vielleicht ist es ja doch ein Schmuckstück, dachte ich, eine Kette mit einem Anhänger – zum Beispiel einem kleinen silbernen Esel –, aber da hatte ich den Deckel bereits abgehoben.

Noch während ich das Bewusstsein verlor, wurde mir klar, dass *ich* der Esel war.

Nixentränen

Es war wie eine Implosion im Stockdunkeln. Die Außenwelt existierte nicht mehr und in meinem Inneren flogen mir Brocken so hart wie Mauersteine um die Ohren.

Elodie!, hörte ich dazwischen Gordys Stimme. *Bitte, bleib hier. Ich hab doch nur dich.* Er hatte meine Schultern gepackt und schüttelte mich. *Elodie! ... Elodie!!!*

Mittlerweile waren die Steine allesamt niedergeprasselt. Eine dicke Staubwolke wirbelte umher und sank nun langsam auf mich herab. Darüber wurde es wieder heller, ich sah etwas Weißes, aber ich konnte nicht atmen, denn meine Nase, mein Hals und meine Lunge waren voller Staub.

»Elodie!« Er schlug mir ins Gesicht und dann veränderte sich plötzlich seine Stimme. Sie wurde schrill und panisch und sie gehörte auch nicht mehr zu ihm. »Atme! Verdammt noch mal!«

Es war nicht Gordy, es war Mam.

Ich lag neben meinem Schreibtisch auf dem Boden und sah in ihre riesigen Augen.

»Um Gottes willen, Elodie!«, stieß sie hervor. Dann drückte sie mich an sich. »Und ich dachte schon ... Ich dachte schon ...«
Ich spürte ihre Lippen auf meiner Wange und an meinem Ohr

und ihre Hände in meinem Nacken und auf meinem Rücken. »Komm hoch ... komm schon, Elodie, hinsetzen.«

Widerstandslos ließ ich mich hochziehen. Es gab nichts Einfacheres, als ihrer Stimme zu folgen.

»Was ist passiert?«, fragte sie und streichelte mein Gesicht.

Ihre Hände waren ebenso warm wie ihr Blick, ich hätte mich darin auflösen können.

»Ich bin hier«, wisperte ich. »Ich bin wieder da.«

Und dann heulte ich los.

☙

Keine Ahnung, wie lange wir so dagesessen hatten, uns fest in den Armen haltend und sanft wiegend. Ich wusste nicht einmal mehr, wann ich mit dem Weinen aufgehört hatte, ich wusste nur, dass es wehtat, höllisch weh, wieder ganz und gar hier zu sein – und dass es dennoch richtig war.

Schließlich war es meine Mutter, die sich von mir löste und mich mit ernsten Augen ansah. »Bitte sag mir, was passiert ist, Elodie.«

»Das ist nicht so leicht zu erklären.« Suchend ließ ich meinen Blick über den fliederfarbenen Teppichboden gleiten. »Wo ist die Schachtel?«

»Welche Schach... Ach so, hier!« Meine Mutter hob etwas auf, das neben ihr lag, und setzte es auf meine Handfläche.

Es war der Deckel.

»Und wo ist der Rest?«, fragte ich, da sah ich sie auch schon – Gordys Träne. Sie war unter meinen Schreibtisch gerollt.

Ich streckte mich aus, nahm sie vorsichtig zwischen meine Finger und legte sie behutsam in den Deckel der Schachtel.

Mam runzelte die Stirn. »Und was ist das? Eine Perle?«

»So etwas Ähnliches.« Nur unendlich viel wertvoller. Es grenzte an ein Wunder, dass Tante Grace sie in der Steppnaht meiner Matratze gefunden hatte.

»Und was hat es zu bedeuten?«, fragte meine Mutter.

»Alles«, sagte ich leise. »Dass ich wieder hier bin ... dass ich weiterleben kann.«

Mam schluckte, dann schüttelte sie den Kopf. »Ich verstehe nicht.«

»Ich weiß«, sagte ich. »Ich weiß.«

Während ich die kristallisierte Träne betrachtete und dagegen ankämpfte, dass Trauer und Schmerz mich übermannten, hielt meine Mutter ihren Blick ängstlich und erwartungsvoll zugleich auf mich gerichtet. Die Frage, ob ich ihr alles erzählen würde, stellte sich mir nicht mehr, ich wusste nur noch nicht so recht, wo ich beginnen sollte.

»Es gibt einen Grund, weshalb Tante Grace vorgeschlagen hat, dass ich für eine Weile zu ihr kommen soll«, sagte ich schließlich.

Mam nickte. »Ja, sicher, wegen deines Va...«

»Nein«, unterbrach ich sie. »Natürlich war das auch ein Grund, aber nicht der entscheidende. Es gibt nämlich ein großes Geheimnis in unserer Familie.«

»Ach ja ...?« Meine Mutter stieß einen Schwall Luft aus.

»Ja«, sagte ich. »Und es betrifft deine Großmutter.«

»Also Tante Gracies Mutter?«

Ich nickte. »Ich habe einen Brief«, fuhr ich fort, während ich das Klappfach in meinem Schreibtisch öffnete und ihn herausholte. »Ich habe ihn selber noch nicht gelesen, aber ich weiß ungefähr, was drinsteht.«

»Weil Tante Grace es dir erzählt hat?«

»Ja«, sagte ich noch einmal. »Sie und Oma Holly sind nämlich nur Halbschwestern ... gewesen.«

»Was?«

Unglauben – vielleicht war es auch eher Fassungslosigkeit – breitete sich auf Mams Gesicht aus, und schon war ich mir wieder unsicher, ob es wirklich klug war, ihr die *ganze* Wahrheit zu sagen. Im Augenblick, jetzt und hier, da ich zusammen mit ihr auf dem Boden in meinem Zimmer saß, wünschte ich mir nichts sehnlicher, als mein Geheimnis mit ihr teilen zu können.

»Aber das hieße dann ja, dass Opa Paul ...«, begann Mam stockend.

»Genau«, bestätigte ich, »nicht dein leiblicher Großvater war, sondern ...« Mit klopfendem Herzen öffnete ich den Umschlag und zog das Foto heraus. Es hatte den für die damalige Zeit so typischen weißen Zackenrand und es war auch schon ziemlich vergilbt. Trotzdem konnte man den jungen Mann, der darauf abgebildet war, noch recht gut erkennen. »Patton«, vervollständigte ich meinen Satz und reichte meiner Mutter das Foto.

Ihre Hände zitterten, als sie es entgegennahm, und ihre ganze Körperhaltung und ihre Mimik drückten zugleich Neugier und Abwehr aus.

»Patton wie?«, fragte sie leise.

»Nur Patton.«

Mam schüttelte den Kopf. »Sie hat nicht mal seinen Nachnamen gekannt? ... Du meine Güte!«

»Er war nicht wichtig«, erwiderte ich, während ich nun den Brief auseinanderfaltete. »Vielleicht hatte er auch gar keinen.«

»Wie bitte?« Meine Mutter sah mich verständnislos an.

Dann schlug sie ihre Beine unter und rutschte so dicht an mich heran, dass wir die Zeilen meiner Urgroßmutter zusammen lesen konnten.

Holly, meine Liebste,

wenn Du diesen Brief in Deinen Händen hältst, werde ich bereits unter der Erde ruhen. Mag sein, dass Du es als feige empfindest, dass ich Dir nicht bereits zu Lebzeiten beziehungsweise spätestens nach Pauls Tod von meinem großen Geheimnis erzählt habe, einem Geheimnis, das ja in ganz besonderer Weise auch Dich betrifft. Tatsächlich habe ich über viele Jahre hinweg mit mir gekämpft, mich aber letztendlich immer wieder dazu durchgerungen, es für mich zu behalten. Ich hoffe, vor allem um Deiner selbst willen, dass Du mir das verzeihen kannst.

Paul, Gracie und Dich, Euch verband eine so wundervolle Leichtigkeit und Wärme, ich wäre mir schäbig vorgekommen, hätte ich dieses Besondere, das Eure Beziehung ausmachte, so fahrlässig zerstört.

Jetzt steht mein eigener Tod bevor und ich will nicht länger schweigen. Denn nun, da ich es nicht mehr kann, ist es an Dir, ein Auge auf Deine Nachkommen zu haben.

Meine geliebte Holly, sei bitte ganz gefasst, wenn Du hörst, was ich Dir zu sagen habe: Du bist kein gewöhnliches Kind.

»... Du trägst das Gen eines Meermenschen in dir«, las Mam nun laut. Ihre Hände zitterten mittlerweile so sehr, dass sie den Brief kaum noch halten konnte. Sie sah mich an. »Was, zum Teufel, hat das zu bedeuten, Elodie?«

»Dass Patton aus dem Meer kam«, sagte ich und meine Stimme klang furchtbar krächzig. »Er ... er war so etwas wie ein Nix. Deine Großmutter ist von ihm schwanger geworden«, fuhr ich stockend fort. »Sie hatte immer Angst, dass Oma Holly sich eines Tages verwandeln würde.«

Mam sah mich irritiert an. »Verwandeln? In was denn, bitte schön?«

Eigentlich hätte sie es sofort begreifen müssen, doch offenbar wehrte sie sich innerlich so sehr dagegen, dass ihr Verstand nicht in der Lage war, die Fäden zusammenzuführen, und anstatt es klar und deutlich auszusprechen und Mam damit womöglich noch mehr zu erschrecken, nahm ich ihr einfach den Brief aus der Hand und las weiter.

»Wie schon in den beiden Jahren zuvor verbrachte ich einen Teil der Sommerfrische auf einer kleinen Insel vor der griechischen Küste. Ich liebte das Meer und war jeden Tag am Strand, um den Wellen und den Seevögeln zuzusehen, und plötzlich stand er vor mir: Patton, der Mann auf dem Foto, dein Vater. Es klingt vielleicht dumm, aber ich war vom ersten Augenblick an wie verzaubert von ihm. Wir verbrachten jede Minute miteinander, saßen stundenlang im Sand, wir küssten und wir liebten uns, und wenn Patton kurz vor Sonnenaufgang für einige Zeit ins Meer zurückkehrte, konnte ich ihm dabei zusehen, wie sich sein Leib in den eines großen grauen Meerestieres verwandelte.«

Mam gab ein leises Keuchen von sich, als ich jedoch innehielt und ihr einen fragenden Blick zuwarf, winkte sie ab und bedeutete mir weiterzulesen.

»Wir sprachen nie über unsere Zukunft und es gab auch keinen Abschied. So unerwartet, wie Patton aufgetaucht war, verschwand er wieder. Zwei Tage vor meiner Abreise wartete ich vergeblich auf ihn. Zu Anfang war ich vollkommen am

Boden zerstört. Ich war so entsetzlich traurig und so wund vor Sehnsucht nach ihm, dass ich nicht einmal weinen konnte. Doch schon bald merkte ich, dass ich Leben unter meinem Herzen trug, nämlich dich, meine wundervolle kleine Holly. Und als ich wenig später Paul traf, schient ihr zwei mir ein Geschenk des Himmels zu sein.

Ich habe Paul aufrichtig geliebt, aber ich habe nie so für ihn empfunden wie für Patton. Ihn zu verlieren, war die härteste Prüfung meines Lebens, dennoch möchte ich die Zeit mit ihm nicht missen.«

Ich geriet ins Stocken und musste einmal tief Luft holen, um meine Tränen wenigstens noch für ein paar Sekunden zurückzuhalten. »Ich bin unendlich dankbar für jede Minute, die ich mit ihm verbringen durfte, und nehme meine Liebe mit mir in den Tod«, schloss ich mit bebender Stimme, dann heulte ich los.

Wieder schloss Mam ihre Arme um mich und wiegte mich sanft hin und her. Sie streichelte meinen Rücken, küsste mein Haar und wartete geduldig, bis ich mich wieder beruhigt hatte, und dann stellte sie eine Frage, mit der ich im Leben nicht gerechnet hatte.

»Dein Gordian ist ebenfalls ein Meermann. Hab ich recht?«

Ich nickte und schluckte – immer und immer wieder. Mein Hals war schrecklich trocken und tat so furchtbar weh und abermals rannen mir die Tränen in Sturzbächen über das Gesicht. Sie perlten mein Kinn entlang und fielen in meinen Schoß hinunter, wo sie sich als kleine glitzernde Kristalle in meinen geöffneten Händen sammelten.

»Elodie ... was ist das?« Vorsichtig, beinahe ängstlich, berührte meine Mutter die zu Glas erstarrten Tränen.

»Mam«, sagte ich, »Mam ...«, und wischte mir schniefend über die Augen. »Holly hat sich nicht verwandelt. U-und du auch nicht, oder?«

»Was?« Es war nur ein Hauch, der über ihre Lippen kam.

War es tatsächlich möglich, dass sie es noch immer nicht begriffen hatte?

»Aber ich, Mam«, flüsterte ich. »Ich habe keine Angst mehr vor dem Wasser. Ich kann viele Meter tief tauchen ... Ich kann sogar im Meer atmen.«

Meine Mutter war so blass geworden, dass ihre Haut beinahe durchsichtig erschien. Mir kam es vor, als könnte ich jedes noch so feine Äderchen erkennen. Aber ich konnte sie jetzt nicht schonen. Sie sollte alles wissen.

»Ich bin eine Nixe, Mam, ein Halbwesen. Wenn ich ins Meer tauche, verwandeln sich meine Beine in die Schwanzflosse eines Hais.«

Neubeginn

»Lauren und Bethany sind durch den Kuss eines Delfinnixes gestorben«, sagte ich.

Inzwischen hockten Mam und ich Seite an Seite mit dem Rücken an die Wand gelehnt auf meinem Bett und hatten uns die Decke bis zum Kinn heraufgezogen. Dabei war es nun wirklich nicht kalt im Zimmer, die goldene Maisonne, die zum Fenster hereinschien, hüllte uns in ihr warmes Licht. Trotzdem hatte ich spüren können, wie meine Mutter bei jedem neuen Detail meiner Geschichte von innen heraus immer kälter wurde. Das Zittern ihres Körpers übertrug sich auf meinen, und schon bald hatte ich das Gefühl, nicht nur für mich, sondern auch für sie stark sein zu müssen. Die weiche Decke und das vertraute Blumenmuster auf dem Bezug halfen mir dabei. Ein bisschen war es so, als hätte ich mich in das wohlbehütete Nest meiner Kindheit verkrochen. Ich fühlte mich zwar nicht wirklich be-, aber immerhin doch ein wenig geschützt.

»Du siehst, die Geschichte um die *Mörderbestie* ist also doch keine Mär«, endete ich schließlich. »Und ich kenne sogar ihren Namen.«

»Dann bist du also auch deswegen so überstürzt nach Hause

gekommen?«, fragte Mam, die meinem Bericht gelauscht hatte, ohne mich auch nur ein einziges Mal zu unterbrechen.

Ich nickte. »Letztendlich schon. Allerdings nicht, um zu flüchten, wie du jetzt vielleicht denkst.«

»Warum denn sonst?«, erwiderte sie. »Es wäre äußerst leichtfertig, wenn du dich einer solchen Gefahr aussetzt.«

»Mam«, sagte ich, tastete nach ihrer Hand, die auf ihrem Knie ruhte, und umschloss sie mit meinen Fingern. »Javen Spinx und Cyril hätten mich beschützt. Sie sind ... sehr stark.« Dieses Herunterspielen ihrer Talente schien mir meiner Mutter gegenüber durchaus angemessen zu sein. Okay, sie sollte die Wahrheit wissen, ich wollte ihr aber auch nicht zu viel auf einmal zumuten. »Außerdem geht es hier gar nicht so sehr um mich«, setzte ich zögernd hinzu.

»Ach nein?« Mam klang äußerst empört, und ihre Augen funkelten, als sie mich ansah. »Mir schon!«

»Du brauchst dir keine Sorgen zu machen«, sagte ich schnell. »Ich bin ja jetzt hier.«

»Und das bleibst du auch ... hoffe ich!«

Ich warf einen Blick auf das Wasserglas, das auf meinem Nachttisch stand und in dem ich meine zu Glas gewordenen Tränen gesammelt hatte. Das Sonnenlicht spiegelte sich in den Kristallen und ließ sie gleißend hell erscheinen.

»Ja, Mam, ich bleibe hier«, murmelte ich. »Ich gehe nie wieder auf die Kanalinseln zurück.«

Genau genommen wusste ich nicht mal, ob ich überhaupt jemals wieder ins Meer hinabtauchen durfte. Dieser Gedanke erfüllte mich mit Wehmut, und über meinen Knöcheln spürte ich ein sanftes Kribbeln, das sich langsam bis zu meinen Knien hinaufzog.

Der Auslöser war gar nicht die Angst vor dem Meer, so wurde mir plötzlich klar, sondern die Sehnsucht nach ihm. Die Sehnsucht, gegen die ich mich seit meiner Kindheit vehement gewehrt hatte. Und mit einem Mal wusste ich, dass ich ins Wasser zurückmusste, eines Tages, wenn Gordy seiner Bestimmung gefolgt war und keine Gefahr mehr bestand, dass er Kyan oder andere Nixe mit sich an Land zog.

»Ich verstehe das alles nicht wirklich«, hörte ich meine Mutter sagen. »Und ich glaube, ich will es auch gar nicht.« In ihren Augen lag ein Anflug von Verzweiflung. »Mag sein, dass ich zu schlicht gestrickt bin, um all diese fremdartigen Dinge erfassen zu können. Das Meer war mir nie unheimlich, mittlerweile ist es das aber. Ich mag mir gar nicht vorstellen, wie du aussiehst, wenn du deine Beine verlierst und ...« Sie sprach immer abgehackter und immer leiser und am Ende brach ihr die Stimme ganz weg. Sie musste einige Male schlucken, ehe sie weiterreden konnte. »Für mich bist du meine Tochter, Elodie, ich möchte, dass du glücklich bist ... und dass dir nichts geschieht. Und alles andere will ich lieber gar nicht so genau wissen.«

»Ja, Mam«, erwiderte ich leise und ließ meinen Kopf auf ihre Schulter sinken. »Ich weiß. Und ich verspreche dir, dass alles wieder gut wird.«

Sie nickte und drückte mich an sich, noch immer zitternd. Ich spürte, dass von ihr dieselbe Verlorenheit und der gleiche Schmerz ausgingen, die auch ich empfand. In gewisser Hinsicht trugen wir das gleiche Schicksal und das verband uns für diesen Moment auf eine einzigartige und wunderbare Weise.

Ich fragte mich, ob sie nun wohl auch ihre Zeit mit Javen Spinx in einem anderen Licht sah, hütete mich aber, das

Thema anzusprechen. Mein Gefühl sagte mir, dass sie diese Geschichte – zumindest vorläufig – mit sich selbst ausmachen wollte. Bestimmt brauchte Mam eine Weile, bis sie alle Neuigkeiten verdaut hatte. Ich jedoch hatte mein inneres Versteck inzwischen vollständig verlassen. Wenn ich nicht von innen verdorren wollte, musste ich jetzt weitergehen.

Meine Mutter war selig, weil ich wieder ganz normal mit ihr kommunizierte und mich nicht länger in meinem Zimmer verkroch. Sie hatte ein Stück ihrer alten Elodie zurückbekommen und das machte es uns beiden leichter.

Ich wusste, dass sie Pa vermisste und eine höllische Angst davor hatte, mich auch noch zu verlieren, und sie ahnte, dass meine Entscheidung, mich meinem Schicksal zu stellen, meine Seele fast entzweiriss. Darüber reden wollte sie allerdings nicht.

Stattdessen fing sie an, mich in ähnlicher Weise zu umsorgen, wie Tante Grace es getan hatte. Sie verwickelte mich in Gespräche über Gott und die Welt, solange sie nur nicht mit dem Meer oder Tod und Verlust zu tun hatten. Sie legte meine Wäsche zusammen, kreierte neue Sandwiches und fing sogar an zu kochen.

Zwei Tage spielte ich dieses Spiel mit. Am Morgen des dritten steckte ich mein Ladekabel ins Handy und verband es mit der Steckdose.

Nachdem ich geduscht, meine mittlerweile sehr trockene Haut gründlich eingeölt und mich angekleidet hatte, schickte ich eine SMS an Sina.

Sorry, dass ich mich jetzt erst wieder melde,
aber ich habe diese zeit für mich einfach gebraucht.
Bis wann hast du heute schule?
Ich gehe nachher auf den friedhof und würde mich freuen, wenn du
mitkommst
((elodie))

Es dauerte bis zur zweiten großen Pause, dann antwortete sie mir.

Ok, ich komme. Sollen wir uns gegen halb vier am bahnhof treffen?
Sina

Dass sie mir so knapp und nüchtern antwortete, verletzte mich nicht, ich konnte es sogar sehr gut verstehen. Und natürlich hoffte ich, dass es nichts mit Frederik zu tun hatte.

Allerdings hatte es wenig Sinn, sich darüber den Kopf zu zerbrechen. Wenn Frederik Sina irgendetwas über unser *unglückliches Zusammentreffen* erzählt hatte, würde ich es nachher ganz sicher von ihr erfahren.

So machen wir's!
Bis später, el,

schrieb ich zurück.

Dann fuhr ich mein Notebook hoch und schrieb noch einmal an Ruby, dass es mir inzwischen besser ging und sie und Ashton sich wirklich keine Sorgen machen mussten.

Danach las ich Cyrils Nachricht noch einmal und überlegte, ob ich ihm ebenfalls antworten sollte. Ehrlich gesagt, hatte ich keine große Lust, auf seine *Erklärung* einzugehen. Letztlich machte es für mich auch keinen Unterschied, ob er der Sohn von Javen Spinx oder der irgendeines anderen Hainixes war. Außerdem erweckte seine E-Mail nicht den Eindruck, als würde er Wert darauf legen, noch weiterhin in Kontakt mit mir zu bleiben, sondern hörte sich eher nach einem Abschiedsbrief an.

»Ganz wie du willst, Cyril Spinx«, sagte ich zu meinem Bildschirm und verfrachtete seine Nachricht kurzerhand in den Papierkorb. »Dich und deinen Vater zu vergessen, wird mir noch am leichtesten fallen.«

Als ich um zwanzig nach drei am Bahnhof ankam, war Sina schon da. Sie lehnte an der Wand neben dem Eingang und sah mir mit finsterem Blick entgegen.

»Verdammt noch mal, Elodie«, sagte sie nur, hakte sich bei mir unter und zog mich zu den Gleisen.

Bis zum Waldhusener Moorsee sagte sie kein Wort mehr, und da ich es für klüger hielt, nicht in sie zu dringen, schwieg ich ebenfalls. Wir saßen einander gegenüber. Sina starrte aus dem Fenster und ich starrte sie an.

»Was guckst du denn so?«, fragte sie schließlich.

»Was ist los?«, fragte ich zurück.

»Mensch, das würde ich gerne von *dir* wissen«, knurrte sie und endlich sah sie mich richtig an.

»Ich habe mich von Gordian getrennt«, sagte ich.

»Ach ja?« Ihre nussbraunen Augen sprühten Funken. »Und warum weiß ich davon nichts?«

Ich zuckte mit den Schultern. »Jetzt weißt du es ja.«

»Hm«, machte Sina. »Toll. Wirklich ganz toll, Elodie. Und jetzt soll ich dich wohl trösten, oder was?«

»Keine Sorge«, erwiderte ich. »Ich habe eine Weile gebraucht und nun bin ich drüber weg.«

»Okay.« Sina musterte mich abschätzend. »Du hast dich übrigens total verändert, weißt du das?«

»Klar«, sagte ich und diesmal zuckte ich noch einen Tick lässiger mit den Schultern. Eigentlich wollte ich gar nicht krötig sein und erst recht nicht überheblich. Ich freute mich ehrlich, Sina wiederzusehen, und ich hätte ihr das auch gern gezeigt, aber irgendwie kriegte ich es nicht hin. »Ich habe ja auch herausgefunden, dass ich eine Nixe bin.«

Es rutschte mir über die Lippen, ohne dass ich es wollte, und mein Herz schlug sofort ein paar Takte schneller.

Für einen Moment hielt Sina die Luft an. Sie beugte sich ein wenig vor und betrachtete mich mit hochgezogenen Brauen, dann ließ sie sich gegen die Rückenlehne fallen und lachte.

»Na logisch!« Sie schlug sich mit der Hand gegen die Stirn. »Dass ich da nicht von selbst drauf gekommen bin!«

Ich kannte sie so gut wie kaum jemanden auf der Welt, aber in diesem Augenblick konnte ich beim besten Willen nicht ausmachen, ob sie es ernst oder ironisch meinte.

»Dann hat Frederik dir also alles erzählt?«, fragte ich zögernd.

Jetzt schoss sie wieder vor. »Was?«

»Na, dass er bei mir war ...«

Sina fuhr sich durch die kurzen blonden Haare. »Ähm ... nein ...?« Plötzlich klang ihre Stimme ganz zittrig und auf ihrer Stirn standen hunderttausend Fragezeichen. »Wann?«

Sie tat mir leid, obwohl ich natürlich unendlich erleichtert war, dass Frederik ihr gegenüber nichts von meinem *absonderlichen* Verhalten erwähnt hatte. Und ich fand, dass sie es verdient hatte, die Wahrheit zu erfahren, zumindest jene, die für sie von Bedeutung war.

»Vor zwei Wochen«, sagte ich also. »Er hat gleich an unsere letzte Begegnung auf meiner Party im März angeknüpft.«

Sinas Augen wurden schmal. »Was soll das heißen?«

»Er hat mir Trost und Unterstützung angeboten und versucht, mich zu küssen.«

Sie schüttelte den Kopf. »Das ist nicht wahr. Das sagst du nur, weil es dir gerade selber nicht ...«

»Sina«, unterbrach ich sie sanft. Ich neigte mich vor und berührte sie leicht am Arm, aber sie zuckte sofort zurück. »Du hast ihm doch selber nicht vertraut. Das Skypen mit mir und Gordy ... das sollte ein Test für Frederik sein, stimmt's? Du wolltest herausfinden, ob er eifersüchtig ist.«

Sina wandte ihren Kopf wieder dem Fenster zu.

»Er *war* eifersüchtig«, sagte sie nach einer Weile.

Ihr schmales Gesicht war bleich geworden, sodass die wenigen goldfarbenen Sommersprossen auf ihrer Nase, die ich so niedlich fand, deutlich hervortraten.

»Und? Hast du ihn zurückgeküsst?«, fragte sie nach einigen Sekunden angespannter Stille.

Ich hatte Mühe, mir meine Gefühle nicht anmerken zu lassen. Wieder sah ich Frederiks totenbleiches Gesicht vor mir, und noch immer konnte ich es kaum fassen, dass ich ihn beinahe umgebracht hätte.

»Nein«, log ich. »Im Gegenteil: Ich habe ihm deutlich klargemacht, dass wir nicht zusammenpassen.« – Was ja nun wiederum alles andere als geschwindelt war.

»Ts.« Ein gequältes Lächeln umspielte Sinas Mundwinkel. »Und mir gegenüber hat er so getan, als ob ich so etwas wie die Taube auf dem Dach sei, die eher durch Zufall in seine Hände geflogen ist und die er nun nie wieder loslassen will.«

»Das ist ein hübsches Bild«, sagte ich. »Allerdings mit einem kleinen Makel ...«

Sina sah mich fragend an. Ihr Blick war offener geworden, und ich war mir sicher, dass wir das Schlimmste überstanden hatten.

»Tauben müssen fliegen können«, fuhr ich eindrücklich fort.

»Aber das will ich doch gar nicht!«, erwiderte sie beinahe empört. »Ich bin verrückt nach ihm, ich würde alles ...«

»Würdest du nicht«, fiel ich ihr ins Wort. »Na ja, zumindest solltest du ihm nicht zeigen, dass du es würdest«, fügte ich lächelnd hinzu. »Wahrscheinlich braucht Frederik einfach ein bisschen Zeit. Ich finde, ihr passt gut zusammen. Und irgendwann wird auch er dahinterkommen. Und zwar am ehesten, wenn du dich nicht so an ihn hängst, sondern ihm signalisierst, dass du ziemlich unabhängig und auf ihn schon mal gar nicht angewiesen bist.«

»Ach, Mensch, Elodie!« Ehe ich mich versah, saß Sina neben mir und schlang ihren Arm um meinen Hals. »Ist es nicht vor einer irre langen Zeit mal so gewesen, dass von uns beiden *ich* die mit den guten Ratschlägen war?«

»Zumindest warst du immer die Klügere«, sagte ich und verpasste ihr einen Kuss auf die Nasenspitze. »Und die solltest du auch bleiben ... und zwar in allen Lebenslagen.«

Es war schon erstaunlich, was sich auf dem kurzen Abschnitt zwischen zwei Bahnstationen zwischenmenschlich bewegen ließ. Okay, Sina und ich hatten eine Vorgeschichte – schließlich waren wir schon seit Ewigkeiten beste Freundinnen, und daran ließ sich trotz der Distanz, die sich in den letzten Wochen zwischen uns aufgebaut hatte, offenbar ziemlich gut anknüpfen.

Jetzt jedenfalls spazierten wir Hand in Hand durch den Park, und während ich meinen Blick sehnsüchtig über die Teiche schweifen ließ, plapperte Sina in einer Tour durch. Innerhalb von einer Viertelstunde erhielt ich einen kompletten Überblick über sämtliche mehr oder weniger relevanten Ereignisse der letzten Wochen.

So erfuhr ich zum Beispiel, dass die neue Englischlehrerin im vierten Monat schwanger war, Janniks Mutter eine Blinddarm-OP über sich hatte ergehen lassen müssen und Sarah heimlich in ihren fast dreißigjährigen Nachbarn verliebt war. Außerdem hatte Bille sich als lesbisch geoutet und war deswegen von ein paar Typen aus dem Mathe-LK ziemlich übel angemacht worden.

Ich hörte stillschweigend zu, gab hin und wieder ein »Nee, oder?«, »Ach, Gott!« oder »Ist nicht wahr!« von mir und war insgeheim ziemlich froh darüber, dass Sina meine Bemerkung, ich sei eine Nixe, offenbar nicht ernst genommen hatte.

Doch als wir den Friedhof erreichten, stand Sinas Mundwerk mit einem Schlag still. Ihre Schritte wurden langsamer, der Griff ihrer Hand dafür umso fester.

Mein Vater war sechs Tage nach seinem Tod verbrannt worden, seine Asche ruhte nun in einer Urne, die im anonymen Teil des Friedhofs begraben worden war.

Ich hatte an der Einäscherungszeremonie nicht teilgenommen und hatte es auch später nicht über mich gebracht hierherzukommen, deshalb hatte Mam mir die Stelle und den Weg dorthin genau beschrieben. Aber ich hätte das Grab auch so gefunden, denn die Steine, die Pa einmal aus einem Urlaub in Schottland mitgebracht hatte und die seitdem auf dem Sideboard in seinem Arbeitszimmer gelegen hatten, fielen mir schon von Weitem ins Auge.

Ein paar der schmalen Lichtstreifen, die die Sonne durch das Laubdach der umstehenden Bäume schickte, tauchten die Grabstelle meines Vaters in ein nahezu magisches Licht und brachten die glitzernden Einschlüsse der im Kreis um ein dichtes Büschel Maiglöckchen angeordneten Steine zum Funkeln.

»Oh, mein Gott!«, wisperte Sina.

Sie ließ meine Hand los, beschleunigte ihre Schritte und ging dann langsam neben den Steinen in die Hocke.

Ich blieb gut zwei Meter davon entfernt stehen und sah Sina dabei zu, wie sie die Tränen vergoss, die eigentlich ich hätte weinen müssen. Aber ich konnte nicht. Und vielleicht wollte ich es auch gar nicht. Ohne Pas Tod wäre ich nie nach Guernsey geflogen, ohne ihn hätte ich mich nicht verwandelt, ohne ihn hätte ich Gordian niemals getroffen … und verloren.

Gordy war das größte Geschenk und zugleich der schlimmste überhaupt vorstellbare Schmerz. Und plötzlich war mir klar, dass ich zuerst ihn loslassen musste, bevor ich mich wirklich von meinem Vater verabschieden konnte.

Auflösung

Ich trocknete Sinas Tränen mit einem Papiertaschentuch, das ich in ihrer Umhängetasche fand, und hakte mich bei ihr unter. Nachdem wir ein paar Schritte gegangen waren, gewann sie allmählich ihre Fassung zurück.

»Puh«, sagte sie seufzend. »Das war echt ... hart.«

»Ja, aber es war gut, dass ich endlich hier war.«

Sina nickte. Dann stutzte sie und betrachtete mich verwundert. »Allerdings hast du keine Träne vergossen.«

»Nein«, erwiderte ich schulterzuckend. »Ich glaube, das mache ich erst, wenn ich zu Hause in meinem Zimmer bin ... Ich hoffe, du bist nicht böse, wenn ich ...«

»Aber ich dachte ...«, wollte Sina protestieren, doch dann besann sie sich offenbar und sagte: »Schon okay, El. Na klar sollst du jetzt erst mal für dich sein. Ich meine, wir haben uns zwei Monate nicht gesehen. Was machen da schon ein paar Stunden oder Tage mehr oder weniger aus?«

»Danke«, sagte ich leise und drückte ihren Arm. »... auch dafür, dass du mitgekommen bist.«

»Kein Ding«, meinte sie. »Wozu hat man denn eine beste Freundin? Außerdem hat es mir ja selber gutgetan.« Sina fuhr sich noch einmal mit dem Taschentuch über die Nase, seufzte tief und wechselte dann gekonnt das Thema. »Wirst du jetzt eigentlich wieder zur Schule gehen? Du könntest die Zwölfte bestimmt noch schaffen. Du warst doch immer ganz gut, und Sarah, Bille und ich ...«

»Nein«, sagte ich. »Ich glaube, nicht. Ich werde irgendwas Handwerkliches machen. Vielleicht auch eine Ausbildung zur Fotografin.«

»El, du hast dich nie für Fotografie interessiert!«

Da hatte Sina zweifellos recht.

»Außerdem hast du zwei linke Hände!«

»Stimmt«, sagte ich. »Aber irgendwas muss ich ja machen.«

Sie sah mich ungläubig an. »Irgendwas?«

»Zur Schule gehe ich jedenfalls nicht mehr«, entgegnete ich. »Ich bin sicher, dass ich kein Abi brauche.«

»Aber das ist doch absurd«, regte Sina sich auf. »Wie kannst du dir da so sicher sein? Alle Leute, die nicht wissen, was sie später mal machen wollen, gehen so lange wie möglich zur Schule. Es wäre geradezu fahrlässig, wenn du mittendrin abbrichst und ...«

»Tu ich ja gar nicht«, fiel ich ihr abermals ins Wort. Ich hatte absolut keine Lust, über meine berufliche Zukunft zu reden, aber ich wusste, dass Sina nicht eher Ruhe geben würde, bis ich ihr etwas Handfestes lieferte. »Ich werde eine Ausbildung beginnen. Ich gehe zu einer dieser Beratungsstellen und hör mir einfach mal an, was es so gibt. Vielleicht gehe ich auch für eine Weile ins Ausland. Australien wäre cool oder Kanada.«

»Na sicher«, brummte Sina. »Und am Ende hängst du genauso in der Luft wie deine Mutter. Die hat sich ja auch nie so richtig für einen Beruf entscheiden können. Womöglich hat sie dir das noch vererbt.«

Das war sogar sehr gut möglich. Auf jeden Fall trug Mam das Nixen-Gen in sich. Schule und Ausbildung waren da sicher nicht vorgesehen und auch nicht notwendig. Die Nixe, die ich kennengelernt hatte, waren gewissermaßen naturbegabt und besaßen darüber hinaus noch Talente, von denen die Menschen nur träumen konnten.

»Ich werde schon etwas Passendes finden«, sagte ich. »Das verspreche ich dir. Also, mach dir bitte keine Gedanken.«

Ich gab mich der Hoffnung hin, dass sie sich damit fürs Erste zufriedengeben würde, aber das war leider nur ein frommer Wunsch. Sinas Vernunftsinn arbeitete bereits auf Hochtouren. Bis zum Bahnhof redete sie ununterbrochen auf mich ein, und als wir schließlich wieder im Zug saßen, kramte sie sofort einen Kollegblock und einen Stift hervor und machte eine Liste der Berufe, die sich ihrer Ansicht nach am besten für mich eigneten. Und dazu zählten vor allem: Dolmetscherin und Übersetzerin oder auch Lektorin oder Werbetexterin, weil ich so sprachbegabt sei, Wissenschaftlerin im weitesten Sinne, weil ich durchaus akribisch arbeiten könne, wenn ich mich tatsächlich mal an etwas festgebissen hatte, oder auch irgendwas »Soziologisches«.

Nun denn, ich hatte eher das Gefühl, dass das alles nichts für mich war, aber das mochte ich Sina nicht sagen. – Und schon gar nicht, dass der Beruf, der mich wirklich ausfüllen würde, möglicherweise erst noch erfunden werden musste.

Sina und ich verabschiedeten uns an der Königstraße voneinander, und dabei rang sie mir das Versprechen ab, morgen

Abend zu ihr zu kommen und ihr alles über die Mädchenmorde zu erzählen und am Samstag dann mit Sarah, Bille und noch ein paar Mädels ins *A1* zu gehen, um »den ganzen Inselmuff«, wie sie sich ausdrückte, abzustreifen und mal wieder so richtig abzutanzen.

Ich sparte mir, ihr zu erklären, dass ich Guernsey und Sark als ganz und gar nicht muffig empfunden hatte, und war froh, dass ich schon nach einer guten Stunde wieder daheim in unserer Wohnung war und dort auch meine Mutter nicht antraf. Stattdessen fand ich in meinem Zimmer eine Nachricht von ihr auf dem Schreibtisch.

Meine Süße,
ich bin mit Susanne in der Stadt, ein bisschen rumgucken, Kaffee trinken und klönen. Ruf mich an, wenn Du mich brauchst. Ich habe mein Handy dabei. Hab Dich lieb!
Mam

»Ich dich auch«, murmelte ich.

Trotzdem hätte ich jetzt nicht mit ihr reden wollen, weder über das, was ich an Pas Grab empfunden hatte, noch darüber, wie mein Wiedersehen mit Sina gewesen war.

Ich nahm das Glas mit meinen Tränen vom Nachttisch und legte die kleine grüne Schachtel mit Gordys Träne behutsam obendrauf. »Du hast recht«, sagte ich leise. »Stadtluft und das Zusammensein mit Menschen nehmen uns jede Energie. Gut, dass es hier in Lübeck so viel Wasser gibt.«

Insofern war es ein Glücksfall, dass ich in einer Hansestadt und nicht irgendwo in Mitteldeutschland aufgewachsen war. Und ganz egal, wohin mein Weg mich in Zukunft auch führte, so viel stand für mich fest: Ich würde ganz sicher immer an der Küste leben.

Ich ließ das Glas mit der Schachtel in einen Din-A5-Briefumschlag gleiten, verklebte ihn sicherheitshalber mit ein paar zusätzlichen Tesafilm-Streifen und verstaute ihn anschließend zusammen mit meiner Geldbörse und meinem Handy im Seitenfach meines Rucksacks.

Bis zum Traveufer war es nicht weit. Ich brauchte nicht mal fünf Minuten, um die Grünfläche auf der anderen Seite der Rhederbrücke zu erreichen. Inzwischen war es kurz vor halb acht, die Sonne stand schon recht tief und malte tanzende goldgelbe Ovale auf die Wasseroberfläche, auf der in einiger Entfernung ein Schwan und ein paar Enten trieben.

Es war nicht mehr viel los hier – ich konnte weder Spaziergänger noch spielende Kinder entdecken –, nur aus dem Biergarten, der oberhalb des Krähenteiches lag, hallten fröhliche Feierabendstimmen zu mir herüber.

Ich suchte mir eine offene Stelle im Ufergebüsch, zog meine Sneakers und Strümpfe aus und krempelte die Jeans bis zu den Knien hoch. Dann ließ ich mich ins Gras hinunter und tauchte langsam meine Zehen in die Trave.

Augenblicklich ging das Jucken über meinen Knöcheln, das sich bereits kurz nach dem Verlassen unseres Hauses bemerkbar gemacht hatte, in ein heftiges Brennen über, das innerhalb von Sekundenbruchteilen an den Außenseiten meiner Beine bis zu meinen Hüften hinaufschoss und mein Becken gleich darauf mit einem wohligen Kribbeln füllte. Ich spürte das Zucken meiner Muskeln und den mächtigen Drang meiner Füße und Beine, sich zu einem Haifischschwanz zusammenzufügen. Doch so groß mein Verlangen auch war, in das lockende Nass hinabzutauchen, ich kämpfte entschlossen dagegen an.

Die Trave führte Süßwasser und vermischte sich erst jenseits der Schlutuper Wiek allmählich mit dem Salz der Ostsee. Ich hatte keine Ahnung, ob ich das überhaupt vertrug, denn mit dem bisschen Duschwasser, das ich hin und wieder einatmete, war das sicher nicht zu vergleichen. Irgendwann würde ich es ausprobieren, aber nicht heute. Heute hatte ich anderes vor.

Ich holte den Umschlag hervor und öffnete ihn vorsichtig.

Gordy, dachte ich, während ich mit zwei Fingern nach der kleinen Schachtel fischte. *Ich glaube, ich weiß jetzt, was diese Kristalle in deinen Augen zu bedeuten hatten. Es sind ungeweinte Tränen gewesen, in denen meine Schmerzen eingeschlossen waren, die du für mich getragen hast. In dem Moment, als ich diese Kristalle als kleine glitzernde Punkte in deinen Augen sah, konnte ich nicht mehr davonlaufen oder mich in mich selbst zurückziehen, sondern war gezwungen, meine Schmerzen zu spüren. Und damals war es gut, dass du bei mir warst.*

Vorsichtig hob ich den Deckel und betrachtete Gordians Träne, in der sich das Licht der untergehenden Sonne spiegelte.

»Nun bin ich allein«, flüsterte ich, während ich den Kristall in meine hohle Hand rollen ließ. »Und ich kann dir gar nicht beschreiben, wie unendlich weh es tut, nicht mehr bei dir sein zu dürfen. Trotzdem bin ich froh, dass deine Träne mich ins Leben zurückgeholt hat, dass ich den Brief von meiner Urgroßmutter gelesen habe und ich mich deshalb noch einmal richtig und ganz bewusst von dir verabschieden kann.«

Ich beugte mich über die Uferkante und tauchte die Hand langsam ins Wasser. Gordys Träne schwamm wie ein winziger funkelnder Diamant auf der Oberfläche.

»Ich weiß zwar noch immer nicht, welchen Weg ich einschlagen soll«, fuhr ich mit bebender Stimme fort, »aber zumindest kann ich mittlerweile besser Entscheidungen treffen. Keine Ahnung, wieso, aber ich habe keine Angst mehr davor, Fehler zu machen. Vielleicht liegt es daran, dass mir – ganz egal, was ich auch tue – ohnehin nichts Schlimmeres passieren kann, als dich verloren zu haben.« Mein Hals wurde eng und meine Augen brannten, während ich diese Sätze sagte. »Jedenfalls kann ich meine Schmerzen nun allein tragen und deshalb gebe ich dir diesen Kristall zurück«, setzte ich stockend hinzu, dann öffnete ich meine Hand und zog sie sachte aus dem Wasser. »Ich liebe dich, Gordy, mehr als alles auf der Welt.«

Eine Träne stahl sich aus meinem Augenwinkel, und ehe ich sie auffangen konnte, war sie bereits über meine Wange gekullert und in die Trave gefallen.

Schillernd tanzte sie auf den Wellen und trieb langsam auf die von Gordy zu, bis sie sich berührten ... wieder voneinander abstießen ... abermals berührten ... und sich schließlich vom Ufer entfernten und mit der Strömung in Richtung Ostsee schaukelten.

»Aber ich kann dich jetzt gehen lassen, Gordy«, flüsterte ich, tastete nach dem Glas und ließ auch meine Tränenkristalle und damit all meinen Schmerz in die Trave gleiten. Wie ein Schweif aus goldglänzenden Lichtpunkten folgten sie den beiden anderen zum Meer hinaus – und nun schossen mir die Tränen geradezu in die Augen. Eine nach der anderen rollte über mein Gesicht und fiel ins Wasser.

Anfangs waren sie noch hart und kristallen, doch schon bald fühlten sie sich weicher an und hinterließen feuchte Spuren auf meiner Haut.

Ein heftiges Schluchzen schüttelte mich.

Ich weinte und weinte, und mit jeder Träne, die sich aus meinen Augen löste, ging es mir besser.

Ich gebe dich frei, Gordian ... für das, was das Meer dir bestimmt hat.

Aber so wie meine Urgroßmutter Patton niemals vergessen hatte, würde auch Gordian immer ein Teil von mir bleiben.

Eine Weile saß ich noch still da und betrachtete das Schauspiel der glitzernden Tränen, die allmählich kleiner wurden und ähnlich einem verlöschenden Stern hell aufblinkten, bevor sie sich im Wasser auflösten. Sie würden es also nicht mehr bis ins Meer schaffen, aber das spielte keine Rolle, denn sie waren ja trotzdem mit ihm verbunden.

Dieser Gedanke gab mir Trost und langsam breitete sich ein Gefühl von Frieden in meinem Herzen aus.

Ich wusste, dass ich die einzig richtige Entscheidung getroffen hatte. Nie und nimmer hätte ich es mir verziehen, wenn ich auf Guernsey geblieben wäre und damit womöglich eine Katastrophe heraufbeschworen hätte. Meine Liebe zu Gordy wäre dann für alle Zeit mit einer schweren Schuld belastet gewesen und daran vielleicht irgendwann zerbrochen. So aber konnte ich mich an die schönen Momente mit ihm erinnern und sie in mir bewahren.

»Mach dir keine Sorgen«, murmelte ich, »ich komme schon

klar. Und du auch«, fügte ich bekräftigend hinzu, zog meine Füße aus dem Wasser, rubbelte sie im Gras trocken und streifte Strümpfe und Schuhe über.

»Ich hoffe so sehr, dass du zu deinen Eltern geschwommen bist und deiner Bestimmung folgen kannst.«

Daran, dass Javen Spinx und Jane in diesem Punkt recht hatten, wollte ich ganz fest glauben. So weh mir dieser Gedanke damals getan hatte, erleichterte er mir inzwischen den Abschied umso mehr. Ich konnte nun auch die Angst um Gordy endlich loslassen und mir sicher sein, dass das Meer ihn schützen würde.

Ich verstaute das Glas und die kleine Schachtel wieder im Seitenfach meines Rucksacks, krempelte meine Jeans herunter und warf noch einen letzten Blick auf die Trave. Dann erhob ich mich und lief mit langen Schritten den Hang hinauf.

Elodie.

Gordys leise, flehende Stimme stach mir ins Herz.

Abrupt blieb ich stehen und verharrte für ein paar Sekunden wie versteinert auf der Stelle. Das ist eine Prüfung, dachte ich. Das kann nur eine Prüfung sein!

Ich atmete tief durch, presste die Lippen aufeinander, versuchte, nicht durchzudrehen – und ging weiter in Richtung Brücke.

Elodie, bitte!

Jetzt war seine Stimme überall in mir. Warm und samtig strich sie über meine Haut, pulsierte durch meine Adern und füllte jede einzelne meiner Zellen.

Ich konnte gar nicht anders, ich *musste* mich umdrehen.

Gordy hatte das Ufer fast erreicht. Das orangerote Licht, das von der gegenüberliegenden Traveseite herüberschien, spielte mit seinen goldblonden Locken und ließ das Türkis seiner Augen noch intensiver erscheinen.

Meine Knie wurden weich und der Boden unter meinen Füßen gab nach. Ich spürte noch einen Schlag in meinem Rücken, dann wurde alles dunkel um mich herum.

Als ich wieder zu mir kam, lag ich am Hang neben dem Brückenpfeiler im Gras – und sah direkt in seine Augen.

Gordys Gesicht war bleich, seine Miene unergründlich und das Weiß um seine Iris herum von hauchfeinen tiefroten Äderchen durchzogen.

»Was ist passiert?«, wisperte ich benommen.

»Du bist ohnmächtig geworden.« Seine Stimme klang ernst und besorgt. »Und du hast dir den Kopf gestoßen, zum Glück aber nicht allzu schlimm.«

»Das meine ich nicht«, krächzte ich. »Was ist mit deinen Augen?«

Auf seiner Stirn zeigte sich der Ansatz einer Steilfalte. – Und mit einem Mal war alles wieder da. Guernsey. Unsere Klippe. Das Bett in meinem Apartment mit den Pflanzen drumherum. Alles.

Aber ich war nicht dort, sondern hier, in Lübeck.

Lübeck und Gordian passten nicht zusammen. Ich musste träumen. Das alles konnte unmöglich Realität sein. Und es erschien mir so logisch: Gordy war in einem Traum in mein Leben getreten und jetzt verabschiedete er sich auf die gleiche Weise von mir. Ich musste lächeln. – Eigentlich eine hübsche Idee von ihm!

»Du hast geweint«, murmelte ich. »Du hast geweint, weil du traurig bist.«

Seufzend senkte ich die Lider. Die Vorstellung tröstete mich. Nicht nur ich war traurig, sondern auch er. Wir hatten beide unsere Liebe geopfert – für die Sicherheit der Menschen auf den Kanalinseln und um den Frieden zwischen den Nixen zu bewahren.

»Himmel noch mal, Elodie!«, hörte ich Sina protestieren. »Komm zu dir! Da liegt ein halbnackter Mann neben dir, mitten im dicksten Lübecker Stadtverkehr, und du versinkst in sentimentaler Gefühlsduselei!«

»Du wolltest ja auch nicht glauben, dass ich eine Nixe bin«, erwiderte ich. »Die ticken nun mal ein bisschen anders.«

Elodie!

Diesmal war das Pulsieren seiner Stimme so stark, dass ich auf der Stelle die Augen öffnete.

»Ich bin hier«, sagte er leise. Seine Pupillen weiteten sich kurz, zogen sich dann allerdings sofort zu schmalen Ellipsen zusammen. »Aber ich kann nicht lange bleiben ...«

Ich starrte ihn an, verlor mich einen Moment im Türkisgrün, spürte einen frischen salzigen Geschmack am Gaumen, und allmählich begriff ich, dass ich nicht träumte.

»Du bist hier«, flüsterte ich.

»Ja«, erwiderte Gordy zögernd. »Und dir geht es gut. Ich wusste nicht, wieso ... Ich hatte befürchtet, dass du ...«

Langsam richtete ich mich auf, und mit jedem Zentimeter, den ich ihm näher kam, wich er um mindestens zwei zurück.

»Könntest du mich bitte anfassen, damit ich es auch wirklich glaube?«, fragte ich und streckte meine Hand nach ihm aus.

Kopfschüttelnd rutschte er von mir weg.

Diese Geste erschreckte mich zutiefst und ein feiner, stechender Schmerz raste durch meine Brust.

»Ich bin hergekommen, um dir zu sagen, wie unendlich leid es mir tut, dass ich dich so verletzt habe.«

»Aber das hast du nicht!« *Ich bin doch diejenige gewesen, die Hals über Kopf und ohne jede Erklärung von Guernsey verschwunden ist. Also müsste ich mich bei dir entschuldigen.*

Gordy musterte mich aufmerksam. Sein Blick war intensiv, aber nicht liebevoll, sondern auf eine unangenehme Weise durchdringend.

»Ich bin wirklich sehr froh, dass es dir gut geht«, sagte er in seltsam mechanischem Tonfall und wieder raste der stechende Schmerz durch meinen Körper. »Und ich verspreche dir, dass so etwas nie wieder geschieht«, setzte er leise hinzu, während er sich in einer schnellen, geschmeidigen Bewegung erhob. »Leb wohl, Elodie.«

»Was? ... Nein!«

Irgendetwas lief hier falsch. Nein, *alles*, was gerade passierte, lief falsch. Ich verstand es nicht und hatte das Gefühl, jeden Augenblick den Verstand zu verlieren. Ungelenk rappelte ich mich auf.

»Warte«, brachte ich mühsam hervor. »Du bist doch nicht den ganzen Weg hierhergekommen, bloß um dich von mir zu verabschieden?«

»Nein, nein.« Gordian schüttelte den Kopf. »Nicht nur. Das Wichtigste ist, dass du unversehrt bist ... und dass die Wunden, die ich dir zugefügt habe, verheilt sind.«

»U-und was hast du jetzt vor?«, stammelte ich.

»Ich muss zurück.« Er deutete zum Ufer der Trave.

»Wohin? Nach Guernsey?« *Nicht zu deinen Eltern und Idis in den Atlantik?*

»Ich muss mich beeilen«, sagte er knapp und machte einen weiteren Schritt von mir weg. Sein Blick, seine Körperhaltung, alles an ihm drückte Ablehnung aus.

»Warum?« Meine Stimme war nur noch ein Hauch.

Gordian reagierte nicht, und er ließ es auch nicht zu, dass ich in seinen Gedanken las. Irritiert sah ich ihn an, und plötzlich wurde mir klar, warum er so schnell auf die Kanalinseln zurück und mich nicht dabeihaben wollte.

Kyan und seine Freunde haben es tatsächlich geschafft, richtig? Sie sind ohne dich an Land gegangen.

Wieder bekam ich keine Antwort, ich registrierte nur ein Flackern in seinen Augen.

Die Ruhe auf Sark ist trügerisch, setzte ich hinzu. *Es ist nur eine Frage der Zeit, bis man das nächste Mädchen tot auffinden wird, oder?*

Um Gordys Mundwinkel zuckte es.

»Leb wohl«, sagte er noch einmal, dann drehte er sich um und einen Atemzug später war er auch schon in das dunkle Wasser der Trave eingetaucht.

Auf Leben und Tod

Du hast dich vollkommen umsonst von ihm getrennt, war alles, was ich denken konnte.

Ich vergaß Mam, Sina, Javen Spinx und Jane, ich dachte nicht einmal darüber nach, dass meine Haihaut daheim in meinem Kleiderschrank ganz unten in der Sockenkiste lag, und ich achtete auf nichts und niemanden, sondern entledigte mich wie in Trance meiner Kleidung und stürzte mich kopfüber in die Trave.

Süßwasser strömte in meine Lungen und meine Beine schlossen sich wie selbstverständlich zu einer Flosse zusammen. Die Verwandlung geschah automatisch, meine alte Haihaut brauchte ich offenbar gar nicht dazu. Ich legte meine Arme an den Körper und bewegte mich mit schnellen, kräftigen Flossenschlägen dorthin, wo das Rot der untergehenden Sonne durch die Wasseroberfläche sickerte.

Das recht flache Flussbett lag gestochen scharf unter mir, und ich hatte den Eindruck, mehrere hundert Meter weit sehen zu können, doch von Gordy fehlte jede Spur. Da ich aber wusste, dass die Trave sich erst nach dem Klughafen auf die Ostsee zuschlängelt, konnte es nur die richtige Richtung sein.

Gordy!, rief ich, während ich durch das Schleusentor und dann entlang der Fahrrinne durchs Wasser schoss. *Warte!*

Je näher ich der Mündung kam, umso dunkler wurde es um mich herum, doch mein Sehvermögen passte sich umgehend an die veränderten Lichtverhältnisse an.

Und plötzlich tauchte Gordian vor mir auf. Noch mindestens einen halben Kilometer von mir entfernt, verharrte er in der Fahrrinne und blickte mir entgegen.

Schwimm wieder heim!

Vergiss es!, erwiderte ich. *Ich komme mit dir.*

Wozu?, fragte er eisig und augenblicklich kehrte der Schmerz in meine Brust zurück.

Ich will bei dir sein, sagte ich tapfer.

Aber ich ... ich will das nicht, hörst du!

Gordians Pupillen waren nun fast so schmal wie die einer Katze, wenn sie ins Licht schaut. In seiner Miene spiegelte sich kalte Ablehnung.

Fassungslos starrte ich ihn an, während sich in meinem Kopf die Gedanken überschlugen. Ich wollte einfach nicht glauben, dass sich innerhalb dieser wenigen Wochen so viel zwischen uns verändert hatte!

Delfinnixe sind die perfekten Schauspieler. Das hatte Cyril am Strand in der Cobo Bay gesagt und damals hatte ich diesen Worten kaum Gewicht beigemessen. Jetzt allerdings bekamen sie für mich eine völlig neue Bedeutung. Entweder hatte Gordy mir die ganze Zeit etwas vorgemacht oder ... er tat es jetzt!

Ein leiser Zorn stieg in mir hoch. Am liebsten hätte ich ihn angeschrien, dass er ein verdammter Mistkerl sei und nicht viel besser als seine alten Freunde, doch wahrscheinlich hätte ich damit diese quälende Situation nur verschärft. Aus einem unerfindlichen Grund hatte Gordy eine Mauer zwischen uns errichtet, und die konnte ich ganz sicher nicht durchdringen, indem ich ihm Vorwürfe oder gar eine Szene machte.

Es ist nicht allein deine Schuld, dass Kyan an Land gehen und noch ein paar seiner Freunde mitnehmen konnte, sagte ich zögernd und suchte in seinem Blick verzweifelt nach einer Erklärung für sein abweisendes Verhalten.

Gordian rührte sich nicht, also machte ich einige entschlossene Flossenschläge auf ihn zu.

Das alles wäre nicht passiert, wenn ich nicht nach Guernsey gekommen wäre, fuhr ich mit klopfendem Herzen fort. *Ich habe dich aus dem Meer gelockt.*

Gordy presste seine Lippen fest aufeinander. *Ganz sicher nicht*, gab er zurück. *Noch nie ist es einem Menschenmädchen gelungen, einen Delfinnix an Land zu ziehen.*

Ich bin aber kein Menschenmädchen, wisperte ich. *Ich bin eine Halbnixe. Ein Hai.*

Bei meinen letzten Worten zuckte er heftig zusammen, und schon bereute ich es, sie überhaupt ausgesprochen zu haben.

Die sind erst recht nicht dazu in der Lage, stieß er zischend hervor.

Gordy, flehte ich, *woher willst du denn das so genau wissen? Kannst du so weit in die Vergangenheit zurückschauen? Oder Wahrheit von Legende unterscheiden?*

In seinen Augen blitzte etwas auf und seine Kiefermuskeln traten deutlich hervor. Ich sah, wie sehr er mit sich kämpfte. Vielleicht wollte er mich hassen, aber er schaffte es nicht.

Es war also doch noch nicht alles verloren.

Ich glaube nicht, dass ich dir plötzlich gleichgültig bin, sagte ich stockend. *Wäre es so, hättest du keinen Grund gehabt, den weiten Weg hierherzukommen und mich um Verzeihung zu bitten.*

Ich habe dich nicht um Verzeihung gebeten, entgegnete Gordian kühl. *Ich habe mich lediglich für die Wunden, die ich dir zugefügt habe, entschuldigt.*

Der Schmerz in meiner Brust breitete sich aus und nahm mir den Atem. Für einen kurzen Moment schloss ich die Augen und betete inständig, dass dies alles ein Albtraum wäre, aus dem ich jede Sekunde erwachen würde. Doch als ich die Lider wieder hob, hatte sich nichts verändert – außer, dass Gordy sich abgewandt hatte und zügig weiter in Richtung Ostsee schwamm.

Verdammt noch mal, nicht nur du hast mich gebissen!, schrie ich ihm nach. Meine Stimme bebte, und ich zitterte am ganzen Körper, sodass ich keinen kontrollierten Flossenschlag tun konnte und kaum vom Fleck kam. *Ich habe dir ebenfalls wehgetan. Wir hatten uns beide nicht unter Kontrolle. Aber ich bin sicher, dass ...*

Gordian wirbelte herum und jetzt war sein Gesicht voller Abscheu.

Wir sind Feinde, Elodie, fuhr er mich an. *Nur deshalb ist es so weit gekommen. Es wird Zeit, dass du das endlich, endlich begreifst.*

Seine Worte stachen so tief in mein Herz, dass ich unwillkürlich aufstöhnte.

Warum bist du zurückgekommen?, stieß ich hervor. *Wie hast du mich überhaupt gefunden? ... Ich hatte mich doch gerade von dir verabschiedet ... Ich hatte dich gehen lassen, verstehst du?* Ich starrte ihn weiter an und wartete auf eine Antwort, irgendeine Reaktion, und ich glaubte schon, ein Zucken seiner Lider zu bemerken, einen Anflug von Bedauern um seine Mundwinkel, aber vielleicht irrte ich mich auch. *Hätte es nicht gereicht, mir hinterherzuschauen?*, fuhr ich kraftlos fort. Wären wir an Land gewesen, wäre mir spätestens jetzt der Boden unter den Füßen weggebrochen. Aber das Wasser war nicht das Land. Es hielt mich fest und ließ nicht zu, dass ich aufgab. *Du hast doch sehen können, dass meine Wunden geheilt sind! Du hast mich nicht gehen lassen.*

Gordy senkte den Blick.

Ich kann dich nicht daran hindern, das zu denken, wisperte er. *Aber die Wahrheit ist: Ich habe mich nur davon überzeugen wollen, dass es dir gut geht.*

Das tut es aber nicht! Gordy. Es geht mir nicht gut, brüllte ich ihn an. *Es ist die Hölle, dich zu sehen und nicht ...*

Es tut mir leid, unterbrach er mich harsch. *Ich sehe ein, dass ich einen Fehler gemacht habe. Aber das ändert nichts daran, dass es vorbei ist, Elodie. Ich – will – dich – nicht – mehr – bei – mir – haben.*

Jedes einzelne Wort war wie ein Messerstich. Ich hätte losheulen können, aber mein Stolz verbot es mir, ihm meinen Schmerz zu zeigen. Tief verletzt wandte ich mich ab und schwamm zurück. Gordian hatte alles kaputt gemacht, indem er mir nun auch noch meine glücklichen Erinnerungen an ihn nahm. Das war tausendmal schlimmer als jeder Verlust, schlimmer sogar noch als der Tod.

Denn jetzt hatte ich nichts mehr.

Nur noch mich selbst.

Ich war Elodie Saller, halb Mensch, halb Hainixe.

Ja, verdammt, Cyril, dachte ich. *Genau das bin ich. Eine Hainixe. Stark und unabhängig.*

Mit geballten Fäusten und kräftigen Flossenschlägen stob ich durch das Schleusentor – und wurde urplötzlich abgebremst. Aus einem für mich völlig unerfindlichen Grund verlor ich an Geschwindigkeit. Es war weder ein Schiff in der Nähe, dessen Antriebsschrauben eine Gegenströmung auslösten, noch irgendetwas anderes, das dieses unsichtbare Hindernis verursachen konnte. Leise fluchend legte ich die Arme so eng wie möglich an meinen Körper, schlug meine Schwanzflosse kräftig hin und her und kämpfte mit aller Entschlossenheit dagegen an. Doch so sehr ich mich auch mühte, ich kam keinen einzigen Meter mehr voran. Im Gegenteil: Das Flusswasser drängte mich vehement zum Schleusentor zurück.

Eine kraftvolle Unterströmung drehte mich um hundertachtzig Grad und zog mich mit ganzer Macht in Richtung Ostsee.

Erschöpft rang ich nach Atem, sog einen großen Schwall Wasser in meine Lungen und bildete mir ein, hier, mitten in der Trave, den Geschmack von Salzwasser auf der Zunge zu spüren.

Also gut, dachte ich, du willst es nicht anders.

Was auch immer mein Schicksal war, ich würde mich fügen. Denn das Meer hatte offenbar seine eigenen Pläne. Es zwang mich, Gordy zu folgen.

Gordian musste mich schon ein gutes Stück hinter sich gelassen haben, denn so schnell ich auch schwamm, ich konnte ihn weder sehen noch den kleinsten Gedankenfetzen von ihm erfassen. Wahrscheinlich war es gar nicht mehr möglich, ihn überhaupt noch einzuholen, aber darüber dachte ich nicht nach.

Mit jedem Meter, den sich die Trave verbreiterte, wurde das Wasser salziger, aber auch schmutziger. Die dunklen Schatten riesiger Schiffsleiber tauchten über mir auf. Sie füllten mein Gehör mit dem durchdringenden Brummen ihrer Motoren, und ihre Antriebsschrauben wirbelten stinkende Schwaden auf, die einen beißenden Schmerz in meinen Atemwegen verursachten.

Trotz alledem hatte ich mich inzwischen ein wenig erholt. Meine Schwanzflosse bewegte sich nun wieder in schnellem Rhythmus hin und her und schon bald erreichte ich das offene Meer. Es tat gut, endlich reines Salzwasser atmen zu können, denn es machte den Schiffslärm und das Durchqueren der unzähligen von Giftstoffen verunreinigten Bereiche um einiges erträglicher.

Obwohl ich nicht sonderlich auf meine Umgebung achtete, fiel mir auf, dass es Zonen gab, in denen merklich weniger Fischschwärme unterwegs waren.

Also versuchte ich, diese Gebiete zu meiden. Ich orientierte mich an der Klarheit des Wassers und der Intensität des Salzduftes, der mich durchströmte, und stellte mir vor, wie ich den Großen Belt und den Skagerrak durchquerte und zwischen der britischen Küste zu meiner Rechten und der niederländischen zu meiner Linken auf die Kanalinseln zuhielt.

Die ganze Zeit über gingen mir Bilder von Gordy und den anderen Delfinnixen, von Cyril, Jane und Javen Spinx, Ruby und Ashton und von Tante Grace durch den Kopf, hin und wieder drängte sich auch das Gesicht meiner Mutter dazwischen. Wahrscheinlich würde sie durchdrehen, wenn sie feststellte, dass ich verschwunden war. Ich musste so bald wie nur irgend möglich ein Lebenszeichen von mir geben, und bis dahin blieb mir nichts als die Hoffnung, dass man meinen Rucksack und meine Klamotten am Traveufer fand und Mam die richtigen Schlüsse daraus zog.

❦

Ich hatte das Gefühl, bereits eine Ewigkeit unterwegs gewesen zu sein, als die Dunkelheit vor mir von Lichtreflexen durchbrochen wurde. Der Sog der Strömung, der mich meinem Ziel entgegentrug, hatte sich schon vor einer geraumen Zeit deutlich abgeschwächt. Mittlerweile schmerzten meine Muskeln vor Erschöpfung, ich musste meine Augen fast gewaltsam offen halten und von Gordy war noch immer nichts zu sehen.

Einem inneren Impuls folgend, ließ ich mich nach oben treiben. Kurz bevor ich die Oberfläche durchbrach, presste ich sämtliches Wasser aus meiner Lunge, und der nächste Atemzug füllte sie mit morgenfrischer Seeluft.

Ich befand mich mitten im Meer, über mir der klare Himmel, auf dem im Westen noch die dunkelblaue Erinnerung an die vergangene Nacht lag. Unmittelbar vor mir erkannte ich die bizarre Felsenküste Guernseys und gleich dahinter schob sich die Sonne empor.

Für einen kurzen Moment wurde mir ganz warm und leicht ums Herz.

Ich war wieder daheim, dort, wo ich hingehörte. Warum auch immer sie es getan hatten, aber Javen Spinx und Jane hatten mich auf eine falsche Fährte gelockt. Vielleicht hatten sie es nicht besser gewusst, möglicherweise war es aber auch mit voller Absicht geschehen. Doch all das interessierte mich nicht mehr. Ich wollte nur noch wissen, warum Gordian sich so verändert hatte und welche Aufgabe das Meer für mich bereithielt.

Also tauchte ich wieder unter und steuerte nun direkt die Westküste Guernseys an. Es war mir egal, wo ich ankommen würde, ich schwamm einfach geradeaus – und plötzlich sah ich ihn: Gordy!

Er schoss hinter dem Vorsprung eines Riffs hervor, stob auf mich zu und packte mich am Handgelenk. Mit wenigen energischen Flossenschlägen zog er mich hinter sich her zurück zum Riff und drückte mich in einen breiten Spalt.

Verdammt noch mal, was machst du hier?, fuhr er mich an. *Hab ich dir nicht gesagt, dass ich dich nicht dabeihaben will?*

Du hast eine ganze Menge gesagt, erwiderte ich. *Zum Beispiel auch, dass du mich nicht mehr anfassen würdest.*

Er wich ein Stück von mir ab und schüttelte unwillig den Kopf. *Wie konntest du nur ohne Deckung auf die Insel zuschwimmen!*, blaffte er.

Keine Ahnung. Ich hab's einfach getan, sagte ich und überlegte, ob ich ihm von der Strömung erzählen sollte, die mich aus der Trave ins Meer hinausgezogen hatte, doch dann bemerkte ich das panische Flackern in seinen Pupillen und ließ es sein.

Was ist hier los, Gordy?, fragte ich scharf.

Du solltest nicht hier sein, das ist los!, gab er zurück, und schon durchzuckte mich der wahnwitzige Gedanke, dass er mit Jane und Javen Spinx unter einer Decke steckte.

Gordian schob die Augenbrauen zusammen. Für eine Sekunde wirkte er irritiert, dann schüttelte er abermals den Kopf.

Du solltest nicht hier sein, wiederholte er überraschend sanft.

Ich schluckte, dann fing ich an zu zittern.

Du willst mich nicht dabeihaben, stimmt's? Wobei auch immer, fügte ich im Stillen hinzu.

Gordy nickte.

Aber das bedeutet nicht, dass du mich gar nicht mehr willst, oder?

Diesmal nickte er nicht, aber er schüttelte auch nicht den Kopf, sondern sah mich nur an.

Versprich mir, dass du in dieser Felsspalte wartest, bis ich zurückkomme, sagte er schließlich.

Unschlüssig erwiderte ich seinen Blick. *Warum?*

Versprich es mir einfach!

Ich registrierte das Flehen in seinen Augen.

Wie lange wird es dauern?, fragte ich.

Das kann ich dir nicht sagen.

Dann kann ich dir auch nicht versprechen, dass ich dir nicht weiter folgen werde.

Er presste die Lippen aufeinander und sein Blick wurde noch eindringlicher. *Elodie, bitte!*

Erklär mir wenigstens, wieso!

Anstelle einer Antwort sah Gordy mich nur weiter an, und mit einem Mal wurde mir klar, was in ihm vorging: Er hatte Angst um mich!

Diese Erkenntnis durchflutete mein Herz wie eine warme Welle und machte mich innerlich so weich, dass ich ihm alles versprochen hätte.

Also gut, gab ich nach.

Gordian atmete sichtlich auf. Er nickte mir zu, dann drückte er sich vom Felsen ab und glitt mit bedächtigen, aber kräftigen Flossenschlägen weiter auf die Küste zu.

Wenn es nicht zu lange dauert ..., schickte ich ihm in Gedanken hinterher.

Es dauerte zu lange – *viel* zu lange.

Ich hatte schon mindestens hundertmal gegen den Reflex angekämpft, mein Versteck zu verlassen. Inzwischen lag die Meeresoberfläche wie ein lichtdurchfluteter Spiegel über mir, was darauf schließen ließ, dass die Sonne ihren Höchststand erreicht hatte, es also auf Mittag zuging.

Ich gebe dir noch fünf Minuten, dachte ich und schloss die Augen. Auf einmal hörte ich meinen Namen. Aber es waren nicht Gordys Gedanken, die ihn formten.

Ich werde dich besitzen, Elodie, so wie alle anderen.

Kyan!, schoss es mir durch den Kopf. Wer sollte es sonst sein?

Mein Herz trommelte los, und instinktiv drückte ich mich tiefer in die Felsspalte. Ich versuchte herauszuhören, wie weit der Nix von mir entfernt war, und kam fast um vor Angst, weil ich nicht einschätzen konnte, wie viel ich dadurch über meinen eigenen Standort preisgab.

Ich werde dich küssen, Elodie. – Danach. Du wirst in meinen Armen sterben und dieser elende Plonx wird dir dabei zuschauen.

Plötzlich sah ich mich selbst – von hinten, mitten im Meer schwimmend. Anstelle eines Haischwanzes hatte ich Beine. Meine dunklen Haare folgten mir wie eine Schleppe, die auf der Wasseroberfläche trieb. Mit gleichmäßigen Zügen hielt ich auf einen langen Sandstrand zu. – Und dabei kam ich mir selbst immer näher.

Verwirrt schüttelte ich den Kopf. Was hatte ich da wahrgenommen? Etwa ein Ereignis in der Zukunft? Aber wieso hatte ich Beine, obwohl ich doch im Meer schwamm? Und welcher Strand war das überhaupt? – Er kam mir vollkommen unbekannt vor.

Sicher war bloß: Es mussten Kyans Gedanken sein, die ich auffing. Nur er hatte einen Grund, mir schaden zu wollen. Er verfolgte mich ... und die Bilder, die ich sah, sah ich durch seine Augen ... So musste es sein!

Mit einem Schlag wurde mir klar, was hier gerade passierte, und einen Sekundenbruchteil später hatte ich die Felsspalte bereits verlassen und schoss in dieselbe Richtung davon, in die auch Gordy heute Morgen verschwunden war.

Mein Herz raste vor Angst, dass ich zu spät kam oder die Stelle, an der es gerade geschah, gar nicht fand. Alles in mir sträubte sich dagegen, mich noch einmal auf Kyans widerliche Fantasien zu konzentrieren, doch im Moment waren sie die einzige Spur, der ich folgen konnte.

Nur Geduld, Elodie, gleich ist es so weit.

Ich stöhnte innerlich auf vor Verzweiflung, als ich sah, wie nah er Aimee inzwischen gekommen war. Kyans gieriger Blick glitt über ihre Waden, an ihren Schenkeln hinauf und verweilte lüstern auf ihrem Po.

Verdammt noch mal, sie musste doch merken, dass jemand hinter ihr war! Wenn sie sich umdrehte, wenn Kyan erkannte, dass er das falsche Mädchen im Visier hatte, würde er sie vielleicht verschonen. Aber Aimee wandte sich nicht um. Ahnungslos schwamm sie weiter auf den langen Sandstrand zu. – Herm!, durchzuckte es mich. Das musste Herm sein, die kleine Badeinsel, die zwischen Guernsey und Sark lag.

Ich stob durch endlos lange Riffe, ließ zahllose Abgründe und Untiefen hinter mir, bis das Wasser endlich abflachte.

Komm her, meine Schöne, komm ...

Kyan streckte seine Arme aus und packte Aimee bei den Hüften. Mit einem Ruck zog er sie unter die Oberfläche, riss sie an seine Brust und presste seine Hand auf ihren Mund.

Nicht atmen, hörst du, bloß nicht atmen. Wir suchen uns ein lauschiges Plätzchen an Land. Auch du sollst keine Sekunde verpassen.

Ich spürte das Entsetzen, das Aimees Körper erschütterte, und ich spürte auch, wie ihre Panik Kyans Lust nur noch mehr anfachte.

Lass sie los!, brüllte ich. *Sie ist nicht die, für die du sie hältst!*

Kyan stutzte. Er hatte meinen Ruf also empfangen. Gleich würde er sich umschauen. Doch er lachte nur.

Vergiss es, Gordy. *Ich gebe sie nicht mehr her. Ich werde mir nehmen, was mir zusteht, und dich anschließend den Haien überlassen.*

Kyan hatte mich nicht erkannt. Natürlich nicht! Wie sollte er es auch für möglich halten, dass ausgerechnet *ich* ihm ein Gedankenecho schickte? Er ahnte ja nicht einmal, wer ich in Wahrheit war, eine Hainixe – sein Feind!

Explosionsartig wich meine Angst einem brennenden Zorn.

Wo zur Hölle bist du?, dachte ich voller Wut, und nur einen Atemzug später sah ich ihn, Kyan, der die sich windende Aimee umklammerte. Und ich erkannte nicht nur ihn, sondern auch Gordy, wie er nur wenige Körperlängen von den beiden entfernt im Wasser schwebte und von drei weiteren Delfinnixen in Menschengestalt in Schach gehalten wurde.

Gordian bäumte sich auf, wehrte sich mit einer Vehemenz, als verteidige er sein eigenes Leben, aber gegen die Übermacht der Nixe hatte er nicht die geringste Chance. Einer von ihnen hatte sich mit seinem ganzen Leib um seinen Schwanz gewunden, sodass jeder einzelne seiner verzweifelten Flossenschläge im Keim erstickt wurde. Die beiden anderen hielten ihn an den Armen fest, zerrten an seinen Haaren und zwangen ihn, seinen Blick auf Kyan und Aimee gerichtet zu halten.

Gordy, das bin nicht ich!

Elodie!

Mein Ruf schien ihn bis ins Mark zu erschüttern, und jetzt begriffen auch die anderen Nixe, dass hier offenbar etwas nicht nach ihrem Plan verlief. Die drei, die Gordian umfassten, drehten ihre Köpfe in meine Richtung, und auch Kyan wirbelte herum. Seine Hand verdeckte die untere Hälfte von Aimees Gesicht, nur ihre vor Panik geweiteten Augen blitzten mich an.

Ohne zu überlegen, schoss ich auf die beiden zu.

Lass sie los!, zischte ich.

Elodie, neiiin! Gordys Schrei zerbarst in meinem Schädel. Doch ich kümmerte mich nicht um ihn, ich sah nur Aimees Augen und war völlig beherrscht von dem Gedanken, dass sie an meiner Stelle sterben sollte.

Lass sie los, verdammt noch mal!, fauchte ich, riss meinen Mund auf und schlug meine Zähne in Kyans Arm.

Er brüllte auf vor Schmerz und Zorn und im nächsten Moment war Aimee frei. Ich versetzte ihr einen Stoß und sie trudelte langsam der Wasseroberfläche entgegen. Ihr Gesicht war aschfahl, und ich bemerkte zu meinem Entsetzen, dass sich ihre Lider schlossen, während sie rücklings abdriftete und unmittelbar auf ein großes Riff zutrieb.

Ich wollte ihr zu Hilfe eilen, doch Kyan hatte mich bereits gepackt. Seine muskulösen Arme umklammerten meine Taille.

Tut mir leid, dass ich dir den Spaß verderbe, zischte ich, fasste über meinen Kopf hinweg in seine schwarzen Haare und zerrte daran, so fest ich konnte.

Ich werde dich trotzdem töten, knurrte er. Eine seiner großen Hände tastete nach meinen Brüsten und drückte sie begierig. Und während er das tat, schwamm er langsam auf Gordy und die drei Delfinnixe zu, die ihn noch immer gefangen hielten.

Ich unterdrückte Ekel und Wut, versuchte die fremde Hand, die weiter provozierend meine Brüste knetete, zu ignorieren, und flehte innerlich zum Himmel, dass Aimee nicht das Bewusstsein verloren hatte und ertrank. Es fehlte nicht viel und ich würde durchdrehen.

Verzweifelt richtete ich meinen Blick in Gordys Augen und hoffte auf ein Lächeln, doch seine Iris flirrte vor Hass, und seine Pupillen zogen sich so schmal zusammen, dass sie in der leuchtenden Iris kaum noch zu erkennen waren. Noch nie hatte ich ihn so dermaßen außer sich vor Wut gesehen, ich war sicher, wenn er gekonnt hätte, hätte er Kyan und seine Freunde mit bloßen Händen zermalmt.

Umso überraschter war ich, als ich hörte, was er nun als Gedankenecho aussandte.

Wollt ihr die bezaubernde Elodie wirklich ihm allein überlassen?

Halt deine Klappe, Plonx!, fauchte Kyan. *Noch ein Wort und ich grabe meine Zähne in ihr Fleisch.*

Sei nicht töricht, sie ist nicht mehr das, wofür du sie hältst. Wenn ihr Blut ins Meer strömt, lockst du nur die Haie an, erwiderte Gordy seelenruhig. *Niclas, Pine*, fuhr er in einnehmendem Tonfall fort, *spürt ihr den Duft des Menschenmädchens? Sobald sie tot ist, wird keiner von euch mehr seine Freude an ihr haben. Warum schnappt ihr sie euch nicht und ...*

Er hatte noch nicht zu Ende gesprochen, da waren die beiden Nixe, die ihn an den Armen festgehalten hatten, bereits an Kyan und mir vorbeigeschossen.

Gordy, was tust du da?, rief ich erschrocken, da spürte ich einen Stoß in meinem Rücken, der mich ruckartig nach vorn warf. Kyans Griff lockerte sich, ich schlug kräftig mit dem Schwanz aus und traf ihn zwischen den Beinen an seiner empfindlichsten Stelle.

Ich vernahm ein kurzes schadenfrohes Keckern, dann stob plötzlich ein Schatten an mir vorbei genau auf Gordy zu – ein Hainix, dessen Außenhaut so schwarz war, dass ich nicht erkennen konnte, wer sich darunter verbarg.

Nein! Nicht ihn!, schrie ich. *Er wollte dem Mädchen helfen!*

Doch der schwarze Hai ließ sich nicht aufhalten. Mit voller Wucht rammte er sein Maul gegen den Nix, der noch immer Gordys Schwanz umklammert hielt. Und er tat es wieder und wieder, bis dieser losließ und zu fliehen versuchte. Da schoss der Schwarze ein letztes Mal auf ihn zu, riss sein Maul weit auf und hieb seine langen scharfen Zähne in die Flanke des Delfinnixes. Unmengen von Blut quollen hervor. Doch es war noch nicht vorbei. Mit dem Nix im Maul machte der Hai nun eine Kehrtwende, steuerte in rasendem Tempo auf das Riff zu und schleuderte den zappelnden Leib gegen einen mit Algen überwucherten Felsen.

Tief schockiert beobachtete ich dieses Schauspiel, unfähig, mich zu bewegen. – Bis ein zweiter Hai auftauchte.

Seine Außenhülle war ebenso schwarz und undurchdringlich wie die seines Artgenossen, und er bewegte sich so schnell, dass das Meerwasser um mich herum erbebte. In einem irrsinnigen Tempo jagte er einem der anderen Delfinnixe nach, der gerade hinter einem Riff verschwand.

Nicht einmal einen Atemzug später stieg dort eine riesige blutrote Wolke auf.

Panisch riss ich den Kopf hin und her, um das Geschehen zu verfolgen und nach Gordy Ausschau zu halten, da sah ich, dass er sich Aimee geschnappt hatte und mit ihr in Richtung Wasseroberfläche glitt.

Ich wollte ihm gerade hinterherschwimmen, als der größere der beiden Hainixe hinter dem Riff hervorpreschte und ebenfalls auf Gordian zusteuerte.

Neiiin!, brüllte ich. *Gordy, pass auf! Hinter dir!*

Im selben Moment durchzuckte ein mächtiger Impuls ähnlich dem eines Stromschlags die Muskeln meines Schwanzes. Ein einziger Flossenschlag genügte, um mich mehrere Meter voranschießen zu lassen.

Ich erwischte den Hainix knapp über dessen Hüfte, warf mit dem Mut der Verzweiflung meine Arme um seinen Leib und umklammerte ihn, so fest ich konnte.

Augenblicklich wirbelte er herum, drehte sich um die eigene Achse und schlug mit dem Schwanz kräftig hin und her. Er versuchte mit aller Macht, mich abzuschütteln, und ich drohte an seiner glatten Außenhülle herunterzurutschen.

Lass Gordy in Ruhe!, zischte ich. *Er versucht doch nur, Aimee das Leben zu retten.*

Aber der Hai reagierte nicht. Ob er mich nicht hören konnte oder es nur nicht wollte, vermochte ich nicht zu sagen. Außerdem erforderte es meine ganze Konzentration, ihn umschlungen zu halten. Meine Arme begannen zu zittern. Ich befürchtete, dass meine Kräfte mich schon bald verlassen würden, und so krallte ich reflexartig meine Finger in seine Haut.

Sofort erstarrte der Hainix in Bewegungslosigkeit. Sein Körper erschlaffte und wir sanken langsam nach unten auf den Meeresgrund zu.

Das wirst du nicht tun, Elodie, zischte warnend eine Stimme hinter mir – und kurz darauf erschien der zweite Hainix neben uns.

Sein Körperbau und sein breites Maul erinnerten mich an Javen Spinx. Zwar hatte ich dessen Hautfarbe deutlich heller in Erinnerung, womöglich gehörte das Einfärben der Außenhülle aber auch zu einem seiner vielen Talente.

Du weißt, welche Qualen du ihm zufügst, raunte er jetzt. *Also, lass ihn los.*

Nur, wenn ihr mir versprecht, dass ihr Gordy nichts antut, gab ich zurück.

Die Antwort war Schweigen.

Du stellst dich also gegen uns?, fragte er schließlich.

Ich stelle mich gegen niemanden, solange er Gordian nicht angreift, erwiderte ich.

Zwei dunkle Augen blitzten mich wütend an. *Du machst einen großen Fehler, Elodie.*

Das glaube ich nicht, presste ich hervor und bohrte meine Finger wild entschlossen noch etwas tiefer in die Haut des Hais. Ich wollte ihn nicht verletzen, aber ich hatte keine Wahl. Es war die einzige Möglichkeit, Gordy zu helfen.

Also gut. Ich verspreche dir, den Plonx diesmal in Ruhe zu lassen, sagte der Spinx-Hai. *Im Gegenzug sorgst du bitte dafür, dass er den Kanal verlässt. Sonst kann ich für nichts garantieren.*

Im Gegenzug verschone ich deinen Freund, betonte ich entschieden und löste zögernd meinen Griff.

Der Hai spannte blitzartig seine Muskeln an und befreite sich mit einem kräftigen Flossenschlag aus meiner Umklammerung. Er stob ein Stück von mir weg, drehte sich dann aber noch einmal um und funkelte mich wütend an, bevor er mit seinem Freund davonhuschte und schließlich mit der Dunkelheit der Küstenriffe verschmolz.

Zitternd vor Anstrengung und Entsetzen blieb ich zurück. In einer Felsspalte unter mir entdeckte ich den leblosen Körper des dritten Delfinnixes, nur von Kyan fehlte jede Spur.

Ich richtete meinen Blick nach oben und erkannte genau über mir Gordys Delfinschwanz und Aimees helle Beine, die schlaff ins Meer hinunterhingen.

Hastig drückte ich mich hoch, presste das Wasser aus meinen Lungen und durchstieß unmittelbar neben den beiden die Oberfläche.

Aimee ruhte in Gordians Armen. Ihr Gesicht wirkte geradezu winzig. Es war schrecklich bleich und unter ihren halb geschlossenen Augen lagen dunkle Schatten.

Lebt sie noch?, keuchte ich.

Gordy nickte. *Was ist mit Kyan?*, wollte er wissen.

Ich glaube, er hat sich aus dem Staub gemacht.

Und die anderen?, fragte er weiter. *Haben die Hainixe sie ...?*

Ich senkte den Kopf.

Sie sind also tot?

Ja ... Es tut mir leid, Gordy.

Mir auch. Er sah mich an und zum ersten Mal seit unserer Begegnung am Traveufer in Lübeck war seine Miene nicht abweisend oder gar feindselig. *Es tut mir leid, dass ich dich da unten mit ihnen allein gelassen habe.*

Schon gut, sagte ich leise. *Ich bin ja klargekommen.*

Hast du sie ... erkannt?

Ich schüttelte den Kopf. *Der eine, der dir geholfen hat, hat mich an Javen Spinx erinnert. Sicher bin ich mir aber nicht. Möglicherweise können einige von ihnen die Farbe ihrer Außenhaut verändern.*

Gordy schob nachdenklich die Unterlippe vor. *Und der andere? Der hat doch versucht, mich anzugreifen, oder?*

Ja.

Und du hast ihn daran gehindert?

Ich zuckte mit den Schultern. *Sieht ganz so aus. Allerdings wäre ich niemals mit ihm fertiggeworden, wenn der andere ihn gegen mich verteidigt hätte,* setzte ich hastig hinzu.

Das hätte er wohl kaum getan, entgegnete Gordian. *Du bist auch eine Hainixe, Elodie.*

Ja. Allein bei dem Gedanken daran, dass ich mich gerade gegen meine eigene Art gestellt hatte, zogen sich mir die Magenwände zusammen. Noch weniger jedoch mochte ich mir vorstellen, was geschehen wäre, wenn ich gar nicht hier gewesen wäre.

Dann nämlich hätten die Haie Gordy garantiert nicht verschont. Sie hätten ihn ebenfalls getötet und Aimee selber an Land gebracht.

Aber das Meer hatte anders entschieden.

Es hatte mich hierhergeholt.

Komm, raunte Gordy. *Jetzt kümmern wir uns erst mal um das Mädchen.*

Aimee stöhnte leise. Noch immer waren ihre Lider halb gesenkt. Ich konnte nicht ausmachen, ob sie bei Bewusstsein war oder nicht.

»Hat sie Wasser in die Lunge bekommen?«, fragte ich besorgt.

»Ich hoffe, nicht.« Gordy stützte ihren Nacken und strich ihr eine Haarsträhne aus der Stirn.

Aimee lächelte und Gordian gab ein erleichtertes Seufzen von sich.

Hör zu, wandte er sich an mich. *Sie ist ziemlich ausgekühlt. Wir nehmen sie zwischen uns und versuchen, sie zu wärmen, während wir sie an den Strand zurückbringen.*

Okay. Ich nickte.

Wir legten uns Aimees Arme über die Schultern, und während wir uns langsam in Bewegung setzten, drängten wir unsere Körper dicht an ihren.

Ich ließ meinen Blick über die Küste von Herm gleiten. Zu beiden Seiten der Fähranlegestelle gab es ausgedehnte Strandabschnitte, und ich erkannte Joelle und Olivia, die mit einem weiteren Mädchen, das ich noch nie zuvor gesehen hatte, inmitten einer bizarr geformten Felsgruppe standen und zu uns herüberstarrten.

Du wirst dafür sorgen, dass sie sich nicht mehr erinnern, sagte Gordy. *Weder sie noch Aimee.*

Was?, hauchte ich. *Ich glaube, das schaffe ich nicht.*

Gordian schüttelte den Kopf. *Das ist doch Unsinn, Elodie!*

Ist es nicht, stammelte ich. *Ich ... ich ... ich habe dieses Talent verspielt.*

Ungläubig sah er mich an.

In Lübeck ist etwas geschehen ... Nicht nur meine Stimme zitterte, mein ganzer Körper bebte, als ich mir dieses furchtbare Ereignis wieder in Erinnerung rufen musste. *Ich habe Frederik beinahe zu Tode geküsst.*

Augenblicklich stand Gordians Schwanzflosse still. In seinen Augen blitzte Wut auf – und was noch viel schlimmer war: Enttäuschung.

Er hat mich angefasst, begann ich, mich zu rechtfertigen. *Ich wollte, dass er das ein für alle Mal sein lässt und Sina eine echte Chance gibt. Sie ist nämlich wirklich sehr verliebt in ihn.*

Aimee, deren Kopf zur Seite gefallen war und nun schwer in meiner Halsbeuge ruhte, gab ein leises Glucksen von sich, und Gordy schwamm langsam wieder los.

Ich nehme an, dieser Mordversuch hat sich tief in sein Gedächtnis eingebrannt, zischte er.

Aber das war doch kein ..., stammelte ich, brach ab und biss mir auf die Unterlippe. Ich wusste ja selbst nicht, wie weit ich möglicherweise gegangen wäre, wenn ich nicht rechtzeitig zur Besinnung gekommen wäre. *Frederik ist ohnmächtig geworden,* erklärte ich stockend weiter. *Und hinterher ... also, nachdem ich ihn wiederbelebt hatte, ist er ziemlich sauer gewesen. Ich habe keine Ahnung, ob er sich noch an irgendwelche Details erinnern kann.*

Gordy warf mir einen Blick zu, der Bände sprach.

Ich weiß, dass ich einen schrecklichen Fehler gemacht habe, brach es aus mir hervor und plötzlich konnte ich die Tränen nicht mehr zurückhalten. Diese Sache mit Frederik, Gordys distanziertes Verhalten, der Kampf eben, der drei Delfinnixe das Leben gekostet hatte, und nicht zuletzt Aimees bewusstloser ausgekühlter Körper in meinem Arm ... all das war einfach zu viel für mich. *I-ich hätte Frederik aus dem Zimmer werfen müssen,* fuhr ich schluchzend fort. *Keine Ahnung, warum ich es nicht getan habe.*

Ist ja gut, Elodie, wisperte Gordy. *Ist ja gut.*

Ich spürte die sanfte Berührung seiner Hand auf meinem Rücken und sah ihn überrascht an. Sein Lächeln war wie eine Erlösung. Das Blitzen in seinen Augen und den anschließenden kurzen Schwindel nahm ich kaum wahr. Eine wunderbare Ruhe durchströmte mich.

Wir reden später darüber, sagte Gordian. *Sobald ich Aimee in Sicherheit gebracht habe. In Ordnung?*

Ich runzelte die Stirn. *Du willst allein zum Strand schwimmen?*

Ich glaube, das ist das Beste, erwiderte er. *Noch sind wir weit genug vom Ufer entfernt. Joelle und Olivia haben dich ganz sicher nicht erkannt und Aimee ...*

Weiter kam er nicht, denn in dieser Sekunde öffnete Aimee die Augen. Sie hob ihren Kopf und lächelte mich selig an. »Elodie! Wo kommst du denn her? Ich dachte, du bist längst wieder in Lübeck.«

»Nein ... ähm«, stotterte ich. »Nein.«

»Du kannst hier nicht schwimmen«, murmelte sie. »Im Mai ist das Meer noch viel zu kalt.«

»Das gilt auch für dich«, entgegnete ich und musterte beunruhigt ihre blasse Haut und die blau angelaufenen Lippen.

Und deshalb musst du ganz schnell in warme Sachen, sagte Gordian, zog Aimee von meiner Schulter herunter und nahm sie fest in seine Arme.

Du solltest untertauchen, damit Rubys Freundinnen sich nicht darüber wundern, dass du es bei dieser Temperatur so lange im Wasser aushältst, ermahnte er mich.

Und was ist mit dir?, fragte ich. *Wie willst du deinen Nixenschwanz vor ihnen verbergen? Und selbst wenn du es irgendwie hinbekommst ... Was, denkst du, wird Aimee Joelle und Olivia erzählen?*

Gar nichts, gab Gordian zurück. Wieder sah er mich an und diesmal hatte sein Blick etwas Flehendes. *Bitte tauch jetzt unter!*

Er legte sich auf den Rücken, zog Aimee auf seinen Bauch und neigte sich ihrem Gesicht entgegen.

Ungewöhnliche Ereignisse erfordern ungewöhnliche Maßnahmen, hörte ich ihn murmeln und dann rauschte er – seine Lippen auf denen von Aimee – in rasender Geschwindigkeit auf die Felsengruppe am Strand von Herm zu.

Der Schmerz in seinem Geschlecht hatte ihn für einige entscheidende Sekunden gelähmt und anschließend eine heftige Übelkeit in ihm ausgelöst. Kyan war nichts anderes übrig geblieben, als sich hinter einem Felsvorsprung zu verstecken. Von dort aus hatte er dann hilflos mit ansehen müssen, wie die schwarzen Hainixe Liam, Pine und Niclas töteten und sich wenig später – offenbar angelockt durch das viele Blut – ein einsamer Fuchshai neugierig genähert hatte.

Er hasste dieses Menschenmädchen, das ihm vorgegaukelt hatte, Elodie zu sein.

Er hasste die Hainixe.

Er hasste das Schicksal, das ihn und seine Art so ungerecht behandelte und sie während ihrer Landgängerzeit auch im Meer in ihre menschliche Gestalt zwang, die sie so verletzlich und leicht besiegbar machte.

Er hasste den gottverdammten Plonx.

Noch mehr als all das aber hasste er Elodie.

Sie war diejenige, die das Leben im Meer aus dem Gleichgewicht gebracht hatte, und Kyan würde nicht eher ruhen, bis er diese minderwertige Kreatur aus Mensch und Hai vernichtet hatte.

Inzwischen hatte der Schmerz etwas nachgelassen. Die Hainixe, der Plonx und das Menschenmädchen waren verschwunden und der Fuchshai hatte sich ebenfalls getrollt.

Kyan warf noch einen allerletzten Blick auf seine toten Kameraden, dann stieß er sich vom Felsen ab, tauchte bis zum Grund hinunter und schwamm mit schnellen Zügen auf Crevichon zu, eine winzige Felseninsel, die Jethou vorgelagert war und die im Südwesten von Herm lag.

Hier würde er seine letzten Tage bis zu seiner Rückverwandlung in einen Delfinnix verbringen.

Seinen Hass auf Elodie würden vorerst andere ausbaden müssen. – Menschenmädchen!

Ins Ungewisse

Obwohl ich untergetaucht war und die Umgebung ringsum aufmerksam ins Visier nahm, um vor einem möglichen weiteren Angriff von Kyan gewappnet zu sein, konnte ich an nichts anderes denken als an Gordys Lippen auf Aimees Mund.

Natürlich ahnte ich, warum er es tat, und anders als es mir in der Situation mit Frederik möglich gewesen wäre, hatte Gordian offensichtlich gar keine andere Wahl.

Ein Nixenkuss war immer mehr als *nur* ein Kuss. Das wusste ich, seitdem ich Gordy kannte. Trotzdem hatte ich einige Zeit und mehrere böse Erfahrungen gebraucht, um das wirklich bis ins Tiefste meiner Seele zu begreifen.

Elodie, riss Gordys Stimme mich aus meinen Grübeleien. *Es war die einzige Möglichkeit, sie vergessen zu lassen, was hier passiert ist und wer daran beteiligt war.*

Im nächsten Moment kam er auf mich zugeglitten, zog mich hinter einen hohen, aus dem Wasser herausragenden Felsen und durchbrach mit mir die Meeresoberfläche.

»Und du bist sicher, dass ein Kuss von dir ...?«

Ja, das bin ich, unterbrach er mich sanft. *Aimee war ...* Er ließ mich los und senkte den Blick. *Sie ist ... Sie wird ... also, sie war Elliots Mädchen. Und jetzt ist sie ... meins.*

»Was?«, stieß ich hervor. *Aber ich bin doch* ... Ich dachte es nicht zu Ende, denn ich wollte nicht, dass er es in meinen Gedanken las.

Dummerweise fing ich stattdessen so heftig an zu zittern, dass die Wasseroberfläche Wellen schlug.

»Woher wusstest du überhaupt, dass Kyan mir auflauern und versuchen würde, mich ...?«, begann ich, doch Gordy fiel mir sofort ins Wort.

»Es ist die ganze Zeit über sein Plan gewesen, dich vor meinen Augen zu lieben und zu töten«, sagte er und hatte offensichtlich Mühe, seine Stimme unter Kontrolle zu halten.

»Du hast ihn also belauscht?«

»Nein, er hat diesen Gedanken immer wieder so laut ausgesendet, dass ich ihn gar nicht überhören konnte«, erwiderte Gordy. »Er wollte mich provozieren ... und zermürben, indem er nie etwas über einen möglichen Zeitpunkt verriet. Er hat damit gespielt, dass mich allein die Vorstellung, er könnte dir etwas antun, innerlich zerreißt.«

»Dann ist alles, was hier eben geschehen ist, also nur ein schreckliches Missverständnis?«, fragte ich ungläubig.

»Keine Ahnung, Elodie.« Gordy schüttelte den Kopf. »Ich wusste natürlich, dass Olivia, Joelle und Aimee sich seit ein paar Tagen auf Herm trafen. Und ich wusste auch, dass Kyan, Niclas, Pine und Liam dort an Land gegangen sind ... Bisher hatten sie kein Mädchen getötet, und soweit ich das beurteilen kann, hatten sie auch bis zum heutigen Tag keinen Kontakt zu Rubys Freundinnen ... Ich hätte niemals nach Lübeck kommen dürfen«, fuhr er stockend fort. »Ich weiß auch nicht ...« Er brach ab. »Ich wollte dir nicht wehtun«, flüsterte er dann. »Das wollte ich nie ...«

»Aber?« Mein Herz schlug fest und schnell, und mein Atem flatterte, als ich Luft einsog.

»Wir können nicht zusammen sein, Elodie. Das muss dir inzwischen doch ebenso klar sein wie mir.«

Und wenn man uns das nur einzureden versucht?

Gordy sah mich überrascht an. »Das ist Unsinn, Elodie. Wir beide hätten einander beinahe umgebracht!«

»Ja ... *beinahe*«, betonte ich. »Wir haben es aber nicht getan. So wie ich auch Frederik letztendlich *nicht* getötet habe. Wir können es kontrollieren.«

Können wir nicht!

Ich schloss die Augen und rang um Selbstbeherrschung, denn am liebsten wäre ich auf ihn losgegangen, um diese hartnäckigen Zweifel ein für alle Mal aus ihm herauszuschütteln.

»Gordy, ich werde ganz sicher niemals mehr jemanden küssen ...«, begann ich, während ich meine Lider langsam hob, »es sei denn, er muss seine Erinnerung verlieren ...«

Ein kaum merkliches Grinsen huschte über Gordians Gesicht. »Das kannst du gar nicht«, sagte er. »Du bist kein Delfinnix.«

Für eine Sekunde war ich irritiert. Dann hob ich die Schultern und fuhr leise und mit ein wenig zittriger Stimme fort: »... oder ich möchte ihm damit zeigen, wie sehr ich ihn liebe.«

Gordys Pupillen sprangen auf und einen Moment lang war sein Blick dunkel und samtig. Doch nur einen Atemzug später hatte er seine Gefühle bereits wieder im Griff. Seine Iris leuchtete in einem kühlen Türkis und seine Körperhaltung straffte sich.

»Elodie, bitte«, flehte er, »die Lage hat sich geändert. Wir können nicht ...«

Ich ließ ihn nicht ausreden. »Sag mir die Wahrheit«, forderte ich ihn auf. »Warum bist du nach Lübeck gekommen?«

»Das weißt du doch.«

»Nein, das weiß ich eben nicht!« *Als ich das Traveufer verlassen wollte, hast du nach mir gerufen! Du hast mich gezwungen, mich umzudrehen.*

Ich wollte sehen, ob meine Bisse dich entstellt haben.

Das ist doch Unsinn, Gordy! Ich bin eine Halbnixe. Bei mir verheilen Wunden dieser Art ohne Komplikationen. Ich glaube, ich habe nicht einmal eine Narbe zurückbehalten.

Gordian berührte flüchtig meine Wange und schluckte schwer.

Das stimmt nicht ganz ..., entgegnete er, *und ich kann dir gar nicht sagen, wie leid es mir tut.*

»Es ist nichts gegen das, was du mir gerade antust«, flüsterte ich, woraufhin Gordian schuldbewusst den Blick senkte. »Also, bitte, gib mir eine Erklärung, die ich nachvollziehen kann«, drang ich weiter in ihn. »Warum bist du nach Lübeck gekommen? Wie hast du mich überhaupt dort gefunden?«

Er schwieg, und wieder einmal konnte ich aus seiner Miene nicht herauslesen, was in ihm vorging. Plötzlich streckte er seine Hand aus und umfasste meinen Oberarm.

Ich verspreche dir, ich werde dir alles erklären, sagte er in beschwörendem Tonfall. *Später. Die Mädchen am Strand haben gesehen, was ich bin. Außerdem werden Kyan und die anderen Delfinnixe nicht hinnehmen, dass deine Artgenossen drei von ihnen getötet haben. Ich kann hier nicht bleiben ...* Sein Blick tauchte so tief in mich ein, dass mir schwindelig wurde. *Und du auch nicht.*

Wir schwammen den ganzen Nachmittag bis spät in den Abend hinein, als das kräftige Orange der untergehenden Sonne sich längst verloren hatte und die hereinbrechende Nacht das Meer allmählich in Dunkelheit tauchte. Gordian hielt sich konstant eine Schwanzlänge voraus, er suchte die Deckung der Riffe, mied aber die Nähe des Meeresgrunds.

Vor vielen Jahren haben die Menschen in diesem Gebiet Fässer mit strahlendem Abfall versenkt, erklärte er mir, nachdem wir ein Riff überquert hatten, das mich von der Form her an eine riesige Flosse erinnerte.

Atommüll?, fragte ich ungläubig.

Ich habe keine Ahnung, wie sie es nennen, erwiderte Gordy. Er wartete kurz, bis ich zu ihm aufgeschlossen hatte, dann fasste er meine Hand und zog mich eilig weiter. *Für die Delfinnixe war es nicht leicht, Informationen darüber zu bekommen. Die Menschen scheinen nicht gern darüber zu sprechen.*

Klar, dachte ich für mich. Sie hoffen einfach, dass es schon irgendwie gut geht.

Tut es aber nicht, sagte Gordian. *Ein großer Teil der Fässer ist mittlerweile aufgebrochen. Nixe, die sich in unmittelbarer Nähe aufgehalten haben, sind krank geworden. Viele Mädchen hatten Fehlgeburten, andere Nixe verloren an Kraft und gingen langsam und qualvoll zugrunde.*

Aber das betrifft die Haie doch auch!, stieß ich aus.

Natürlich! Allerdings können sie dem viel besser ausweichen und sich an Land ebenso gut bewegen wie im Wasser.

Ja, und anstatt sie darum zu beneiden, solltet ihr euch zusammenschließen ...

Ich gehöre inzwischen ebenfalls zu denen, die beneidet werden, weil ich an Land gehen kann, wann immer ich will, fuhr Gordy dazwischen. *Ich bin ein Plonx und deswegen haben die Delfinnixe mich ausgestoßen. Hast du das schon vergessen?*

Nein, aber vielleicht könntest du ... wollte ich einwenden, aber Gordy ließ mich gar nicht richtig zu Wort kommen.

Außerdem ist inzwischen kaum noch an eine Übereinkunft zwischen unseren beiden Arten zu denken, setzte er hinzu. *In wenigen Tagen wird Kyan sich zurückverwandeln. Ab dann ist es nur noch eine Frage der Zeit, bis es sich bis weit in den Ozean hinaus herumgesprochen hat, dass die Haie drei Delfinnixe umgebracht haben.*

Aber das ist doch nur passiert, weil sie ein Menschenmädchen töten wollten, wandte ich ein. *Die Haie sind Aimee zu Hilfe gekommen.*

Gordian nickte. *Und dir.*

Ja, vielleicht, gestand ich ein. *Aber das ändert doch nichts daran, dass die Delfinnixe ...*

Elodie! Gordy stoppte seine Schwimmbewegung mit einem abrupten Flossenschlag. Er ließ meine Hand los und umfasste nun meine Schultern. In seinem Blick spiegelte sich eine äußerst beunruhigende Mischung aus Wut, Angst und Verzweiflung. *Hast du denn noch immer nicht verstanden? Den Delfinnixen sind die Landbewohner gleichgültig. Ein Menschenleben bedeutet ihnen nichts.*

Aber Cyril, sagte ich mehr zu mir selbst.

Was?

Ich schaute betreten auf seine Brust. *Javen Spinx hat gesagt, dass Cyril die Menschen liebt. E-er ist übrigens sein Vater.*

Was? Gordys Griff um meine Schultern wurde fester und seine Schwanzflosse wogte nervös auf und ab.

Cyril ist der Sohn von Javen Spinx, wiederholte ich und richtete meinen Blick nun fest in Gordians Augen. *Das hat er mir gemailt, als ich in Lübeck war.*

Gordy presste die Lippen aufeinander. *Was noch?*, wollte er wissen.

Nichts, antwortete ich. *Nur, dass er mir wünscht, ich würde stark und ... unabhängig werden.*

Unabhängig?

Ja, so wie ein Hainix eben. Unabhängig von allen.

Dabei hat er allerdings eine Kleinigkeit vergessen, erwiderte Gordy.

Mein Herz machte einen Satz. Ich hoffte so sehr, dass er jetzt endlich sagen würde, dass er mich noch liebte und wir für immer zusammengehörten, aber er tat es nicht, sondern sah mich nur finster an.

Du bist zur Hälfte ein Mensch, Elodie. Und Menschen haben viel tiefere Gefühle als Nixe.

Seine Stimme klang sanft, trotzdem versetzten mir seine Worte einen schmerzhaften Stich.

Gilt das auch für dich?, fragte ich zögernd. *Ist es vielleicht so etwas wie eine neue Erkenntnis, die du hattest, während wir voneinander getrennt waren?*

Gordian schob die Augenbrauen zusammen und um seine Mundwinkel zuckte es.

Was ich ... für dich ... empfinde, spielt keine Rolle mehr, sagte er schließlich.

Doch, das tut es!, gab ich aufgebracht zurück. *Für mich ist es sogar entscheidend.*

Gordy sah mich an. Ich spürte die Wärme seiner Hände auf meinen Schultern und wünschte mir so sehr, dass er mich endlich in seine Arme zog.

Ich werde dich zurückbringen, sagte er stattdessen.

Ich wollte nicht glauben, was ich da hörte.

*Du solltest zu deiner Großtante gehen und mit Cyril Kontakt auf-
nehmen.*

Ich schüttelte energisch den Kopf. Das konnte unmöglich
sein Ernst sein!

*Er, Tyler, Jane und Javen Spinx können besser auf dich aufpassen
als ich.*

Das musst du doch gar nicht, protestierte ich. *Vorhin hast du
mich auch nicht …*

Gordy unterbrach mich, indem er mit seinem Finger kurz
meine Lippen berührte. *Du weißt genau, warum ich dir bei den
Haien nicht zur Seite gestanden habe.*

Ja, das wusste ich. Aimee wäre ertrunken, hätte Gordian
sich nicht um sie gekümmert. Außerdem wäre die Situation
höchstwahrscheinlich eskaliert, wenn er versucht hätte, mich
gegen meine Artgenossen zu verteidigen.

Dir war klar, dass sie mir nichts tun würden, sagte ich. *Und was
jetzt?,* fragte ich, nachdem Gordy mich nur schweigend ansah.
Was willst du jetzt tun?

Ich suche meine Eltern.

Aber du wolltest sie doch aus dieser Sache heraushalten!

Wie ich schon sagte: Die Dinge haben sich geändert, entgegnete
Gordian. *Ich glaube nicht, dass sich ein Krieg zwischen Haien und
Delfinen nun noch aufhalten lässt. Du und ich allein werden es je-
denfalls nicht schaffen. Wir brauchen den Rat und die Hilfe anderer.
Vielleicht können wir zumindest noch verhindern, dass auch die Men-
schen mit hineingezogen werden.*

Ich hatte genau gehört, was er gesagt hatte, und ich hatte
jedes einzelne Wort und auch deren Bedeutung verstanden.
Mir war klar, welche Gefahr uns allen drohte, dennoch zählte
für mich nur eins.

Du hast wir gesagt.

Ich kann dich schließlich nicht zwingen, auf den Kanalinseln zu bleiben, gab Gordy zurück. *Es ist deine Entschei...*

Ich komme mit dir!, unterbrach ich ihn. *Egal, wohin du schwimmst.*

Gordian schloss die Augen und seufzte.

Hast du etwas anderes erwartet?

Nein, sagte er leise. *Ich wünschte nur ...*

Was?

Gordy antwortete nicht gleich, sondern sah mich wieder nur an.

Plötzlich streckte er seine Arme nach mir aus und legte seine Hände um mein Gesicht. Seine Stirn ruhte auf meiner, und sein Blick war so intensiv, dass mir der Atem stockte.

... dass du vernünftiger wärst.

T-tut mir leid, stammelte ich.

Ja, mir auch.

Ich bildete mir ein, ein Lächeln in seinen Augen zu sehen. Doch ehe ich ihm meine Arme um den Hals schlingen konnte, hatte er mich auch schon wieder losgelassen.

Wenn wir Glück haben, finden wir meine Familie vor der Küste Portugals, sagte er.

Und wenn nicht?

Müssen wir bis Madeira oder sogar bis zu den Kapverdischen Inseln schwimmen. Für diese Strecke brauchen wir mehrere Tage.

Kapverdische Inseln ... In Gedanken versetzte ich mich in meine Schulzeit zurück. Es schien mir eine Ewigkeit her zu sein, dass ich das letzte Mal im Erdkundeunterricht gesessen hatte, tatsächlich waren seitdem erst zwei Monate vergangen.

Und ich dachte, sie leben irgendwo mitten im Atlantik ...

Soweit ich mich erinnerte, lagen die Kapverdischen Inseln aber in unmittelbarer Nähe der afrikanischen Westküste.

Nicht, seitdem ich hier an Land gegangen bin, erwiderte Gordy. *Wir haben verabredet, dass sie in der Nähe dieser Inseln auf mich warten ... für den Fall, dass etwas Unvorhergesehenes passiert.*

Aber wieso?, fragte ich. *In Landesnähe ist es meistens besonders laut und dreckig.* Das leuchtete mir nun wirklich nicht ein. *Und du ... du brauchst doch überhaupt kein Land. Wieso ... ?*

Gordys Miene verschloss sich so plötzlich, dass ich irritiert abbrach.

Nein, ich nicht, sagte er. *Aber damals, als ich mit Cullum und Ozeane gesprochen habe, konnte ich schließlich noch nicht ahnen, dass du ...*

Jetzt geriet er ins Stocken. Und mir ging vor Freude das Herz auf.

Willst du damit sagen, du hättest mich ... damals ... auf deinem Rücken bis Madeira getragen?, hauchte ich.

Wenn es nötig gewesen wäre, hätte ich dich auf meinem Rücken durch alle Ozeane dieser Welt getragen. Gordians Blick wurde für einen Augenblick ganz warm und weich, ehe er wieder einen ernsten Ausdruck annahm. *Ab jetzt wirst du es allein schaffen müssen.*

Diesmal schwamm Gordy eine Schwanzlänge hinter mir, um den rückwärtigen Meeresbereich im Auge zu behalten, und wies mir über seine Gedanken den Weg. Je weiter wir uns von den Kanalinseln entfernten, umso ruhiger und klarer wurde das Wasser. Der Meeresgrund lag tief unter uns und war nur noch selten von Riffen durchzogen. Unzählige Fischschwärme zogen an uns vorbei und hin und wieder kreuzte ein Fuchshai, ein Schweinswal oder eine Delfinschule unseren Weg. Es wunderte mich allerdings, dass wir keinem einzigen Nix begegneten.

Mich nicht, murmelte Gordy. *Ich empfange ihre Signale und sorge dafür, dass wir nicht in ihre Nähe geraten.*

Natürlich! Wie dumm von mir! Wäre ich allein unterwegs, hätte ich wahrscheinlich bereits einen ganzen Schwarm von Nixen als Gesellschaft.

Hättest du nicht, entgegnete Gordy. *Jedenfalls nicht, solange du keine Selbstgespräche führst. Und wir sollten uns besser auch nur über die absolut notwendigsten Dinge austauschen,* ermahnte er mich. *Zumindest solange wir uns im Meer aufhalten.*

Schwimmen wir etwa die ganze Strecke an einem Stück?, fragte ich und zog einen kräftigen Schwall Wasser durch meine Lungen.

Die lange Reise von Lübeck nach Herm und der Kampf mit Kyan und den Haien hatten mich müde gemacht. Mein Kopf fühlte sich schwer an, meine Schwanzflosse bewegte sich von Minute zu Minute langsamer und kraftloser, und allmählich begannen Zweifel an mir zu nagen, ob ich den weiten Weg bis Madeira, geschweige denn bis zu den Kapverden tatsächlich bewältigen konnte. Trotzdem bemühte ich mich, weiter das recht hohe Tempo zu halten, und kämpfte tapfer gegen das flaue Gefühl in meiner Magengrube und die Schwere in meinen Gliedern an.

Das Meer um uns herum wurde immer stiller und dunkler und plötzlich glitt Gordy an meine Seite und legte seinen Arm um mich.

Du bist müde.

Ja, sagte ich und schmiegte mein Gesicht erschöpft in seine Halsbeuge.

Dann ruh dich eine Weile aus. Sein Griff wurde fester und er drückte sogar einen flüchtigen Kuss in mein Haar. *Ich halte dich.*

Es war einfach wunderbar, endlich wieder seine vertraute Wärme zu spüren. Ein stilles Glück durchströmte mein Herz und im nächsten Moment war ich bereits von einer tiefen Ruhe umfangen.

Als ich die Augen aufschlug, sah ich die Sterne funkeln. Am nachtblauen Himmel, direkt über einem hellen Streifen am Horizont, stand die schmale Mondsichel, so zart und durchscheinend, als wäre sie aus Spitzenstoff.

Mit einem Ruck setzte ich mich auf und stellte fest, dass ich mich auf einem schmalen Sandstrand befand. Rund um mich herum ragten schroffe, von unzähligen hellen Vogelkörpern besetzte Felsen auf.

Gordian konnte ich nirgends entdecken, und schon bereute ich es, dass ich mich in seinen Armen so vertrauensselig dem Schlaf überlassen hatte.

Es war das einzig Richtige, hörte ich ihn antworten und einen Atemzug später glitt er unmittelbar vor mir aus dem Wasser. Er schlang sich die Delfinhaut um, machte einen Schritt auf mich zu und hielt mir zwei Sprotten entgegen. *Jetzt musst du nur noch etwas essen.*

»Nein, jetzt möchte ich endlich erfahren, warum du nach Lübeck gekommen bist«, erwiderte ich.

Gordy seufzte leise, und als ich keine Anstalten machte, ihm die Fische abzunehmen, legte er sie vor meine Füße und ließ sich neben mich in den feuchten Sand fallen. Es dauerte eine Ewigkeit, bis er zu reden begann.

»Ich wollte es nicht«, sagte er schließlich. »Nachdem wir ... also, nach dieser Sache zwischen uns war ich fest entschlossen, den Ärmelkanal für immer zu verlassen.«

Warum?

Weil ich dir nie wieder wehtun wollte.

Gordian hatte die Beine angewinkelt und starrte angespannt aufs Meer hinaus. Die Ellenbogen ruhten auf seinen Knien, und er rieb nervös mit den Fingern der einen Hand über die Knöchel seiner anderen, die er fest zur Faust geballt hatte.

»Es hat mich innerlich fast zerrissen, als ich mir eingestehen musste, dass ich nicht besser bin als Kyan«, presste er voller Bitterkeit hervor. »Ich war genauso süchtig nach dir wie er nach Lauren oder einem der anderen Mädchen.«

Ich schüttelte den Kopf. Wieder und wieder, weil ich einfach nicht fassen wollte, wie er so etwas denken konnte. »Du hast mich nicht getötet. Du hast nicht mal mit mir geschlafen!«

»Ich wollte es ... Aber das ist ja wohl gründlich danebengegangen.«

»Es ist nicht allein deine Schuld gewesen.«

»Mag sein«, sagte er leise.

»Ich habe dich auch nicht getötet«, wisperte ich. »Obwohl ich damals einen ganz starken Impuls verspürt habe, es zu tun.«

Gordy nickte. *Ich auch. Das ist es ja, was mich so erschreckt hat.*

»Ich glaube, das muss es nicht«, sagte ich. »Mittlerweile bin ich sogar überzeugt davon, dass es wichtig für uns war, diese Erfahrung zu machen. Verstehst du, bevor es passiert ist, war ich felsenfest davon überzeugt, dass du mir nicht gefährlich werden könntest. Inzwischen verstehe ich dich und deine Zurückhaltung, deine ständigen Bedenken und deine Angst viel besser.«

Gordian rieb sich über die Augen und wandte sich mir dann mit ernster Meine zu. *Und wenn es wieder passiert?*

»Tut es nicht.«

»Was macht dich so sicher?«

Ich weiß es einfach ..., sagte ich leise. *Mein Herz hat es mir zugeflüstert.*

Gordy schwieg, und wieder einmal schaffte ich es nicht, seine Gedanken zu ergründen.

Nach einer Weile wies er auf die Sprotten vor meinen Füßen. »Wie lange willst du noch warten? Bis du verhungert bist?«

Meine empörte Geste beeindruckte ihn nicht.

»Ich bin nicht deine Großtante«, sagte er. »Ich besitze weder einen Herd noch eine Pfanne. Außerdem sind diese Tiere gern für dich gestorben.«

Ungläubig sah ich ihn an.

»Nixe lieben die Jagd«, erklärte er mir. »Aber sie jagen nur dann, wenn sie Hunger haben, und ausschließlich das, was sich ihnen freiwillig anbietet. Also sei den Fischen dankbar und bemühe dich wenigstens darum, sie mit Genuss zu verzehren ... Sie haben es verdient.«

Ich schluckte. Die Art und Weise, wie Gordian das Leben achtete, imponierte mir immer mehr. Es gab so vieles, was für ihn selbstverständlich war, über das ich mir noch nie Gedanken gemacht hatte.

»Heißt das, ihr redet mit den Fischen, bevor ihr sie fangt?«, fragte ich vorsichtig.

»So ähnlich.« Gordy zuckte mit den Schultern. »Du wirst schon noch dahinterkommen.«

Ich ließ meinen Blick über das dunkle Meer gleiten, hörte das Rauschen der Wellen, die auf den Strand rollten und sich rechts und links von uns an den Klippen brachen.

»Was bleibt mir denn auch anderes übrig?«, erwiderte ich ein wenig sarkastisch. »Ich nehme an, bis zu den Kapverdischen Inseln gibt es weit und breit nichts anderes als rohen, lebendigen Fisch.«

»Stimmt«, sagte Gordy und lachte leise.

»Warum bist du *trotzdem* nach Lübeck gekommen?«, fragte ich, nachdem ich eine der Sprotten aufgehoben und eine Weile unschlüssig betrachtet hatte.

Gordians rechter Arm rutschte von seinem Knie herunter, und er begann, mit dem Finger Kringel in den Sand zu zeichnen.

»Weil ich dich sehen wollte. Ich musste sicher sein, dass du unverletzt bist ... und dass du dein Leben ohne mich...« Er brach ab und barg das Gesicht in seinen Händen.

»Ich hätte es geschafft«, wisperte ich. »Irgendwie ... Ich hätte mich damit getröstet, dass das Meer eine größere Aufgabe für dich bereithält.«

»Für einen Plonx?«

Er sah mich kurz an und wandte sich kopfschüttelnd wieder ab.

»Hör auf damit«, sagte ich nachdrücklich. »Hör *endlich* auf, dich so klein zu machen! Du bist wundervoll, Gordy. Nicht nur für mich. Jane glaubt auch, dass du so etwas wie eine Ausnahme bist. Es sind ausschließlich eure Legenden, die davon sprechen, dass ein Plonx ein Ausgestoßener ist ...«

»Aber das bin ich doch auch!« Gordys Pupillen zogen sich zu schmalen Ellipsen zusammen. »Niemand will mehr etwas mit mir zu tun haben. Meine ehemaligen Freunde sind zu meinen Feinden geworden. Sie jagen mich ...«

»Nicht Idis«, wandte ich sofort ein. »Und auch deine Eltern stehen noch immer zu dir. Vielleicht ist in Wahrheit alles ganz anders. Vielleicht bist du ...«

»Was?«

»Ich weiß es doch auch nicht.« Mutlos ließ ich die Schultern sinken. »Es ist nur so eine Ahnung. Etwas, das ich nicht greifen kann. Wie soll ich es dir da erklären?«

Gordian musterte mich stirnrunzelnd.

»Vielleicht ist es ja auch bloß dein Wunsch«, sagt er leise.

Nein, Gordy, es ist mehr als das. Und ich hoffe so sehr, dass wir das herausfinden. Möglicherweise wissen deine Eltern mehr, als sie bisher preisgegeben haben. Oder sie kennen jemanden, der mit diesen Legenden vertraut ist.

Gordian schwieg.

»Erinnerst du dich noch, was ich mal über Zak gesagt habe?«, fragte er schließlich.

»Hm?« Ich hob die Schultern. »Dass er Kyan nicht als Anführer anerkennt?«

»Ja, und was noch?«

Angestrengt kramte ich in meinem Gedächtnis. »Dass er Kontakt zu anderen Allianzen sucht?«

Gordy sah mich an. Seine Augen schimmerten verführerisch, und ich begann, mich im so vertrauten Türkisgrün zu verlieren.

451

»Jetzt überwinde dich endlich«, knurrte er ungeduldig und deutete auf die Sprotte in meiner Hand. »Durch das lange Herumliegen werden sie auch nicht besser.«

Leise seufzend führte ich den Fisch an meine Lippen und löste vorsichtig ein Stück von der zarten Außenhaut ab. Sie schmeckte gar nicht mal so schlecht, und Gordian starrte mir auf den Mund, als würde er die Sprotte um ihr Schicksal beneiden.

Mein Herz polterte los. Ich war drauf und dran, den Fisch fallen zu lassen und Gordy in meine Arme zu ziehen, doch ehe ich mich überhaupt rühren konnte, hatte er sich schon wieder abgewandt.

»Wie Kyan ist auch Zak in der Lage, Land zu betreten und andere Nixe mitzunehmen«, sagte er finster. »Ich halte es mittlerweile nicht einmal mehr für ausgeschlossen, dass exakt das zu Kyans Plan gehört. Ich glaube, ich habe ihn unterschätzt. Er ist viel ausgefuchster, als ich dachte.«

»Was meinst du damit?«, fragte ich.

»Es ist gut möglich, dass Kyan Zak dazu gebracht hat, sich von ihm und der Gruppe zu lösen. Er will, dass Zak irgendwo anders an Land geht. Verstehst du, Elodie, *irgendwo* auf der Welt.«

Ich nickte beklommen.

»Dummerweise habe ich mich nicht weiter um Zak gekümmert und irgendwann seine Signale verloren«, fuhr Gordy fort. »Und ich fürchte, Kyan hat genau darauf gesetzt. Er konnte sicher sein, dass ich die Westküste Guernseys nicht verlassen würde.«

»Na ja«, wandte ich ein. »Trotzdem solltest du ihn auch nicht *über*schätzen. Schließlich hat er weder etwas von meiner Verwandlung mitgekriegt noch davon, dass ich nach Lübeck zurückgereist bin.«

»Gereist?« Gordy lachte auf. »Du meinst wohl, geflohen! Vor mir geflohen ...«

Nein, nicht vor dir, sagte ich zögernd. *Javen Spinx und Jane haben mir eingeredet, dass es besser für das Schicksal der Menschen und der Nixe ist, wenn wir zwei ... wenn du und ich ... nicht weiter zusammenbleiben.*

Sie haben dich aufgesucht?, gab Gordy überrascht und auch ein wenig verärgert zurück.

So ähnlich, antwortete ich ausweichend.

Was heißt das?

Willst du das wirklich wissen?

»Natürlich!«

Ich bin dir gefolgt, flüsterte ich. *In der letzten Neumondnacht ... nachdem das zwischen uns passiert war ... Javen Spinx und Jane haben mich abgefangen!*

Die Erinnerung daran machte mich zornig. Ich schlug meine Zähne in den Fisch, den ich noch in der Hand hielt, riss ein großes Stück heraus, kaute es gründlich durch und schluckte es hinunter. Mit jedem Bissen fand ich mehr Gefallen daran, und als ich kurz darauf beide Sprotten verspeist hatte, empfand ich tatsächlich so etwas wie Dankbarkeit dafür, dass sie ihr Leben gegeben hatten, damit ich satt wurde.

»Und du hast dich so leicht überzeugen lassen?«, fragte Gordian. Gleich darauf machte er eine unwillige Geste. »Ach, verdammt! Ich werfe dir das nicht vor, Elodie. Es ist nur ...«

»Ich habe es aus dem gleichen Grund getan wie du«, unterbrach ich ihn. »Die Last, möglicherweise schuld am Verlust unzähliger Menschen- und Nixenleben zu sein, hätte ich nicht tragen können, und noch weniger wollte ich sie dir zumuten. Aber all das zählt nun nicht mehr, weil es anders gekommen ist, als wir gehofft haben. Kyan und seine Freunde sind ohne dich an Land gegangen. Niemand konnte es verhindern. Und es nützt auch niemandem auf dieser Welt, wenn wir aufeinander verzichten, Gordy, hörst du ... *Niemandem!*« Während ich auf ihn einredete, legte ich meine Hand auf seine Brust, drückte ihn in den Sand hinunter und beugte mich über ihn. »Außerdem hat das Meer verhindert, dass ich in Lübeck bleiben konnte. Es hat sich mir sozusagen ... entgegengestellt.«

Gordian kniff die Augen zusammen. Irritiert sah er mich an.

»Das kann nicht sein ... Das musst du dir ...«

Ich habe es mir nicht eingebildet, unterbrach ich ihn. *Ich wollte zurückschwimmen. Ich war wirklich entschlossen, dich zu vergessen, aber das Meer hat mich nicht gelassen. Es war stärker als ich ... Das musst du mir glauben. Es ist die Wahrheit.*

Die Wahrheit?

Gordians Pupillen waren groß und rund. Die feine Mondsichel spiegelte sich darin und das Türkis seiner Iris lag wie ein Strahlenkranz darum. Sein Blick nahm mich vollkommen gefangen.

Ich nickte.

Du wolltest mich also vergessen?

Ganz ehrlich, schwor ich.

Aber das Meer hielt das für keine gute Idee?

»Nein«, sagte ich rau.

Mein Hals war wie zugeschnürt, und mein Puls rauschte mir so laut in den Ohren, dass er die Geräusche des Meeres übertönte.

Gordy lag völlig reglos da und sah mich nur an. Ich spürte

seine Haut unter meinen Händen und seinen Atem in meinem Gesicht.

»Hörst du mein Herz, Elodie ...?«, wisperte er. »Hörst du, wie es flüstert?«

Es flüstert und flüstert ... und ich kann nichts dagegen tun.

Seine Hände strichen so zart wie ein Windhauch über meine Schultern und meinen Hals hinauf bis zu meinem Gesicht. Gordy streichelte mein Kinn und meine Wangen und zog die Linien meiner Brauen nach. Sein Blick folgte seinen Fingern, und in seinen Augen, die mich still betrachteten, lag ein Ausdruck von Erstaunen.

Langsam zog er mich zu sich herunter, tippte mit seiner Nasenspitze gegen meine und berührte meinen Mund sachte mit seinen Lippen.

»Was ist?«, fragte ich leise. »Worüber wunderst du dich ...?«

Über das, was du mit mir machst.

Aber ich mache ja gar nichts.

»Doch, das tust du ... indem du einfach ... bist.«

Gordy schloss die Augen und ich küsste ihn zurück. Eine warme Welle der Zärtlichkeit durchflutete mich, und ich legte alles, was ich in diesem Moment empfand, in diesen einen zarten Kuss.

Gordian seufzte leise. Seine Lider hoben sich und ein Lächeln erhellte das Türkis seiner Iris. Liebevoll schob er mir eine Locke aus dem Gesicht – und dann küsste er mich so, als täte er es zum ersten Mal. Zögernd schmeckte er meine Lippen, sanft streichelte seine Zunge über meine. Seine Hände spielten mit meinen Haaren und tasteten sich dann langsam meinen Rücken hinunter.

Seine Berührungen ließen mich Kyan, die Hainixe und die

unbestimmte Bedrohung, die unter der Meeresoberfläche schwelte, vergessen. Es gab nur Gordy und mich und dieses winzige Eiland irgendwo mitten im Atlantik.

»Und ich dachte schon, du tust es nie wieder«, sagte ich leise, als wir nach einer Ewigkeit unsere Lippen voneinander lösten und ich meinen Kopf selig in seine Halsbeuge sinken ließ.

»Ich war wirklich entschlossen ...«, murmelte er. »Aber jetzt ...«

Sein Atem wanderte über meine Stirn, und ich sog seinen vertrauten und doch so fremden Duft ein – herb und frisch und von einer Intensität, die mir schier die Sinne raubte.

Aber jetzt?

Gordian legte seine Hand in meinen Nacken und richtete langsam seinen Oberkörper auf, sodass ich sachte von seiner Schulter in den Sand hinunterglitt.

»Inzwischen ist es mir ein Rätsel, wie ich es so lange ohne dich ausgehalten habe«, wisperte er. »Vielleicht konnte ich es nur, weil ich wusste, dass ich dich noch einmal wiedersehen würde.«

»Da hattest du mir etwas voraus.«

»Ja.« Gordy beugte sich über mich. Seine Locken kitzelten mich auf der Wange.

»Du hast dich selbst belogen.«

»Hmm ...« Er ließ seine Stirn auf meine sinken. *Würde es dir etwas ausmachen, das Thema zu wechseln?*

Kein Problem. Worüber möchtest du reden?

Seine Antwort war ein Kuss. So süß und so tief, dass ich das Gefühl hatte, unter ihm im Sand zu versinken. Ich spürte die Wärme seiner Haut auf meinem Körper und schloss meine Arme fest um ihn.

Ich wünsche mir so sehr ..., hörte ich ihn flüstern.

Seine Stimme war in meinem Kopf, in meinem Herzen und in meiner Seele. Sie berührte jede Faser meines Seins.

Ich auch, Gordy. Ich auch!

Ich konnte mir keinen schöneren Ort vorstellen.

Zak drehte den Kopf in seiner engen Delfinhülle zur Seite, sodass er zur Meeresoberfläche hinaufsehen konnte, die wie eine schwarze Decke über ihm lag.

Zak lächelte in sich hinein.

Er würde es anders machen als Kyan. Wie Gordy würde auch er ein Menschenmädchen finden, dem er nicht wehtun musste und mit dem er für immer zusammensein konnte. Vor allem aber würde er ab jetzt unabhängig sein und sich so frei bewegen können wie die Vögel, die er auf Sark beobachtet hatte.

Lautlos glitt Zak weiter zwischen den Inseln hindurch auf einen weiten weißen Strand zu. Er wartete auf die nächste Welle und warf sich mit einem einzigen kräftigen Flossenschlag in den Sand. Sprudelnd wich das Wasser zurück, Zak stieg aus seiner Hülle, schlang sie sich um die Hüften und lief, ohne sich ein einziges Mal umzusehen, auf die Lichter in der Ferne zu.

Ich danke ganz herzlich

und allen voran meiner Tochter **Anna** für die unzähligen Anregungen und dafür, dass du trotz Abi-Stresses konzentriert mitgelesen hast und in dem einen oder anderen Punkt so hartnäckig geblieben bist.

Tim, Raoul und **Mikko** fürs Daumendrücken, **Edina** und **Meike** fürs heimliche »Umdrapieren«, **Mellie,** »Oma« **Inge** und **Ingo** (in Worten: INGO – Ich fasse es noch immer nicht!) fürs eifrige Lesen und euch allen natürlich fürs Mitfiebern.

Meiner Agentin **Silke Weniger,** die mich nun schon so viele Jahre tatkräftig unterstützt und mich mit ihrem Enthusiasmus auch in schwierigen Phasen bei der Stange hält.

Nicola Dröge, meiner Lektorin Nummer 1, für alles Grundlegende, den Gesamtüberblick, die wunderbaren U-Texte und die anregende und herzerfrischende Begleitung.

Maren Jessen, meiner Lektorin Nummer 2, dafür, dass du so mutig ins eiskalte Wasser gesprungen bist, in einem schier unglaublichen Tempo den Ärmelkanal durchquert hast und mit leichter Hand – so scheint's – eine wunderbar runde Sache aus diesem Roman gemacht hast.

Kiki Klinkert, für alles Online-Redaktionelle: die Homepage, den Trailer, die Facebook-Fanseite, den Kontakt in die virtuelle Außenwelt ... und ... und ... und ... natürlich auch für die tolle Zusammenarbeit!

Tomas Rensing, dem bezauberndsten (ich hoffe, ich darf das sagen) Pressemenschen unter der Sonne und den **vielen kreativen Köpfen im Verlag,** ohne deren Zutun ein solches Projekt gar nicht funktionieren würde. Es ist einfach fantastisch, was ihr auf die Beine gestellt habt!

Der Leserunde bei **Lovelybooks** für die vielen Fragen und begeisterten, aber auch kritischen Statements. Ich freue mich schon auf die nächste!

Den Mietern in der Moltkestraße 28, die Elodie und Rafaela Saller freundlicherweise ihre Wohnung auf der rechten Seite unter dem Dach zur Verfügung gestellt haben. ;-)

Den vielen wunderbaren Menschen, denen ich während meiner Reisen auf die Kanalinseln begegnet bin und die mir - zumeist unwissentlich - wichtige Informationen über das Leben auf diesen eigenwilligen Eiland-Individuen gegeben haben.

Und last, but not least auch für dieses wundervolle Cover: **Conny Hepting.**

Antje Szillat
Solange du schläfst

256 Seiten, ISBN 978-3-570-40211-5

So idyllisch es auf dem Land ist, Anna fühlt sich dort alles andere als wohl. Doch dann trifft sie auf Jérôme, und plötzlich ist nichts mehr, wie es war. Zwischen den beiden entwickelt sich eine bedingungslose Liebe. Eines Abends jedoch verschwindet Jérôme spurlos – und wird am nächsten Tag mehr tot als lebendig auf einem Feld gefunden. Schnell verbreitet sich das Gerücht, Jérôme habe mit Drogen gedealt. Anna ist verzweifelt und will diese Anschuldigungen einfach nicht glauben. Doch dann hört sie plötzlich eine vertraute Stimme in ihrem Kopf und sieht Bilder, die nicht ihrer Erinnerung entstammen ...

www.cbj-verlag.de

40155

40117